賜給名偵探甜美的死亡

方丈貴惠　Hojo Kie

李彥樺　譯

名探偵に甘美なる死を

"Delicious Death" for Detectives

目錄

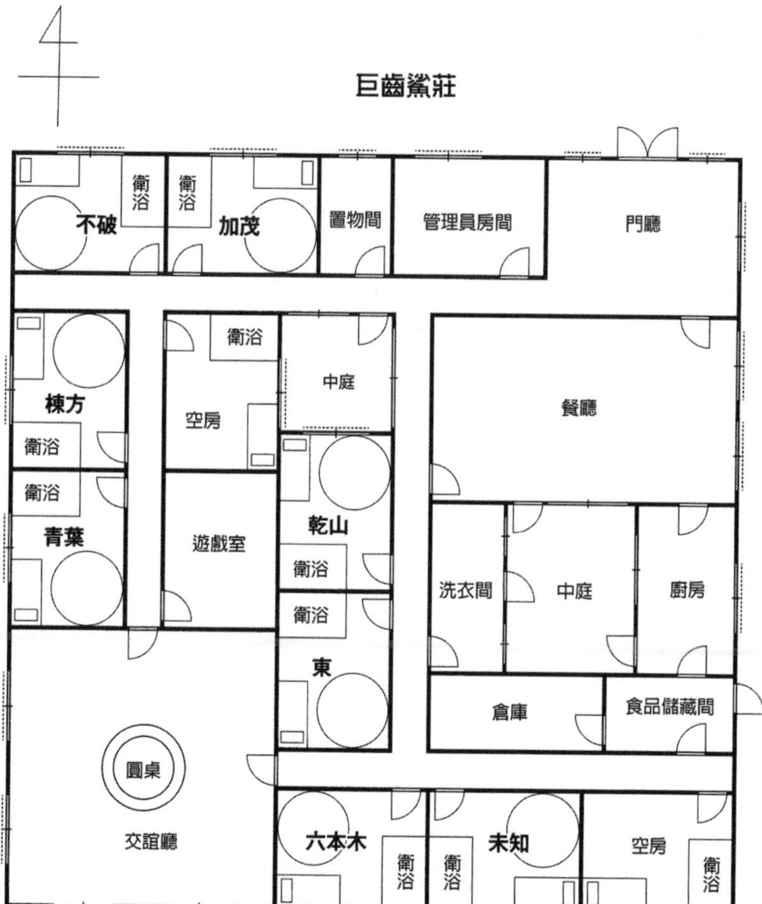

※各房間皆設有空調設備（調溫、調濕）及換氣設備。

傀儡館

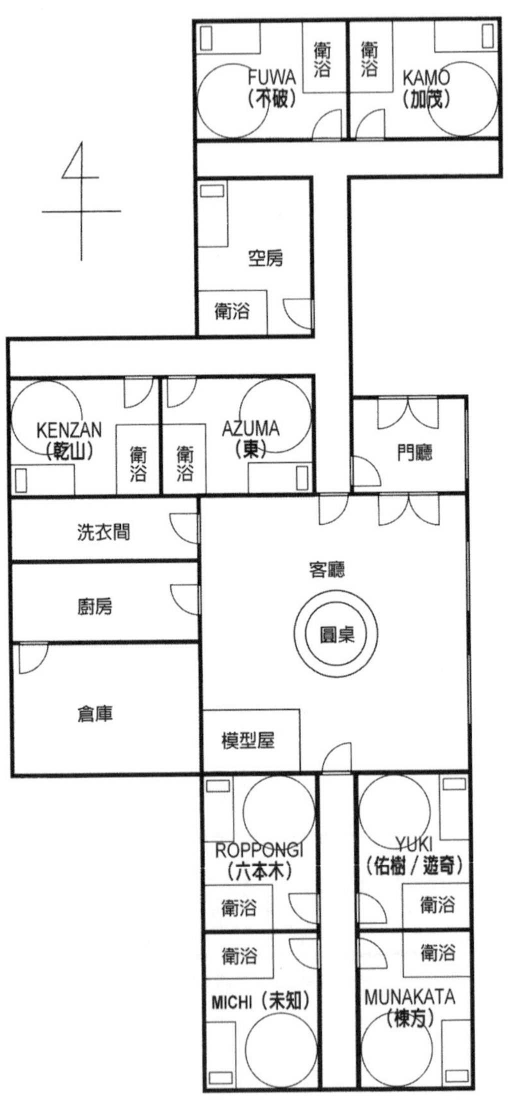

※各房間皆設有空調設備（調溫、調濕）及換氣設備。

登場人物

《推理工廠2》試玩會參加者

加茂冬馬（38歲）：雜誌撰稿人。
青葉遊奇（31歲）：推理作家。
六本木至道（74歲）：時事評論家。
不破紳一朗（56歲）：不破徵信社老闆。
未知千明（37歲）：自稱「萬事通」。
東柚葉（35歲）：T市民醫院事務員。
乾山涼平（17歲）：KO高中二年級學生。
棟方希（25歲）：自稱「流浪者」。

加茂伶奈（33歲）：加茂冬馬的妻子，龍泉佑樹（青葉遊奇）的堂姊。
加茂雪菜（6歲）：加茂冬馬的女兒。
三雲繪千花（32歲）：龍泉佑樹的女朋友。
麥斯達·賀勒：故事的引導者，有「奇蹟沙漏」之稱。
椋田千景（39歲）：巨齒鯊軟體公司的製作人。
十文字海斗（37歲）：巨齒鯊軟體公司的遊戲總監。

麥斯達．賀勒的序文

～A foreword from Meister Hora～

這是一篇關於「遊戲」與「偵探」的故事。

主角加茂冬馬在某洋館內遭遇異常事態，爲了存活必須解開謎團，這很明顯是本格推理小說的劇情結構。

我的身分一如往昔，既不是故事裡的華生，也不是故事的敘述者。

但畢竟這次的事件又與「龍泉家一族」有關，由我來擔任引導者可說是再合適也不過了。

就讓我以引導者的身分在此宣布，這是一場公平的競賽。

就算故事的內容再怎麼荒誕無稽，各位讀者也不必心生畏懼……不過我相信有很多讀者已習慣這種程度的劇情了吧？

接下來，即將展開的是……本格推理的醍醐味之一「偵探與凶手的鬥智」。這點在本作中同樣有著難以撼動的崇高地位，請各位讀者不必擔憂。

那麼，我們在「向讀者們的挑戰」中再會了。

序章

噠、噠、噠、噠。

只要豎起耳朵聆聽，即使待在客廳也能聽見在廚房走動的腳步聲。

鞋底踏在混凝土地面上，發出清脆的聲響。偶爾會有短暫的安靜，大概是腳步聲的主人警戒地停了下來，左顧右盼的關係吧。

加茂垂眼看著從口袋裡取出的東西。

那是沒有任何眼、口、鼻的圖樣，漆黑光滑的一副面罩。加茂一戴上，面罩瞬間和臉部完全服貼，彷彿早已在等著這一刻。

噠。

腳步聲戛然而止。

多半是腳步聲的主人抵達了通往倉庫的門前。數秒之後，響起了金屬門關上的聲音。看來「目標對象」已依照指示，乖乖進入倉庫。

加茂一踏進廚房，便將通往倉庫的門上了鎖，幾乎沒有發出任何聲響，「她」應該沒有察覺自己被困在倉庫內。

到這裡為止，完全按照計畫進行。

加茂操作智慧型手表，確認時間，嘆了口氣。

「五分鐘應該就夠了吧。」

經過四分鐘，加茂將耳朵貼在門上……差不多該站不穩了吧。果不其然，倉庫內響起細微的碰撞聲，似乎是某樣東西倒在地板上了。

加茂又等了三分鐘，才解開門鎖，進入倉庫。

「目標對象」的那個女人倒在門後正前方的倉庫深處。雖然流著鼻血，但還有呼吸。

看到女人身旁的物品，加茂心中一驚。

那是兩具高約十五公分的小丑人偶……分別穿著紫色與紅色的燕尾服，腿部及臀部位置染上了鮮血，多半是目標對象倒地時鼻血沾在人偶上了。

是她移動了小丑人偶？還是……

就在這時，女人發出細微的呻吟聲。

看來花了太多時間。雖然戴著面罩，但在目標對象醒來看見他之前……最好盡快解決這件事。

加茂拿起倉庫裡的繩索，纏在女人的脖子上，用力勒緊。伴隨著脖子遭到擠壓的鈍重聲響，犧牲者的身體一陣痙攣。

不知過了多久，加茂的耳畔響起了一道低語：

〈又一名犧牲者。〉

第一章　行前會議

二〇二四年八月二日（五）一四：一〇

窗外是萬里無雲的藍天。

加茂受到蔚藍景色吸引，走向窗邊。

一棟棟摩天大樓的另一頭，可看見東京巨蛋及晴空塔。其間有一小塊綠地，多半是小石川植物園吧。

背後忽然響起一陣咯咯笑聲。

宛如清脆的鈴聲……是令人心曠神怡的笑聲。加茂轉頭一看，門邊站著一名身穿白色褲裝的女人。

「這裡的高度是海拔二百五十公尺，夜景也很美。」

女人的話聲帶了一點鼻音。她有著修長的臉孔、高挺的鼻梁及杏仁狀的美麗雙眸。苗條的身材加上昂首挺胸的姿勢，讓她散發出一股英姿颯爽的氛圍。

女人優雅地行一禮，抬起頭說：

「眞的很抱歉，以這樣的形式把你找來。敝姓椋田，任職於巨齒鯊軟體公司。」

「……妳是椋田？」

加茂一時愣住了。椋田露出戲謔的表情，說道：

「沒錯，我就是椋田千景。遊戲業界明明有不少女性製作人，但不知爲何，許多人得知我是女性都相當驚訝。」

聽出椋田的語氣有些失望，加茂趕緊解釋：

「對不起，因爲雜誌的訪談報導大多把妳描寫得像一位男士。」

椋田千景是巨齒鯊軟體公司的遊戲製作人。

創造出千萬銷量的開放世界RPG（註）《Battle Without Honor》系列遊戲就是由她一手打造，在遊戲業界可說是無人不知、無人不曉。

「在遊戲業界裡，我是唯一堅持不公開露面的製作人……年齡和性別都是祕密，想要藉此營造出神祕感。」

「這麼說來，『椋田千景』這個名字也是筆名？」

「不，許多遊戲創作者都使用本名。我在確立『不公開露面』的形象之前，就以椋田千景這個名字從事遊戲製作工作，事到如今也改不了。」

「原來如此。」

「不過……許多人誤以爲我是男性，或許是我的說話口氣的關係。」

椋田說話時會夾雜一些男性用語，這一點她似乎也有自知之明。

她雙手交抱在胸前，接著說：

「要不然就是《Battle Without Honor》帶來的刻板印象。那是款高難度的動作RPG，算是典型的『魂系遊戲』。」

「魂系遊戲？」

「意思就是要過關非常困難，過程中一定會死亡很多次的遊戲。玩家藉由一次又一次的重來，摸索出過關的方法。」

註：開放世界（Open World），指玩家可在遊戲世界裡自由移動，自由選擇接受及完成任務的時間和方法，不需要按既定路線進行遊戲。RPG（Role Playing Game），角色扮演遊戲。

椋田一邊說，一邊望向背後的牆壁。

會客室的牆壁上貼著好幾張遊戲的宣傳海報，其中特別醒目的海報是高畫質重製版《Battle Without Honor VR》。

海報上有個翠綠色頭髮的魔女，正抬眼注視著觀看者。

那魔女是以電腦繪製而成，每一根頭髮都非常完美，彷彿刻意精雕細琢，但總覺得少了點什麼。

當然，這並不是說不夠自然或不夠生動，而是整體呈現出一種缺陷美與不平衡感。然而，這或許正是電繪角色的精髓所在。海報上的女人過於栩栩如生，散發出瘋狂又偏執的氣質。

「……『實現你所有的願望』。」

加茂下意識地念出了海報上的宣傳標語。

過去，他似乎聽過類似的話語。

加茂的腦海浮現一條有著沙漏墜飾的項鍊。在都市傳說裡，那項鍊被稱爲「奇蹟沙漏」，據說「只要撿到了，就能實現一個願望」。

二〇一八年五月，加茂在某醫院邂逅了那小小的沙漏，以及名爲麥斯達·賀勒的人物，後來……

「你似乎相當中意這張海報？」

椋田語帶調侃，加茂回過神來，只見椋田遞出了名片。

加茂反射性地摸向胸前口袋，卻中途停手，露出苦笑。

「抱歉，我忘了準備名片。」

加茂確認收到的名片。

這一看不得了……原來椋田千景不僅是遊戲製作人，同時也是巨齒鯊軟體公司的執行董事。顯然她在公司內有著舉足輕重的影響力。

兩人隔著桌子面對面坐下，椋田鄭重地說：

「敝公司正致力於開發ＶＲ（虛擬實境）的遊戲。」

自從二〇一九年年底COVID-19爆發大流行之後，疫情持續長達數年之久，造成全世界無數的人喪生。日本政府發布了「緊急事態宣言」及「蔓延防止等重點措施」，不僅限制民眾外出，同時也要求店家縮短營業時間，相信許多民眾都還記憶猶新。新型冠狀病毒的大流行對全球經濟的影響，可說是名副其實的難以計數。

在這樣的局勢之下，遊戲產業卻逆勢成長。

由於政府限制民眾外出，因應民眾希望能舒適地窩在家中的需求，許多遊戲公司的業績成長顯著。這樣的結果，加快了ＶＲ遊戲的研發及製作。

過了五年，如今疫苗接種率已相當高，民眾逐漸恢復COVID-19流行前的生活。外食及觀光產業雖然型態多少發生了變化，但也恢復了以往的熱鬧。

椋田接著說明：

「現在ＶＲ頭罩已普及到平均每戶都有一台的程度，我們可以說ＶＲ遊戲已是一種相當成熟的新型態娛樂也不爲過。」

「例如貴公司所推出的《推理工廠》，實體販售與網路下載的總銷售量高達六千萬套。」

《推理工廠》是由椋田擔任製作人的最新力作。

遊戲類型大致可歸類爲「ＲＰＧ推理模擬遊戲」吧？

玩家扮演世界上最厲害的「業餘名偵探」，在虛擬空間裡挑戰破解各種棘手的案件。其中的「故事模式」描述的是偵探與犯罪博士藉由推理一較高下的劇情，甚至可體驗到不輸007電影的動作橋段。

這款遊戲上市後，一年半之內，創下全世界實體販售與網路下載六千萬套的紀錄。在歷年的遊戲軟體銷量排名裡輕鬆登上前十名，可說是當代暢銷大作。如今銷售量仍不斷攀升，「手套型控制器」的轉賣風氣還一度引發了社會問題。

椋田露出雪白的牙齒，高興地問：

「《推理工廠》確實是敝公司最暢銷的作品……不曉得加茂先生是否玩過？」

當著遊戲開發者的面，加茂不禁有些尷尬，但還是老實回答：

「我沒有認眞玩過，但我有個親戚是推理小說家，他曾邀我一起玩多人遊玩模式。」

沒想到椋田絲毫不以爲意，反而有些興奮地問：

「你指的是『事件編輯模式』嗎？你擔任偵探？」

「呃，是的。」

「嗯，由專業的推理作家所設計的事件，玩起來一定很過癮吧……後來是誰贏了？」

＊

「我在《推理工廠》裡設計了一個獨創事件，要不要一起來玩？」

大約一年前，加茂接到了來自龍泉佑樹的邀約。當時佑樹已是專業的推理作家，筆名是青葉遊奇。

佑樹是加茂的妻子伶奈的堂弟，他平常很少與加茂家往來，那天卻突然提出了這樣的邀約。

於是到了星期六，加茂夫妻連袂前往佑樹家。

那個星期六，加茂的女兒雪菜要到朋友家玩，是夫妻倆一起出遊的好時機。這麼寶貴的日子，老實說加茂一點也不想把時間浪費在ＶＲ遊戲上。除了玩遊戲之外，應該還有更多共度這段時光的方式，偏偏妻子伶奈興高采烈地答應了，加茂只好一同前往。

三人隨意打了個招呼，加茂與伶奈各自戴上ＶＲ頭罩與手套型控制器，在沙發上坐了下來。ＶＲ頭罩是夫妻倆從家裡帶來的，手套型控制器則是向佑樹借的。

佑樹指著手套型控制器上頭的鯊魚標誌，說道：

「玩《推理工廠》，只能使用巨齒鯊軟體公司的控制器。」

「手套型控制器不是有很多牌子嗎？一定要用巨齒鯊牌的？」

「這遊戲的規格比較特殊，其他牌的沒辦法用。」

加茂忍不住苦笑。

「買遊戲還得順便買周邊機器，眞是精明的商業手法。」

「不，聽說是各廠牌的控制器性能高低不一，所以巨齒鯊才特別設計出了專用的控制器……可惜巨齒鯊牌的控制器有電量耗損太快的問題，而且手套部分的透氣性設計得不太好。如果要長時間使用，就必須插著充電器，而且手指很容易流汗。」

佑樹原本是要解釋遊戲的周邊機器，說到後來卻抱怨起產品性能。加茂夫妻各自戴上了ＶＲ頭罩。

一進入虛擬空間，加茂忍不住皺起眉頭。

遊戲裡出現的屍體都被繪製成了Q版的形狀，而且血跡也使用了比較不怵目驚心的呈現方式。即便如此，還是足以喚醒加茂**過去**所經歷的那悲慘事件的回憶。

加茂越看越是反胃，佑樹卻若無其事地繼續道：

「你們現在看見的，就是我製作的遊戲場景。你們將扮演『偵探』，試著破解我引發的事件。」

根據遊戲中「問題篇」的提示，這是一起相當正統的密室殺人事件。

由於「凶手」已事先知道是佑樹，偵探的目標是查出犯案的「手法」及「動機」。

「這次是讓你們在『案發之後』才開始解謎，其實這個模式有另一種玩法。」

「另一種玩法？」

加茂一邊問，一邊升起了VR頭罩的面板。

VR頭罩戴上後，會牢牢固定在頭上，但只要按一顆按鈕，前方的面板就會上升至額頭的高度。這麼一來，就算不取下VR頭罩，也能暫時停止遊戲，回到現實世界。

佑樹也升起了VR頭罩的面板，回道：

「在這個模式下設計殺人事件有個前提，那就是擔任凶手的玩家必須在虛擬空間裡實際犯案，製作成『問題篇』。」

「咦，不是只要重現案發之後的狀況和場景，以此作爲『問題篇』就行了？」

「不行，凶手必須先設想好案發之前的狀況，在場景裡配置物品及角色。」

「你的意思是……扮演凶手的玩家如果想設計出密室詭計，就必須在遊戲裡實際進行一次密室殺人？」

「沒錯，必須要在遊戲裡證明這個犯案手法可行，才能完成『問題篇』。」

此時，伶奈也升起了VR頭罩的面板，一臉憂鬱地說：

「……要是雪菜以後想玩這款遊戲，不知該怎麼辦才好。雖說只是遊戲，但要實際執行犯罪計畫，感覺會助長犯罪，在教育上也不太妥當。」

佑樹深深點頭，說道：

「沒錯，這個部分經常引起爭議……目前這款遊戲對玩家的年齡有嚴格的限制，沒有發生什麼大問題。從統計上來看，全世界的犯罪率也沒有因此增加。」

聽佑樹這麼說，伶奈吁了口氣。

「太好了，那我就放心了。」

「實際玩過就知道，這不是那種需要擔心的血腥暴力遊戲。」

據佑樹所說，遊戲內的殺人行爲及流血的景象皆經過特別設計，不會過於寫實逼眞，畫面效果跟其他動作類遊戲裡打倒敵人沒什麼太大差異。

「當我要檢驗小說裡的詭計是否合理時，這個遊戲實在非常方便……」

「喵！」

忽然間，一陣貓叫打斷了佑樹的話。

不知何時冒出來一隻灰色的貓，坐在佑樹的膝上。這隻貓名叫小瓦，當初是在南方島嶼上邂逅了佑樹，後來成爲佑樹家的貓。牠似乎不滿佑樹只顧著玩遊戲，一雙碧眼瞪著佑樹。

佑樹取下手套，一邊撕開一包貓零食，一邊說道：

「順帶一提，『事件編輯模式』最有趣的玩法，是扮演偵探的玩家在案發前就進入遊戲，讓扮演凶手的玩家當著偵探的面犯案。」

加茂一聽，不禁皺起眉頭。

「喂，這樣恐怕玩一場要好幾個小時吧？」

「就是這樣才好。有些狂熱的玩家玩一場要花半天以上。」

……半天？

一心只想著趕快結束遊戲的加茂聽到這句話，不由得渾身一顫。佑樹將貓零食拿給小瓦吃，說道：

「我猜加茂哥一定不想這麼玩，所以選擇了比較不花時間的玩法……加茂哥、伶奈姊，線索都留在現場了，請你們破解這起殺人事件吧。」

*

「那個時候……是偵探贏了。」

加茂回答椋田的問題時，憶起當時的狀況，忍不住笑了出來。

那一天，佑樹逗弄著小瓦的時候，加茂已掌握關鍵的線索。接下來不到五分鐘，加茂就完全解開了謎題。

這場多人對戰遊戲，最後以佑樹的信心崩潰收場……加茂因爲毫不留情地說出眞相，被伶奈訓了一頓。

椋田當然不知道這些細節，她一邊鼓掌一邊說道：

「眞是太厲害了……不愧是曾揭發好幾起冤獄事件的專家，擁有過人的推理能力。你在《懸案》上的文章，每次都讓我看得嘖嘖稱奇。」

加茂定期爲月刊《懸案》撰寫〈挖掘眞相系列〉專欄。

專欄的內容，有時是以書信往來的方式採訪喊冤的獄中受刑人，有時是為難以理解的神祕事件蒐集新的資料及證據……加茂最擅長的手法，就是詳細分析過去發生的事件，以完全不同的新觀點加以解釋。

提出新的見解，探討冤獄的可能性，就是〈挖掘眞相系列〉專欄的宗旨。

這個專欄連載了將近十年，有些探討過的案件眞的獲得再審的機會，而且獲判無罪。電視上的談話性節目曾以此作為討論的主題，稱加茂為「逆轉無罪的幕後功臣」。

自從那個節目播出之後，加茂的知名度大增，如今《懸案》的編輯部還經常委託加茂到各地演講。

椋田瞇起眼睛，繼續道：

「從枝微末節中建立新的假設……簡直就像是眞的名偵探。」

加茂聽出她這句話似乎有些調侃之意，搖頭說道：

「……我們是不是該談正題了？」

「正題？」

「你們當初寄給我的電子郵件裡，只提到這份工作與你們的新遊戲有關，還要求我簽下保密契約……像你們這種全世界數一數二的遊戲公司，找上我這個完全不同領域的寫手，到底希望我做什麼樣的工作？」

「我們**想請你殺人**。」

加茂整個人傻住了。椋田見了加茂的反應，反而露出樂不可支的表情。

沉默了數秒之後，加茂嘆一口氣，問道：

「……妳指的是在遊戲裡？」

「抱歉，剛剛那句話似乎讓你會錯意了，我這可不是什麼無聊的玩笑。」

椋田嘴上這麼說，表情卻是氣定神閒，完全沒有反省之意。

「我不太懂妳的意思，妳是要我扮演凶手的角色？」

「沒錯，我想請你設計一起殺人事件……當然，我們會提供相應的報酬。」

椋田提出的金額，幾乎是加茂半年的收入。加茂一時瞠目結舌，椋田一臉認眞地說道：

「我們事先與你簽下保密契約，是因爲行前會議中討論的內容，包含一些尚未發表的新作資訊。」

「原來如此。」

「我們預定在二〇二五年二月推出《推理工廠》的續作《推理工廠2》，所以企劃了一場特別的試玩會，作爲宣傳活動之一。」

「……我想起來了，下個月要舉行東京電玩展？」

東京電玩展（TGS）是日本國內最大的電子遊戲展示活動，每年固定於秋季舉行。加茂年輕的時候也參加過。

會場裡各遊戲公司的攤位皆經過精心設計，訪客可試玩最新的遊戲作品。有些攤位的工作人員還會打扮成遊戲中登場的角色模樣，或是販賣周邊商品，對遊戲玩家來說絕對是一場難以抵擋的活動。

椋田吃驚得瞪大了眼睛。

「加茂先生意外地熟悉遊戲產業呢。」

「只是去採訪過……妳剛剛說的試玩會，是配合東京電玩展的活動？」

「不，這是敝公司單獨舉辦的活動，跟東京電玩展無關。預定在三個月後的十一月舉行，將會是一場名副其實的『封閉空間』式活動。」

「封閉空間？妳的意思是，只有特定人士能夠受到邀請嗎？」

「或許我該說英文，這是一場『closed circle』（註）的活動。」

加茂不由得神色一變，反問：「……closed circle？」

加茂不禁打了個哆嗦。椋田見狀，故意以略帶孩子氣的失望語氣說道：

「哎呀，眞是奇怪，我以爲你聽到這句話會很開心。」

椋田說得天眞無邪，加茂卻感覺到她流露出一種夾雜了稚氣的瘋狂與偏執。

不知不覺中，加茂的目光又被《Battle Without Honor VR》的海報吸引。

海報中的綠髮魔女散發出瘋狂與偏執的氛圍……明明外表一點也不像，那綠髮魔女與有雙杏眸的椋田形象，卻逐漸在加茂的心中合而爲一。

「看來你眞的很喜歡這張海報。」

椋田笑著以指尖輕彈牆壁上的海報。

「我們有一位姓十文字的遊戲總監，他在《Battle Without Honor》兼任角色設計……這海報就是他的傑作。雖然他本人不承認，但這綠髮魔女是參考了誰的形象，在公司裡已是公開的祕密。」

加茂感覺到輕微的頭疼，忍不住閉上了眼睛。雖然遮蔽了視覺，她那宛如清脆鈴聲般的笑聲還是不斷在耳畔迴盪。打從會議開始，加茂就被她耍得團團轉。

註：椋田這句話是一語雙關。在推理文學中，封閉空間（closed circle）指的是小說發生場景與外界完全隔離，主要可分爲「孤島」、「暴風雨山莊」、「密室」、「交通工具」四大類。

加茂忽然感到口乾舌燥，想要喝點什麼，不管是水或其他飲料都行。但往桌上望去，卻是空空如也。

加茂輕輕搖頭，說道：

「回歸正題……以我微不足道的名氣，就算參加試玩會，也沒有什麼宣傳效果吧。」

「是啊，如果只有你一個人，確實話題性趨近於零。」

椋田忽然揶揄道。加茂低聲問：

「……除了我之外，你們還找了其他人？」

「沒錯，他們會是你的好夥伴。」

「我不明白妳的意思，總之你們想要聚集實際破過案的人？」

「對，我們想找一群擁有優秀推理能力的人來玩《推理工廠2》，看大家鬥智之後會有什麼結果……沒有人知道最後會是誰獲勝吧？」

她露出太陽般燦爛的笑容，接著說：

「我們會全程錄影下來，當成宣傳的材料。如果剪接成一部紀錄片，或許可作爲購買《推理工廠2》的特典贈品……你不認爲內容一定會相當精彩，不輸給任何驚悚懸疑片嗎？」

椋田越說越興奮，加茂受到震懾，一句話都說不出來。喉嚨乾渴不已，但此時似乎只能忍耐了。

相較之下，椋田彷彿打開了話匣子就再也停不下來。

「由一群現實中的**業餘偵探**互相較勁，決定出最強的一個。這樣的活動史無前例，若不是敝公司的遊戲，也不可能實現。」

「或許吧……」

「包含你在內，我們總共邀請了八個人。將請各位分別擔任『偵探』和『凶手』，進行一場多人遊戲。」

加茂明明還沒有答應，椋田卻是一副絕對不可能遭到拒絕的態度。加茂聳了聳肩，說道：

「難不成，你們要把這八個人聚集在一棟別墅或洋館裡？」

「沒錯，你猜對了。」

椋田說得泰然自若，加茂不禁笑了出來。

「這根本是亂來。」

「敝公司在瀨戶內海的戌乃島上有一棟休憩中心，建築物的外觀很像推理小說中的某某洋館，試玩會預定在那裡舉行。」

加茂感覺腦袋越來越疼，搖頭說道：

「這樣的做法，不是與時代的發展背道而馳嗎？《推理工廠2》應該能進行網路多人遊戲，何必將所有的玩家聚集在同一個場所？」

加茂以為椋田會說出「聚在一起活動才有氣勢」之類的理由，沒想到椋田一臉嚴肅地說：

「如果舉辦網路試玩會，我們沒有辦法確保機密絕對不外洩。」

「機密？」

「在電子遊戲產業，有不少遊戲大作的開發費用都超過一百億圓……我只能說敝公司的《推理工廠2》也不例外。」

加茂聽到金額，也不禁倒抽一口氣。他從未思考過開發一款遊戲需要花多少錢。

椋田淡淡地繼續道：

「撇開製作費用不談，開發中的遊戲資訊外洩是絕對不能發生的事情。許多遊戲開發大廠都曾遭駭客入侵，因此敝公司非常重視網路安全問題。」

「原來如此，在貴公司名下的建築物裡舉行試玩會，管理起來比較容易。」

「沒錯，你眞是一點就通。而且難得大家齊聚一堂，當然要做一些有趣的安排。敝公司那棟休憩中心的所在位置，剛好符合『封閉空間』的條件。」

椋田彷彿沉醉在自己的話語中。加茂卻越想越納悶，開口問道：

「我想再問一個問題……試玩會的成敗，是不是掌握在扮演『凶手』的玩家手上？」

「沒錯，扮演凶手的玩家不僅要訂定犯罪計畫，還要負責執行。以推理小說來比喻，就像是作者兼凶手。試玩會能不能成功，可說是全看凶手玩家的本事。」

加茂輕輕瞪了椋田一眼。

「別輕描淡寫地增加我的壓力。」

「這個**重要的角色**，我想交給你。我相信你一定能成爲最稱職的凶手。」

「……什麼？」

「在所有邀請的試玩者中，你的推理能力特別優秀。如果是你，不管要對付多少個業餘偵探，都能達成『完全犯罪』(註)，全身而退吧。」

椋田說這句話的時候，語氣似乎多了一絲遲疑。加茂不禁有些困惑，感覺摸不透對方眞正的心思。椋田忽然直視著他，說道：

「請不要誤會，我指的當然是遊戲裡的犯罪。但我希望看見的是最大膽、最匪夷所思的殺人事件……手法越誇張越好。你跟其他玩家都是第一次見面，就別思考什麼犯罪動機了……去他的犯罪動機！」

椋田突然爆粗口，加茂嗆咳了一下。

「這太強人所難了……」

椋田興致勃勃地繼續說：

「在虛擬空間裡，不管是別墅、洋館或城堡，全都可以自由使用。我希望你盡可能結合不同的詭計，密室、不在場證明、物理機關，什麼都行。無論如何，絕對不能被那些偵探識破。請你放膽去做，不用手下留情。」

加茂半張著嘴，整個人僵住了。椋田以那雙帶著笑意的杏眸注視著加茂。

「……我想你一定不會拒絕吧？」

註：指毫無破綻，無法歸責給任何人或團體的犯罪。

第二章 試玩會 第一天 開幕

二〇二四年十一月二十二日（五）一三：五〇

「眞讓人失望。」

工作人員一離開加茂等人的桌位，龍泉佑樹就將菜單丟到一旁，嘴裡如此咕噥。

見佑樹整個人表現出強烈的不滿，加茂不由得露出苦笑，說道：

「眞不好意思，我也是受邀者之一。」

加茂其實早就察覺佑樹不太樂意與自己相處。自從上次一起玩了《推理工廠》之後，雙方的隔閡似乎更深了。

事實上，當初一行人在巨齒鯊軟體公司指定的集合地點，也就是岡山縣的K港口會合時，佑樹一看見加茂，便露出想要拔腿逃走的表情。

距離上次與椋田的行前會議已過了三個半月，今天是《推理工廠2》試玩會的第一天。

加茂一直拿不定主意，最後還是接下了「扮演凶手」的工作。

一來是因爲椋田對付加茂實在很有一套，加茂從頭到尾都被她牽著鼻子走，二來則是因爲加茂心裡也隱隱覺得這個活動「好像很有趣」。

在今天之前，加茂與椋田的部屬十文字遊戲總監開了好幾次會。

雖然十文字的主要工作是遊戲總監，但他同時也是相當有名的插畫家，出版過許多畫冊及設定資料集。除此之外，他更是公司的廣告塔，經常代替椋田出席各種活動。加茂在介紹遊戲的雜誌上看過他的照片及訪談文章好幾次。

加茂的第一件工作，是花了一個半月的時間，寫出了犯案計畫。接著，由遊戲開發人員花了約半個月的時間，依照計畫的內容建構出遊戲場景。

場景製作完成後，加茂親自檢查計畫內容與場景構造之間是否有所偏離或矛盾。除此之外，「debug」的工作也同時進行，也就是透過實際的試玩，檢查程式部分是否有錯誤或不適當之處。

這個監修作業比想像中要麻煩得多，直到三天前，加茂還待在巨齒鯊軟體公司東京辦公室的小房間裡處理工作。尤其是最後幾天，加茂幾乎沒有睡覺。全心投入的程度，讓加茂已分不清自己的職業到底是自由撰稿人，還是遊戲製作公司的職員。

歷經長達十天的熬夜工作之後，加茂與十文字及其他開發人員已建立起相當深厚的同儕情誼。這些工作人員大多有著隨和、大方的性格，還特地在高級餐廳舉辦了一場餐會，預祝加茂馬到成功。

連半個月前就到法國子公司出差的椋田，也特地派人送來高級葡萄酒。

然而，加茂可沒有心思好好享用那美味的葡萄酒。因爲身爲「兇手」玩家的加茂，重頭戲才剛要開始。

基於「兇手」的遊戲身分，加茂事先取得了試玩會參與者的名單，當然也知道佑樹在名單上。只不過佑樹使用了筆名「青葉遊奇」。

相較之下，以「偵探」身分參加試玩的人，要到活動當天才會知道其他參與者的資訊。所以，在集合地點看見加茂時，佑樹想必非常驚訝吧。

加茂以爲這就是佑樹臭著一張臉的原因。沒想到聽了加茂的話，佑樹露出錯愕的表情。

「……咦？」

「我以為你看起來很不開心，是因為我也在受邀的名單裡面……難道不是嗎？」

「啊，這也是原因之一沒錯。」

佑樹說得彷彿這是理所當然的事情。他撫弄著左腕上的智慧型手表的表帶，上面印著巨齒鯊的標誌。

佑樹是個剛出道沒多久的推理作家，年紀比加茂小了七歲左右。

加茂的妻子和佑樹都是大企業「龍泉集團」的創業者家族成員，可說是家財萬貫。

但佑樹似乎並不認為這是什麼值得開心的事情，他一上大學就離家獨立生活。成為作家之前，佑樹從事過電視節目製作相關工作……但自從發生某起悲慘的事件之後，佑樹就辭職了。

佑樹一直看著窗外，似乎不願與加茂四目相交。

那側臉與伶奈有些相似。不過這也是理所當然的事，因為佑樹與伶奈都長得很像他們的祖母龍泉文乃。所以，這個姻親的堂弟不管做了什麼事，加茂恐怕都很難生氣或討厭他。

佑樹忽然轉頭望向桌面，再度開口：

「加茂哥，沒想到你會對這種活動感興趣。我以為就算他們找上你，你也會拒絕。」

明明是親戚，佑樹卻總是以姓氏來稱呼加茂，而且說話必定使用敬語。

加茂推了推眼鏡，苦笑道：

「我本來是打算拒絕的，但最後被椋田說服了。」

「我可以理解。當初我也是被她唬得一愣一愣的，不知不覺就答應了。」

佑樹深深嘆了一口氣，接著說：

「……還有一個原因，編輯說我的書銷量太差，要我來參加這個活動，闖出一點知名度。」

「看來你也挺辛苦。」

「其實主辦單位原本邀請的是私底下的我，而不是身爲作家的我。但我不小心告訴編輯這個有趣的邀約，編輯叫我一定要使用筆名，才能提升知名度。」

「原來如此。」

「後來編輯竟然與椋田搭上線，兩人把所有的事情都決定了……不過我也覺得這個活動很有意思，就算沒有遭到強迫，我應該也會參加吧。」

服務人員送上了餐後的美式咖啡及奶茶。佑樹將吸管插進塑膠杯裡，接著說：

「對了，加茂哥……前一代的《推理工廠》，你不是沒玩過幾次嗎？」

「這次爲了參加活動，我多玩了幾個小時……這件事可不能讓別人知道。」

兩人此時所在的地點，是休憩中心的餐廳。

這座休憩中心名爲「巨齒鯊莊」，是一座山莊風格的平房建築。包含加茂及佑樹在內，餐廳裡共有五個人，全是受邀前來參加試玩會的成員。

加茂沒有在咖啡裡加入糖或奶精，直接喝起了黑咖啡。

剛剛送來咖啡的工作人員告訴加茂，還有兩名參加者尚未抵達巨齒鯊莊，據說是飛往岡山的飛機誤點的關係。在所有的參加者到齊之前，一行人只能在餐廳裡等待。

佑樹環顧四周，一臉狐疑地說：

「在K港集合的時候只有五個人，現在這裡也是只有五個人。不是說總共招待了八個人嗎？這樣算起來還少一個……剛抵達戌乃島的時候，我問過其他的工作人員，所以應該不會是算錯了。」

「或許在我們抵達之前，有人已搭別的船來到島上。」

「你的意思是，那個人享有ＶＩＰ待遇？」

據加茂所知，參加者中知名度最高的人物已在餐廳裡。

至少從主辦者提供的參加者名單來看，應該不會有其他人受到ＶＩＰ等級的對待……不過參加者中有兩人的身分比較特殊，一個號稱「流浪者」，另一個號稱「萬事通」，或許有一個來得特別早。

佑樹將手伸進牛仔褲口袋裡，說道：

「對了，我剛剛說的那句『眞讓人失望』，並不是在說加茂哥，而是……」

他說到一半，忽然一臉絕望地將手伸出口袋。

「我竟然忘了，我們的手機都被收走了。」

所有人在進入巨齒鯊莊之前，都先在隔壁建築物接受了身體檢查，包含手機在內的各種隨身物品都被收走了。加茂事先聽十文字說明過，早有心理準備。

此時聽佑樹抱怨這件事，加茂苦笑著說：

「據說是爲了防止偷拍及錄音……未免有點小題大作，對吧？」

工作人員將沒收的智慧型手機等物放進一個厚氈袋裡，再放進一個看起來很堅固的黑色箱子。

長年過著智慧型手機從不離身的生活，加茂有種被迫與分身離別的奇妙感覺。

佑樹大表贊同，用力點頭說：

「連手表和錢包也收走，未免太過分了！」

加茂對這一點亦有同感，但心中納悶的是另一件事。

「佑樹，你戴著智慧型手表，又戴一般手表？」

「因爲那是三雲不久前才剛送我的手表。」

三雲是佑樹的女朋友。加茂怕他說起戀愛故事，趕緊轉移話題：

「據說是爲了防止有人偷偷安裝竊聽器，基本上所有的隨身物品都必須交由工作人員保管。」

唯一的例外，是大家如今戴在手上的智慧型手表。

這是巨齒鯊軟體公司事先提供給大家試用的新商品，聽說在試玩會裡也會有些用途。不過進入戌乃島之後，這支手表的許多功能都受到了限制。

「除了我之外，好像還有其他人爲了這件事和工作人員發生爭執，我剛剛聽到有人大喊『爲什麼連飾品也要收走』……看來主辦者眞的非常不信任我們。」

加茂忽然想到剛剛的話題，於是對怒氣沖沖的佑樹說：

「對了，你剛剛的話說到一半，還沒有說完。」

「啊，沒錯。我剛剛說『眞讓人失望』，指的是前作《推理工廠》的競速破關活動。」

「我看過主辦單位的公告，那是後天中午的活動？」

巨齒鯊莊的試玩會，必須在這裡住上兩晚。

預定在十一月二十四日中午結束，與前作的競速破關活動撞時間了。

但加茂還是不明白佑樹失望的理由。

「既然是前作的活動，只要是購買《推理工廠》的玩家，應該都能參加吧？」

佑樹大大點頭說道：

「沒錯，那是開放給一般玩家參加的活動。」

「那麼，《推理工廠2》上市前的試玩會不是更值得參加？」

「話是沒錯，但這次的競速破關活動比較特別。」

根據佑樹的描述，前作《推理工廠》將在日本時間二十四日的中午十二點進行大規模改版，追加新的劇本。

「追加的新劇本叫『至尊名偵探』，全世界的玩家引頸期盼好幾個月了。」

佑樹越說越激動，加茂心裡直冒汗，說道：

「我明白你的意思，因爲沒辦法參加那個活動，你感到很失望……但你可以等這場試玩會結束再去參加，不是嗎？」

「當然不是！那時候才參加，就沒有意義了！」

「沒有意義？」

「我剛剛說過了，這是一場競速破關活動，將會決定誰是世界上最厲害的偵探……新版本全球同步上線，最快破關的玩家可獲得豪華獎品。」

佑樹接著說明，所謂的豪華獎品如下。

☆前二十名：與遊戲總監十文字一起環遊世界，探訪《推理工廠》中出現的景點。

☆前兩千名：在《推理工廠2》上市前十五天搶先遊玩的權利＋無法在其他地方取得的追加劇本及造型。

「破關的獎品是環遊世界？這麼大手筆的獎品，我還是第一次聽到。」

加茂忍不住咕噥。佑樹不知爲何露出得意的表情，點點頭說：

「『巨齒鯊』很擅長利用這種活動炒熱氣氛……不過因爲時差的關係，這個活動在歐洲的開始時間是凌晨，許多歐洲玩家都大喊不公平。」

「你的目標是拿到什麼獎品？前兩千名那個？」

「是啊……但恐怕不容易。」

《推理工廠》是總銷量超過六千萬套的超級大作。

就算只有一成的玩家參加活動，也有六百萬人。獎品只有兩千份，平均每三千人只有一人能獲獎。

加茂想到這裡，忽然皺起眉頭，對著正在喝奶茶的佑樹說：

「等等……前陣子你好像問過我二十四日有沒有什麼事，難道就是……」

佑樹露出尷尬的表情，低頭看著手裡的塑膠杯。

「被你發現了。本來想說如果加茂哥有空，就請你幫我挑戰『至尊名偵探』活動，假如能夠順利破關，獎品就由我收下。」

佑樹明明是溫室裡的大少爺，偶爾卻會突然打起鬼主意，或是做出異常大膽的行動。

加茂嘆了一口氣，說道：

「你眞是一點也沒變……不過現在你沒必要這麼做了吧？都成爲試玩會的參加者了，只要向『巨齒鯊』的工作人員拜託一下，想在遊戲上市之前提早玩到應該不是難事。」

「要堂堂正正獲獎才有意義。」

「別講得好像你原本想堂堂正正獲獎。剛剛不是才說要找我當槍手？」

兩人閒談著，加茂忽然感到背後有一股視線。

加茂轉頭一看，恰巧與一名少年四目相交。不，嚴格說來只是有這種感覺，加茂也不敢肯定是不是自己看錯了。因爲少年的劉海很長，遮住了眼睛。

少年獨自坐在遠處的桌邊。

他穿著繡有校徽的深藍色制服外套，打著一條綠色領帶。桌上的飲料已喝光，塑膠杯裡只剩下一些冰塊。

……那是參加者中唯一的高中生，乾山涼平。

乾山的嘴角微微上揚，加茂以爲他要開口，但他什麼話也沒說，只是低頭看著杯子。

加茂看了一眼手表。現在是下午兩點十二分，眾人已在這裡等了一個小時以上。

加茂輕輕伸了一個懶腰，對著佑樹說：

「話說回來，眞是氣派的休憩中心。戌乃島南側除了這座休憩中心之外，似乎沒有其他建築物。」

戌乃島是距離K港約六公里、面積約一平方公里的小島。

島上的人口只有六十人左右。昭和末期島上建了許多民宿，如今都已關門歇業，整座島成了一座漁業之島。民宅集中在小島的北側，南側只有這座休憩中心的相關設施，以及一條老舊的步道。或許是此時並非觀光旺季，整座島相當靜謐，散發出鄉村悠閒的氛圍。

佑樹看著陽光耀眼的窗外，連點了好幾次頭。屋外種植著南洋樹木，與這一帶的氣候頗不協調。

「簡直就像是五星級飯店一樣。這麼一提，我的編輯說過年假期間會去住出版社名下的休憩中心。據說位在三重縣，員工只需要支付低廉的價格……」

佑樹持續說著，加茂卻沒有心思細聽。雖然對佑樹有些不好意思，但加茂決定假裝聽他說話，觀察起四周。

壁掛式電視機旁的桌位，坐著一個正在打瞌睡的白髮男人。

那男人身材瘦削，看起來年過七旬。即使從加茂坐的位置，也可清楚看出男人的頭頂中心部位幾乎沒有頭髮。

早在接下這次的委託之前，加茂已認得那男人……六本木至道。

他是個時事評論家，經常在新聞節目中露臉。

聽說他年輕時是警視廳搜查一課的刑警，退休後才成爲時事評論家，所以他能夠善用年輕時的經驗，針對社會上的各種時事提出犀利的見解。傳聞他現在還是警方的顧問，經常在水面下協助調查辦案。

傳聞是否屬實不得而知，但他無疑是這次活動中知名度最高的參加者。

六本木的正對面，坐著另一個男人。從加茂的角度，只能看見那個人的背影。

對方的頭髮烏黑茂密。這個季節已頗有寒意，他卻只穿著襯衫加深綠色背心。雖然體型看起來脂肪多於肌肉，但因爲肩膀寬厚，依舊給人一種彪形大漢的感覺。

……那應該就是不破紳一朗。

不破是一名私家偵探，在新宿開了一家徵信社。

那徵信社的標誌，設計理念正源自不破身上的深綠色背心。換句話說，老闆經常穿在身上的背心，成了最佳宣傳工具。

雖然不破是以偵探爲職業，但他並不隸屬於任何公家機關，也不具備任何執照，因此在這次的試玩會裡，他還是被視爲一名「業餘偵探」。

餐廳裡瀰漫著一股懶洋洋的氣氛，自窗外透入的陽光也和煦宜人。

不知何時，佑樹的話題轉到了休憩中心的名稱上。他單手搖晃著杯裡的奶茶，說道：

「話說回來，『巨齒鯊莊』這名稱眞是一點創意也沒有。」

「只是直接冠上公司的名稱。」

「巨齒鯊是一種生存在古代的巨大鯊魚……」

「呃，我知道這名稱的由來……」

突然間，身旁傳來「啪」的一聲響。加茂吃了一驚，同時竟有一種腦袋正要往下掉的錯覺。

……差一點就失去了意識？

定睛一看，原來是一個塑膠杯翻倒在桌面上。衝擊力讓蓋子彈了開來，撒出杯裡僅剩的奶茶及冰塊。原本將杯子拿在手上的佑樹，低頭看著空無一物的右手，似乎不明白發生了什麼事。

佑樹擠出僵硬的笑容。

「難……難道被下了……安眠藥……？」

說這句話時，他的臉上毫無血色，眼中充滿倦意。加茂抓起自己面前的紙杯。杯裡還有大約四分之一的咖啡。

「好像是……」

兩人都喝掉了大部分的飲料，藥效已沒有辦法靠意志力抵抗。最好的證據，就是加茂也感受到前所未有的強烈睡意。

身穿制服的高中生乾山，仰靠在椅背上，閉上了雙眼。脖子呈現古怪的角度，他卻絲毫不以爲意，可見他也睡著了。

「希望只是……爲了營造氣氛……」

佑樹還沒有說完，便趴倒在桌上，撞飛了原本倒在桌面的杯子。

工作人員對試玩會的參加者下安眠藥？正常情況下，這種事情不可能發生。

更何況，在這次的活動中，加茂是負責安排事件的人。連加茂都不知道這件事，可見這絕對不會只是爲了營造氣氛。

……到底是誰做了這種事？目的是什麼？

加茂拚命抵抗，注意力仍迅速渙散。眼前突然一黑，桌面朝太陽穴撞來，聞到老舊亮光漆的氣味。

加茂就這樣失去了意識。

*

一睜開眼睛，他首先看見的是漆黑的天花板。

原來黑色是如此沉重的顏色？

加茂努力甩開彷彿快要遭天花板壓扁的幻覺，在床上坐了起來。腦袋的深處隱隱作痛。

此時，他置身在陌生的房間裡。不，有點似曾相識，但腦袋殘留著些許藥效，沒有辦法好好思考。

加茂坐在一張木製的單人床上。往腳的方向望去，可看見一張桌子及椅子。整個房間大概比飯店的單人房稍微大一點。牆上貼著奶油色壁紙，所有的擺設看起來都樸實無華。

望向床的左側，加茂吃了一驚。

只見一個直徑約二．五公尺的白色球狀物體。

若要打個比方，那就像是從前用來訓練太空人的旋轉椅的三次元版。但球體內並沒有椅子，只有一根粗大的黑色柱子，以及好幾條纜線。

加茂揉了揉太陽穴。他很清楚這是什麼裝置。

ＶＲ套裝控制裝置，RHAPSODY。

它號稱史上第一套全身型ＶＲ控制裝置，曾在東京電玩展上引發熱烈討論。預定在明年春天上市，販售價格暫定爲二十萬圓，雖然價格不菲，卻是讓許多玩家望穿秋水的熱門商品。

在巨齒鯊軟體公司進行前置作業時，加茂多次利用RHAPSODY確認遊戲內容設定有無瑕疵，而這次的試玩會，也是預定以這個裝置進行遊戲。

……既然這裡有RHAPSODY，代表應該還在巨齒鯊莊內？

加茂重新戴好滑落的黑框眼鏡，下床檢視自己的全身。

黑色牛仔褲、休閒襯衫，搭上外套，身上的服裝與在餐廳睡著前並無不同。不知是不是藥效還沒有完全消退，加茂感覺身體輕飄飄的，彷彿走在雲層上。

旁邊的木桌上，擺著筆記用品、活頁紙，還有建築物平面圖……以及一個大紙箱。紙箱裡裝滿食物和飲料。

紙箱前立著一張卡片。

衣櫥裡有ＶＲ控制服、手套型控制器及ＶＲ頭罩。穿戴之後請連接上RHAPSODY，進入《推理工廠2》遊戲。

詳情將在虛擬空間內進行說明，若有任何問題也請在虛擬空間內提出。

椋田千景

加茂首先感到一陣困惑，緊接著一股怒火湧上心頭。

從卡片內容看來，安眠藥似乎是工作人員的刻意安排。但爲什麼連扮演凶手的加茂也沒告知？

……這幾乎已是犯罪行爲，他們到底在想什麼？

加茂將手伸向胸前口袋，想要取出智慧型手機。總之，得盡快向椋田或十文字問個清楚才行。

但口袋裡空無一物，就連錢包都……還有成爲自由撰稿人之後，工作期間必定帶在身上的名片盒也不見了。

因安眠藥效而變得模糊不清的記憶逐漸回到腦海，加茂這才想起隨身物品都被收走了。

加茂看著那張卡片，遲疑了大約十秒。

要走出房間尋找工作人員，還是依照指示連接ＶＲ裝置？

煩惱半晌，加茂決定選擇後者。因爲這麼做才能確實聯絡上製作人椋田。

打開衣櫥一看，裡頭擺著ＶＲ控制套裝。

但加茂並沒有碰觸ＶＲ服和手套型控制器，只拿起了ＶＲ頭罩。

若以從前的遊戲機來比喻，ＶＲ頭罩就像是遊戲機本體，其他的手套型控制器、ＶＲ控制服及RHAPSODY都只是控制器而已。因此，如果要與工作人員通訊，只需戴上頭罩，啓動語音輸入功能就行了。

加茂一戴上頭罩，眼前立刻浮現一段文字。

這是加茂先生專用的ＶＲ頭罩。經生體虹膜確認為本人無誤……加茂先生，歡迎你。

文字消失的瞬間，加茂幾乎陷入恐慌。

……眼前的畫面上，居然出現女兒雪菜的身影。

她坐在餐廳的椅子上，一邊搖晃著雙腳，一邊以彆扭的動作握筆寫字。她的表情相當認眞，似乎在寫數學作業。

畫面的深處，伶奈在廚房緩緩攪拌著鍋裡的食材。

透過頭罩內藏的耳機，加茂可清楚聽見兩人的對話。

「雪菜，馬上要開飯了，把桌子收一收。」

「好～」

絕對不會錯……那是加茂家裡的餐廳與廚房。

雖然ＶＲ頭罩無法傳遞氣味，但加茂彷彿聞到妻子烹煮的牛肉濃湯香氣，像是伸出手就能碰觸到妻子和女兒。桌上的時鐘顯示爲一九：一五。窗外一片昏暗。

這景象實在太熟悉，加茂可以肯定絕對不是電腦合成的畫面，而是透過網路直播的影像。

家人正遭受監視？不，不對……伶奈與雪菜是被當成了人質？

加茂驟然感覺到一股寒意自背脊往上竄升。

從影像的角度來看，攝影鏡頭應該是設在餐廳的電視下方。

加茂記得那個位置擺著一台ＡＩ小管家。那是兩個星期前巨齒鯊軟體公司委託加茂試用的新產品。

……ＡＩ小管家上有針孔攝影機？

理解這一點的瞬間，加茂又想起一件事，不由得全身顫抖。

巨齒鯊軟體公司委託試用的產品，不光是那台ＡＩ小管家而已。如果**另一項產品**也藏有機關，後果恐怕不堪設想。

雪菜的右腕上戴著智慧型手表，印在上頭的標誌是一頭史前的巨大鯊魚。伶奈的手腕上也戴著相同的智慧型手表。

「夠了……我會聽從你們的指示。」

加茂緊咬著牙關說出了這句話。眼前的影像瞬間消失，黑暗中浮現一段訊息。

你拿到的智慧型手表是含有「死亡陷阱」的特別版，內部藏有毒針，能夠以遙控的方式使其彈出。

如果想要保住加茂伶奈、雪菜及你自己的性命，請依照指示行動。

加茂反射性地按住自己的左腕。

戴在手腕上的智慧型手表，同樣是巨齒鯊軟體公司在十天前交付之物。眼前又出現新的訊息。

智慧型手表以遙控方式上了鎖，若是不想死得毫無價值，請不要嘗試做出毀損手表的愚蠢行徑。

如果都明白了，請啟動《推理工廠2》。

加茂按下ＶＲ頭罩上的按鈕。

頭罩前方的面板上升到額頭的高度，眼前再度能夠看見現實世界的房間。加茂這才察覺自己的呼吸變得非常紊亂，全身都是汗水。

……智慧型手表裡藏有毒針？這一定是騙人的吧？

加茂一度考慮採取強硬的手段。但一想到伶奈和雪菜有性命之憂，實在不敢輕舉妄動。萬一判斷錯誤，很可能會害她們一起送命。

在摸清楚對方的意圖之前，還是乖乖聽話好了……加茂下定決心，從衣櫥裡取出ＶＲ控制服。

ＶＲ控制服會包覆頭部及雙手以外的全身，爲了方便穿脫，實際上分成好幾個部分。加茂並沒有脫去原本的衣褲，直接穿上ＶＲ控制服。由於這陣子已穿得很習慣，全部穿完只花了五分鐘左右。

ＶＲ控制服的顏色是以黑色和灰色爲基底，背部和腹部使用的是看起來像泡棉的厚實材質。

全部穿好之後，整身看起來就像是科幻電影裡的戰鬥服。這樣的外觀設計多半不是基於機能考量，而是希望提高玩家的購買意願。所有的材質皆具有高伸縮性，不管做任何動作都不會感到吃力。

最後，加茂戴上手套。手背上有著熟悉的巨齒鯊標誌。雖然手套單獨使用時電力不持久，但在RHAPSODY內部使用，就不會有續航力不足的問題。

由於戴著ＶＲ頭罩，加茂一走向RHAPSODY，球體便發出細微的啓動音效。

這是加茂先生專用的RHAPSODY。確認ＶＲ頭罩識別碼無誤……加茂先生，歡迎你。

眼前出現這樣的文字，同時球體配合加茂的動作打開了入口。

進入RHAPSODY之後，中央的粗大黑柱開始彎曲，形成可供人坐下的曲線。加茂坐了下來，仰靠在黑柱上，讓黑柱承受自己全部的體重。伴隨著「喀嚓」的聲響，感受到微弱的震動。

ＶＲ控制服的背部有一個直徑兩公分、深度也是兩公分的凹洞，那是凹型結合器。位置剛好在背部的中心點，高度差不多在肩胛骨的下方。

而RHAPSODY的黑柱上頭，有一個直徑和高度皆兩公分的凸型結合器。兩者以磁吸方式連接，正常接上的時候，RHAPSODY與ＶＲ服就會進行連線。

按下ＶＲ頭罩上的面板下降鈕之前，加茂先做了一次深呼吸。

接下來不管會發生什麼事，除了一頭栽進去之外，好像沒有其他的辦法了。

第三章　試玩會　第一天　遊戲指引

二〇二四年十一月二十二日（五）一九：三〇

一放下面板，眼前便出現熟悉的景象。

這次不是自家的直播畫面，而是**加茂親自設計的洋館**客廳。

加茂坐在客廳正中央的圓桌邊，畫面的右下方出現一排文字：「歡迎來到傀儡館！」

這棟傀儡館正是加茂與遊戲開發人員爲了試玩會而一同打造的舞台。不管是深灰色壁紙，還是黑檀色的圓桌，都是當初在監修作業中看了無數次的素材。

加茂可以肯定這是虛擬空間。電腦繪圖不管再逼眞，還是能一眼看出不同於眞實世界。

除了加茂之外，客廳裡還有五個人。

當然，這裡的「人」只是方便理解的單位，其實那些只是VR空間裡的虛擬分身。這五個人應該都是活動的參加者。

一個繪製得很像佑樹的人物來到加茂的身邊。宛如登場人物介紹，畫面的右下角出現「YUKI」（註）這個名字，隨即消失。

「請問……你是加茂哥吧？」

對方的口氣有些畏畏縮縮，聲音聽起來確實是佑樹。

不過，就算人物造型和聲音很像佑樹，也不代表在背後操控的人一定是他。在虛擬空間裡，人物的造型和聲音都可自由變換。

YUKI的表情帶著強烈的恐懼與疑惑。對方似乎也無法判斷眼前的人物是不是加茂本人。

加茂試著抬起右腳。遊戲裡他的虛擬分身也同樣抬起右腳。

VR控制服精準偵測全身的每個動作。

因此，玩家的全身動作都會正確反映在遊戲裡的虛擬分身上。舉例來說，如果加茂做出奔跑的動作，遊戲裡的虛擬分身也會做出完全相同的奔跑動作。

基本上，ＶＲ控制服必須與RHAPSODY搭配使用。

當RHAPSODY以纜線連接玩家的身體，就能將玩家的動作控制在球體內。如此一來，玩家就能在RHAPSODY的球體內安全地做出奔跑之類的動作，而且玩家會產生真的在虛擬空間內奔跑的錯覺。

加茂試著開闔了幾次手掌，接著低頭望向自己的服裝。

黑色牛仔褲、休閒襯衫、外套、皮鞋。遊戲裡的虛擬分身，穿著與現實中的加茂一模一樣。連瘦削的體格，手腕、雙腳及手指的長度，都完美呈現了現實中的狀況。

「你看我是什麼樣子？」

「看起來完全就是加茂哥的模樣。」

YUKI說道。加茂遲疑了一下，低聲問：

「他們……抓了你的什麼人當人質？」

YUKI嚇了一跳，反射性地以右手按住左腕。在虛擬空間裡，他的手上同樣戴著智慧型手表。接著，他以微弱的聲音回答：

「三雲。」

「……嗯。」

佑樹因幽世島事件而結識三雲繪千花，如今兩人已交往了四年。加茂見過三雲，是個條件

註：「佑樹」的羅馬拼音。

相當好的女孩，好到佑樹有些高攀不上。

YUKI回答了加茂的問題，卻沒有反問加茂被抓了什麼人當人質。不過，這並不奇怪，如果他真的是佑樹，根本不用問也知道答案。

就在這時，不知何處傳來了竊竊私語聲。

加茂轉頭一看，兩個眼熟的人物站在不遠處交談。

一個是頭頂髮量稀疏的白髮男人，畫面上標示著「ROPPONGI」（註一），應該是退休刑警六本木。另一個是身穿綠色背心的男人，畫面上標示「FUWA」（註二），應該是私家偵探不破。兩人都坐在圓桌邊的椅凳上，神色憂鬱。

距離圓桌稍遠處，則有名爲「KENZAN」（註三）的人物，看起來和現實中那個高中生一模一樣。他雙手交抱在胸前，注視著位於客廳南側的模型屋。

那模型屋在傀儡館內顯得特別醒目。

在一般人的觀念裡，模型屋的尺寸應該都不大，然而眼前的模型屋卻大得令人咋舌。目測大概是三公尺乘上一．五公尺，整座模型屋擺放在一張更巨大的黑色矮桌上。

KENZAN伸手操作他的智慧型手表。下一秒，他的眼前出現一片半透明的螢幕。在虛擬空間裡，每個人物持有的智慧型手表皆具有開啓選單或地圖的功能。

加茂聽說除了自己之外，其他參加者也都事先與十文字開過會，接受過RHAPSODY的使用方法及虛擬空間內基本操作的說明。因此，KENZAN開啓選單畫面的時候，動作看起來相當熟稔。

他開啓選單中的地圖，比較了地圖與模型屋，接著說：

「噢，原來這是傀儡館的迷你模型。」

沒錯，客廳內的模型屋，是傀儡館的十二分之一模型。

開發人員說過，設置模型屋的目的，一方面是爲了加強玩家心中對「傀儡」的印象，另一方面則是可用來當作推理時的參考依據，可說是發揮了一石二鳥的效果。

這座模型屋當然有屋頂。屋頂是石板瓦造型，並沒有與牆壁相連，而是與天花板部分一起懸浮在兩公尺高的位置。正確來說，是以鋼琴線垂吊在客廳天花板的下方。

加茂再度將視線移向圓桌。

圓桌邊還坐著一名加茂不認識的人物。畫面下方的人物介紹是「MUNAKATA」（註四）。

那是個超乎想像的美青年。留著一頭波浪捲的長髮，身上穿著老舊的騎士皮外套及破牛仔褲。以男性而言，他的個頭有些矮小，而且肩膀偏窄，或許是這個緣故，他散發出一種女性的陰柔氛圍。

加茂模仿KENZAN操作智慧型手表，開啓遊戲參加者的檔案資料。

一覽表顯示如下：

註一：「六本木」的羅馬拼音。
註二：「不破」的羅馬拼音。
註三：「乾山」的羅馬拼音。
註四：「棟方」的羅馬拼音。

遊戲參加者　**個人介紹**

遊戲參加者		個人介紹
加茂冬馬（38歲）	5.87	雜誌撰稿人
青葉遊奇（31歲）	5.81	推理作家
六本木至道（74歲）	5.71	時事評論家
不破紳一朗（56歲）	6.20	不破徵信社老闆
未知千明（37歲）	5.31	自稱「萬事通」
東柚葉（35歲）	5.05	T市民醫院事務員
乾山涼平（17歲）	5.48	KO高中二年級學生
棟方希（25歲）	5.38	自稱「流浪者」

那個MUNAKATA，應該就是一覽表中的棟方希吧。

或許是他自稱「流浪者」的關係，他的外貌與加茂原本的想像截然不同。但在這種異常事態下，他依然一副氣定神閒的模樣，確實給人一種不食人間煙火的印象。

突然間，旁邊響起了「咻」的兩聲電子音效。

下一瞬間，原本沒有人的位置忽然冒出兩個虛擬分身。

其中一人的名字是「AZUMA」（註一），是個體型嬌小、豐腴的可愛女性。另一人也是女性，卻是個有些頹廢的美人，名字是「MICHI」（註二）。

兩人似乎都不明白自己爲什麼會出現在這個地方，臉上毫無血色，看起來相當不安。

〈各位請到圓桌邊就坐。〉

不知何處傳來熟悉的說話聲。那是略帶鼻音的女性嗓音。

八個人都心不甘情不願地走到圓桌邊。ROPPONGI厲聲問：

「妳是椋田吧？」

又是「咻」的一聲輕響，模型屋旁出現一名女性虛擬分身。對方有雙杏眸，畫面下方的名字是「椋田」。

「好久不見了。自從行前會議結束後，這應該是我跟各位第一次見面吧？」

椋田的喉嚨深處發出沙啞的笑聲。

「我下令沒收你們的智慧型手機及所有隨身物品，是爲了讓你們沒有辦法與外界聯繫……那些東西放在一個能夠阻斷任何傳輸方式的特殊盒子裡。這就叫有備無患，對吧？」

FUWA大大搖頭，說道：

「我不知道妳到底打算做什麼，但妳大概犯了超過一百條法律吧。」

椋田也誇張地搖起頭，彷彿要還以顏色。

「只有一百條嗎？除了把你們的家人或親近之人當作人質之外，我還下藥迷昏並監禁了戌乃島上的巨齒鯊開發人員及業務人員。」

見椋田說得興高采烈，加茂不由得頭皮發麻。

光是要將在餐廳裡睡著的所有人搬運到各自的房間裡，應該就不是椋田一個人能夠辦到。但反過來想，今天爲了這個活動而來到這座島上的巨齒鯊軟體公司員工至少有二十人，不

註一：「東」的羅馬拼音。

註二：「未知」的羅馬拼音。

太可能全是椋田的共犯。就算保守推估，除了加茂等人之外，椋田至少還監禁了十人以上。

FUWA顯得有些驚愕，但他馬上說道：

「我勸妳立刻放了大家吧，不然妳的罪會更重。」

或許因爲他是私家偵探，經歷過的事件比加茂等人更多，此刻他的聲音還算冷靜，口氣也像是在訓斥頑皮的小孩。

然而，這似乎對椋田造成了反效果。

「偵探就是這樣，所以我才那麼討厭偵探……永遠以爲只有自己是對的，不管做什麼都會得到原諒。」

椋田的虛擬分身張大了嘴，連深處的臼齒都清晰可辨，聲音充滿了恨意。

或許是椋田表現出的憎恨太過強烈，FUWA也倒抽了一口氣，沒再開口。明明只是遊戲內的虛擬分身，加茂卻感覺自己看見了隱藏在椋田心中的怪物，就像是面具裂了一道縫隙，露出底下的眞面目。

目睹這一幕，加茂明白了一件事。

隱藏在椋田心中的，並不是尋常的惡意。憎恨、狂暴、破壞衝動……她正把混合了這些情緒的負面能量，發洩在所有參加者身上。

經過了十秒的沉默之後，加茂下定決心，開口問：

「妳的目的是什麼？」

椋田笑容滿面地說。

「接下來，各位將要進行一場搏命的遊戲。遊戲名稱叫……『賜給名偵探甜美的死亡』。」

「妳玩夠了嗎？」

ROPPONGI嘶啞大吼。他從圓桌邊站起，在客廳內繞起圈子，雙眼緊盯著椋田，表情充滿不屑。

「像妳這樣的年輕人，幾十年來我不知看過多少個……以爲自己很厲害，能夠做到別人做不到的事情，總是喜歡以偏激的言論吸引他人的目光，其實只是腦袋空空的草包。」

椋田倏地瞇起雙眸，說道：

「你認爲我也是那種人？」

「我猜妳只是想惡作劇吧……這種惡劣的心態，眞的讓人想吐。」

然而，除了ROPPONGI之外，其他人的想法並沒有那麼樂觀。最好的證據，就是圍著圓桌而坐的七人臉上依然籠罩著陰霾。

感受到潛藏於椋田心中的惡意之後，加茂實在不認爲「賜給名偵探甜美的死亡」這句話只是單純的玩笑或比喻。

聽到「惡劣的心態」這樣的指責，椋田笑得益發燦爛。

「謝謝你的讚美。不過你們別誤會，『賜給名偵探甜美的死亡』這個遊戲與原本要舉辦的試玩會其實沒有太大的不同。唯一的差別只有『失敗者會在現實中死亡』。」

ROPPONGI立刻反唇相譏：

「妳還想要繼續玩下去嗎……？死亡遊戲在這年頭已是老掉牙的設定，恐怕沒有人會感到驚訝。」

椋田喉嚨的深處又發出笑聲。

「如果你想抵抗，請自便。不過我可不保證你的性命安全。」

這樣的威脅並沒有令ROPPONGI屈服。他在窗邊停下腳步，伸手往在虛擬空間看不到的頭罩上按了一下。

「這種荒唐的鬧劇，我可不想陪妳演下去。」

說完這句話，虛擬分身ROPPONGI就再也不動了，手指依然放在右側的太陽穴上。

ROPPONGI沒有任何動作，應該是因爲現實世界中的他按下了ＶＲ頭罩上的面板上升按鈕。當頭罩上的面板離開玩家的眼前，遊戲裡的虛擬分身就會進入暫停狀態。

椋田嘆了一口氣，說道：

「六本木離開了傀儡館……沒辦法，接下來我們將舞台轉移到現實世界的巨齒鯊莊吧。」

＊

只要升起頭罩上的面板，主機與RHAPSODY的連線就會自動中斷。加茂從黑柱上站起的同時，球體打開了出口。

奶油色的壁紙、木製的床……這裡是加茂原本所在的現實世界房間。

加茂接著取下ＶＲ頭罩及手套型控制器，扔在床上。要在現實世界中行動，戴著這些東西只是累贅而已。

房間的門上有著旋鈕鎖及門扣鎖，看起來平凡無奇，就是大多數飯店所使用的類型。由於旋鈕鎖並沒有鎖上，加茂直接轉動握柄式門把，房門應聲而開。

房間外是一條鋪著木頭地板的走廊。

加茂走出房間，不破也剛好從右側房間走了出來。

他的身上穿著ＶＲ控制服，擋住了他標誌性的深綠色背心。由於兩人站得近，加茂這才察覺不破有股懾人的氣勢。因爲他的身高接近一百九十公分，雖然包含了不少脂肪，體格卻非常結實。

然而，不破有張娃娃臉，與他的體格和年齡極不相稱。此時他的臉皺成一團，顯得相當困擾。

「六本木一旦下定決心，誰也阻止不了他……希望他不要太亂來。」

不破果然一語成讖，不知何處傳來拖拉重物的聲音。

加茂與不破趕緊朝著聲音傳來的方向奔去。過了一會，佑樹也衝了出來。三個人的身上都還穿著宛如戰鬥服的ＶＲ控制服，因此明明身在現實世界，卻沒什麼現實感。

聲音來自巨齒鯊莊的大門口。

六本木正將一張木頭椅子從餐廳拖到大門口。

他仍戴著ＶＲ頭罩，套著手套型控制器，似乎是嫌麻煩所以沒有拿下來。凌亂的白髮，自上升至頭頂的面板邊緣露了出來。

〈企圖從巨齒鯊莊逃走，是嚴重違反規則的行徑。〉

熟悉的話聲自天花板附近的監視器傳來。顯然那監視器上裝有擴音器。六本木哼笑一聲，說道：

「快把門打開！我說過了，我不會陪妳玩這個遊戲。妳就跟剩下的七個笨蛋一起玩吧。」

〈……如果你執意反抗，我會發動智慧型手表的「死亡陷阱」。〉

「做得到的話，妳就試試看吧！」

六本木一邊大喊，一邊朝著門板舉起了木椅。加茂等人想要上前阻止，但爲時已晚。

下一秒，六本木的身體忽然劇烈抽搐。椅子從他的手上滑落，倒在木頭地板上，發出刺耳的聲響。

〈第一名犧牲者。〉

椋田歌唱般低語。

六本木用力睜大眼睛，不停甩動腦袋，似乎想要說話，卻只能發出呻吟。接著，他整個人摔倒在木頭地板上，身體斷斷續續地打著哆嗦，嘴裡不停冒出泡沫。

「快救他！」

不破奔向六本木的身邊，嘗試進行急救。

加茂也衝了上去，兩人合力將六本木翻成側躺。這是爲了讓泡沫及嘔吐物流出嘴外，避免他窒息而死。

過程中，不破的手掌因爲支撐著六本木的頭部，手指不小心碰觸到VR頭罩的按鈕，導致面板降了下來，遮住六本木的眼睛。過了一會，六本木不再吐出大量的泡沫，不破將壓迫著他的頭部的VR頭罩拿掉，加茂也鬆開他身上的VR控制服，嘗試進行心臟按摩。

可惜兩人的急救行動對化解劇毒沒有任何幫助。半晌之後……不破顫抖的手指抵在六本木的脖子上，低聲說道：

「不用忙了……他死了……」

從抽搐到死亡，不過短短數分鐘。

此時七名參加者都聚集在大門口。所有人都像失了魂一樣，瞪大眼睛俯視著斷了氣的六本木。

加茂從遺體的手上取下手套型控制器。

解開右手的手套時，智慧型手表也跟著脫落了。表帶的鎖解除，彷彿任務已完成。加茂往六本木的手腕一探，果然已無脈搏。右腕外側有一道新的傷痕，看起來確實是毒針所造成。

乾山一臉茫然地低頭看著遺體，低聲說道：

「智慧型手表上的『死亡陷阱』是眞的，不是嚇唬我們。」

「……啊啊！」

旁邊一個女人忽然發出裂帛般的尖叫聲。那女人的模樣，與剛剛遊戲裡的AZUMA極為相似。她抱著頭，左右搖晃。

參加者一覽表中，有一名參加者叫東柚葉，應該就是她吧。

東的身材嬌小，身高只有一百五十五公分左右，體型微胖，臉孔和體態都給人圓潤、柔和的印象，下垂的眼角含著淚水。

加茂以為她陷入了恐慌狀態，但似乎並非如此。她一邊喘氣一邊瞪著監視攝影機，眼神宛如被逼急了的野獸。

「要是妳敢傷害那孩子……我絕對不饒妳！」

椋田帶著笑意說道：

〈聽說母熊會為了保護孩子而變得凶暴，看來人類也是一樣……我挑選的人質，都是各位的家人或情人，相信是各位就算賭上性命也要保護的對象。我想應該沒有人想要反抗了吧？〉

如此卑劣的手段，令加茂不禁氣得咬牙切齒。一旁的東依然憤怒地瞪著監視攝影機。

「妳和我們到底有什麼仇恨？我們跟妳完全不認識，為什麼妳要做這種事？」

〈東小姐，妳**真的**不知道原因？〉

東一臉錯愕，旁邊的不破忽然臉色大變，低聲說：

「椋田這個姓氏……難道是……」

不破的視線在半空中遊移，嘴裡不停喃喃自語。

「我想起來了，那個人有兩個孩子……妳該不會是椋田耀司的女兒吧？」

〈原來你還記得這個名字。不過這也很正常，畢竟是死在你手裡的人。〉

不破脹紅了臉，像個任性的孩子一樣猛搖頭。

「不，妳誤會了！那是……」

他似乎想要反駁，卻張口結舌，說不出話來。或許是他想起椋田握有啓動毒針的開關，也或許有其他的理由。總之，到頭來他還是什麼也沒說。

椋田以勝利者的口吻接著說：

〈現在你們應該明白了，這是一場**復仇**。〉

驀地，有人輕輕嘆了一口氣。容貌和遊戲中的MUNAKATA一模一樣的俊美青年，一臉蒼白地說：

「我明白了，妳跟不破之間有深仇大恨，妳想要殺了他。除了不破之外，我們之中應該還有一些人，是妳想要復仇的對象吧？」

以男性而言，棟方的嗓音算是頗高，卻又帶有一種獨特的磁性。

〈……沒錯。〉

「妳跟這些人有仇，爲什麼不找他們下手就好？爲什麼要把身爲局外人的我也拖下水？」

棟方冷冷地問道。或許是容貌太過俊美的關係，當他流露出冷酷的眼神時，看起來簡直像是異於人類的另一種生物。

突然間，擴音器傳出了狂笑聲。

〈哈哈哈！看來你還沒有搞清楚。你們之中沒有一個是**局外人**。包括不破、棟方在內，你們全部都是當事人！〉

「……因爲我們是業餘偵探？」佑樹咕噥道。

這是連加茂也沒有想到的盲點。在場八人的共通點，確實只有「業餘偵探」而已。但加茂從沒想過這會與椋田的犯案動機有關。

佑樹這句話似乎說中了椋田的心思。雖然隔著擴音器，還是可隱隱聽見椋田的呼吸變得急促。

佑樹持續自言自語：

「我雖然破解過幾起案件，但從不認爲自己是偵探……在妳的眼裡，我也是業餘偵探嗎？」

這應該是佑樹發自內心的疑問。

雖然不清楚理由，但加茂知道佑樹打從以前就很不喜歡所謂的偵探。

數年前的過年期間，佑樹喝得酩酊大醉，對加茂說了一句「我最討厭你那種好像什麼都要看穿的偵探性格」。加茂聽了當然是大爲困擾，不知該怎麼辦才好，沒想到佑樹隔天竟然把這件事忘得一乾二淨。

椋田聽了佑樹的話，只是哼笑一聲，說道：

〈沒想到你是這麼狡猾又卑鄙的人，看來我太低估你了。〉

「……咦？」

〈你想強調只有你是無辜的，不應該遭受這樣的對待？〉

椋田的口氣流露出了強烈的厭惡。佑樹沉默不語，一臉困惑。加茂輕嘆一口氣，代替佑樹說道：

「原來如此。」

〈什麼原來如此？〉

「妳的動機並不是對特定人士的私怨，而是對**所有業餘偵探**的強烈厭惡。」

沉默半晌，椋田才略帶倦意地說：

〈加茂，我越來越同情你了……不管什麼事情，你都要插一腳，查得水落石出才肯罷休，這證明了你有著與生俱來的偵探性格。〉

加茂不由得瞇起了雙眼，自嘲道：

「是嗎？過去只要稍有差錯，或許現在的我已是個犯罪者。」

〈眞是幼稚的推託之詞。總之，就算你發現了我的動機，也沒有辦法改變現況。〉

確實如此。如今椋田已殺了六本木，想要勸她回心轉意可說是難上加難。

椋田接著輕聲低喃：

〈……你們想不想知道在這場遊戲中存活下去的方法？〉

一個容貌與遊戲中的MICHI相同的女人應道：

「妳的意思是……只要遊戲能夠順利破關，妳就會放了我們和所有人質？」

加茂想起參加者名單裡有個名叫未知千明的人物。因爲她自稱職業是「萬事通」，給人一種神祕兮兮的感覺，加茂一直先入爲主地認爲應該是個男人。

原來她不僅是個女人，而且是個包含許多矛盾要素的女人。

她有著肉感的雙唇，散發出極致的成熟之美，偏偏她的眼神又充滿稚氣，閃爍著宛如頑皮國中生的光輝。不僅如此，她散發一種獨特的氛圍，不知該說是厭世還是憤世嫉俗。

對於未知的提問，椋田裝模作樣地回答：

〈諸位偵探若能達成勝利條件，將能獲得自由……我會實現你們所有的願望。〉

那是《Battle Without Honor》海報上的宣傳標語。

加茂的腦海裡，浮現海報上那個綠髮魔女的身影。

明明沒有缺點，卻似乎欠缺了什麼。既瘋狂又偏執的魔女。這個翠綠色的魔女，就像是《Battle Without Honor》中的惡作劇之神。

未知聽了椋田的回答，半信半疑地說道：

「我們眞的能夠相信妳嗎？」

〈當然，我身爲遊戲的主辦者，絕對不會說謊。〉

就在這時，乾山玩著劉海問道：

「妳這樣的做法不是很矛盾嗎？如果眞的想要殺死我們，爲什麼不在用安眠藥讓我們睡著之後立刻動手？強迫我們玩遊戲，不是繞一大圈子嗎？」

〈這是個好問題。我原本也是這麼打算……但每個人遲早都會死，如果只是讓你們提早迎接死亡，不算是眞正報了仇。在殺死你們之前，我要先將你們推進比死更痛苦的絕望深淵。〉

未知皺起了眉頭，但她隨即露出親切的微笑。

「看來妳根本不打算讓我們活下去……好吧，妳到底要我們玩什麼遊戲？」

〈請你們**依照原本的計畫**，挑戰ＶＲ遊戲《推理工廠２》。〉

「……什麼？」

未知臉上的笑容僵住了。但在場所有人當中，最驚訝的人恐怕是加茂。

……依照原本的計畫？難道在這樣的情況下，還要我扮演凶手？

此時，東沉吟道：

「我不太懂……依照你們之前的說法，試玩會的凶手就混在我們之中。這個意思是，我們只要解開凶手的殺人手法，就算是破關了嗎？」

椋田哈哈大笑。

〈哈哈哈！妳覺得有可能嗎？不愧是單細胞生物，眞是太天眞了。〉

這句話明顯是在挑釁。東的脾氣似乎有些暴躁，氣得滿臉通紅。

〈擔任凶手角色的人，確實就在你們這群人當中。我同樣握有凶手的人質，這一點和其他擔任偵探的人並沒有什麼不同……但是除了擔任凶手的人之外，你們之中還有一個人，其實是我的共犯。〉

加茂感覺胃部越來越沉重。

七人之間原本微微產生的團結意識瞬間消失，取而代之的是懷疑與猜忌。每個人都朝其他人上下打量，明知是白費力氣，還是嘗試想找出叛徒到底是誰。

椋田想必已透過監視器看見這幕景象，她愉快地說：

〈請稱呼我的共犯爲「執行者」……接下來，「執行者」將會代替我將你們一一殺死。〉

*

〈「賜給名偵探甜美的死亡」將在虛擬空間中進行，以傀儡館爲主要場景，但會橫跨現實世界中的巨齒鯊莊，形成雙重的封閉空間（closed circle）。遊戲結束的時間，設定在兩天後，也就是二十四日的中午……〉

結束的時間與原本的試玩會相同。椋田接著說：

〈由我說明遊戲規則。首先，你們之中包含三種人，分別是「偵探」、「凶手」及「執行者」。〉

加茂明白自己的角色是凶手，但決定不說出這個祕密，先觀望一陣子。眾人之中首先開口的是不破，他誇張地聳了聳肩，說道：

「只剩下七個人，大部分都是偵探，僅有一個凶手和一個執行者？」

椋田嗤嗤笑著，說道：

〈現在我嚴格定義這三種角色的職責。

「偵探」負責解開凶手及執行者的殺人手法，找出凶手的身分。

「凶手」除了負責在虛擬空間內殺人之外，還要調查並非由自己製造的命案，找出在背後搞鬼的人。

「執行者」負責干擾及殺害所有人，目標是殺死所有偵探陣營成員，或是拖延偵探陣營的調查進度，直到時間結束。

「偵探」和「凶手」雖然立場不同，但都屬於偵探陣營。只有執行者的立場與你們不同，屬於我的陣營。〉

此時，佑樹戰戰兢兢地開口：

「請問……偵探或凶手只要有人達成目的，就算是勝利了嗎？」

〈當然，偵探陣營任何一人達成勝利條件，就算是我和執行者輸了，存活的所有人都是贏家。〉

聽到這個回答，佑樹反倒露出疑惑的表情。

加茂明白他如此反應的理由。

棕田以惡劣的手段監禁了所有參加者，還握有人質，照理說她應該會宣布「只解放達成勝利條件的那一人，將其他人殺死」。這麼一來，參加者之間一定會起內鬨，最後同歸於盡。

然而，棕田提出的規則，卻是對業餘偵探這方有利。

……爲什麼在規則上對我們這麼仁慈？

〈或許有人會懷疑這勝利條件太寬鬆了。〉

被棕田說中，加茂忍不住問：

「妳在打什麼主意？」

〈不管是「偵探」還是「凶手」，每個人都只有一次回答的機會。而且必須單獨回答，不能與其他玩家合作。只要答案稍有不正確，回答的玩家就算是輸了。〉

「……輸了會怎樣？」

〈在事件中做出錯誤的判斷，對偵探來說是最大的恥辱。既然搞砸了事情，當然就得獻出生命作爲賠罪……在實際的殺人事件裡，偵探的推理如果出錯，很可能會造成更多人受害。在你們過去參與的事件裡，或許受害者都是別人，但在這個遊戲裡，你們必須賭上自己的生命。〉

所有人都啞口無言。棕田落井下石般繼續道：

〈還有，如果直到遊戲時間結束，「偵探」和「凶手」都沒有達成勝利條件，所有人都得死。沒有辦法做出正確推理的偵探，根本沒有存在的價值。〉

棟方嘆了口氣，說道：

「輸了的玩家，妳要怎麼取他們的性命？又是用手表裡的毒針嗎？」

〈當然不是！毒針只會用在玩家違反規則的情況。輸了的玩家，會成爲執行者的下一個目標。〉

椋田刻意露出吃驚的表情。棟方瞇著眼睛說道：

「原來如此……輸了的玩家，會成爲執行者下一次謀害的犧牲者。」

〈當玩家敗北，就會成爲考驗其他玩家的新謎題。這眞是最完美的遊戲制度，不是嗎？〉

這令人作嘔的創意，讓加茂皺起了眉頭。未知鐵青著臉問道：

「我總覺得當凶手比當偵探有利，至少凶手不必費心破解自己設計的殺人手法。」

〈你們放心，我當然考慮過這方面的公平性。凶手的職責，是達到「完全犯罪」。如果凶手行動失敗，就算是輸了。〉

椋田若無其事地追加了新的條件。她又笑著說：

〈如同我剛剛提到的，偵探的勝利條件是說出完美的答案。只要達成條件，遊戲就結束了。但如果偵探只解開凶手的手法，沒有解開執行者的手法，那就是最壞的情況。不僅沒有說出完美答案的偵探算輸，連被解開了手法的凶手也算輸。〉

未知露出同情的微笑，應道：

「哎呀，眞是可憐。凶手不會知道偵探說出的是完美的答案，還是只有一部分正確的答案。所以凶手只能想盡一切辦法，避免自己的手法被偵探們看穿。」

〈沒錯。〉

「原來如此。參加者都不是泛泛之輩，想要完全不被看穿恐怕不容易。」

未知說這些話的時候，完全沒有對椋田顯露出敵意。就這點而言，未知與容易感情用事的東形成了強烈的對比。

然而，未知的雙眸流露的神采，卻同時帶著國中生的單純與老江湖的狡獪，顯然她表現出來的態度，也不能直接與她的想法畫上等號。

但可以肯定的一點是，加茂的立場比未知所想的更加複雜。

加茂原本預定在試玩會裡執行的犯罪計畫，共包含了兩個階段。

想要保住性命，兩個階段的計畫都必須順利執行。雖然加茂有自信犯罪計畫不會被輕易看穿，但敢不敢以自己的性命作爲賭注，又是另外一回事了。

不過，擔任凶手也不見得全是壞事。

只要豁出性命，其實可以選擇將眞相告訴眾人。或者使用一些拐彎抹角的方式，在椋田沒有察覺的情況下，給予其他玩家一些破解手法的提示。

〈……或許有人在想，如果擔任凶手的玩家自己招供呢？要是凶手不惜犧牲自己的生命，偷偷給偵探玩家一些提示，這種情況該如何裁定？〉

加茂察覺心思再度遭到看穿，背上冷汗直流。簡直就像是在對付一個擁有讀心能力的妖怪。

椋田彷彿玩弄著獵物般繼續道：

〈只要凶手做出疑似招供的行徑，毒針會立即發動。凶手還沒有說出眞相或提示，就會白白丟掉性命……光是這樣還不夠，要是凶手抱持犧牲自己的想法，這遊戲就沒有辦法繼續下去了。〉

「妳……妳還打算怎麼做？」

佑樹顫抖著問道。

〈爲了避免發生這種情況，無論是自行招供或犯案手法被看穿，凶手都必須接受最嚴厲的

懲罰……除了殺死凶手之外，我還會殺死人質。〉

……眞是太可惡了！

加茂勉強壓抑下了想要大吼的衝動。

在這樣的規則下，除了「想盡一切辦法不被偵探看穿」之外，加茂沒有第二條路可走。如果想要確保伶奈和雪菜的性命，還得查出執行者的身分。

椋田接著又說：

〈啊，是不是有人開始認爲凶手很可憐？但我勸你們最好不要猶豫不決，如果遊戲時間結束，沒人說出答案，所有人都得死……想要在這場遊戲中獲勝，除了必須賭上自己的性命，還必須奪取他人的性命。〉

不破不屑地說道：

「妳想要用這種手法讓我們自相殘殺？」

〈呵呵，以上就是遊戲規則。〉

椋田單方面地想要結束對話，此時乾山又想到一個問題，開口道：

「現實世界如果發生犯罪事件，那就是執行者幹的？」

〈當然，發生在現實世界中的犯罪事件，都是執行者一人所爲。〉

「妳應該不會說謊吧？」

〈妳要我說幾次？我身爲這場遊戲的主辦者，絕對不會提供虛假的資訊。〉

原本陷入沉思的東，提出疑問：

「我再問一個問題。建築物裡眞的只有我們七個人嗎？妳該不會讓我們誤以爲只有七個人，其實在建築物裡另外安排了殺手吧？」

〈我不會用這種不公平的手段。在「賜給名偵探甜美的死亡」的遊戲過程中，傀儡館與巨齒鯊莊都會處於完全封閉的狀態，不管是虛擬空間裡的分身，還是現實中的活人，都只有你們七個人。還有其他的問題嗎？〉

眾人面面相覷，沒有人再開口說話。

擴音器再度傳出椋田那樂在其中的話聲。

〈這裡有七個偵探……在推理小說的世界裡，不是常有人戲稱「名偵探走到哪裡都會發生殺人事件」嗎？雖然你們有沒有資格稱爲名偵探實在令人懷疑，但這麼多偵探齊聚一堂，畢竟不是常有的事吧。〉

棟方不耐煩地瞪著擴音器說道：

「妳到底想表達什麼？」

〈我想說的是，在這種**特殊狀況**下……就算爆發什麼出乎我意料之外的世界性危機，似乎也不是什麼離譜的事情。〉

*

「世界性的危機……確實有可能，這可不是什麼玩笑話！」

佑樹壓低嗓音如此強調。加茂確認其他五人沒聽見他們的對話之後，才點頭說道：

「嗯……是啊。」

從前加茂爲了拯救妻子及龍泉家的人，竭盡全力解開連環命案「死野的慘劇」之謎，迴避了可能會發生的悲劇。

當然，如果只是這樣，與其他業餘偵探並沒有太大的差別。

最大的差異有兩點……其一是加茂穿越時空到一九六〇年，其二則是「死野的慘劇」涉及所有人類的存亡危機。

若不是親身經歷，加茂絕對不會相信世界上有那樣的事情。然而，人類的存亡危機確實因爲加茂揭開了連環命案的眞相，而成功迴避，這是毋庸置疑的事實。與此同時，一種名爲「龍泉家的詛咒」的神祕現象也消失了。

加茂皺著眉頭繼續道：

「萬一……我、伶奈或雪菜在這次的事件裡犧牲，危機可能會以不同的形式再次出現。」

「確實有可能。」

佑樹一臉憂鬱地說道。加茂反問：

「你不是也遇過類似的狀況？」

五年前，佑樹在幽世島遇上連環命案。事實上，他前往幽世島的目的是爲了「替童年好友報仇」，沒想到卻在島上遭遇了前所未有的人類存亡危機。

後來全靠佑樹解開殺人事件之謎，並且查出幽世島的祕密，危機才得以解除。

「要是我和三雲死了，後果不堪設想……雖然除了我們兩人之外，加茂哥和伶奈姊也知道『幽世島的祕密』，但你們也被捲入這次的事件。」

沒錯……椋田的計畫不僅令加茂等人有性命之憂，還有可能讓加茂和佑樹從前費盡苦心才迴避的兩大人類存亡危機再度化爲現實。

佑樹露出自暴自棄的笑容。

「加茂哥，你知道『龍泉家的家訓』嗎？」

「我知道，伶奈說過好幾次。『這世界充滿了不可思議，任何異想天開的事情都有可能成眞』，對吧？」

「我們又一次印證了這個家訓……沒想到竟然會有人找來一群業餘偵探，大玩死亡遊戲。」

佑樹突然不再說話，只是凝視著加茂。

他的眼神似乎是在問：「這眞的只是偶然嗎？」或許是擔心遭到竊聽，他沒有把這個問題問出口。

加茂低頭看著地板，陷入沉思。

佑樹剛從幽世島歸來時，原本想要隱瞞在島上發生的連環命案的眞相。但因爲他的說法實在不合理，在加茂與伶奈的逼問下，佑樹只好坦承了自己的遭遇。

聽完了佑樹的遭遇，加茂不禁毛骨悚然。

……爲什麼龍泉家的後代子孫這麼容易被捲入異常事態？「龍泉家的詛咒」眞的消失了嗎？

加茂的內心深處依然存在著這樣的疑問。

天底下大概只有一個人能夠回答這個問題。加茂的腦海浮現一座小小的沙漏。

「賀勒……」

加茂不禁脫口而出。

佑樹先是瞪大了眼睛，接著一臉遺憾地說：

「沒錯，雖然我沒有見過他，但如果他能夠在場……」

麥斯達·賀勒擁有全世界最強大的駭客能力。

由於這個特殊能力，賀勒在都市傳說裡被稱爲「奇蹟沙漏」，據說「可以實現任何願望」。

賀勒是一條有著沙漏墜飾的項鍊。加茂遇上賀勒，是在六年半前。當時加茂與賀勒曾攜手合作，挑戰悲慘的連環命案，阻止了一個惡毒的計畫。

賀勒如果在場……要是那沙漏就在手邊，情況肯定會截然不同。憑著賀勒的能力，要解開智慧型手表的表帶鎖，或是讓毒針無法啓動，都是易如反掌的事情。

但賀勒六年前就離去了。

自從那天之後，加茂再也不曾見過那條有著沙漏墜飾的項鍊。當然，賀勒也不曾嘗試與加茂聯絡。

加茂輕輕搖頭，說道：

「抱歉，我說了奇怪的話……他早就不在了。」

不知不覺中，門口只剩下加茂與佑樹兩個人。由於椋田下令所有人先回自己房間，其他五人都已乖乖照做。

「我們也先回房間吧。」

加茂說道。佑樹卻低頭看著六本木的遺體，一副心神不寧的表情。

「或許……我根本沒有資格當偵探。」

「怎麼突然說這種話？」

「我從前也曾想要報仇，所以很清楚……那個時候我想要做的事，跟椋田千景的行爲基本上沒有什麼不同。」

加茂心中納悶，還是用力搖頭說：

「沒那回事。」

佑樹彷彿沒聽見加茂的聲音，一臉茫然地繼續道：

「直到現在，我依然不後悔。那時候……我滿腦子只想著如何靠自己的雙手報仇。」

「佑樹……」

加茂不知該說什麼才好。佑樹露出悲傷的微笑。

「當一個人決定爲了復仇捨棄一切時，就無法回頭了。現在的我，已是椋田千景**那一邊的人**。一旦跨越那條紅線，就算要我扭曲眞相或捏造證據，我也不會有絲毫遲疑。像這樣的我，有什麼資格譴責她的罪行？」

佑樹停頓了一下，下定決心似地說：

「所以……我決定放棄當偵探。」

加茂花了好一段時間，才理解佑樹這句話的意思，大腦彷彿拒絕理解。在這段時間裡，佑樹靜靜地說：

「抱歉，加茂哥……我跟你不一樣，沒辦法做到跟你一樣的事情……」

佑樹痛苦地說完這句話，轉身消失在走廊的盡頭。

第四章　試玩會　第一天　第一波

二〇二四年十一月二十二日（五）二〇：五〇

回到房間之後，加茂將房門的旋鈕鎖及門扣鎖都鎖上了。

接著加茂查看浴室及衣櫥，確認房間裡沒有其他人。

使用RHAPSODY的期間，身體必定會處於毫無防備的狀態。爲了降低在這段期間遭受執行者攻擊的危險，能夠做到的防護措施都不能馬虎。

在做這些事情的過程中，剛剛佑樹所說的話不斷在加茂的腦海裡迴盪。

……爲什麼佑樹會說出那樣的話？

就算椋田禁止玩家共同提出推論，玩家之間至少可以在調查行動上攜手合作。但佑樹似乎連這一點也不想配合。

加茂嘆了一口氣，決定重新啓動RHAPSODY。

首先加茂走進RHAPSODY內部，坐在粗大的黑柱上，整個人仰靠著黑柱。凹凸連結器會自動調整位置，接上後進行連線。最後，加茂放下VR頭罩上的面板。

下一瞬間，加茂回到傀儡館的圓桌邊。

加茂似乎是最後一個回到虛擬空間的人。坐在圓桌邊的六個人，正不停地互相打量及觀察。

所有人在現實世界都已打過照面，於是加茂依照虛擬空間中的名字及分身的外貌，來判斷每個人的身分。

然而，這樣的判斷不見得百分之百正確。例如，雖然YUKI就在他的面前，但操控這個分身的人不見得眞的是佑樹。

〈看來七個人都到齊了。〉

這次椋田沒有再以分身的形態出現在虛擬空間中，取而代之的是視野的左下角出現「椋田」兩字提示。

〈接下來，我們將以語音通話的方式進行交談……怎麼了？為什麼你們互相看來看去？我明白了，因爲沒有辦法確定誰是誰，你們感到不安？〉

椋田再次說中眾人的心事。包含加茂在內，所有人都低下了頭。椋田發出了宛如來自喉嚨深處的訕笑聲。

〈你們放心吧，在「賜給名偵探甜美的死亡」這個遊戲裡，所有的分身必定與玩家有著相同的外貌，而且分身的模樣在遊戲的過程中絕對不會改變。你們也很清楚，VR頭罩有生體虹膜辨識機能，所以控制分身的玩家絕對不會中途換人……這樣你們才能把所有的心思集中在推理上，對吧？〉

此時，FUWA忽然轉頭望向窗邊，露出難過的神情。

「六本木……」

加茂沿著FUWA的視線望去，只見ROPPONGI倒在客廳的窗戶附近。

上一次見到ROPPONGI時，他最後是以手按著右邊太陽穴靜止不動，現在卻變成側躺。那是加茂等人爲他進行急救時，他維持的姿勢。

……或許是在急救過程中，他的頭罩面板被放了下來，暫停狀態得以短暫解除吧。

〈抱歉，我忘了處理六本木的虛擬分身。〉

在椋田說出這句話的同時，ROPPONGI自眾人的面前消失無蹤。

〈幸好遊戲還沒有正式開始。現在不管是六本木的虛擬分身，還是他在現實世界中的屍

體，都已從建築物內移除。要是場景內一直留著參加者以外的屍體或暫停狀態的虛擬分身，會妨礙各位進行遊戲，對吧？〉

椋田說得一派輕鬆，彷彿只是基於善意，拔掉了路上的野草。加茂不由得感到背脊發涼。

MUNAKATA輕哼了一聲，說道：

「先別說這個。我問妳，妳為什麼不現身？」

〈你要我解釋幾次……？遊戲「賜給名偵探甜美的死亡」馬上就要開始了。當遊戲開始之後，傀儡館與巨齒鯊莊將完全與外界隔絕。在遊戲結束之前，除了你們七人之外，不會有任何人或分身出入這些空間，就算是遊戲主辦者也不例外。〉

「這意思是說，今後妳不會把靜止不動的虛擬分身從虛擬空間中消除？」

〈當然，我不會做那種不公平的事。〉

MUNAKATA聳聳肩，沒有再多說什麼。椋田接著又說：

〈再次歡迎你們來到二十二日的場景。接下來將由七名參加者進行「賜給名偵探甜美的死亡」遊戲……到晚上九點四十五分為止，是VR調查階段。〉

加茂一看手表，此時剛過晚上九點。

KENZAN詫異地問：

「VR調查階段？那是什麼意思？」

〈本來現在應該是調查殺人事件的時間，但虛擬空間裡目前還沒有發生殺人事件，因此現階段先讓各位熟悉環境，瞭解傀儡館是什麼樣的地方。只要不離開虛擬空間，你們可以自由移動。〉

「……這個階段結束之後，接下來呢？」

〈接下來，從晚上十點到凌晨三點是VR犯案階段。簡單來說，就是虛擬空間裡發生殺人事件的時間。〉

「調查階段」、「犯案階段」是延續自《推理工廠》的遊戲概念。依照當初的預定行程，加茂將會在犯案階段裡執行殺人計畫。「賜給名偵探甜美的死亡」似乎也延續了這個部分的設定。

椋田接著說明：

〈在虛擬空間裡發生的殺人事件，並不會真的死人，應該是各位會感到比較輕鬆的階段。遭到殺害的玩家，雖然會被強制登出虛擬空間，但到了二十三日的場景，就能以鬼魂的身分復活。〉

MICHI露出苦笑，手指像彈鋼琴一樣在圓桌上輕敲。

「這麼說來……擔任偵探的玩家在凌晨三點之前沒有事情可做？」

〈犯案階段是凶手和受害者會很忙碌。啊，受害者如果死了，就完全沒有事情可做了。〉

MICHI聽了椋田毒辣的回答，露出不耐煩的表情。

她離開圓桌邊，望向窗外。完全封死的窗戶另一頭，是一片漆黑。裝設在客廳牆上的燈光，對窗外廣大的黑暗絲毫沒有辦法發揮作用。

YUKI也走到窗邊，將額頭貼在玻璃上，仔細凝視著窗外。

「外頭好暗，別說是花草樹木，就連地面也看不見。」

〈傀儡館的外頭是虛無空間。〉

「虛無空間？」

〈顧名思義，就是什麼也沒有的空間。〉

椋田的話中帶著笑意。

這裡是虛擬空間，館外的狀況當然也可自由設定。傀儡館的外頭什麼都沒有，這是千眞萬確的事實，當初加茂已向十文字確認過。

YUKI的手指在智慧型手表上滑動，開啓館內地圖，接著皺起眉頭問：

「這棟建築物明明有大門，卻沒辦法走出去？」

〈傀儡館的大門只是裝飾而已，在結構上沒有辦法開啓……還有，我不建議你們嘗試破壞傀儡館的大門或窗戶，因爲這棟建築物的外牆及窗戶在設定上皆有著極高的強度，幾乎不可能破壞，做那種事只會浪費時間。〉

MICHI嘆了一口氣。

「應該不會有人想做那種事吧。外頭連地面都沒有，要怎麼走出去？」

此時，KENZAN說道：

「既然沒有辦法從外側確認建築物的外觀，只好向妳問清楚……傀儡館的格局及外觀，都跟這模型屋一模一樣嗎？」

他似乎相當在意擺放在客廳的模型屋。

椋田再度帶著笑意回答：

〈那是傀儡館的十二分之一模型，除了屋頂和天花板被移動到空中之外，所有的格局及材質都與傀儡館完全相同。〉

那模型屋的外牆是由凹凸明顯的磚塊所砌成，如果能夠走出傀儡館，應該會看見相同的景象吧。

KENZAN將手按在額頭上，望向天花板，問道：

「爲什麼只有屋頂被吊在上面？」

模型屋的屋頂以鋼琴線垂吊在客廳的天花板下方。

〈屋頂和天花板部分如果不拆下，你們就沒辦法看到模型屋的內部了，對吧？雖然是以輕量材質製成，整片屋頂還是很重，無法徒手抬起，所以才用線垂吊在客廳的天花板下方，可用遙控的方式自由調整高度。〉

矮桌上放著一個小型遙控器，應該就是用來遙控模型屋屋頂的吧。遙控器的擺放位置，就在模型屋的門廳與KAMO（註）房間之間的內縮空間。

〈你們可以自由使用模型屋來進行推理……現在我宣布ＶＲ調查階段正式開始。〉

客廳裡的七人面面相覷，FUWA乾咳兩聲後說道：

「不如趁這個機會，大家自我介紹一下吧。」

「好痛！搞什麼？」

MICHI回到圓桌邊時忽然大喊。圓桌周圍的凳子都是固定在地板上，她沒有察覺，右腳狠狠撞了一下。

KENZAN不以爲然地說：

「妳太誇張了。這裡是虛擬空間，不管撞到什麼都不會感到疼痛。」

然而，MICHI卻一臉驚恐地看自己的右腳及凳子。

「剛剛有一瞬間眞的很痛……怎麼會這樣？」

註：「加茂」的羅馬拼音。

此時已回到座位上的YUKI若無其事地說道：

「看來你們都沒有確認過RHAPSODY的機能，這個早在東京電玩展上發表過了。你們坐在椅子上的時候，會感覺臀部碰觸到椅子，手放在桌面上的時候，會感覺到冰涼，對吧？這是因為VR控制服能夠模擬觸覺、痛覺及冷熱感。」

「……真是無聊。」

MUNAKATA如此咕噥，轉身離開了圓桌邊，自顧自地抬頭仰望擺放在客廳南側的架子。

自從在現實世界中見過真正的棟方之後，加茂就一直懷疑這個人的真實性別可能是女性。不管是虛擬分身還是真人，他的下巴都沒有鬍子沒刮乾淨的痕跡，喉結也不明顯，而且手指異常纖細。

……是基於某種理由穿男裝嗎？或者是……

但加茂想到這裡，決定不再思考這個問題。棟方很可能不希望別人追究他的性別，何況性別不見得一定要屬於男性或女性，他有可能是無性別主義者。

FUWA朝MUNAKATA瞥了一眼，露出苦笑，雙手在圓桌上交握。

他的手掌與MUNAKATA恰好相反，骨節非常明顯，給人一種粗獷感。或許是身材高大的關係，他的手掌比加茂的手掌還大，而且明明沒什麼脂肪，卻粗得不像是日本人的手指。

「我是不破紳一朗，在新宿開了一家徵信社。」

FUWA輕輕吸一口氣之後，開始自我介紹：

坐在他左邊的AZUMA一副扭捏的樣子，雙頰泛紅，凝視著不破說道：

「你果然是不破先生……看見你的背心時，我就猜到了……我五歲的兒子十分崇拜你，很榮幸今天能夠見到你。」

FUWA與AZUMA握手，笑著問：

「不，應該是我的榮幸。妳兒子叫什麼名字？」

「他叫阿渡。」

「好，爲了『阿褲』，我們一定要互相幫助，合力度過眼前的難關。」

原本是很溫馨的一幕，卻因爲FUWA耳背，破壞了氣氛。AZUMA脹紅了臉，訂正道：

「呃……是阿渡……」

但FUWA還是沒有察覺自己叫錯了名字，只是不斷用力點頭。

……等等，有誰會替自己的兒子取名「阿褲」？一般人絕對不會錯聽成這樣吧？

加茂心情複雜地注視著FUWA。他看起來年過半百，一副成熟穩重的模樣，但實際上或許是個少根筋的人。

此時YUKI忽然朝AZUMA湊了過去，不知是故意轉移話題，還是不懂察言觀色，他低聲問：

「不破那麼有名嗎？」

AZUMA先是驚訝於竟然有人會問這個問題，接著激動地說：

「當然，他是非常厲害的私家偵探，破解了好幾起連警察也束手無策的案子。你聽過童書《昂布雷克偵探》系列嗎？」

「暢銷名作《昂布雷克偵探》？啊……『昂布雷克』英文是unbreakable，就是在影射不破？」

AZUMA笑嘻嘻地點頭說道：

「那部作品的主角，就是參考了不破先生的形象……他破解過無數案件，就算遭到怨恨也不奇怪。」

聽到AZUMA這麼說，FUWA臉上掠過一抹陰鬱。先前椋田的言下之意，是將他視爲「殺父仇人」，但他似乎不打算針對這一點做出解釋。

AZUMA或許是爲了打破籠罩著圓桌的灰暗氛圍，也開口自我介紹：

「我叫東柚葉，在東京都內的T市民醫院負責事務工作。」

MICHI忽然一彈手指，說道：

「我聽過妳的名號。妳哥哥東香介也是有名的業餘偵探吧？後來妳哥哥過世了，由於崇拜哥哥，妳決定當偵探？」

「沒錯，我哥哥五年前在調查某案子的時候過世……可是，妳怎麼會知道這件事？」

AZUMA一臉狐疑地注視著MICHI，MICHI咕噥道：

「聽說妳是最倒楣的偵探，只要姊妹結伴出門旅行，一定會遇上凶殺案……」

這句話似乎激怒了AZUMA，她頓時臉色大變。

「妳說什麼？」

MICHI見她瞬間暴怒，嚇得趕緊解釋：

「哇，妳不要這麼生氣……我只是對發生在各地的事件很有興趣，喜歡蒐集小道消息而已……」

「妳認爲是我太倒楣，才會發生這種事？開什麼玩笑！」

AZUMA罵到後來，雙手微微顫抖，眼中積滿了淚水。

加茂看在眼裡，猜想MICHI說的那些話，應該不是讓AZUMA暴跳如雷的唯一理由。因爲AZUMA的雙眸流露出強烈的恐懼，而且是對自己的恐懼。或許她心裡也在懷疑，是自己的不幸引來事件。

MICHI一邊安撫著AZUMA的情緒，一邊慎重說道：

「我叫未知千明，是個沒有固定雇主的萬事通。我接到的工作，大多是指導如何防範詐騙及預防犯罪。由於工作上的關係，我破解了幾樁案子，說起來運氣實在很背，竟然因此被認定爲業餘偵探，今天才被關在這種地方。」

MICHI自我介紹完畢，除了AZUMA之外，又多了一個人瞪著她，那就是FUWA。

「……我聽過關於妳的傳聞。既然要自我介紹，怎麼沒提到妳幹過違法勾當？」

聽到FUWA這麼說，MICHI滿不在乎地哈哈笑了兩聲，應道：

「那種事情怎麼可能主動說出口？不過我得聲明，雖然我常被戲稱爲金光黨偵探，但我從來不曾遭到逮捕或起訴，請大家不用想太多。」

看來MICHI的神祕程度，遠超過加茂原本的想像。她接著朝坐在左邊的KENZAN說道：

「劉海太長的小朋友，你應該是天才高中生偵探乾山吧？自從你破解了發生在補習班的密碼謀殺案之後，在業界內就一舉成名，大家都說你的未來無可限量。」

KENZAN雖然一副不耐煩的表情，還是相當有禮貌地鞠了個躬。

「我是乾山涼平，ＫＯ高中二年級學生……我們學校的美術社常常會招引一些神祕事件，所以我碰巧解開了幾起發生在學校及補習班的案子。」

今天是上課日，KENZAN卻坐在這裡，看來是翹課了吧。他才十七歲，卻接下這種高報酬但必須耗費好幾天的試玩會工作，眞的不會有問題嗎？當然，在眼前的情勢下，追究這些也沒有意義了。

由於不知不覺間形成順時針自我介紹的規則，坐在KENZAN左邊的加茂開口：

「我叫加茂冬馬，是雜誌的撰稿人，在月刊雜誌《懸案》上有個關於冤獄事件的專欄連載。」

MICHI似乎是個愛嚼舌根的人，她笑嘻嘻地說道：

「加茂先生是為許多冤獄事件平反的幕後功臣，我也曾以假名去聽你演講。」

「謝謝妳的抬舉，可是為什麼要用假名？」

「這種小事就不要太在意了！你的演講明明是以實際發生的案子為基礎，聽起來卻是感動又刺激，最後還會來一個大翻盤，真的是比小說還精彩。」

那口氣聽起來實在不像是在稱讚。

此時，坐在圓桌另一頭的YUKI輕輕行了一禮，說道：

「我叫青葉遊奇，職業是推理小說家。比起我的姓氏，我更喜歡自己的名字，所以生活中大多使用名字來稱呼自己。對了，我跟加茂哥是姻親關係。」

龍泉佑樹的「佑樹」，與筆名中的「遊奇」的發音相同，因此佑樹在簽名的時候，向來喜歡以「遊奇」來代替本名。遊戲中的名字YUKI來自遊奇而非青葉，應該也是基於相同的理由。

這筆名說起來相當方便。就算加茂稱他為「佑樹」，其他人也不會知道加茂喊的是本名。

「……青葉遊奇？抱歉，我從來沒聽過。」

AZUMA語帶歉意，YUKI露出悲傷的微笑。

「沒關係，畢竟我不是暢銷作家，我的書甚至沒有再版過。」

MICHI也露出納悶的表情。

「居然連我也沒聽過，真是奇怪……我的資訊網應該沒有疏漏才對……」

正當MICHI喃喃自語的時候，眾人的視線集中在最後一人的身上。

「最後輪到棟方先生。」

FUWA說道。此時MUNAKATA正在物色抽屜裡的工具。

原來那張擺放巨大模型屋的黑色矮桌有抽屜，裡頭放著接著劑、雕刻刀等工具。在設定上，大概是製作模型屋的工具吧。

MUNAKATA從抽屜裡取出一把美工刀，開口說道：

「棟方希。」

說完這句話，他又默默查看起抽屜的內部。FUWA等了一會，有些錯愕地問：

「咦，就這樣？」

MICHI代替MUNAKATA解釋：

「棟方希可是有名的流浪偵探！當初一起搭船的時候，我就猜到是他了！聽說他最近幾年帶著一頭西伯利亞哈士奇四處流浪……每到一個地方，就會破解一起謀殺案，然後又流浪到其他地方，所以被稱爲流浪偵探。」

加茂聽到這裡，終於按捺不住，說出心中的疑惑。

「『流浪偵探』、『最倒楣的偵探』什麼的，該不會都是妳自己取的綽號吧？眞的有人這麼稱呼他們嗎？」

MICHI面對質疑，反而開心地笑了起來。

「我竟然被懷疑了？只有遊奇先生，我是眞的沒聽過……其他幾位雖然名氣不大，但都擁有深厚的實力，從這些人選來看，椋田應該是相當認眞的。」

此時，FUWA從圓桌邊站了起來，說道：

「椋田說我們之中有一人是執行者。這意思應該是，椋田讓她的共犯僞裝成某個業餘偵探，潛入我們之中。」

KENZAN輕輕聳肩，說道：

「也有可能是某個業餘偵探自甘墮落，變成椋田的共犯……如果是這種狀況，就算是相貌較多人見過的不破先生或是加茂先生，也難保不是執行者。」

眾人疑神疑鬼地互相打量。

半晌之後，AZUMA似乎放棄了，她搖頭說道：

「我們還是先解散吧。當務之急，是把傀儡館好好查看一遍。」

＊

傀儡館的客房，與現實世界的客房頗爲相似。

只是巨齒鯊莊的壁紙統一爲奶油色，傀儡館的壁紙則統一爲深灰色，多半是爲了讓大家能夠輕易分辨自己置身在虛擬空間還是現實世界。

兩邊的天花板都是黑色，光是抬頭往上看，便有種強烈的壓迫感。

房間裡有一張看起來像是監獄內使用的鐵製單人床，床邊的地板上畫著釋放出燐光的圓弧，中央擺著單人沙發。

時間是晚上九點四十六分……馬上就要進入ＶＲ犯案階段了。

〈請容許我開啓語音通話。〉

加茂仔細一看，視野的左下角又出現「椋田」兩字。

〈每個人的房間裡，都設有可偵測ＶＲ頭罩的沙發型儲存點。今後各位離開虛擬空間之前，請不要忘記存檔。〉

聽到這句說明，加茂心生疑竇。

近年來電子遊戲大多採用自動存檔系統，玩家不必特地進行存檔。這麼新的遊戲，怎麼反倒採用傳統的存檔方式？

……難道是想要藉由多一個存檔的步驟，防止玩家在非預期的時間點離開虛擬空間？

椋田似乎看穿了加茂的心思，接著說明：

〈在一些老舊的經典遊戲裡，玩家存檔之前必須查看打字機，或是進入廁所。我是故意重現這套傳統的遊戲系統。〉

此時，語音通話中突然出現YUKI的說話聲。

〈但是選單裡並沒有「存檔」這個項目。〉

此時YUKI應該待在他自己的房間才對。或許每個玩家的說話聲，都能透過語音通話系統傳達給所有玩家吧。

〈存檔的方法很簡單，只要坐在儲存點的沙發上喝水就行了。〉

加茂低頭一看，深灰色的沙發旁邊有一張腳踝高度的台座，上頭擺著水壺及水杯。

〈……只要確實遵守這個步驟，今後大家便能自由回到現實世界。巨齒鯊莊的房間裡有衛浴設備，也有食物。〉

聽到「食物」二字，加茂忽然感到極度口渴。

回想起來，今天只在下午兩點左右喝了一杯摻有安眠藥的咖啡，之後就滴水未沾。雖然此時並未感到飢餓，但在進入犯案階段之前，最好還是先補充一下水分。

在加茂想著這些事情的時候，椋田繼續說明：

〈不過在接獲指示之前，請各位不要擅自離開巨齒鯊莊的房間……否則會以違反規定論處。〉

這意思是只允許大家從傀儡館回到現實，但不允許在巨齒鯊莊內隨意探索。

加茂走向桌子。

現實世界的房間桌子上擺著食物和飲水，而虛擬空間的桌子上則擺著鉛筆、小型削鉛筆機、調查用的白手套和便條紙。

除此之外，加茂的衣服左側口袋裡有一個面罩，以及一雙黑色手套。因爲加茂的身分是凶手，這是特別提供的犯案工具。手套有防水機能，能夠防止藥劑侵蝕。

加茂再度環顧室內，不由得皺起眉頭。當初進行監修作業的時候，加茂就深深覺得待在這個房間裡的感覺實在不太舒服。

傀儡館的設計概念是「人偶之館」。

爲了符合這個設計概念，桌面的空間約有三分之一遭大量人偶占據。每尊人偶的高度約十五公分。固定在牆上的交錯棚架上也擺滿人偶，連地板的四個角落也有堆成小山的人偶。

如果這些人偶是泰迪熊，或許看起來還有點可愛。

但房間裡擺放的人偶，都是體格、五官都肖似眞人的可動人偶。不知是不是開發團隊故意惡搞，有些人偶擺出英雄般的帥氣姿勢，有些是宛如恐怖電影出現的反身爬行動作。

從前加茂還在爲靈異雜誌寫稿時，曾到據說有妖怪「座敷童子」（註一）出沒的旅館進行採訪。那旅館裡也擺滿各種人偶及玩具，都是投宿的客人爲了感謝座敷童子的庇佑，特地買來的禮物。

相較之下，這個房間裡的人偶完全讓人感受不到謝意，只有濃濃的惡意。

加茂試著拿起打扮成矮人模樣的人偶。

仔細一看，身體各部位都是木頭材質，人偶手裡的斧頭卻是金屬材質，身上穿的衣服也真的是以布料縫製而成。拿在手裡沉甸甸的，比預期重得多。除了矮人之外，還有金髮妖精，以及身穿盔甲的騎士。看來，這個房間裡擺的都是古典奇幻風格的人偶。

驀地，加茂瞥見一尊擺在深處的人偶，不由得頭皮發麻。

那人偶的五官與加茂極為相似，拿著一條繩圈，動作看起來是要把繩圈套在旁邊人偶的脖子上。或許那象徵著加茂不過是椋田手中的人偶而已。

加茂環顧房內時，椋田依然持續說著話。

〈VR犯案階段是為了模擬「凶手在眾人休息的時間偷偷犯案」的狀況，因此擔任偵探的玩家不能離開傀儡館的房間……當然，如果接到凶手或執行者的特殊指示，則不在此限。〉

雖然沒有任何人提出抗議，椋田卻似乎從沉默中聽見了眾人的心聲。

〈……是不是有人認為，這對凶手和執行者太有利？〉

椋田的每一句話，都能夠一針見血地說中每個人內心的想法。她似乎十分以眾人的反應為樂。

〈即使是「館」推理(註二)小說，殺人事件也是發生在所有人都待在自己房間的時候，不是嗎？當然，這只是表面上的理由……因為我限定了犯案的時間，如果又允許你們在這段時間

註一：日本傳說中的妖怪。據說家裡出現座敷童子，那戶人家就會興旺。

註二：指以奇特建築物為舞台，凶手的犯案手法與「館」的結構，或附於建築物的大型機關有關的推理作品。

裡自由行動，這對我的共犯，也就是執行者實在太不利了。〉

FUWA出聲插話：

〈妳的意思是，不管凶手或執行者提出什麼要求，偵探都必須照做？〉

〈沒那回事！我並不是要所有的偵探「任憑宰割」。如果你們發現什麼不對勁，例如聽見房間外有奇怪的聲響，只要有像這樣的具體理由，就可以離開房間。〉

此時，MUNAKATA難得發出笑聲。

〈簡單來說，就是不限制我們採取自衛的手段？〉

椋田也帶著笑意應道：

〈不僅如此，我還希望偵探們能夠積極阻止凶手犯案……關鍵就在於，虛擬空間的受害者會以鬼魂的身分重新登場。〉

〈「死人不會說話」的常識，在這個遊戲裡並不管用？〉

〈沒錯，雖然凶手和執行者都擁有面罩可以遮住長相，但受害者還是能透過自己的遭遇及所見所聞來進行推理。當然也不禁止與其他人分享自己的經驗。〉

……這意味著，凶手不能讓任何人知道自己的身分及犯案手法，就算對方是即將死亡的受害者也不行。

關於這一點，加茂已事先得知。雖然想好了因應對策，但不能否認這是對凶手相當不利的條件。

椋田語帶瘋狂，十分有魄力地接著說：

〈偵探越是抵抗，越能接近眞相。偵探與凶手的攻防必定會非常激烈……〉

＊

加茂坐在深灰色沙發模樣的儲存點上，伸手拿起水壺。

擺放水壺及水杯的台座只到腳踝的高度，因此倒水的動作有些彆扭。

杯裡的水極爲清澈，比眞正的水更讓人想一口灌下。但就算把水倒進嘴裡，也沒辦法眞正喝到水，只是杯裡的水會隨著這個動作而減少。

視野的左下角出現「儲存完畢」文字。

進入VR犯案階段之前，必須先存檔一次，這是椋田的指示，加茂只是照做而已。

時間是晚上十點……終於要進入VR犯案階段了。

〈現在只有你聽得見我的聲音。我會告知注意事項，請牢記在心。〉

加茂剛從沙發上站起來，又聽見椋田的聲音。他苦笑著說：

「由我先上場？」

〈你能夠利用的時間，只有現在到十二點的兩個小時。〉

「我只有兩個小時，執行者卻有三個小時？」

〈這是已決定的事情，你抱怨也沒有用。如果沒有辦法在時限內成功殺人，你就輸了。〉

「……我明白了。」

加茂來到走廊上。

客房的門都採用自動鎖，走廊這一側設有感應器，加茂的分身戴的智慧型手表可充當電子鑰匙，具有解鎖功能。

要是在走廊上發出聲響，等於是讓偵探獲得離開房間的正當理由，因此加茂每一步都小心翼翼踏在木頭地板上，不發出半點聲音。

傀儡館內的格局，在進行監修作業時加茂已記得滾瓜爛熟。

不久前的ＶＲ調查階段，加茂混在其他玩家之中，只能裝出一副對環境完全不熟悉的樣子。其實這棟建築物的每個角落，加茂早摸得一清二楚。

由於根本還沒有發生殺人事件，加茂以外的玩家並沒有花費太多心思調查環境。調查階段才剛開始，大部分的人都已結束調查行動，回到自己的房間。

只有加茂耐著性子，裝出認真調查環境的模樣。

到後來，加茂發現客廳裡只剩下自己和MUNAKATA。於是加茂決定回到自己的房間，把MUNAKATA單獨留在客廳。MUNAKATA不知在盤算著什麼，一雙眼睛直盯著加茂，彷彿在監視他。

……看來七個人當中，棟方是最危險的人物。

加茂一邊思索著這些事，一邊將左手伸進口袋。

畫面的右下方出現口袋內所有道具的名稱，包含「犯案用手套」和「凶手面罩」。只要移動手指，就能夠挑選想要拿取的道具。

首先，加茂從口袋取出黑色手套戴上。

手套的材質很薄，而且具有伸縮性，能夠完全服貼於加茂的手上。手腕處有固定用的環帶，手掌側的表面還有防滑設計……這當然是提供給加茂犯案用的手套。

接著加茂操作智慧型手表，調出傀儡館的地圖。

整棟建築物共有九間客房。

六本木死亡之後，空房變成兩間。KAMO的房間在北棟，此外北棟還有FUWA、KENZAN和AZUMA的房間。

加茂來到走廊的盡頭，蹲了下來。回想起進行監修作業時的討論內容，他不由得露出苦笑。

……當初我要求必須能夠從走廊上觀察客廳內的狀況，沒想到他們竟然在連接客廳與走廊的門板上裝設了供貓通過的小洞。

遊戲裡並沒有貓，裝設這個小洞實在啓人疑竇。不過光從這個小洞，也沒有辦法斷定凶手是加茂。

小洞上只掛著黑色膠片，完全沒有氣密性，當然聲音也可聽得一清二楚。加茂隔著門板仔細聆聽，不一會便聽見有人走進客廳的聲音。

是MICHI。

挑選誰爲下手的對象，早由「巨齒鯊」內部決定了。訂下殺人計畫之前，加茂已知第一個受害者是MICHI，第二個是FUWA。

因此，進入犯案階段之前，加茂已將寫著「晚上十點十五分前往倉庫」的卡片放在MICHI的房間裡。

從小洞監視客廳的姿勢實在是有些滑稽……但反正重點只是不要被發現而已。MICHI從客廳走向廚房，完全沒有察覺加茂正盯著她。

MICHI一踏進廚房，加茂立刻快步進入客廳，蹲在通往廚房的門邊。這扇門的下方也有小洞。

噠、噠、噠、噠。

MICHI在廚房裡走動。鞋底踏在混凝土地面上，發出清脆的聲響。偶爾會有短暫的安靜，大概是警戒地停了下來，左顧右盼的緣故吧。

加茂再度將左手伸進口袋裡。

畫面的右下角出現「凶手面罩」字樣，那是口袋中的另一個道具。加茂取出漆黑的面罩。由於可以摺疊起來，體積相當小。

這薄薄的面罩，在前作《推理工廠》裡也是玩家熟悉的凶手專用道具。

只要戴上「凶手面罩」，在其他玩家的眼裡就像是某推理漫畫中經常登場的「黑衣人」。聽起來很不可思議，說穿了，其實效果就等於「黑色頭套加上黑色衣褲」，讓人完全看不出外貌，連體格和身高也會變得難以目測。

而且，這面罩具有夜視功能。

爲了避免在犯案途中遭到追趕，最後陷入無處可逃的窘境，凶手在犯案階段還有一個特別的權限，可關掉整棟建築物的所有照明。在《推理工廠2》遊戲裡，這就像是對凶手角色的一種補償制度……當整個館內陷入一片漆黑，凶手便能藉由面罩的夜視功能順利逃走。但如果在調查階段或解答階段也給予相同的權限，或許有些凶手玩家會想要摸黑強行湮滅證據。爲了避免產生這樣的弊端，系統限定凶手玩家只有在犯案階段才能關掉館內的燈光。

……倘若計畫一切順利，應該不必使用這個權限。

加茂如此想著，戴上「凶手面罩」，同時觀察MICHI的動靜。

噠。

腳步聲戛然而止，數秒之後，響起了鋼鐵門掩上的聲音。

加茂判斷MICHI已進入倉庫，於是迅速走進廚房，將通往倉庫的門上鎖。

那鎖頭幾乎沒有發出任何聲響，MICHI應該沒有察覺自己已被困在倉庫。

到這裡爲止，完全按照計畫進行。

＊

加茂花了一個小時又二十分鐘，順利執行殺人計畫。

在遊戲內死亡的未知，此刻應該已被強行登出遊戲，傀儡館裡只剩下她的分身MICHI的遺體。

然而，將MICHI勒死時的觸感，卻一直殘留在手指上。一閉上眼睛，加茂腦海便清晰浮現拖動遺體時殘留在混凝土地面上的鼻血痕跡。

進行監修作業時，在遊戲內殺人的感覺並沒有這麼眞實。想必是椋田壞心地將虛擬空間裡的暴力、流血景象及觸感，換成極接近現實的版本。

加茂強忍著吐意，不斷說服自己，現實中的未知平安無事，到了早上她就會以鬼魂的身分重新登入。

不知不覺中，時間已到晚上十一點四十五分。

雖然是在虛擬空間內犯案，但在RHAPSODY內做出的動作與現實完全相同，自然會累積相當程度的疲勞，加茂在執行計畫的過程中休息了好幾次。此時，加茂感覺到VR控制服與透氣性極差的手套型控制器內早已滿是汗水。

加茂轉頭望向通往倉庫的門。

密室已完成。這機關雖然稱不上天衣無縫，但短時間內應該沒有人會看出他是凶手。

加茂拖著疲倦的身子回到客廳。

由於還有一點時間，加茂走向模型屋。

進行監修作業的時候，加茂就非常中意這座巨大的模型。裡頭的每一樣家具都十分精緻，從客廳的圓桌到每個房間內的床鋪，看起來都與實物沒有什麼分別。

而且如果仔細觀察，會發現就連每個房間的人偶、鉛筆，甚至是廚房的每一罐調味料，都完美呈現出十二分之一尺寸的模樣。裝設在牆壁上的照明燈光，照亮了整座模型的內部，精細的程度令人嘖嘖稱奇。

當然，這些都只是虛擬空間裡的產物，並非由專業的模型屋高手製作而成。因此，不管是從技術面或藝術面來看，這座模型屋都沒有任何價值。

即便如此，這座存在於虛擬空間裡的模型屋，仍有一種讓人怎麼看都看不膩的迷你世界獨特魅力。

驀地，加茂發現擺放模型屋的矮桌上，多了一張便條紙。那張便條紙就放在靠近模型屋的客廳及門廳的窗戶附近。

便條紙上以鉛筆寫著兩行字。

ArteMis Hero

Ares hinted Pen

「阿提米絲英雄，阿瑞斯暗示了筆……這是什麼意思？」

便條紙上的文字不僅意思難以解讀，文法也相當不自然。

希臘神話中，阿提米絲是象徵月亮與狩獵的女神，阿瑞斯則是戰神。這是兩行文字唯一的共通點，整體而言完全看不出任何意思，也讓人難以聯想到與兩位神祇有關的傳說典故。

……難道是佑樹寫的？但他寫這樣的一張便條紙想做什麼？

加茂思索了好一會，一看手表，才發現快到椋田指定的結束時間了。

於是，加茂連忙想回到位於北棟的房間。握住門把時，右手瞬間有種不舒服的感覺。指尖又麻又痛。

加茂反射性地放開了門把，卻不曉得發生什麼事。

右手依然有點麻。加茂一時慌了手腳，差點就要按下ＶＲ頭罩上抬升面板的按鈕，幸好在最後一刻恢復了理性。

……如果在這個時候升起ＶＲ頭罩的面板，肯定會因違反規則而遭到殺害。

稍微冷靜下來之後，加茂察覺門把上沾著一些鮮血。

加茂吃驚地望向自己的右手。從食指到無名指，被利刃劃出一道長長的傷痕。不僅手套被割破，連手指也被割傷了。

雖然傷口不深，但鮮血不斷滴在地毯上。由於是在虛擬空間內受傷，只有一開始會感到疼痛，現在已完全沒有感覺。

爲了確認右手的狀況，加茂試著脫下手套。可是，手套以環帶固定在手腕上，又與手掌太服貼，要脫下來並沒有那麼容易。

終於脫下手套之後，加茂發現遭割破的手套上勾著一枚美工刀的刀片。

加茂趕緊查看門把。

圓形門把下方殘留一些接著劑，沾有不少血跡。而且塗有接著劑的位置，從門把的上方根本看不見。

加茂忍不住低聲咕噥：

「是誰故意將美工刀的刀片黏在門把上？」

ＶＲ調查階段時，加茂握過這個門把，並無任何異狀。

加茂轉身回到模型屋的旁邊。不過，這次要看的不是模型屋，而是矮桌的抽屜。果然不出所料，抽屜裡的美工刀與接著劑都不翼而飛。

……一定是棟方搞的鬼。

加茂皺起眉頭，心裡產生了這樣的直覺。

在ＶＲ調查階段，MUNAKATA是最後一個離開客廳的人。他一定是確認所有人都回到房間之後，才將美工刀的刀片黏在門把上。他設下這個簡易的陷阱，目的當然是爲了把兇手揪出來。

〈……哎呀，這下麻煩了。〉

耳畔響起椋田的興奮呢喃。

加茂按著傷口，防止鮮血繼續往下滴，轉身查看通往南棟的門。這也是裝設有貓洞的門之一。

果不其然，圓形門把下方黏著一枚刀片。

兩扇門上的陷阱，只會在兩種時機發揮作用。第一，是兇手從自己的房間所在的北棟或南棟，要移動到另一棟的時候。第二，兇手執行完殺人計畫，要從客廳回到自己房間的時候。

加茂的情況是後者。

〈等到了明天早上，大家一檢查分身的手掌，就會知道你不是兇手就是執行者，這應該是

致命的失誤吧？〉

明明處在絕望的局勢下，椋田的笑聲竟是如此悅耳動聽。她簡直就是一個擁有天使笑聲的惡魔……

加茂低聲回答：

「只要殺人的手法沒有被識破，就不要緊。」

〈你的意思是，反正他們猜不出你的手法？通常說這種話的玩家，過不久就會輕易被幹掉。〉

加茂到廚房拿了抹布，以左手開水龍頭將抹布沾濕，然後將北側門的門把上的血跡擦拭乾淨。這麼做當然沒有任何意義，只是死馬當活馬醫而已。

〈這麼做有什麼用？〉

……沒有用。

除非能夠消除虛擬分身手指上的傷痕，否則只是擦去血跡並沒有什麼意義。

即使如此，加茂還是盡可能擦掉門把上所有看得見的血跡。幸好客廳的地毯是深褐色，鮮血滴在上頭並不醒目。

手套上的刀片及沾了血的抹布，由於沒有時間找地方藏匿，只好帶回自己的房間。

當加茂回到北棟的走廊上時，已稍微超過午夜十二點，但椋田並沒有追究。

難道她沒有察覺時間超過了？不，只要有機會判定玩家敗北，她絕對不會放過。或許她的要求只是在限制時間內達成完全犯罪，至於回到房間的時間，就算晚了一點也沒有關係吧。

椋田繼續在耳畔說著討人厭的話。

〈接下來，你肯定會遭到那些偵探的圍攻，你確定能夠存活下來嗎？一旦被看穿行凶手

法，不僅你會沒命，還會賠上你的妻子和女兒的性命。〉

無論如何，一定要保護伶奈和雪菜。

萬一眞的被那些偵探看穿犯罪手法，加茂根本沒有掙扎反抗的能力。唯一能做的事，大概只有祈禱偵探完美破解所有手法，獲得最後的勝利。

加茂默默在走廊上前進。

〈我最期待看見的，就是你絕望的表情。你怎麼一句話都不說了？〉

……想要確實守護伶奈和雪菜的性命，只剩下一個辦法。

爲了激勵自己，加茂故意哼笑了一聲，說道：

「這沒什麼大不了，我只要比任何人都早一步看穿執行者的手法就行了。」

椋田沒有回應加茂的這句話。

第五章　試玩會　第二天　調查階段①

二〇二四年十一月二十三日（六）〇七：〇〇

這一覺睡得很不安穩。

加茂作了一場相當清晰的夢。在夢境裡，加茂反覆看見昨天發生的事情。

……爲了趕上第一班的新幹線，我一大早就出了家門。

雪菜睡得正熟，加茂盡量不發出聲音，以免吵醒她。伶奈不習慣早起，一副睡眼惺忪的表情。

「路上小心。」

伶奈的左腕上戴著智慧型手表。

毒針！

加茂吃了一驚，但毫不知情的伶奈帶著微笑關上了門。就連在夢境裡，加茂也深深感到自己的無能爲力。

下一瞬間，加茂發現自己來到岡山縣的K港口。

從港口搭船到戌乃島，只需要二十分鐘。天氣晴朗，從港邊往海上望去，一片風平浪靜。

佑樹站在旁邊滑著手機。直到抵達巨齒鯊莊爲止，兩人完全沒有交談。

不一會，佑樹走向渡輪的踏板。加茂趕緊大喊：

「別去！去了就……」

佑樹似乎沒有聽見加茂的忠告，就這麼進入船內。

負責帶路的是進行監修作業時混熟的十文字。

十文字並不高，但體格很壯，肌肉結實。他最大的特徵是有個圓圓的鼻子，讓人聯想到泰迪熊。

租來的渡輪上除了船長之外，包含加茂和十文字在內，共有七個人。十文字身旁的人有一雙杏眸，正瞇著眼睛微笑。加茂想起那個人，登時全身一震。

……沒錯，椋田千景也跟著我們一起搭上了駛向戌乃島的船。

雖然是夢境，但眼前的景象正是當時加茂看見的景象。椋田與十文字不停交談，看起來頗爲親密，可惜距離有點遠，不知道他們在說什麼。

突然間，加茂的腦海浮現一個疑問。

十文字是椋田的協助者，還是遭到她監禁的工作人員之一？

加茂與十文字只在進行監修作業期間短暫相處過，但十文字是個富有幽默感的人，開發人員都很喜歡他。多虧了他，監修作業從開始到結束，氣氛一直都相當融洽。他的性格開朗、陽光，還爲加茂舉辦了一場預祝成功的餐會。加茂實在不願相信，這樣的人會是椋田的共犯。

渡輪抵達戌乃島，七人下了船之後，船就開走了。加茂等人被留在這座充滿惡意的島上。

驟然間……夢境世界迅速變得模糊，失去了清晰的輪廓。

智慧型手表的刺耳鬧鈴聲，將加茂帶回現實世界。

奶油色的牆壁。這裡是巨齒鯊莊的房間。

時間是早上七點十五分。昨晚只睡了兩小時，腦袋卻異常清醒。

加茂沖了個澡，洗去殘留在腦海裡的夢境碎片，接著吃起了甜麵包當早餐。遊戲的結束時間是二十四日中午……接下來還有一段漫長的時間要熬。

一想到VR犯案階段結束前一刻發生的事情，食慾瞬間消失。

凌晨兩點五十分，椋田忽然要求眾人先登出遊戲，再重新登入遊戲。

〈《推理工廠2》是尚在開發中的遊戲，玩家如果整整兩天都處於登入狀態，容易出現ＢＵＧ，因此請各位先從第一天的紀錄登出，再重新登入。〉

ＢＵＧ指的是遊戲中出現非預期的現象。

較具代表性的狀況，是玩家的虛擬分身卡在牆壁裡動彈不得，以及敵人變成無敵狀態，沒有辦法打倒等等。過去較嚴重的例子，是玩家發出必殺技時，遊戲就會卡住，沒有辦法再進行下去。

〈畢竟是推理遊戲，要是出現了違反物理定律的ＢＵＧ，就沒有辦法確保公平性。為了避免發生這種狀況，玩家每天至少要登出一次。〉

加茂也是第一次聽到這個規則。

語音通話系統裡突然傳出KENZAN的聲音：

〈執行者和凶手也必須遵守這個規定嗎？〉

〈當然……一般情況下，登出作業必須在儲存點進行。呵呵，但有些玩家因為被殺害，提早完成登出作業。〉

加茂心想，她指的是遭自己殺害的MICHI吧。

椋田接著說：

〈較常發生的ＢＵＧ，是虛擬分身穿透了牆壁或門板……不過我向各位保證，這一次各位進行遊戲，絕對不會發生像這樣的ＢＵＧ。不管玩家在現實世界做出什麼異常舉動，虛擬分身碰到牆壁或門板一定會停下來，絕對不會穿透，或是卡在牆壁裡。〉

AZUMA追問：

〈那其他的ＢＵＧ呢？〉

〈不管是穿牆或其他ＢＵＧ，凶手和執行者絕對不會故意利用這些異常現象來犯案，請各位放心……而且我向各位保證，假如遊戲裡眞的發生ＢＵＧ或異常狀況，我一定會在第一時間告訴各位。〉

加茂聽著椋田說話，坐在深灰色沙發上，做出喝水的動作。

這是加茂第五次進行存檔。原本滿滿的一杯水，在這次存檔時剛好喝光了。視野的左下角出現「儲存完畢」字樣。

接下來就是登出，然後在現實世界進行再次登入的步驟。

加茂準備登出的時候，語音通話系統忽然傳出嘶啞的聲音。

〈怎麼……會這樣……〉

緊接而來的是沉重物體撞擊地面的聲音。

椋田得意洋洋地說：

〈呵呵，看來又多了一名犧牲者。〉

加茂瞬間臉色蒼白……剛剛那聲音聽起來像是佑樹。

「這只是發生在虛擬空間裡的事吧？」

加茂勉強擠出了這個問題。椋田發出來自喉嚨深處的笑聲，打碎了加茂心中的希望。

〈雖然現在是ＶＲ犯案階段，但我可不曾向你們保證，這個時間不會有人在現實世界裡被殺死。〉

加茂登時倒抽了一口氣。椋田毫不留情地繼續道：

〈不過，你們也不用著急，等到明天早上，你們就會知道發生什麼事。尚未完成第一天登

出作業的玩家，請立刻登出再重新登入。〉

加茂幾乎是在魂不守舍的狀態下執行了登出作業，回到現實世界。

坐在RHAPSODY內，加茂拉起ＶＲ頭罩的面板，卻不禁發愣。他下意識地抬起手臂，看了一眼智慧型手表上的時間。

剛好凌晨三點整。

……佑樹沒事吧？

耳畔又傳來椋田的低語。

〈除了在ＶＲ犯案階段死亡的人之外……只剩下你還沒有重新登入。〉

如果再不登入，將視爲違規……椋田好像是這麼說的吧。加茂整個人處於恍神狀態，根本沒有心思理會椋田說了什麼。

腦袋一片空白的加茂，只是下意識地做著習慣的動作……放下ＶＲ頭罩的面板，重新登入遊戲。

下一瞬間，加茂發現自己回到虛擬空間的儲存點上。

椋田幾乎毫無停頓地接著說：

〈歡迎來到二十三日的場景。從現在開始，算是遊戲裡的第二天。〉

KENZAN提出質疑：

〈我們登出遊戲的時候，妳該不會將虛擬空間裡的犯罪證據及痕跡刪除了吧？妳是遊戲開發者，這對妳來說一點也不難。〉

〈我怎麼可能做那種事？你明明是個高中生，怎麼疑心病這麼重？這整棟建築物，完全維持著「二十三日凌晨三點存檔時的傀儡館內狀況」，絕對沒有任何虛假……否則，推理遊戲就

沒有辦法繼續下去了。〉

當中斷的遊戲要重新開始時，會載入事先儲存的進度資料。就加茂所知，這在遊戲業界是常見的做法。

現在館內所有的道具、家具和建材（包含分身遺體及各種痕跡）都維持著加茂登出時的館內狀況與配置……既然椋田以遊戲主辦者的身分向大家如此保證，應該是可以相信才對。

椋田帶著笑意繼續道：

〈從現在開始，到早上為止，請各位好好休息。只要不離開房間，各位可以自由往來於虛擬空間與現實世界……早上八點起，就要進入各位最期待的ＶＲ調查階段了。〉

此刻已接近早上八點。

從窗外透入的陽光，讓加茂不由得瞇起了雙眼。加茂穿上ＶＲ控制服與手套型控制器。連結RHAPSODY的時候，加茂依然持續思索著。

……那個嘶啞的聲音，眞的是佑樹發出的嗎？

過了這麼一段時間，加茂越想越覺得那似乎是別人的聲音。不過，那或許是加茂強烈期盼佑樹平安無事的關係……終於熬到早上，加茂不斷告訴自己，佑樹絕對不會有事。

然而，加茂還有一個煩惱。

他察覺在這場遊戲中，處境最不利的角色就是兇手。

每一次犯案都有可能失敗。就算成功了，也不見得能夠躲過偵探們的多方調查。一旦犯案手法被人看穿，兇手的處罰也重於偵探。

椋田厭惡業餘偵探，卻在八個人之中選上加茂擔任兇手，必定有她的理由。

加茂對記憶力很有自信。經歷過的事情，絕對不會忘記，也很擅長記住他人的長相。因此加茂可以肯定，在椋田找上自己參加這場試玩會之前，跟她並沒有任何交集。

然而，加茂卻明顯感覺到，椋田似乎對自己有一種特別的執著。當椋田說出「我最期待看見的，就是你絕望的表情」這句話時，語氣並不尋常。

……為什麼她會將我視為眼中釘？

＊

思考了一會，加茂發現時間已超過早上八點，於是進入虛擬空間。

加茂首先查看了虛擬分身的右手。

手指上的傷痕雖然不再流血，但還是相當醒目……這傷痕將會證明加茂是凶手陣營的人。

加茂嘆了一口氣，走出房間。他踏著沉重的步伐，沿著走廊前進。

打開通往客廳的門，加茂吃了一驚，眼前竟然一片漆黑。

起初，加茂以為整棟建築物的燈光都被關掉了。

身為凶手的加茂，擁有關掉全場景燈光的權限。加茂心想，除了自己之外，或許執行者也擁有相同的權限，對方故意關掉燈光，讓大家什麼也看不見……

然而，加茂馬上想起，關燈的權限只適用於犯案階段。而且仔細一看，北棟走廊的燈光並沒有受到任何影響。

……原來只有客廳的燈光被關掉？昨天半夜十二點的時候，客廳明明正常亮著電燈，到底是被誰關掉？

來。

整個客廳裡唯一的光源，是位於客廳深處的模型屋。微弱的燈光，自模型屋的窗戶透了出來。

客廳如此陰暗，最主要的理由就在於傀儡館外側是什麼都沒有的虛無空間。

沒有星光也沒有月光，陰暗的程度是現實世界所無法比擬。通往走廊的門板下方雖然有小小的貓洞，但洞口掛著黑色膠片，走廊和房間的燈光幾乎沒有辦法透進客廳。

KENZAN自背後走了過來。他也瞪大了眼睛，驚訝地說：

「凶手陣營的人關掉了燈光？」

「或許吧。」

加茂伸手往門的左側摸索，按下電燈開關。

設置在牆上的電燈同時被點亮，此時MUNAKATA剛好從南側開門走了進來，他瞇著眼睛凝視著燈光。此時已過八點，除了在場的三人之外，其他人都還沒有出現。

MUNAKATA望向圓桌，雙手交抱在胸前，說道：

「原來如此……看來有兩個人死了。」

圓桌上倒著兩尊人偶。一尊是女性人偶，穿著燕尾服，五官與未知頗爲相似，脖子上纏繞著風箏線。另一尊是男性人偶，穿著國王的服裝，右手拿著酒杯，五官與佑樹相仿。兩尊人偶的嘴角都被塗成鮮紅色，身上所有的關節都往不正常的方向彎曲。

KENZAN查看人偶，皺眉說道：

「一個是被勒死，一個是被毒死。」

勒死未知的人，正是加茂。看來，這兩尊人偶是執行者擺放的，此時其他人不可能知曉加茂的殺人手法。

加茂轉頭望向MUNAKATA，胃袋瞬間縮了一下。

只見MUNAKATA自顧自地檢查南側的門板。他似乎從門把上拆下了什麼東西……多半是當初他黏在上頭的刀片吧。

……此時觀察棟方的舉動也沒有任何意義，只能臨機應變了。

趁著等待眾人到齊的空檔，加茂仔細查看電燈開關。

這棟建築物裡設計的電燈開關尺寸頗大，依加茂目測，長約十公分、寬約四公分。

剛剛加茂按下北側的開關時，戴著調查用的手套。因此，如果開關上殘留任何痕跡，很有可能是執行者留下的。

KENZAN同樣也看了開關好一會，最後失望地說：

「沒有任何痕跡。」

「嗯，其他的開關……」

加茂環顧客廳，電燈開關只有兩處，分別位在北側和南側。

「看一下南側的開關吧。」

加茂一邊說，一邊走向客廳的另一頭。

門的左側有一座架子，上頭雜亂地擺放著不少人偶。除此之外，客廳裡沒有其他地方擺放著人偶，想來被放在圓桌上的人偶，原本應該也是擺放在這座架子上吧。加茂仔細回想，昨晚的ＶＲ調查階段時，MUNAKATA曾仔細觀察這座架子。

門的右側，則是那座模型屋。

加茂一看見模型屋，便察覺不對勁。此時屋頂及天花板的部分降了下來，蓋在牆壁上，完全遮蔽了模型屋的內部空間。加茂記得昨天半夜十二點的時候，自己還仔細欣賞過模型屋的內部。換句話說，過了十二點之後，有人放下了模型屋的屋頂及天花板。

……為什麼要做這種事？

加茂並沒有花時間深入思考這件事，只暫時記在心裡。接著，加茂查看模型屋旁邊牆壁上的電燈開關。幾秒之後，KENZAN忽然吹了一聲口哨。

南側的開關附近有大範圍的黑色髒污，而且那些黑色髒污裡，包含明顯的拇指、食指及中指的指印。看起來像是將右掌垂直按壓在開關上。

「這指印應該屬於凶手陣營的某個人吧？不是凶手，就是執行者。不過，看不出這黑色髒污到底是什麼。」

加茂故意如此咕噥。KENZAN露出賊兮兮的笑容，說道：

「總之是很重要的線索。」

加茂轉頭想要把這個發現告訴其他人，忽然全身一震。

只見MUNAKATA正在檢查北側的門板。門把上頭的刀片當然已消失不見，只剩下一團接著劑。MUNAKATA不知從圓形門把上取下了什麼，心滿意足地點點頭。

剛剛離開房間的時候，加茂戴上調查用的白手套，遮住手指上的傷痕。

因為做了不少手部動作，手套表面滲出淡淡的血水。MUNAKATA想必已發現加茂的手指受傷了吧。

他遲早會說出加茂屬於凶手陣營的事實。

暴風雨前的寧靜還能維持多久？這虛假的平靜，對加茂而言實在是莫大的煎熬。

過了一會，AZUMA從北棟走了進來。

就算加上AZUMA，此時客廳裡也只有四個人。YUKI到現在還未現身，更是令加茂一顆心七上八下。

……昨天凌晨三點聽見的嘶喊聲，眞的是佑樹發出的嗎？

KENZAN嘆了一口氣，說道：

「遊奇、未知和不破到現在都沒有出現，或許應該到他們的房間看一看。」

「如果可以的話，應該回到現實世界，確認他們是否平安……偏偏那個該死的女人訂下一大堆規矩，其中一條是『VR調查階段不能回到現實世界』。」

AZUMA說得懊惱不已。KENZAN將手伸向通往北棟的門，說道：

「我們分頭查看吧。我去FUWA的房間……」

KENZAN的手才剛要碰到門把，北側的門忽然從走廊往客廳的方向被人推開，KENZAN差點整個人被撞飛出去。

「抱歉……我不知道門後有人。」

開門的人是FUWA，他的神情十分疲憊。

「爲什麼那麼晚才來？」

MUNAKATA劈頭便質問道。FUWA苦笑著回答：

「我本來就有低血壓，早上精神不太好……加上今天進入傀儡館之後，就覺得身體異常沉重，稍微動一下就喘個不停，還會耳鳴，不知道是不是錯覺。」

加茂仔細觀察，FUWA的呼吸確實有些粗重。KENZAN打了個呵欠，說道：

「我也是。」

「一定是因爲昨天太緊張，又睡眠不足，才會出現這種症狀吧。昨晚我才剛入睡，就夢見會走路的香菇朝我撲過來。唉，不過總比夢見被豆腐攻擊要好得多。」

聽FUWA的口氣，他似乎常作類似的夢。加茂心想，自己可從來沒有作過那種怪夢……FUWA看起來一臉嚴肅，搞不好腦袋裡是個天馬行空的童話世界。

旁邊的AZUMA不知是擔心兩人的身體，還是FUWA的腦袋，開口道：

「你們先休息一下吧，不要太勉強。」

「不用擔心我，等血壓上來之後，應該就沒事了。對了，其他人……」

「我沒事，只是變成了鬼魂。」

加茂轉頭一看，MICHI不知何時來到了南側的門邊。

她的頭上懸浮著天使的光環，那似乎正是鬼魂的象徵。

其實以MICHI的形象，比起當天使，或許當惡魔會更合適。FUWA笑著說：

「沒關係，人沒事就好。」

「虛擬分身遭到殺害的瞬間，我就被系統強制登出了……後來我只能一直待在現實世界。椋田說從凌晨三點起算是第二天，所以我在那個時候重新登入，平安回到自己的房間重新開始遊戲。不，不能算是平安，因爲變成鬼魂了。」

加茂本來還抱著一絲希望，猜想變成鬼魂的虛擬分身在登入時會有一些限制，所以YUKI直到現在都還沒有進入客廳……但既然MICHI已出現，最後一絲希望也消失了。

最壞的情況浮現在加茂的腦海。加茂再也按捺不住，開口說道：

「總之，我們先確認佑樹是否平安吧。他應該在他的房間……」

「這時候急也沒有用。」

MUNAKATA哼笑一聲。

「什麼意思？」

「加茂，你應該也很清楚，這時候還沒有來到客廳，代表遊奇很可能已在現實世界遭到殺害……我們就算現在趕過去，也太遲了。」

這的確很可能是事實，但MUNAKATA那冷酷無情的態度令加茂啞口無言。加茂還沒有答話，一旁的AZUMA已氣呼呼地說：

「你怎麼說這種話！我們別理他，快到YUKI的房間看看吧！」

她匆匆奔向南棟，加茂也連忙步上走廊。

YUKI的房間，是南棟最靠近客廳的左側房間。

眾人敲了門，但門內毫無反應。KENZAN咬著嘴唇說道：

「我們沒有鑰匙，只能把門踹破了。」

於是加茂與KENZAN兩人聯手，一個人撞門，一個人踹門。不一會，門板開始彎曲。又過一陣子，門鎖徹底毀損，眾人一同奔進了YUKI的房間。

每一間客房的格局及擺設似乎都大同小異。

浴室、床鋪、大量的人偶……唯一的差異，只是跟KAMO的房間相比，家具的擺設左右相反。

AZUMA一進入房內，登時倒抽了一口氣。

YUKI就趴倒在儲存點的前方。

歪向一邊的臉孔看起來毫無血色，靠近嘴邊的地板上有一大片嘔吐物。

殺害MICHI時也是這樣……「賜給名偵探甜美的死亡」這個遊戲並不會將遺體轉換為Q版造型。眼前的虛擬遺體，極度類似當年加茂在「死野的慘劇」中目睹的真實遺體，令人毛骨悚然。

臉上氣色還沒有恢復正常的FUWA，皺著眉頭咕噥：

「果然……遊奇犧牲了……」

加茂奔到YUKI的身邊，抬起他的手臂。

分身在虛擬空間遭到殺害後，便不再受玩家控制，即使後來佑樹在現實世界真的遭到殺害，虛擬空間裡的分身也不會進入暫停狀態……因此，就算分身的手臂能夠正常移動，也不代表現實世界中的佑樹平安無事。

鬼魂MICHI也在旁邊蹲了下來，問道：

「他是被毒死的？難道這水裡下了毒？」

加茂沒有回答，只是把手指按在YUKI的脖子上，確認有無脈搏。加茂抱著最後一絲希望，或許YUKI的分身還沒有死。

……就在這個瞬間，旁邊的儲存點忽然開始發光。

加茂當然嚇了一跳，但身旁MICHI的反應比加茂激烈許多。

她似乎非常膽小，不僅大聲尖叫，而且整個人往後彈，撞上站在後頭的AZUMA。

AZUMA一屁股坐倒在床上，MICHI則是力道太猛，腰際又撞上堆在房間角落的大量人偶。

「妳們……不要緊吧？」

正當兩人嚇傻了的時候，朝她們搭話的人，竟然是出現在深灰色沙發上的另一個YUKI。

只見YUKI的頭上頂著天使的光環，困惑地低頭看著在人偶堆中掙扎的MICHI。

大約在數秒之前，加茂的視野邊角出現以下這些文字。

經由第三者確認青葉遊奇的虛擬分身死亡……解放YUKI的鬼魂。

加茂打從心底鬆了一口氣，對著YUKI苦笑道：

「太好了，差點被你嚇死。」

「抱歉，讓你們擔心了。直到剛剛椋田才允許我登入遊戲……不過，你們的對話我都經由語音通話系統聽見了，所以知道大致的狀況。」

YUKI難得露出充滿歉意的表情。MUNAKATA雙手交抱在胸前，低聲說：

「椋田，妳倒是解釋一下……爲什麼MICHI與YUKI的鬼魂解放時間不一樣？」

不知何處傳來了笑聲。

〈眞是沒用的傢伙，既然是偵探，怎麼不自己推理看看？〉

椋田這句話，讓MUNAKATA氣得眼神中充滿殺意。YUKI代替MUNAKATA說道：

「椋田不答應解放我的鬼魂，約莫是想要強調這是一起密室殺人事件，所以房間裡除了遺體之外，不能有成爲鬼魂的我……」

〈沒錯，要是在被人從外面打開之前，密室裡就出現受害者的鬼魂，密室殺人的機關就會遭到破壞。以後只要玩家在自己的房間內遭到殺害，也是比照辦理。在第三者確認虛擬分身死亡之前，無法解放鬼魂，也不能重新登入虛擬空間。〉

此時，MICHI才勉強從人偶堆裡爬起來。

那堆人偶的穿著打扮都是現代日本風格，除了有不少看起來像上班族的人偶之外，還有一些人偶拿著釣竿、畫筆或是小鑷子。

她將滾到旁邊地板上的斧頭踢回人偶堆裡，彷彿爲了掩飾自己的尷尬，開口說道：

「原來如此，我明白了。我遭到殺害的地點不是自己的房間，所以就算解放鬼魂，也不會破壞密室。」

一旁坐在床上的AZUMA突然露出苦笑，說道：

「這個房間沒有窗戶，門是唯一的出入口。看樣子，除了自動上鎖的門鎖之外，連旋鈕鎖也是鎖上的狀態。」

聽AZUMA這麼一說，加茂也轉頭望向自己剛剛破壞的門板及門框。

雖然門鎖已完全毀損，門扣的螺絲也已鬆脫，但從鎖舌的狀況來看，加茂知道AZUMA的分析並沒有錯。

加茂點點頭，說道：

「沒錯，自動上鎖的鎖舌及旋鈕鎖的鎖舌都是突出的狀態，門扣鎖似乎扣上了，旋鈕也沒有動過手腳的痕跡。」

「要鎖上旋鈕鎖，只能轉動旋鈕……兇手如果想要從門外將旋鈕鎖鎖上，恐怕難度很高。」

此時，FUWA突然誇張地揮舞雙手，說道：

「我們先聽聽受害者本人怎麼說吧。遊奇，能不能說一說，你到底是怎麼死的？」

鬼魂YUKI皺著眉頭看了自己的遺體一眼，沉吟半晌後開口：

「接近凌晨三點的時候，我們不是接到了先登出再重新登入的指示嗎？登出之前要存檔，所以我喝了水，沒想到脖子周圍突然變得很不舒服，接著全身像是被緊緊綁住了一樣疼痛……」

加茂輕輕點頭。

「那應該是VR控制服製造的效果。那服裝連脖子也遮住了，能夠藉由充氣膨脹的方式壓迫脖子及全身所有部位。」

YUKI聽到這句話，尷尬地笑了起來。

「只要冷靜思考，就會知道是這麼回事，但我那時候以爲現實世界有人勒住我的脖子，眞是嚇壞我了。」

在這樣的處境下，脖子突然被勒住，任何人都會嚇得手忙腳亂吧。

事實上，加茂光是在虛擬空間裡手指遭割傷，就嚇得一時亂了方寸。身體在肉眼看不見的情況下遭到傷害的恐懼，只有實際體驗過的人才能明白。

遺體前方地面上有一個杯子，那應該就是存檔用的杯子吧。

……椋田曾說這是爲了重現經典遊戲的傳統存檔方式，但眞正的目的，恐怕是要製造「喝水」這個動作的必要性，這麼一來才能讓玩家在遊戲裡遭到毒殺。

YUKI原本跟加茂一樣凝視著杯子，但他的表情逐漸轉爲詫異。他突然走上前，翻起自己的遺體，查看下方之後，歪著腦袋說：

「沒有……」

「沒有什麼？」

AZUMA問道。YUKI皺著眉頭回答：

「我每次要喝水之前，都會先在杯子裡倒滿水，被毒死的那一次當然也是……」

「這麼說來，你房間的杯子一直是處於有水的狀態？這樣的話……毒藥可能不是加在水壺裡，而是直接加在杯子裡。」

「這種可能性很高……更重要的一點是，杯子裡裝滿水，我只喝了一口，剩下的水都灑在衣服及地板上了。奇怪的是，現在不管是杯子、地板，還是衣服，幾乎都是乾燥的狀態。」

正如YUKI所言，杯子和地板完全沒有濡濕的痕跡。爲了保險起見，加茂仔細查看遺體上的衣服。照理來說，緊貼著地板的胸口部位應該很難乾才對，但摸上去只是稍微濕潤的程度。

加茂將遺體推回原本的位置，嘆了一口氣，說道：

「沒錯。」

「我才死了五個小時左右，水乾得未免太快了。難道傀儡館在設定上是低濕度的環境？」

KENZAN對YUKI提出的疑問絲毫不感興趣，只是專心地觀察著那腳踝高度的台座上的水壺。

「……凶手到底是以什麼手法下毒？」

聽到KENZAN的疑問，FUWA愣了一下，說道：

「這沒什麼吧？遊戲開始之前，凶手就在遊奇的水壺裡放了毒藥。乍看之下是密室殺人，說穿了只是遊奇在中毒之前自己把門鎖上了。」

KENZAN誇張地搖了搖頭，說道：

「不可能……我們在進入犯案階段之前，都曾喝水存檔。後來我們爲了回到現實世界，也存檔很多次。既然遊奇前幾次喝水都沒有中毒，表示毒藥是在ＶＲ犯案階段才被放進去的。」

KENZAN停頓了一下，轉頭朝YUKI問道：

「遭到毒殺之前，你最後一次存檔是什麼時候？」

「前一次回到現實世界……應該是深夜十二點半吧。那一次我也是用水壺的水將杯子倒滿之後喝下，沒有任何異常，所以下毒的時間一定是在深夜十二點半之後。」

「你不會傻到讓其他玩家進入你的房間吧？」

一般人要是被一個高中生以這種口氣問話，應該都會有點生氣，但YUKI似乎反而覺得很有趣。

「進入ＶＲ犯案階段之前，我怎麼可能做那種事？回到房間之後，我不僅鎖上了門扣鎖及旋鈕鎖，還在房間裡到處查看，連那堆人偶都檢查過了，確定沒有其他人進入房間。」

AZUMA以左手按著那看起來相當柔軟的臉頰，說道：

「但只要能夠進入房間，偷偷下毒而不被遊奇察覺，應該不是難事吧？」

「趁我回到現實世界的時候，進入我在虛擬空間的房間就行了。深夜十二點半回到現實世界，我先去了廁所才又回來……大概有五分鐘不在虛擬空間裡。」

「五分鐘就綽綽有餘了。這起毒殺案的重點，並不是在水裡下毒的方法。如果沒有辦法查出凶手如何進入上了鎖的房間，絕對不可能破解這個案子。」

聽了兩人的對話，FUWA一臉無奈地說：

「這可真是麻煩……原本以爲是單純的毒殺事件，沒想到這麼困難。」

KENZAN繼續朝YUKI問道：

「進入ＶＲ犯案階段之後，房間裡有沒有什麼異常變化？」

「對了……大約十二點五十分的時候，我聽見走廊上有聲音。」

「有聲音？」

此時，MUNAKATA開口說道：

「我也聽見了，走廊上傳來敲打聲，大概持續了一分鐘。」

YUKI大大點頭說道：

「那時候我爲了整理思緒，拿著筆在便條紙上寫一些東西。原本我不打算理會那個聲音，但因爲持續太久，最後我決定到走廊上瞧一瞧。我打開門不久，棟方也來到走廊上，我們一起四處查看了一會。」

加茂低頭望向桌上的便條紙。

上頭只畫著一些人偶，以及巨齒鯊的企業標誌。隨處可見筆尖折斷的痕跡，或許是YUKI的筆壓太強的關係吧。

……看來他根本沒有好好推理，只是在畫圖而已。

加茂深深嘆了一口氣。KENZAN看著地圖，繼續問：

「MICHI的房間也在南棟。只有她沒有出現在走廊上，你們不覺得奇怪嗎？」

「不會啊，不出門查看也不是什麼奇怪的事情。」

MUNAKATA聳了聳肩，應道。MICHI露出苦笑。

「其實，那時候我已遭到殺害，被強制登出遊戲。」

KENZAN再度朝YUKI問道：

「那時候你只查看走廊？」

「我還查看了ROPPONGI的房間，沒有任何異狀。後來我又跟棟方一起檢查客廳……當時我嚇了一跳，客廳的燈竟然被關掉了。」

加茂趕緊問道：

「這麼說來，十二點五十分的時候，客廳已是關燈的狀態？」

「是啊，所以我們開了燈，將整個客廳查看一遍，才又關掉，各自回房間……我們檢查走廊及客廳大概花不到十分鐘吧。後來我就沒有再離開房間了。」

此時，MUNAKATA以辛辣的口氣說道：

「我得先聲明，當時我反對再把客廳的燈關掉，那是遊奇的個人行爲。」

「我只是覺得凶手關燈應該有什麼理由，最好別妨礙……對了，檢查客廳的時候，在模型屋附近的地毯上發現一塊黑色的東西，被棟方撿走了。」

MUNAKATA將手伸進左側口袋，掏出一塊黑色的布。

「就是這個。放在口袋裡時，畫面上標示的道具名稱是『神祕布塊』。」

加茂一看，登時吃了一驚。

昨晚手指被刀片割傷時，加茂查看了模型屋旁邊的抽屜。當時他有些慌張……或許是犯案用手套的碎片掉落在地毯上，他沒有察覺。

……看來差不多要提及門把陷阱的事了。

加茂已做好心理準備，沒想到MUNAKATA只是面露微笑，一句話也沒有說。加茂心想，這煎熬的時間恐怕還得持續一陣子。

FUWA雙手交抱在胸前，頻頻點頭，說道：

「這到底是什麼布，以後應該就會知道。我比較在意的是，那時候圓桌上是什麼狀態。」

YUKI斬釘截鐵地說：

「十二點五十分的時候，圓桌上還沒有人偶。約莫是執行者或其他人後來才把人偶放在圓桌上。」

AZUMA狐疑地問：

「凶手有沒有可能是趁你在查看走廊的時候，進入你的房間？例如，趁著房門打開的空檔，偷偷進去下毒……」

「不可能。我走出房間後，確認房門已鎖上才離開。而且那時候未知已遭強制登出，棟方查看走廊的期間，也沒有可疑的舉動。」

接下來有好一陣子，再也沒人開口說話。

爲什麼客廳的電燈會被關掉？爲什麼模型屋的屋頂會被放下來？難以理解的現象可說是堆積如山。

……我在構思犯罪計畫時，刻意使用了只有在虛擬空間裡才能成立的獨特詭計。如果椋田抱持著相同的心態，這起事件要破解恐怕沒有那麼簡單。

＊

「接下來應該要調查我被殺的案子了吧？」

鬼魂MICHI喜孜孜地笑道。

「我是在倉庫裡遭到襲擊……不過我想倉庫還是當成壓軸好戲，最後再去看吧。我死了之後，不曉得兇手又做了什麼事，搞不好屍體已被搬到倉庫以外的地方。」

這是一個十分莫名其妙的提議，但加茂剛好想要把建築物整個仔細查看一遍，所以沒有反對。

眾人離開YUKI的房間，首先查看了ROPPONGI的房間，確認沒有異狀。接著大家又快速將客廳看了一遍之後，一同走向門廳。

門廳的大門是鋼鐵鑄成，看起來相當厚實沉重，簡直就像是金庫的門。門板上架著巨大的門閂，右手邊有一扇窗戶，窗外是一片漆黑的世界。

KENZAN看著窗外咕噥道：

「什麼也沒有……」

就在這時，加茂察覺視野中有個異物。加茂狐疑地往大門的左側一看，差點發出驚呼……門廳的地上竟然掉落著一只黑色手套。

手套就掉在褪色的石質地板上。那是加茂相當熟悉的東西，因爲與椋田提供的犯案用手套一模一樣。

AZUMA也注意到那只手套。

「這是什麼？不管是材質還是顏色，都跟調查用的白手套不一樣。」

她拾起一看，是右手的手套。KENZAN苦笑道：

「既然是我們這些偵探沒看過的東西，當然就是凶手陣營……凶手或執行者遺落的。」

……那不可能是我的。我的手套還在房間裡，難道是執行者掉了手套？

加茂從AZUMA的手中接過手套仔細查看。使用者似乎曾戴著它做過相當粗重的事，上頭的防滑材質剝落了大半，沾滿木屑及黑色纖維，看起來破破爛爛。

可惜這黑色手套的伸縮性相當高，是單一尺寸，所以沒有辦法從手套的尺寸來判斷使用者的身分。

MUNAKATA掏出在客廳發現的黑色布塊，提議與黑色手套比對一下。

那黑色布塊是手套的碎片，其實是加茂遺落在客廳，眾人一比對，當然發現兩者是相同材質。

眾人討論之後，決定將黑色布塊繼續交由MUNAKATA保管，而手套則交由YUKI保管。

眾人認爲YUKI在密室內死亡之後，有很長一段時間處於強制登出的狀態，不太可能是他遺落的手套。

YUKI將手套放進左側口袋裡，忽然瞪大了眼睛說：

「我想你們應該看不到……我把手套放進口袋裡，畫面上顯示的道具名稱是『犯案用手套（右手）』。」

MUNAKATA凝視著窗外的虛無空間，說道：

「我的這塊黑布，道具名稱也變成『犯案用手套的碎片』。」

對加茂來說，這是理所當然的事情，但對偵探們來說，這證明他們的推測並沒有錯。

接著，所有人一同走向北棟的空房。這裡可說是北棟唯一的公共空間。但在這間空房裡，眾人並沒有發現MICHI的遺體。

之後，大家前往洗衣間。這裡擺著好幾台洗衣機和乾衣機。

不過，洗衣間裡並沒有洗衣精或衣物柔軟精。沒有洗衣精，代表犯案時如果弄髒衣服，恐怕很難清洗乾淨。加茂心想，今後犯案的時候，一定要小心不能讓鮮血濺在身上。

洗衣間深處的架子上，堆滿浴巾、床單及枕頭套。顯然洗衣間也兼床具間。

最後，所有人走向廚房。此時沒有人開口說話，加茂只能拖著沉重的腳步前進。

廚房裡有流理台、瓦斯爐、冰箱及餐具櫃。

櫃子上雜亂放置著用了一半的調味料瓶，流理台旁邊則有一些空食器及空瓶。廚房的角落則堆了不少裝在塑膠盒裡的礦泉水。

眾人經過礦泉水的旁邊，走到廚房深處，這裡有一扇通往倉庫的門。

其他的室內門板都是木頭材質，唯獨倉庫的門板是相當堅硬的鋼鐵材質。

YUKI走到門邊，正要轉動圓形門把，卻又停下動作。他似乎察覺門板的下方有一根小型握柄，指著「關」的位置。顯然這扇門使用的是握柄式的插銷鎖，只要改變握柄的角度，就能將鎖打開或關上。

通常像這種握柄式的插銷鎖，握柄也兼具門把的功能。由於這種鎖的結構非常簡單且牢固，經常用在音樂教室之類講究隔音效果的房間。

眼前這扇倉庫門比較特殊，既有一般的門把，又有握柄式的插銷鎖。

YUKI先將插銷鎖的握柄轉至「開」的位置，接著轉動門把，但他馬上就露出了納悶的表情，說道：

「好奇怪，明明開了鎖，卻好像卡住了，還是打不開。」

原本將雙手交抱在胸前的AZUMA，忽然指著牆壁說：

「遊奇和未知現在都是鬼魂，爲什麼不穿牆過去看一看？」

「要是能穿牆，還玩什麼推理遊戲？」

「我們能做到的事情，跟一般的虛擬分身沒什麼不同。椋田是這麼說的。」

YUKI與MIICHI的說法應該可信。關於鬼魂的特徵，進行監修作業時，開發人員也是這麼告訴加茂。

KENZAN仔細研究起那扇門。

「推門的時候，可推開數公釐，應該是有人在門後放了東西，把門擋住了。」

「我試試看。」

AZUMA似乎懷疑YUKI與KENZAN只是假裝打不開而已。實際上，他們當然沒有騙人的理由。AZUMA不管再怎麼用力推門，也只能勉強打開可插入一根直尺的縫隙。她試著從那縫隙往倉庫裡窺望，最後還是放棄了。

FUWA見了她的反應，苦笑著說：

「看來只能再破門一次了。」

這一次加茂決定不參與破門的行動，站在廚房深處，看著KENZAN與YUKI努力嘗試破壞鐵門。

棘手的是，MUNAKATA竟然一直站在加茂的旁邊，沒有一刻遠離。

原因很簡單，他應該是懷疑加茂是「殺害MICHI的凶手」。遭到懷疑的理由，加茂也心知肚明。

椋田全程監視著遊戲裡所有人的一舉一動，MUNAKATA在門把上動手腳，椋田不可能不知道。執行者是椋田的共犯，椋田當然會把這件事告訴執行者。而這樣的狀況，應該也在MUNAKATA的預期之內。

……換句話說，MUNAKATA設下陷阱，只是為了揪出凶手，並不是為了揪出執行者。

加茂低頭看了一眼不斷滲血的右手。

客廳的南側門和北側門之中，只有北側門上的刀片不見。MUNAKATA確認這一點之後，取走了南側門上的刀片。

在這個階段，MUNAKATA應該就能猜出加茂並非殺害YUKI的人。

殺害YUKI的人，是在VR犯案階段，在水裡下了毒。而且這個人還故意在走廊上製造噪音，將YUKI和MUNAKATA引誘到房間外。這兩件事情，都很難靠遠端操控的方式做到。因此，殺害YUKI的人若不是在VR犯案階段進入南棟，就是打從一開始便住在南棟。

如果加茂是殺害YUKI的人，移動到南棟時，應該就會先被南側門把上的刀片割傷……然而，實際上卻只有北側的刀片發揮作用，顯然並不合理。

基於以上的推測，MUNAKATA想必會認為加茂較有可能是「殺害MICHI的凶手」。

就在YUKI和KENZAN第二次撞門的瞬間，門後傳出轟隆聲響，似乎有什麼沉重的東西摔落地面。由於加茂打從今天早上就感到輕微耳鳴，耳朵處於極度疲憊的狀態，這一聲對耳朵造成相當大的負擔。

抬頭一看，KENZAN與YUKI都從廚房裡消失了。加茂微微揚起嘴角。

……到目前爲止，事態大致都在預期之內。

原來KENZAN與YUKI同時跌進倉庫，摔在一團橙色物體上。AZUMA看到被兩人壓在底下的東西，不禁愣住了。

「……橡皮艇？」

門後的東西，竟是一艘橙色橡皮艇。

那艘橡皮艇被兩人壓在下方，不斷漏氣，發出嘶嘶聲響。

KENZAN一臉痛苦地撫摸自己的腦袋，說道：

「昨天的VR調查階段時，我看過這艘橡皮艇。它被折疊起來，放在倉庫的架子上。」

加茂使用的道具，正是一艘可容兩人乘坐的橡皮艇。此時雖然洩了不少空氣，還是差不多有單人尺寸的棉被那麼大，重量應該超過六公斤。

YUKI將橡皮艇拖進廚房裡，沒想到橡皮艇的底下竟然有一座胡桃木色的開放式置物架。那座置物架看起來相當老舊，木頭材質的部分翹起了不少纖維。整座置物架呈現翻倒在地的狀態。

「原來如此，剛剛的聲響，就是這玩意被推倒了。」

FUWA說著走上前，想要查看置物架。沒想到AZUMA突然發出尖叫，FUWA嚇得停止動作。

眾人沿著她的視線望去，發現一道身影仰天倒在倉庫的左側深處。

……當然就是MICHI的遺體。

遺體的臉部脹成紫色，咽喉部位纏著一條繩索，脖子上有著明顯的繩索壓痕。大量的鼻血流至胸前，連耳朵也有少量出血。

明明只是虛擬分身，但那遺體的狀態實在太逼真。

鬼魂MICHI奔到遺體旁，抱怨道：

「我未免死得太慘了吧？連耳朵都流血了。」

YUKI笑著說：

「被毒死的我，也好不到哪裡去。」

「才怪，你看我這樣子……」

兩個受害者開始爭論誰死得比較慘。加茂面露苦笑，心裡卻也鬆了一口氣，至少他們實際上都平安無事。

緊接著，眾人發現有一大灘水在混凝土地板上不斷擴散。翻倒的置物架裡，不斷有水向外溢出。

置物架上幾乎沒有放任何東西，唯獨最下層擺了兩個盒子，盒裡裝滿了玻璃瓶裝的礦泉水。這些礦泉水當然都是加茂刻意擺放的。置物架翻倒的時候，有些玻璃瓶破裂，裡頭的礦泉水流了出來。

「……總之，先讓我說明一下遭到殺害時的狀況吧。」

明明沒有人提出要求，MICHI卻以輕佻的語氣說起自己的經歷。

「我在房間裡看到一張卡片，上頭寫著『晚上十點十五分前往倉庫』，我知道那是凶手陣營下達的指示，所以乖乖前往倉庫。」

「爲什麼不反抗？只要妳不照做，對方就沒有辦法得逞。」

MUNAKATA提出犀利的質疑。MICHI頓時有些急了，說道：

「怎麼可能反抗？」

MUNAKATA還沒有開口，MICHI又搶著說：

「放卡片的人，可能只是扮演凶手的玩家，不是執行者。我就算在遊戲裡被殺，也沒什麼大不了，但如果扮演凶手的玩家犯案失敗，眞的會遭到殺害。」

「妳這想法一點也不理性。犧牲一個凶手玩家，跟所有人都死在這裡，想也知道應該選哪一邊。」

「……你太冷酷無情了。」

「一個犯罪者有資格教訓別人嗎？」

MICHI輕輕聳肩，轉頭向所有人說道：

「前往倉庫的路上，我非常謹愼小心，但還是遇害了。正當我在倉庫裡左右查看時，我突然覺得好冷，身體好沉重……接著我感覺全身像是被人綁住了一樣，不知怎麼搞的，也沒辦法操控虛擬分身。」

眾人都看著MICHI，唯獨MUNAKATA例外，他的視線一直停留在加茂身上。

加茂故作鎭定，暗自祈禱不要被看出自己一顆心七上八下。同時，加茂操作智慧型手表，假裝在確認地圖。這時已過了早上九點。

AZUMA以手掌抵著臉頰，沉吟道：

「身體動彈不得……難道也是中毒？」

「或許吧。當時我伸手往臉上一抹，發現手裡都是血，心裡更是焦急，不知道自己是吐了血，還是流了鼻血……現在看到遺體，我才知道流的是鼻血。」

「虛擬分身一死，妳就被強制登出遊戲了？」

AZUMA下了這樣的結論，但MICHI用力搖頭說道：

「不，我並沒有馬上死亡。雖然無法操控分身，但大概有三分鐘的時間，我維持著登入狀態。後來我突然覺得脖子好不舒服，回過神來，才發現已被強制登出遊戲，連凶手的身影也沒看到。」

AZUMA低頭看著纏繞在屍體脖子上的繩索，陰鬱地說：

「原來如此……凶手從背後把妳勒死了。」

「這我也不清楚，或許只是從中毒到窒息死亡，多花了一些時間而已……不過，有一點我可以肯定，那就是在我死後，我的遺體被人移動過。」

MICHI指著混凝土地板上的血跡說道。從那血跡明顯可看出遺體曾遭到拖行。

「我倒下的位置，原本是在這扇門的後面，但你們看地上的血跡，凶手把我從門後拖到了倉庫的東側。」

FUWA查看翻倒的置物架，說道：

「凶手搬動屍體，或許是不希望擋住門口的置物架倒下時，把屍體壓住。」

MICHI笑著對FUWA說：

「……總之，這次的破案關鍵，也是在於如何創造出密室。」

「沒錯，但有一點我很好奇，妳剛進倉庫時，置物架應該不是放在這個古怪的位置吧？」

「當然不是。」

MICHI在倉庫裡繞起圈子。

牆邊擺放了一座座的置物架，每一座置物架上都積著薄薄的灰塵。由於置物架的顏色是略帶黑紫色的深咖啡色，灰塵積在上頭看起來非常明顯。

大多數的置物架上都空無一物，只有少部分擺著一些生鏽的工具或毀損的廚房用具……但最吸引眾人目光的是，有幾座置物架的最上層擺了一些人偶。

那些人偶大多有著妖怪的造型。狼人、吸血鬼、臉部糊成一團且沾滿血的護士……小小的人偶，總數超過一百尊，實在讓人看得背脊發涼。每一尊人偶都擺著不同的姿勢，俯瞰著加茂等人。

加茂不由得全身直打哆嗦。

進行監修作業時，倉庫裡根本沒有這些可怕的人偶，是椋田蓄意加入的邪惡裝飾品。

不一會，MICHI在倉庫門口右側的牆壁前方停下了腳步。

那面牆壁朝著北方，靠牆排列的置物架上並沒有人偶。門旁空了一格，看起來像是少了一座置物架。

「剛進來倉庫的時候，整面牆排滿了置物架……現下倒在地上的置物架，原本應該擺在這裡吧。有人把原本擺在這裡的置物架及橡皮艇，搬過去擋在門口。」

KENZAN皺著眉頭低喃：

「為什麼要這麼做？」

MICHI愣了一下，似乎不明白KENZAN為什麼會問這樣的問題。

「咦？當然是為了讓命案現場變成密室呀。」

KENZAN以食指輕敲太陽穴，說道：

「我擅長的是破解發生在日常生活中的眞實命案，像這種故意安排的特殊狀況，實在讓我感到有些棘手……若是在一般的情況下，創造密室只會有兩種理由，一是『僞裝成自殺』，二是『將殺人罪行嫁禍給別人』。」

MICHI應道：

「唔……這麼說也有道理。這起命案很明顯是他殺，而且也看不出凶手想要將罪行轉嫁給他人的跡象。」

「沒錯，這起密室命案乍看合情合理，但仔細一想就會發現不太對勁……凶手根本沒有必要把現場布置成密室。」

此時，YUKI忽然嗤嗤笑了起來。KENZAN瞪了他一眼，問道：

「你在笑什麼？」

「如果是發生在日常生活中的命案，你的推論完全沒有錯，但我們現在必須將狀況的特殊性納入考量。」

「特殊性？」

「椋田擅自爲『賜給名偵探甜美的死亡』這個遊戲訂下各種規矩。在這棟建築物裡發生的任何事情，都受到這些規矩束縛。要做出正確的推理，必須捨棄一般的常識，讓我們的想法符合這個遊戲的特殊狀況。」

言外之意是，與眾人不同，他並不打算積極進行推理。然而，YUKI繼續道：

「不管是扮演凶手的玩家，還是執行者，在這個遊戲裡最大的目的都是『不讓偵探看出殺人手法，直到時間結束』。再撐過一天，他們就能達到目的。在這樣的前提之下，將命案現場布置成不可能犯罪的狀況，是一種很有效的做法。只要我們看不出他們使用的手法，就完全拿他們沒轍。」

MICHI露出半信半疑的表情，說道：

「照你這麼說……扮演凶手的玩家和執行者，今後也會運用五花八門的奇妙手法，創造出匪夷所思的命案？」

「沒錯，大家最好要有所覺悟。」

加茂凝視著YUKI，心情實在相當複雜。

從前佑樹曾破解一樁宛如「特殊設定推理小說」的事件。加茂聽完來龍去脈，感到非常驚訝。

面對各種異常事態時，佑樹竟然可以在一瞬間完全接納，並以此爲前提進行推理。雖然佑樹本人並不認爲這是什麼獨特的能力，但加茂很清楚，環境條件越特殊，佑樹越能將他的推理能力發揮得淋漓盡致。

先不提佑樹本人是否有所自覺，比起自己，他更適合玩這場完全偏離了常識的遊戲……加茂不禁抱持這樣的想法。

佑樹在這次的事件裡放棄推理，對扮演凶手的加茂而言是最大的幸運……也是最大的不幸。

第六章　試玩會　第二天　調查階段②

二〇二四年十一月二十三日（六）〇九：三〇

「好，我們來驗證看看，凶手到底是怎麼把門封住的。」

FUWA將整座倉庫大致看過一遍之後如此提議。KENZAN彷彿早已等著這一刻，立刻展開行動。

「先將置物架與橡皮艇恢復原狀吧。」

他將手伸向地上那些與置物架一起翻倒的礦泉水盒子。此時依然有水不斷從破裂的玻璃瓶流出。

「……我先將礦泉水搬到牆邊。」

KENZAN一邊說，一邊搬動兩個塑膠盒子。

每個盒子裡各有六瓶一公升的礦泉水，兩個盒子加起來重量超過十二公斤。其中只有兩隻玻璃瓶破裂，其他瓶子裡的水看起來沒有減少。

接著，加茂與YUKI合力將置物架翻正。

MUNAKATA一直站在遠處，似乎並不打算出手幫忙。但他的雙眼始終監視著加茂的一舉一動。

加茂感到有些意外，不明白MUNAKATA爲什麼不說出眞相。

與其維持現狀，不如趕快被揭發，心情還比較輕鬆。但MUNAKATA一直沉默不語，似乎是在等加茂自己犯錯。

加茂使用的置物架，規格爲高兩百零五公分，寬八十公分，深四十公分。外觀就像是常見的簡易置物架拿掉了背板。

置物架頗高，共分爲五層，要翻正得花不少力氣。

走到近處觀察，會發現除了最下層之外，各層及頂板的上頭皆均勻分布著灰塵。雖然置物架曾翻倒，但上頭的灰塵並沒有全部掉落。原本最下層的層板上也沾滿灰塵，但因爲加茂把裝了礦泉水的盒子放上去，後來又因爲礦泉水溢出，現在上頭的灰塵變得相當紊亂。

……要是棟方質疑我意圖湮滅證據，也很傷腦筋。

於是，加茂在搬動置物架時特別小心，避免碰觸到上頭的灰塵。加茂與YUKI合力抬起置物架，頂部朝上翻正。YUKI雖然沒有受到提醒，但似乎也很清楚盡量不碰觸灰塵的原則。

兩人將置物架推回倒下前擺放的位置。

「原來如此，置物架被搬到了門後四、五十公分處，與門板平行。」

MUNAKATA說道。他還是一樣完全不肯靠近置物架。相較之下，KENZAN則是非常積極參與行動。

「凶手在架子底層放礦泉水，應該是爲了增加重量吧？空的架子可能重量太輕，一下子就被推倒了。」

正如他所說，空的置物架並不穩定，稍微推一下就會輕輕搖晃。

勤快的KENZAN立刻從廚房搬了兩盒礦泉水過來。加茂與YUKI上前幫忙，將盒子放在置物架的最下層。

忙了一陣，加茂不禁感到有些悶熱，包在ＶＲ控制服底下的身體已開始冒汗。

「這樣就大致恢復原狀了……你們那邊順利嗎？」

從頭到尾都沒有幫忙的MUNAKATA，轉頭朝另外三人問道。

加茂等三人負責將置物架恢復原狀，FUWA、MICHI、AZUMA三人則負責將橡皮艇恢復原狀。

橡皮艇的空氣幾乎已洩光，FUWA正忙著拿布膠帶封住破洞。那模樣看起來實在很像大金剛。他的手掌比一般人大了一倍，指節非常粗，給人豪邁粗獷的印象，但實際上他的手指非常靈巧。

完成作業之後，FUWA在橡皮艇上拍了拍，起身說道：

「這樣應該能撐一陣子吧。東，妳們那邊順利嗎？」

MICHI與AZUMA聽到呼喚，各自從倉庫深處走回來。

「我們把整個倉庫都找遍了，只找到這台打氣機。」

MICHI提著一台大型打氣機。FUWA一看，咕噥道：

「不是電動式，而是腳踏式？」

「是啊，我小時候用過類似的打氣機爲游泳圈充氣……殺死我的凶手，應該是用這玩意爲橡皮艇充氣吧。」

那台打氣機並不是常見的圓柱型，而是風箱型，每踏一次能夠排出的空氣量較多，屬於注重效率的設計。

FUWA輕撫著下巴，沉吟道：

「既然是腳踏式的打氣機，凶手不可能在倉庫外，以遠端操控的方式爲橡皮艇充氣。」

接下來，眾人花了約三十分鐘，才將橡皮艇重新打滿氣。

加茂要求開發人員準備的橡皮艇，尺寸算是相當大，長兩百公分、寬一百一十公分、高四十五公分。即便多人輪流踩打氣機，還是花了這麼久的時間。結束的時候，每個人都熱得汗流浹背。

充氣後的橡皮艇塞進置物架及門板之間，幾乎完全貼合，沒有辦法再移動半分。

FUWA敲了敲牆壁，隔著門板對廚房的幾個人喊道：

「喂，你們就像上一次一樣，先轉動門把看看。」

YUKI與KENZAN已等在廚房側的門邊。

兩人試著將門推開，但橡皮艇的邊緣完全頂住了圓形門把。門板只能推開一道縫隙，就再也推不動了。

「接下來用撞的！」

鋼鐵門板發出沉重的悶響。

兩人第二次撞擊，置物架向後傾斜翻倒，撞在混凝土地面上，發出轟然巨響。同時門板被撞開，YUKI與KENZAN一同摔進倉庫內，壓在橡皮艇上頭。

橡皮艇再次發出空氣外洩的咻咻聲，擺在置物架上的礦泉水瓶身破裂，開始有水溢出。

FUWA看完整個過程後，點頭說道：

「……我們應該完美重現了倉庫門被撞開時的狀況。」

橡皮艇上除了原本修補過的破洞之外，又出現新的破洞。那應該是置物架倒下時，底部與橡皮艇劇烈摩擦的關係。

AZUMA看了之後深深嘆了口氣，說道：

「又是密室殺人……總之，先從這些東西著手調查吧。」

她將橡皮艇拖到倉庫的深處，從廚房取來紙巾，將濡濕的部位擦乾。

KENZAN詫異地問：

「妳在做什麼？」

「最有可能被動手腳的，就是這艘橡皮艇。」

「這麼說也對……只要沒有這艘橡皮艇，門板打開到碰到置物架，大概有四十五公分的寬度。就算扣掉門板的厚度及門把的高度，只要瘦一點還是能鑽過去。」

「我們先檢查橡皮艇內部吧。」

眾人在倉庫內找不到小刀，但發現人偶手中的大劍可以用來代替小刀。那把大劍是金屬材質，鋒利的程度顛覆了一般人對模型人偶的觀念。雖然是人偶手中的道具，鋒利度卻與一般的刀劍沒什麼不同。

AZUMA拿大劍將橡皮艇切開，說道：

「例如，將含氯的清潔劑與酸性清潔劑混合在一起，會產生氯氣。只要在橡皮艇內倒入這兩類清潔劑的液體或粉末，就能藉由汽化或化學反應讓橡皮艇膨脹。」

見AZUMA非常認眞地檢視橡皮艇內部，加茂忍不住想要苦笑。

她切開橡皮艇一看，裡頭乾乾淨淨，別說是水滴，連灰塵也找不到一粒。身爲殺害MICHI的凶手，加茂早已猜到會是這樣的結果。

最後，KENZAN沮喪地說道：

「什麼也沒有……」

「但還是不能完全排除凶手運用昇華或化學反應的可能性。例如，在裡頭放入乾冰，乾冰昇華成氣體的二氧化碳，就能讓橡皮艇膨脹。如果是使用這個方式，就不會留下任何痕跡。」

突然間，眾人聽見一陣刻薄的笑聲，緊接著語音通話系統便傳出椋田的聲音：

〈眞是太讓我失望了，你們只能想得出這麼幼稚的推理嗎？看來你們的初步調查已結束，

現在我要補充一些說明。〉

FUWA譏諷道：

「妳要提供什麼有用的線索嗎？」

〈首先是關於鬼魂的規則。目前未知和遊奇已成爲鬼魂。鬼魂如果在虛擬空間裡再次遭到殺害……〉

MICHI苦笑著說：

「難不成死了兩次就算遊戲敗北？那我可得小心一點，免得腦袋撞到豆腐。」

〈不，只是頭上的天使光環會變成兩圈。這個遊戲裡，天使光環的數量就代表死亡的次數。〉

MICHI愣了一下，露出「就這樣嗎」的表情。椋田沒有理會她，繼續道：

〈另一件事，是關於房間的門鎖……不管是現實世界或虛擬空間，房門的自動鎖都只有每個人手上的智慧型手表才能夠開鎖，並不存在任何備用鑰匙。〉

MICHI再次以接近抱怨的口氣說道：

「以密室殺人而言，這簡直是理所當然的設定……除此之外還有嗎？」

〈接下來才是重點。在「賜給名偵探甜美的死亡」這個遊戲裡，爲了簡化推理的複雜性，虛擬分身只能喝液體，不能吃固體。〉

加茂仔細回想，確實不曾在虛擬空間內看見任何食物，或許正是因爲這個設定。

〈還有，在虛擬空間裡，任何容器內的液體，必定符合容器上的標示。舉例來說，瓶身上寫著礦泉水，裡面的液體絕對不會是伏特加酒。〉

虛擬空間內沒辦法感受到物體的滋味或氣味，所以沒有任何方法能夠判斷瓶內的液體到底是什麼。椋田提出這個設定，是爲了維持遊戲的公平性。

椋田停頓了一下，接著說：

〈而且在這建築物內，虛擬分身能夠飲用的液體中，並不包含會使人死亡或昏厥的毒藥。〉

YUKI立即皺眉說道：

「這怎麼可能？我的分身是遭到毒殺而死，未知在死前似乎也因爲某種藥物，身體動彈不得。」

〈沒錯，有例外。除了在這建築物裡準備大量的飲用水之外，我還設定了一瓶毒藥，提供給扮演凶手的玩家或執行者其中之一。〉

聽到椋田這句話，加茂心中一驚。這樣的設定對他可說是相當不利。

果不其然，YUKI露出沉思的表情，低喃：

「……只給其中一人？」

〈沒錯，我們暫時稱這個人物爲『X』吧。〉

此時MICHI提出犀利的質問：

「毒藥可分爲神經毒、血液毒等不同的種類，妳交給X的是哪一種毒藥？」

〈這個我不能透露……但我可以提供藥瓶的形狀及細節。我準備的毒藥只有一瓶，大小差不多相當於你們的虛擬分身的拇指，裡頭裝的是無色透明的液體。〉

MICHI聳聳肩，露出一副「哇，好可怕」的表情，接著一臉嚴肅地說：

「反正，妳一定給了凶手和執行者各種可怕的殺人道具吧？」

〈其實並沒有，我提供給他們用來在虛擬空間內殺人的道具相當有限。凶手和執行者的口

袋裡，有一副具夜視功能的「凶手面罩」，一雙犯案用的黑色手套……除此之外，「X」還拿到毒藥瓶和黑色繩索。〉

KENZAN聽到這句話，狐疑地問道：

「只有這樣？能夠與行凶手法扯上關係的道具，只有毒藥瓶和黑色繩索而已。」

〈呵呵，要是主要的行凶手法是利用大量釣魚線和鐵絲的超複雜機械式機關，你們也不會心服口服吧？除了我剛剛說的特殊道具之外，他們只能使用每個人都可隨手取得的道具。〉

KENZAN一臉不悅，但沒有再說話。椋田繼續道：

〈最後再給你們一個有點重要的提示……我交給X的毒藥劑量，是虛擬分身的致死量的八千六百四十倍以上。〉

椋田發出別有深意的笑聲。加茂也是第一次聽到這個提示，詫異地問：

「劑量未免太多了吧？這古怪的倍數有什麼特別的意義嗎？」

〈找出這數字的意義，也是你們業餘偵探的工作。希望你們好好加油，別做出讓我失望的三流推理。〉

*

聽完椋田的補充說明，眾人花了大約二十分鐘，分享各自掌握的線索。就在大家決定解散，各自繼續調查的時候……

「加茂，能陪我一起調查嗎？」

MUNAKATA忽然向加茂說道。

其他人聽到這句話，都露出吃驚的表情。FUWA苦笑著說：

「這是吹了什麼風……我以爲你是喜歡獨來獨往的人。」

「沒那回事，我平常總是跟佛朗明哥一起行動。」

向來自負消息靈通的MICHI，雙手交抱胸前，沉吟道：

「我從未聽過流浪偵探有同伴……該不會是指跟你一起旅行的那頭西伯利亞哈士奇吧？」

MUNAKATA沒有回答，只是朝加茂輕輕抬了抬下巴，示意加茂跟著自己，同時轉身走向廚房。加茂趕緊追上，錯愕地對著MUNAKATA的背影說：

「沒想到你會採取這麼大膽的做法……」

MUNAKATA在客廳的模型屋旁停下腳步，轉頭說道：

「不，剛好相反。我做事向來謹慎。與其選一個不知底細的人，不如選一個已知扮演什麼角色的人。畢竟要是挑上執行者當助手，可就吃不了兜著走。」

「你希望我爲你做什麼？」

MUNAKATA那帶有中性美的臉上，露出惡魔般的微笑。

「做我要求你做的每一件事。我這個人最討厭勞動身體。」

「我拒絕。」

加茂想也不想地應道。聽到意料之外的回答，MUNAKATA顯得相當驚訝。

「以你現在的立場，竟然敢反抗我？」

「你到底在打什麼主意？既然你設下陷阱，查到了一些眞相，爲什麼不趕緊告訴大家？大家同心協力，不僅能夠提高調查的效率，也能夠增加同伴的存活率。」

「……同伴？」

MUNAKATA的眼角微微抽搐，他以作嘔般的厭惡口吻說道：

「我從不相信任何人，只相信我自己。我對你們的死活不感興趣……爲什麼我要把自己掌握到線索分享給他人？反正我最後一定會揭穿所有的犯案手法，不會有任何問題。」

這意料之外的回答，讓加茂一時啞口無言。

就在這時，YUKI與AZUMA也從廚房走進客廳。AZUMA似乎在廚房裡聽見MUNAKATA說的那些話，她氣呼呼地瞪著MUNAKATA，眼中充滿責備之意。

MUNAKATA轉頭朝她問道：

「妳有什麼不滿嗎？」

向來對任何人都率直表現出情感的AZUMA，面對一副撲克臉的MUNAKATA竟然默不作聲，顯得有些畏懼。

站在後方的YUKI納悶地歪著頭，問道：

「我倒是很好奇，爲什麼你會認爲我們想知道你掌握的線索？我對這遊戲裡發生的任何事件都不感興趣，也不想聽你說明任何事情。」

MUNAKATA面露驚愕之色，彷彿看見一頭UMA（未經證實的神祕生物）。但他最後什麼話也沒有說，轉身走向南棟。

YUKI絲毫不以爲意，舉起手中的一瓶礦泉水，說道：

「這礦泉水只是想拿來在存檔的時候用，不必想太多……話說回來，那是什麼？」

YUKI伸手指向擺放模型屋的矮桌底下的垃圾桶。那垃圾筒裡有張被揉成一團的便條紙。

加茂將紙攤開一看，上頭寫著：

ArteMis Hero（阿提米絲英雄）

Ares hinted Pen（阿瑞斯暗示了筆）

這張便條紙，加茂在昨晚的ＶＲ犯案階段也看過，不過當時是放在矮桌上，並沒有被揉成一團丟進垃圾桶。

……是誰在我看了這張紙之後，把紙扔進了垃圾桶？難道是執行者？

加茂陷入沉思。YUKI低頭朝便條紙看了一眼，嘆了口氣，說道：

「眞是毫無意義的內容，而且文法也有點怪。」

龍泉家向來相當注重家族子弟的外語教育，所以伶奈和佑樹的英文都很好。

「……加茂哥，該不會是你寫的吧？」

YUKI沒頭沒腦地冒出這句話，加茂皺眉應道：

「怎麼可能……佑樹，我原本還懷疑是你寫的。」

「才不是我！」

兩人正說著，AZUMA湊上前來想要看便條紙的內容，卻突然發出一聲輕呼。

加茂狐疑地轉頭一看，只見AZUMA的深藍色洋裝被矮桌的邊角勾住了，差點就被扯破。

AZUMA露出疑惑的表情，低喃：

「這種地方……怎麼會有釘子？」

矮桌靠近牆壁的邊角上，確實釘著一根黑色釘子，頂部向外突出約一公分。

AZUMA輕撫著脫了線的洋裝裙襬，說道：

「昨天就有這根釘子嗎？」

「我沒有印象。畢竟是在靠近牆邊的不起眼位置，顏色又跟矮桌一樣，或許只是昨天沒注意到。」

加茂不再理會那釘子，轉頭對YUKI說道：

「……對了，佑樹。我有件事想問你。」

YUKI原本低頭看著便條紙，嘴裡不停喃喃自語，此時抬起頭問：

「什麼事？」

「那邊開關上的黑色髒污，是你搞的吧？」

加茂指著模型屋附近的電燈開關說道。那開關維持著上次看到時的狀態，附著一層薄薄的黑色髒污，上頭印著三根指印。

YUKI原本一頭霧水，隨即恍然大悟。

「對，那是我……我圖畫到一半，削起了鉛筆，後來我聽見聲音，就到走廊及客廳查看。這些黑色的東西，是削鉛筆時產生的石墨粉，原本沾在我的手上，後來我摸了開關，就沾在開關上了。」

黑色髒污之謎解開了。問題是上頭的拇指、食指及中指的指印，又是誰留下的？

「開關的寬度約四公分，上頭垂直排列著三根指印……應該是你碰了開關之後，又有人碰了開關。」

YUKI凝視著開關上的三根指印，接著伸出自己的手指，湊在開關上頭，說道：

「大概是將右掌像這樣貼在開關上吧。除了指尖之外，其他部分都不明顯，恐怕很難斷定是誰留下的痕跡。」

AZUMA不安地說：

「會不會是扮演凶手的玩家或執行者留下的？」

加茂說道：

「這可能性很高，但光從指頭的大小看不出特徵，沒有辦法鎖定身分……咦？等等，你們仔細看，食指和中指的指尖好像有一些紋路。」

殘留在石墨粉上的三根指頭並沒有指紋，取而代之的是，由許多小圓點組成的紋路。

「該不會是這個吧？」

YUKI一邊說，一邊從左側口袋掏出不久前在門廳發現的黑色手套。

印在開關上的手指痕跡並沒有經過抹動或重疊，要比對紋路一點也不困難……手套的手掌側上的防滑凹凸紋路，與開關上殘留的紋路痕跡如出一轍。

AZUMA太過興奮，呼吸變得急促。

「果然……這是戴著犯案用手套觸摸開關留下的痕跡。」

「但我們撿到的這隻手套未免太破爛了，你們不覺得奇怪嗎？上頭還有木屑及黑色纖維。」

正如YUKI所言，手套上的防滑加工材質都剝落了，連指尖也不例外……戴著這種狀態的手套，絕對不可能在開關上留下這麼清晰的痕跡。

AZUMA咕噥道：

「不管怎麼說……總之，這指印很有可能是執行者留下的吧？」

「沒錯，留下這指印的時間，必定是在佑樹查看客廳的深夜十二點五十分之後。而圓桌上出現象徵在虛擬空間內死亡的人偶，也是在深夜十二點五十分之後。」

「放置人偶的人能夠預先知道兩名受害者的死因，可見應該是執行者。換句話說，執行者在深夜十二點五十分之後進入客廳，打開電燈後在桌上放置人偶。」

她繼續查看犯案用手套，接著說：

「手套上的防滑加工處理只在手掌的部位，這代表就算把左手用的手套戴在右手上，也沒辦法在開關上留下那樣的痕跡。」

「是啊，開關上的指痕，應該是戴著右手用的手套時留下的。」

「我們在門廳撿到的，就是右手用的手套……」

加茂接過手套，頷首道：

「這有兩種可能……一是戴手套的人按下開關時，手套還沒有變成這副模樣，二是遺落手套的人，與按下開關的並非同一人。」

事實上，早在昨晚十二點之前，加茂的手套已被刀片割壞，所以眞相必然爲後者。

兩人討論了一陣，加茂轉頭一看，YUKI坐在圓桌邊，拄著臉頰。AZUMA見他完全不打算協助調查，苦笑道：

「……你的姻親堂弟平常就是這樣嗎？」

「行動難以預測這一點，確實跟平常沒什麼不同。」

她輕輕嘆了口氣，說道：

「看來遊奇是個『安樂椅偵探』（註）。從前我哥哥也是這種作風，莫名有種親切感。」

就加茂所知，佑樹從來不曾光是聽人描述狀況就找出眞相。AZUMA似乎對佑樹有些誤

註：一種推理小說中的偵探形象。不需要到處奔波、調查案情，只須坐在安樂椅上，聽取眾人的證詞，就能推理出眞凶。

解，但這種事只會越描越黑，加茂決定置之不理。

比起佑樹的事，AZUMA的哥哥更讓加茂感到好奇。AZUMA自我介紹的時候，提過她的哥哥東香介在五年前過世了。

「妳跟妳哥哥感情很好嗎？」

加茂問道。AZUMA一聽，流露出摻雜懷念與悲傷的神色。

「是啊，哥哥比我聰明好幾倍，無論是什麼案子，他都能迅速破解。哥哥眞的對我很好，在我成爲單親媽媽之後，哥哥和嫂嫂給予我各種幫助……可惜哥哥在調查某件案子的時候遇害。」

她難過地瞇起眼睛，接著說：

「後來我代替哥哥繼續調查，終於查出眞相。原來哥哥是被凶手滅口了……從那起事件之後，我們決定繼承哥哥的遺志，成爲打擊犯罪的偵探。」

「我們？」

「我不是單打獨鬥。如果只有我一個人，一定沒有辦法走出哥哥過世的傷痛吧。而且老實說……我原本很害怕當偵探。明知會遭人怨恨，還是得繼續追查眞相，我認爲自己做不到。但嫂嫂……也就是哥哥的妻子，她對我說『我願意當妳的華生。不管發生什麼事，我都會和妳一起承擔』。」

「原來如此……」

當初AZUMA自我介紹的時候，MICHI曾說「只要姊妹結伴出門旅行，一定會遇上凶殺案」。所謂的「姊妹」，指的就是AZUMA和她的嫂嫂吧。

AZUMA的眼眶含著淚水。

「雖然遇上很多令人難過的事，我還是能堅持當偵探，這都是嫂嫂的功勞……但這一次，我很慶幸是獨自前來。她常說要當地球上最後一個傳統手機使用者，所以也不肯使用智慧型手表，多虧這種頑固的想法，她才沒有變成人質。」

AZUMA稍微恢復了笑容，接著說：

「請問……我可以和你一起行動嗎？我正好也想去YUKI的房間看一看。」

加茂與AZUMA一邊打開通往南棟的門，一邊繼續閒聊。

「如果有人在深夜十二點五十分之後不可能觸摸到電燈開關，這個人就不會是執行者，對吧？」

「很可惜……在那個時間點之後，沒人擁有這樣的不在場證明。」

AZUMA思考了大約十秒，似乎是得到相同的結論，沮喪地說：

「好像是這樣沒錯。就算是受害者遊奇，在凌晨三點遇害之前，還是能自由行動。」

「另一名受害者未知，她的不在場證明也不成立。雖然虛擬分身死後，就會遭強制登出遊戲，但凌晨三點她就以鬼魂的身分重新回到遊戲裡了。」

「變成鬼魂，就能自由走動……不管是要進入客廳，還是要放置人偶，都能輕易做到。」

兩人走到YUKI的房門口，發現MUNAKATA正獨自檢查門板。

他望向加茂，眼神彷彿責備著「爲何這麼慢才來」，但因爲AZUMA在場，他什麼話也沒說。

客房的門板都是木頭材質，在設計上和一般飯店的客房門板沒有什麼不同。握柄式門把的上頭有電子鎖的感應器。門板的上部與門框之間有一道縫隙，目測約五公釐的寬度，這點應該也是每個房間都相同。

或許是MUNAKATA不發一語，AZUMA受不了沉默，於是開口：

「以這次的情況來說，我認為採用逆推的方式會比較有效率。」

「逆推？」

加茂問道。AZUMA點點頭說：

「這整個虛擬空間，都是為了進行『賜給名偵探甜美的死亡』這個遊戲而設計。所以，像是矮桌上有釘子，以及門板上有縫隙……這些應該都是行凶詭計成立的必要條件。」

這是很有趣的想法。

好比閱讀解謎性質較強的本格推理小說時，讀者往往會跳出劇情的框架之外，嘗試推測作者的創作意圖。有些較高明的讀者，甚至光靠推測作者意圖，便能迅速看出作者想要隱藏的真相。

正如AZUMA所言，傀儡館完全是為了進行推理遊戲而存在。

基於這樣的性質，在傀儡館這個虛擬空間內發生的殺人事件，很可能會與現實中的殺人事件有極大的差異。就這層意義上來看，確實與類似解謎遊戲的本格推理小說有異曲同工之妙……既然如此，從密室或現場的特殊性來逆推設計者的意圖，或許是很有效的做法。

雖然AZUMA說得頗有道理，加茂還是搖頭說道：

「很可惜……就算房門有縫隙，也沒辦法從這一點推測出行凶的手法。」

AZUMA有些缺乏自信地說：

「但只要有縫隙，就能夠以鐵絲或細線設計一些機關，不是嗎？」

「可能下毒的時間，只有深夜十二點半到凌晨三點之間。在這段時間裡，佑樹只離開虛擬空間內自己的房間兩次。」

「第一次是深夜十二點半，他回到現實世界，大約五分鐘後就返回虛擬空間。」

說這句話的是MUNAKATA。AZUMA旋即點了點頭，接著說：

「第二次……則是在深夜十二點五十分左右，他聽到外頭有聲音，於是檢查了傀儡館的走廊及客廳。這次也是不到十分鐘就回房間了。」

此時，加茂伸手指向浴室。浴室有一部分是玻璃牆。

「傀儡館的衛浴設備在設計上只重視氣氛，不重視實用性。由於有這片玻璃牆，就算是在床邊或儲存點，也能把馬桶和浴缸看得一清二楚。」

「其他有可能躲人的地方……」

AZUMA在床邊蹲了下來。

床的下方設計成抽屜，每一層的高度大概只能塞得下人偶，不可能躲人。

「床底下也不行。看來，這房間裡沒有能夠躲人的地方。」

「這意味著，在佑樹兩次離開房間的五至十分鐘內，凶手必須完成所有的事情並且離開。」加茂說道。

AZUMA按著太陽穴，說道：

「凶手必須完成的事情，包含『解除房門鎖，進入房間內，在水裡下毒，離開房間，從門外將房門鎖上，門扣鎖也必須扣上』。唔……就算使用鐵絲及細線，也很難在短時間內做到這麼多事情。」

「是的，而且能不能成功完全憑運氣。」

「沒錯，凶手沒辦法預測遊奇回到現實世界後，會在幾分鐘之後返回虛擬空間……到走廊及客廳查看那次也一樣，沒有人能夠預測遊奇會在幾分鐘之後回來。我不認爲凶手會訂下這麼冒險的計畫。」

兩人討論得正起勁，MUNAKATA卻只是朝兩人瞥了一眼，別有深意地說：

「眞相往往比一般人所想的單純……其實，要讓虛擬分身從這個房間消失非常簡單，只要登出遊戲就行了。」

加茂苦笑著應道：

「要登出遊戲，必須在儲存點進行，但凶手不可能使用這個房間裡的儲存點。」

「試試就知道。」

MUNAKATA毫不猶豫地坐在儲存點的沙發上，那沙發旋即發出警告：

這是YUKI先生專用的儲存點……ＶＲ頭罩識別碼不正確，無法使用此功能。

「這跟現實世界的RHAPSODY一樣，必須驗證ＶＲ頭罩的識別碼……而且ＶＲ頭罩在戴上時會執行生體虹膜辨識，所以這個儲存點只有佑樹能夠使用。」

加茂說道。MUNAKATA有些不甘心地反駁：

「或許凶手使用的手法是強制登出。」

「凶手若在密室內自殺，確實會遭系統強制登出……但如果是這種情況，屍體會遺留在密室內，而且凶手會變成鬼魂。」

現階段變成鬼魂的人，除了本事件的受害者YUKI自己之外，就只有MICHI了。

MICHI死於加茂之手，不可能在YUKI的房間內自殺。虛擬分身如果死了兩次，頭上的天使光環會變成兩圈。目前她的光環只有一圈，無需考慮她死亡之後又在YUKI的房間內自殺的可能性。

MUNAKATA咂了個嘴，走到儲存點的旁邊，指著牆壁的上方說道：

「……話說回來，那是空調的通風口嗎？我的房間裡也有那玩意。」

牆壁的上方有一片鐵網。MUNAKATA伸長了手，但身高差一點，沒辦法搆到。

「我們來檢查一下吧。」

於是加茂跟著伸出手。由於加茂比MUNAKATA高了約十五公分，手指輕易地碰到鐵網的下半部。但那鐵網被牢牢固定在牆上，即使加茂用力拉扯，依然文風不動。

AZUMA以欽佩的口吻問道：

「加茂，你好高啊。身高幾公分？」

「一七九。」

回答這個問題的人竟是MUNAKATA，而不是加茂。

加茂聽見MUNAKATA精準說出自己的身高，默默地低頭朝他望去。就算是靠目測，也未免太準了些。

MUNAKATA露出賊兮兮的笑容，又指著AZUMA說：

「妳是一五四公分。」

「你怎麼會知道？」

AZUMA詫異地問。MUNAKATA開啓了遊戲的選單畫面，說道：

「你們好歹看一下遊戲參加者的個人介紹吧？」

雖然MUNAKATA的口氣令人不舒服，但他說的確實有道理……遊戲參加者的個人介紹

（第五十八頁）中記載了每個人的身高，例如加茂是5.87，東是5.05，棟方是5.38。

其實加茂早就知道了，卻佯裝現在才知道數字代表的意義。

「原來如此，這是以英尺為單位的身高嗎？我記得一英尺是三〇．四八公分……」

AZUMA似乎很擅長心算，她忽然眼睛一亮，說道：

「換算下來，加茂大約一七九公分，我大約一五四公分，棟方大約一六四公分。」

MUNAKATA雙手交抱在胸前，說道：

「先別管身高了，怎麼確認鐵網裡有什麼東西？」

加茂站在椅子上，視線正好與鐵網同高。鐵網裡是一個直徑不到二十公分的通風口。

「……我對建築設備所知不多，但看起來像是提供冷暖氣及換氣用的通風口。」

AZUMA踮起腳，問道：

「鐵網的網格大約五公釐寬？」

「差不多吧。鐵網被牢牢釘住，網格又細，凶手應該沒有辦法從這個洞放入或取走什麼東西。」

MUNAKATA嘆了一口氣，坐在床緣說道：

「光是虛擬空間竟然會有空調的通風孔，就相當可疑。在虛擬空間裡，不管室溫高低，對我們都不會有任何影響。」

「那也不見得，VR控制服具有呈現冷熱溫度的機能，如果沒有維持虛擬空間內的舒適度，對玩家會是很大的負擔。」

加茂一邊說，一邊跳下椅子。正當加茂轉過頭，還想開口的時候，卻見MUNAKATA揚起嘴角，表情充滿自信。

「冷熱溫度……原來如此，這一點有必要查清楚。」

聽見MUNAKATA的低語，加茂感覺手套型控制器裡的掌心冒出了汗水。

……他察覺什麼？難道被他發現了？

加茂故作鎮定，暗自祈禱不會被看出心中的焦慮，繼續和AZUMA一起在YUKI的房間裡到處查看。

房間裡有不少賽博龐克（cyberpunk）風格的人偶，以及現代日本風格的人偶，大約各占一半。

加茂拿起其中一尊人偶，只見人偶的臉大半被改造成了機械。

「對了，我房間裡的人偶大多是奇幻風格的精靈和矮人，看來每個房間的人偶主題都不一樣？」

這房間裡的人偶跟其他地方的人偶一樣，拿在手裡沉甸甸的，比外觀看起來要重得多。AZUMA也拿起一尊女高中生的人偶，苦笑著說：

「你的房間是奇幻風格嗎？我的房間都是戰國武將和忍者的人偶，應該算是時代劇風格吧。棟方，你的房間呢？」

MUNAKATA躺在床上回答：

「有的像愛德華．蒂奇，有的像安妮．邦妮。」

加茂雖然對海盜的歷史不算十分瞭解，但曾聽過愛德華．蒂奇（Edward Teach）就是有名的黑鬍子海盜，而安妮．邦妮（Anne Bonny）則是有名的女海盜。說話像這樣拐彎抹角，或許也算是棟方的個人風格吧。

接著，三人又把全部的人偶大致查看了一遍。雖然超過預期的時間，但從頭到尾也只花了二十分鐘左右，就把YUKI的房間檢查完了。

AZUMA跪坐在地板上，沮喪地說：

「……沒有找到任何有力的線索。」

MUNAKATA離開床邊，鄙夷地說：

「花了這麼多時間調查，結果只是白費力氣……看來你們比我想的還要沒用。」

兩人努力在房間裡左右查看的過程中，MUNAKATA躺在床上動也不動。不愧是曾說自己討厭肉體勞動的人，此時MUNAKATA整個人散發出一股慵懶、無精打采的氛圍。

他的這句話似乎激怒了AZUMA，AZUMA立即反唇相譏：

「原來你過去破解的案子，都是助手的功勞？」

「來這裡的船上，我們第一次見面時，妳就用那種眼神瞪過我。看來，妳跟我眞的合不來。」

「那是因爲我向你打招呼，你卻不理不睬，我才……」

「啊啊，我最討厭有人在耳邊嘮叨！現在想想，佛朗明哥眞的太優秀了，從來不會抱怨，也不會背叛我……人類完全比不上！」

MUNAKATA發起牢騷，語帶鬱悶。AZUMA充耳不聞，繼續譏諷道：

「你這種性格，當然只能跟西伯利亞哈士奇做朋友。我想你一定把那條狗當成了寶吧？」

MUNAKATA聽了這句話，露出自嘲的微笑。

「當初牠還小的時候，我把牠撿回來養，其實是抱著隨時可以丟棄的心情。」

見MUNAKATA流露從未出現過的苦澀表情，加茂腦中忽然閃過一個念頭。

「如果我猜錯了，請見諒……佛朗明哥是人質？」

「那條笨狗，如果我早點把牠丟掉，就不會被椋田那傢伙抓住弱點……佛朗明哥就不會陷入危險之中。」

椋田很清楚棟方從不相信任何人，因此選擇他的工作夥伴佛朗明哥爲人質。在棟方的心目中，那條西伯利亞哈士奇想必比家人更加重要。

AZUMA看見他的神情，慌忙道歉：

「對不起……我剛剛不應該那樣說……」

接下來三人都不再開口。

AZUMA也露出摻雜溫柔與強烈不安的表情，凝視著遠方。或許是談到人質的關係，她想到陷入危險之中的孩子。

加茂的腦海裡，也浮現伶奈與雪菜的身影。

由於加茂扮演的是凶手，只要能夠查出YUKI是如何遭到殺害，就能結束這場遊戲。在這一點上，可說是比偵探的角色更占優勢。問題是，加茂完全查不到線索，不僅束手無策，還必須把大部分的心思花在避免自己的犯案手法遭人看穿上。

……我眞的能夠保護她們母女嗎？

就在這時，走廊上傳來說話聲。

三人來到走廊一看，FUWA與KENZAN正站在房門口。

「看來你們的調查也結束了？」

FUWA說這句話的時候，露出疲憊的笑容。

MUNAKATA再度朝加茂努努下巴，示意加茂跟著他走，隨即轉身走向通往客廳的門。加茂原本以爲AZUMA會一同前往，沒想到AZUMA卻顯得心不在焉，只淡淡地說：

「我想回房間整理一下思緒，等等再去找你們。」

AZUMA說完，便朝北棟走去。加茂看著FUWA與KENZAN走進YUKI的房間，於是與不發一語的MUNAKATA一同走向客廳。

「……查出什麼了？」

待在客廳裡的YUKI問道。只見他百無聊賴地拿著模型屋的遙控器，將屋頂忽上忽下地操控著玩。

MUNAKATA對YUKI完全視而不見，對加茂說道：

「加茂，接下來去廚房看看。」

接著，他便朝廚房走去。加茂向留在客廳裡的YUKI說：

「很可惜，沒有什麼重大收穫。」

YUKI將遙控器放回原處，點點頭應道：

「是嗎……我相信以加茂哥的能力，一定能夠查出眞相。」

加茂原本以爲他在揶揄自己，但他的口吻聽起來一點都不像在開玩笑。那就像是在陳述一件理所當然的事實，是十分不可思議的語氣。

加茂走進廚房時，MUNAKATA正在查看冰箱。他的嘴角揚起了嘲諷般的討人厭笑容，令加茂心裡發毛。

加茂一走到冷凍室的旁邊，登時感覺到ＶＲ控制服傳來強烈的寒意。

冷凍室裡什麼也沒有，冷藏室裡也只放了幾瓶礦泉水。冰箱裡的其他東西，大概就只有製冰盒裡堆滿冰塊。

MUNAKATA捏起一顆冰塊，那冰塊因他的體溫而逐漸融化。

「嗯，和現實世界沒有什麼差別。」

說完，他將冰塊拋進流理台內。那冰塊撞在海綿上，停了下來。

加茂忽然發現，廚房裡沒有洗碗精。仔細回想起來，客房的浴室裡也沒有沐浴乳和洗髮精。

……好奇怪，我不曾要求遊戲開發人員別放置任何清潔劑。

加茂皺起眉頭，心裡一陣納悶，MUNAKATA轉身走向放有各種調味料的櫃子。

櫃子上的調味料約有三十種。鹽、砂糖、黑胡椒、豆瓣醬、薑黃、肉豆蔻等等，全放在巴掌大小的玻璃瓶或玻璃容器內。

MUNAKATA只是遠遠地看著，加茂則是實際將瓶子拿起來細看。每一瓶的內容物都只剩下一點點，鹽和味噌的容器更是幾乎空了。

昨晚剛進入調查階段時，加茂就查看過這座櫃子，跟現在一樣，每一種調味料都所剩不多。

……看來，這傀儡館的居住者被設定成生活懶散、邋遢的人。

調味料幾乎都已用罄，卻沒有補足，而且流理台的周圍胡亂堆放著不少餐具和空瓶。

「這裡頭有什麼？」

MUNAKATA指著櫃子下方的櫃門，問道。於是，加茂打開櫃門。裡頭放著幾大瓶調味料。

看起來似乎是醬油和醋……醬油的瓶身雖大，但剩下的量同樣很少。

「原來如此。」

MUNAKATA低聲咕噥，轉身離開櫃子前。

加茂拿起那瓶醬油。以尺寸來看，應該是四百毫升裝。瓶身上寫著「薄鹽醬油」。在這種生死懸於一線的緊要關頭，卻看到這種講求健康的調味料，感覺格外諷刺。

加茂接著想要拿起醋的時候，MUNAKATA忽然說道：

「調查就到這裡吧。」

加茂心中一驚，勉強維持鎮定。一轉過頭，發現MUNAKATA的視線並非看著自己，而是看著冰箱。他的臉上還帶著別有深意的微笑。

「就到這裡……？不是要將倉庫重新查看一次嗎？」

加茂問道。MUNAKATA似乎並不打算改變他的決定。

「不用了，該有的線索都有了。」

雖然早猜到會有這一刻，加茂聽到這句話時，還是不由得心驚膽跳。

加茂心裡很清楚，只要將到目前爲止的調查結果結合在一起，就有可能看出眞相。只是……

「太快了。」

加茂凝視著MUNAKATA說道。MUNAKATA似乎對加茂的反應有些吃驚，但他旋即沉聲說道：

「這不是由你決定的事情。」

「我不知道你在心中做出什麼樣的推理，但我認爲你應該多花一些時間在驗證上，否則……」

可惜MUNAKATA並沒有接受這個建議，他高聲說道：

「椋田，我看穿所有眞相了！」

加茂知道已來不及阻止，只好沉默不語。不知何時，MICHI也從倉庫裡探出頭，她看著MUNAKATA，似乎正在估量他有幾分決心。

那彷彿發自喉嚨深處的笑聲響起，語音通話系統傳出椋田的聲音。

〈我終於等到這句話。現在就讓我們進入解答階段吧。〉

「我現在就能講出我的結論。」

MUNAKATA的表情充滿自信，但椋田一口否決了他的提議。

〈現在？別開玩笑了。〉

「如果妳希望我當著眾人的面說，我們可以到客廳去。」

〈那也不行。〉

「……爲什麼？」

〈解答階段的重頭戲，就是讓推理者觀察遭告發者的表情變化，戳破其謊言，收束名爲推理的羅網。虛擬分身雖然也能反應玩家的表情變化，畢竟比不上活生生的人。既然要讓推理者與遭告發者正面對決，當然要在現實世界進行。〉

沒有人提出反對的意見。椋田接著說：

〈現在我們將場景移動至巨齒鯊莊。請各位立刻返回房間，存檔後回到現實世界，前往交誼廳集合……這次不需要使用VR頭罩，但記得把手套型控制器戴上。〉

第七章　試玩會　第二天　解答階段①

二〇二四年十一月二十三日（六）一一：五〇

巨齒鯊莊內瀰漫著老舊木材的氣味。雖然開了暖氣，依然抵禦不了晚秋的寒意，虛擬的世界難以重現這樣的肌膚感受。

自從六本木遭殺害那次之後，這是眾人第一次離開現實世界的房間。

加茂看著平面圖，沿著走廊往南前進。雖然背後不時傳來開門聲，但加茂根本沒有心思理會。

……但願棟方眞的看穿了兩起命案的眞相。

要是他只說對MIICHI事件的眞相，卻在說明YUKI事件時出了錯，該如何是好？

這種情況下，椋田不僅會殺死加茂，還會殺死伶奈與雪菜。最讓加茂難以忍受的是，只能眼睜睜地看著，沒有辦法阻止，也沒有辦法加以改變。

交誼廳就在走廊的盡頭。

加茂轉動圓形門把，進入交誼廳，發現裡頭空無一人，看來其他人都還沒有到。

牆邊的棚架上，擺滿巨齒鯊軟體公司開發的遊戲周邊商品。模型人偶、布偶、攻略書籍、設定資料集等等，琳瑯滿目，簡直像是小規模的電子遊戲博物館。

交誼廳中央同樣有一張圓桌。

這張圓桌可供八個人環坐，跟傀儡館裡的圓桌一樣。只不過，傀儡館的圓桌是黑檀木材質，眼前這張圓桌是白木材質。圓桌中央有一面巨大的圓形螢幕。

「……何必這麼急著公布推理結果？」

旁邊一人如此咕噥，原來是佑樹。其他人陸陸續續進入交誼廳。加茂心神不寧地應了一聲：

「是啊……」

不一會，棟方也進入交誼廳。所有人的視線都集中在他身上。又過了一會，東進來了，七個人全部到齊。

所有人都穿著VR控制服，戴著手套型控制器。

棟方還是一樣面無表情，但看得出他只是強自鎮定。他的臉頰微微泛紅，雙眸閃爍著興奮的神采。加茂低頭一看，發現他的手中握著一支簽字筆，以及一本活頁紙。

公開推理結果，對扮演偵探的玩家來說具有極大的風險。一旦答案出錯，不僅會輸掉遊戲，也會輸掉自己的性命。

正因如此，加茂極力勸諫棟方不要急著公布他的推論。在公布之前，至少應該先想辦法驗證……可惜棟方並沒有接納。

不知何處傳來熟悉的聲音。

〈解答者是棟方希……請逐一解答兩起事件的眞相。你想從哪一起事件開始挑戰？〉

「MICHI事件。」

加茂不由得緊握雙手。

伴隨著「唰」的一聲輕響，圓桌中央的螢幕啓動電源。

加茂原本以爲那只是普通的螢幕，沒想到那螢幕竟然在上方投射出全像3D立體影像。

〈這是3D螢幕，雖然還在研發階段，但要用來投影遊戲內的景象，應該綽綽有餘。〉

此刻螢幕上映出的是虛擬空間中的客廳。

這是加茂第一次見識到不用戴頭罩就能看見3D影像的技術……更令加茂吃驚的是，眾人爭先恐後地往前擠，想要看清楚螢幕。

「喂！誰踩我的腳跟？」

棟方破口大罵，轉頭瞪著身後。

那充滿火藥味的話，讓站在棟方身旁的不破縮了縮身子，站在棟方身後的東和乾山同時後退了一步，表示「不是我幹的」。下一秒，東踩到佑樹的鞋子，嚇了一跳的佑樹又踩到未知的腳跟，簡直像是連鎖反應一樣。

加茂雖然沒有被捲入這場鬧劇中，卻也因爲心中過度慌亂，並未看清楚是誰踩了棟方的鞋子。

在這段時間裡，椋田依然淡淡地持續進行說明。

〈3D影像能夠以手套型控制器加以移動和擴大。如果有必要，這套系統可投影出遊戲內的任何場景。〉

未知以右手旋轉客廳影像，問道：

「……這3D投影技術該不會也是犯案的機關之一吧？」

〈當然不是。以現在的技術，我們還沒有辦法投影出讓人難以判斷眞假的3D影像。而且，要是以這種特殊技術作爲推理遊戲的謎底，未免太無聊。〉

未知沒有答話，只是用力揮動手臂。3D影像裡的客廳宛如陀螺般轉了好幾圈才停下。正如椋田所說，3D影像閃爍的情況非常明顯，任何人都能一眼看出那並非眞正的實物。

椋田以低沉的嗓音接著說：

〈解答者沒有中途喊停的權利……你做好心理準備了嗎？〉

「完全沒問題。」

棟方坐在圓桌旁的凳子上，神情相當冷靜。

其他人也陸續在固定於地板的凳子上坐了下來，加茂當然也不例外。這次未知也順利坐下，沒有再撞到任何人的腳。

棟方先環顧眾人，接著雙手在圓桌上交握。

「首先，我想先向大家說明一件事……昨天進入ＶＲ犯案階段之前，我在客廳通往南北走廊的門板上布置了陷阱。」

棟方接著擴大３Ｄ影像，讓眾人看清楚連結客廳與走廊的兩扇門，同時說明他的陷阱是將刀片黏在門把上。

不破一臉狐疑地說道：

「但你布置這種陷阱，椋田一定會知道。執行者是她的共犯，她肯定會把這件事告訴執行者。」

棟方瞇起了眼睛，說道：

「沒錯，我布置陷阱的目的，是爲了找出扮演凶手的玩家，而不是執行者……後來經過確認，只有北側門板上的陷阱發揮作用。我黏在門把上的刀片不見了，而且殘留在門把上的接著劑上面，還沾著一些沒辦法清除乾淨的血跡。」

昨晚，加茂雖然拿抹布擦掉了絕大部分的鮮血，但因爲時間緊迫，沒有辦法擦拭乾淨。接著劑上會殘留血跡，也是沒有辦法的事情。

「我在模型屋附近撿到的黑色手套碎塊，應該就是被刀片切下來的……凶手被割傷後，走向模型屋，大概是爲了確認抽屜裡的美工刀和接著劑是否眞的不見了。」

棟方一邊說，一邊以３Ｄ影像呈現出自己房間的內部景象。只見在MUNAKATA房間的桌上，還放著加茂的黑色手套碎片。

乾山喃喃說道：

「……這麼說來，只要虛擬分身的手指受了傷，那個人就是扮演凶手的玩家？」

此時，椋田迫不及待地插話：

〈把戴著手套型控制器的手掌放在螢幕上，就能投影出虛擬分身的手掌影像。〉

「像這樣嗎？」

乾山伸出了手，3D螢幕果然投影出他的虛擬分身的手掌，當然，那手掌沒有任何傷痕。

其他人也跟著照做，陸續投影出沒有受傷的虛擬分身手掌。

加茂知道逃不掉，只好硬著頭皮伸出雙手。

所有人之中，最驚訝的是佑樹。他霎時臉色大變，轉頭望向加茂。東驚訝的程度，也不遑多讓。畢竟直到不久前她還與加茂一起行動，受到的衝擊當然不小。

〈……如果你要告發某人，請你說出他的全名。〉

椋田說道。於是，棟方宣布：

「我要告發加茂冬馬。」

不破望向加茂，眼神中流露一抹厭惡，但什麼話都沒有說。坐在他旁邊的未知則半開玩笑地說：

「噢，原來殺了我的人是加茂。」

加茂指著右手上從食指到無名指的傷痕，苦笑著說：

「正如各位所見，我的虛擬分身確實受了傷……但我並不打算承認自己是凶手。」

「死到臨頭還嘴硬？」

棟方不屑地罵道。加茂凝視著他說：

「假設我真的是凶手……一旦我承認，等於是招供。如果只是犧牲我一個人的性命，還不打緊，但凶手招供的違規行徑會連人質的性命也一起賠上。」

此時，東開口：

「就算加茂眞的是凶手，但他殺的對象可能是YUKI，不是嗎？」

「不可能。」

「爲什麼？」

「殺害YUKI的人，不僅要下毒，還要在走廊上發出聲音，這些都必須進入南棟才有辦法做到。」

棟方還沒有說明完，東似乎已恍然大悟，應道：

「原來如此，加茂的房間在北棟，如果要從北棟移動到南棟，必定會先碰上南側門板的陷阱。但實際上，只有北側門板的陷阱發揮作用，顯然假設有誤。」

加茂聽著兩人的交談，暗嘆了一口氣。

……靠著一句簡短的說明，就能瞬間理解，實在很了不起。不愧是有資格受到邀請的業餘偵探，不是省油的燈。

另一頭的不破，則依然維持著凝重的神情，問道：

「這推理相當高明，問題是那密室殺人手法，你要怎麼破解？」

「那只是很單純的物理詭計。」

棟方慵懶地說著，同時在圓桌上投影出倉庫的景象。MICHI的遺體還躺在那裡，橡皮艇和置物架也都還擺在旁邊。

「調查凶手如何創造出密室的時候，我們不是推測置物架原本被擺在距離門板四十五公分的位置嗎？因為門板與置物架之間又夾了橡皮艇，門才會打不開。」

不破輕輕點頭。

「我們將置物架翻起來，位置就在你剛剛說的地方。」

「這樣的推論其實是錯的，凶手擺放置物架的位置，實際上距離門口超過一公尺。」

加茂瞬間感到頭暈目眩，彷彿全身的血液都流光了。交誼廳內明明開著暖氣，一股寒意卻自背脊往上竄升……加茂心中的恐懼，正逐漸化為現實。

另一頭的東則露出了一頭霧水的表情。

「置物架如果距離門板那麼遠，就算在中間放入膨脹後的橡皮艇，也還有超過五十五公分的空間，凶手要進出完全不成問題，怎麼能算是密室？」

「沒錯，所以加茂利用冰塊，在離開倉庫後把門封住了。」

棟方得意洋洋地說道。東一聽，更是滿臉疑惑。

「廚房裡是有製冰機沒錯，問題是要怎麼用冰塊把門封住？」

「只要擺放置物架的時候，在架子與地板之間夾入冰塊就行了。但這裡有個重點，就是置物架必須上下顛倒。」

「……上下顛倒？」

「而且要先把裝滿礦泉水玻璃瓶的盒子，像這樣放在倉庫的地上。」

棟方以簽字筆在活頁紙上畫了圖（參照圖1）。加茂帶著陰鬱的心情朝著圖面望去。

未知也露出半信半疑的表情，說道：

「就算設置這樣的機關，冰塊融化之後，置物架也只會垂直落在地板上而已。不，搞不好會在途中失去平衡，反而朝倉庫的內側倒下。」

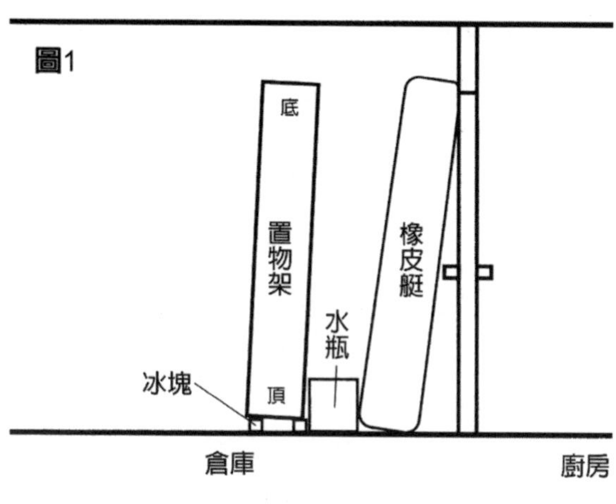

「冰塊有著承受壓力時，融化速度會變快的特性。只要利用這個特性，就不會發生妳說的情況。」

「啊，原來如此……只要在冰塊擺放的位置和數量上動手腳就行了。」

棟方還沒有詳細說明，未知已自行想出結論。棟方一臉掃興，還是接著解釋：

「在靠近倉庫內側的位置多放一些冰塊，靠近門側的位置少放一些……靠近門側的冰塊承受較大的壓力，會比較快融化。這麼一來，就能確實讓置物架往門的方向倒下。」

加茂忍不住想要摀住耳朵，不想再聽棟方推理下去，但實際上連這一點也做不到。

棟方又拿起簽字筆，畫了另一張圖（參見圖2）。

「當冰塊融化，置物架傾倒，『底部』就會壓在橡皮艇上頭，將倉庫的門堵住。」

乾山看了圖面後露出恍然大悟的表情，點頭說道：

「我明白了，在這樣的狀況下，如果對門板施加振動，置物架的『頂部』就會慢慢在倉庫的地板上滑行，朝著倉庫內側移動。」

「沒錯，若有人從外面持續撞門，最後置物架就會

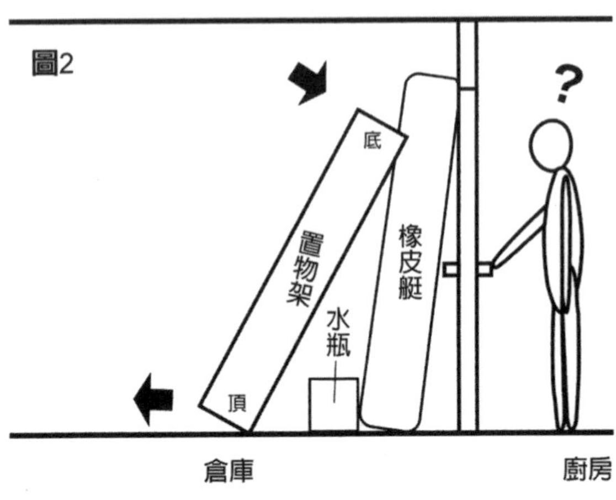

完全倒在地上，而且是『底部』對著門口。我們在外頭聽見的巨大聲響，其實就是這麼回事。置物架倒下的時候，邊角會在橡皮艇上摩擦，導致橡皮艇破裂。」

此時，乾山指著圖中礦泉水的盒子說道：

「但我們看見的狀態，礦泉水是放在置物架上，這點要怎麼解釋？這是開放式的置物架，並沒有背板，就算先把礦泉水放在架子上，當架子傾斜的時候，礦泉水也會滑出去……你要怎麼讓放在地上的礦泉水盒子跑到置物架上？」

棟方嗤笑一聲，說道：

「這其實沒什麼，當置物架倒下的時候，礦泉水的盒子剛好會進入置物架的最下層。」

棟方在活頁紙上畫起第三幅圖。他下筆毫無滯礙，轉眼之間就畫完了（參見圖3）。

「我們把門撞開的時候，看見的是洩了氣的橡皮艇，以及倒下的置物架。由於礦泉水的盒子在置物架上，再加上置物架的底部朝著門口，因此我們做出了『置物架原本放在距離門口約四十五公分處』的錯誤推測……以上就是這個密室機關的全貌。」

聽了棟方的說明，乾山並不十分信服，說道：

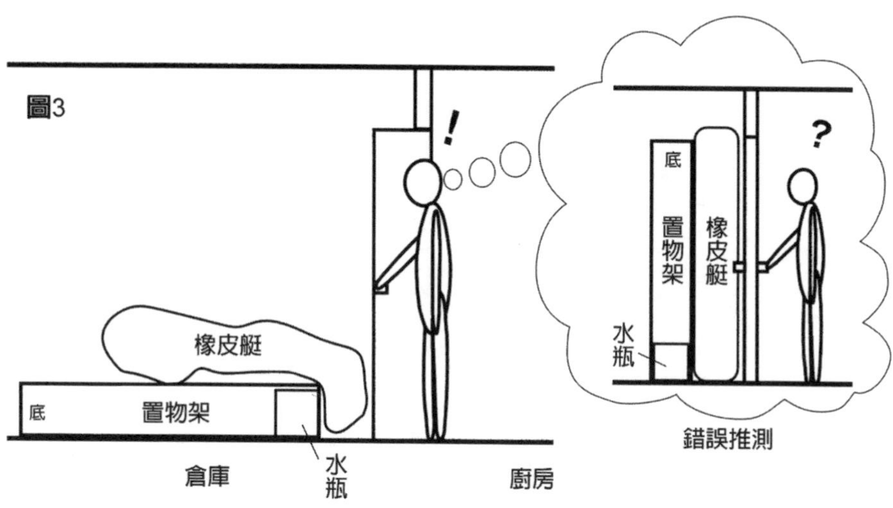

「這失敗的機率太大了，能不能成功完全看運氣。」

「沒錯，這原本是一種失敗機率很高的手法……但你們別忘了，這是一起發生在虛擬空間內的事件。」

「什麼意思？」

「這跟現實生活中的犯罪不一樣，扮演凶手的玩家可事先在傀儡館內進行模擬，重複實驗許多次，調整每樣東西的擺放地點，確保置物架一定會倒在預設的位置上。」

這一點確實沒有錯……加茂在進行監修作業時，將犯案的手法重複實驗了非常多次。

而且在虛擬空間裡，就連天氣也能夠自由設定，不會發生「突然出現龍捲風毀掉機關」之類的意外狀況。因此，在虛擬空間裡，要讓機關的操作結果完全符合預期，並不像現實世界那麼難。

加茂知道不能再保持沉默，只好硬著頭皮開口問：

「……裝礦泉水的玻璃瓶破裂，又如何解釋？」

「大概是置物架倒下時的衝擊，撞破了玻璃瓶吧。礦泉水從玻璃瓶裡流出來，淹沒了置物架底下冰塊融化後留下的水漬。以這樣的手法湮滅證據，實在是非常有效率。」

棟方說得如行雲流水般流暢。

他似乎百分之百相信勝利已掌握在自己的手中。加茂看著棟方，不禁以左手抓住了頭。剛剛加茂忍不住想要摀住耳朵……原因其實是棟方的推理完全想岔了。

棟方沒有推理出正確的密室手法，這意味著他將成為執行者的下一個目標。加茂最於心不忍的是，棟方甚至還沒有察覺這個可怕的事實。

加茂再次環視圍著圓桌而坐的眾人。

幾乎所有人的視線，都投射在遭到告發的加茂身上。

唯獨一人與其他人不同，那正是佑樹。他一臉驚恐地凝視著棟方，眼神中流露出的是對即將降臨的命運的恐懼……佑樹多半也已察覺棟方的推理有破綻。

突然間，螢幕傳來帶著笑意的說話聲，彷彿想要打破緊張的氛圍。

〈對了，我忘了說一條規則。遭到告發的玩家，有義務進行反證。〉

加茂霎時傻住了。

「反證？什麼意思？」

〈如果解答者的推理有錯，你必須進行反證，也就是提出那推理並非事實的證據。如果反證失敗，你就必須背負連帶責任，和解答者一起敗北，成為執行者的下一個攻擊目標。〉

「……這做法太卑鄙了！」

東登時大喊，她氣得聲音微微發抖。椋田冷冷地說：

〈身為一名偵探，要是連保護自己都做不到，那怎麼行？沒有辦法反證推理錯誤的偵探，

沒有當偵探的資格……好吧，老實告訴你們，這條規則的用意在於快速減少玩家人數。〉

椋田發出失去理智般的瘋狂笑聲。

一股鮮血的味道，在加茂的口中擴散。因爲他無意識地用力咬著牙齒。

……能不能反證成功，完全是運氣問題！

遭到告發的玩家，必須當場提出足夠的證據，反駁解答者的推論。但能不能在短時間獲得反證的靈感，只能聽天由命。

更何況，就算解答者的推論有錯，也不見得一定有辦法加以證明。這就跟「即便手上的線索完全符合推論，也不代表推論一定正確」是一樣的意思。

而且更令加茂難以忍受的是，就算反證成功，也只能拯救自己的性命，沒有辦法改變棟方的命運。從表面上來看，加茂的反證就像是努力把棟方推向地獄。

「這樣的規則，應該也對執行者相當不利吧？就算執行者是妳的共犯，也有可能反證失敗。」

佑樹靜靜地插話。

〈這一點你們不用擔心。參加這場遊戲之前，執行者已做好心理準備。如果反證失敗，他（她）會自殺並布置成他殺的樣子，干擾你們的推理。〉

佑樹喪失了原本勉強保持的冷靜，怒不可遏地說：

「連執行者也是用完就丟的棋子？」

〈別說得這麼難聽，如果執行者連你們提出的那些低程度的推理都沒有辦法反證，留著有什麼用？〉

棟方再也按捺不住，聳了聳肩開口：

「你們怎麼說得好像我推理錯了一樣？我的推理根本沒有反證的餘地。」

加茂抱著複雜的心情，轉頭對棟方說道：

「我不熟悉化學和物理學，老實說我無法判斷『冰的融點會因壓力而降低』這個性質能不能適用在你的推論上。不過……就算不具備這些專業知識，我還是能斷定你的推論於理不合。」

「……哪一點？」

「例如，要將現場布置成礦泉水的盒子會剛好進入置物架底層的狀態，是不可能的事情。置物架將以什麼方式倒下，會受撞門時的力道強弱影響。凶手再怎麼進行模擬實驗，也不可能精準控制結果。」

「但就像我剛剛說的，只要反覆進行實驗，精準度就會提升。而且就算你再怎麼強調有可能失敗，也不能證明你沒有使用我所說的手法，這不能算是反證吧？」

聽著棟方那瞧不起人的口氣，加茂益發感到無奈。

「假如你不是那麼討厭體勞動……你一定也會發現使用冰塊的推理，與現場的實際狀況不符。」

加茂接著操作畫面，將置物架的影像放大在螢幕上。

棟方不再追問，只是目不轉睛地看著置物架的３Ｄ影像。過了好一會，他忽然瞪大眼睛，喃喃說道：

「……灰塵？」

置物架頂板上的灰塵分布非常均勻，有如一層薄膜。

先前加茂和佑樹合力搬起置物架時，查看過頂板上的灰塵。棟方不肯幫忙，因此從未近距離看過置物架。

討厭親自動手的性格，竟然將自己逼上絕路……棟方沒有察覺自己的推理與現場的狀況有所矛盾。

「置物架翻倒在地上，並不會打亂頂板上的灰塵。但如果頂板與倉庫地板之間夾了冰塊，情況可就完全不同了。當冰塊融化成水，必定會沖掉頂板上的灰塵，不可能讓灰塵維持像這樣均勻的狀態。」

加茂再度將手伸向螢幕，這次放大了置物架的最下層。層板上的灰塵看起來相當凌亂。

面對一臉茫然的棟方，除了落井下石之外，加茂沒有其他的選擇。

「如你所見，最下層的層板上頭的灰塵亂七八糟，正是因爲遭玻璃瓶溢出來的礦泉水沖刷過的關係……如果凶手使用的是你想出來的手法，頂板上的灰塵應該也會是這樣的狀態。」

不知從何時起，棟方伸手猛抓著自己的頭頂。指尖滲出血水的時候，他垂下頭，低聲說道：

「你說得對，我的推理是錯的。」

＊

〈解答階段要繼續進行下去嗎？〉

擴音器突然傳出令人錯愕的問題。

環繞著圓桌而坐的所有人皆全身一震，其中反應最大的人還是棟方，他啞聲問道：

「我還能夠繼續？」

椋田發出別有深意的笑聲。

〈如果解答階段就這樣畫下句點，未免太無趣……何況你只嘗試回答一起事件的手法，想必還不過癮，所以我決定給你一次敗部復活的機會。〉

楝方默不作聲。椋田以呢喃細語般的聲音說道：

〈這次我特別允許你繼續解答，如果你能夠說中YUKI事件的眞相，我就取消你的敗北。如何？對你來說，這個提議應該是有利無害才對。〉

原本雙眼無神的楝方，逐漸恢復了一點神采，但聲音依然沙啞。

「……對妳來說，這應該只有壞處沒有好處吧？」

〈沒錯，因爲你有可能點出殺害YUKI的執行者身分。不過，我決定承擔這個風險一次。〉

加茂聽椋田說得興高采烈，更是有如丈二金剛摸不著頭腦，完全不明白她在打什麼主意。可以肯定的是，她這個決定絕對不是出於善意。

……楝方接下來要告發的對象，就是潛藏在眾人之中的執行者。倘若楝方眞的看出殺害YUKI的手法，執行者無法反證，自然只有死路一條。爲什麼椋田願意承擔這個風險？

加茂不由得皺起眉頭。

難道椋田擁有絕對的自信，認爲執行者的殺人手法絕對不會被看穿？抑或，她根本不在意執行者的死活，只希望死越多人越好？

可惜，沒有任何人能夠保證楝方在YUKI事件上的推理正確無誤。畢竟他錯了一次，再錯一次的機率恐怕比較高。而且他一旦出錯，很可能會連累一個偵探玩家陪著他送命。

半晌之後，棟方低聲說：

「想要活下去……就必須不管他人的死活，說出自己的推理？」

〈沒錯，想要在這場遊戲中獲得勝利，就必須以自己的性命爲賭注，將他人的性命踩在腳底下。〉

棟方聽到這句話，嘴角揚起了陰鷙的微笑。不破與未知急忙想要阻止他，卻已來不及。棟方霍然起身，說道：

「我當然要繼續下去。」

不破與未知都瞠目結舌，說不出話來。棟方望向兩人，歪著頭說：

「你們在害怕什麼？害怕遭我告發嗎？你們放心吧……根據我的推理，你們兩個都不是執行者。」

剩下的三人聽到這句話，臉色驟變。

排除已被認定爲凶手角色的加茂，還剩下佑樹、乾山和東三人。在棟方的心中，到底誰是執行者？

三人當中，佑樹的身分是受害者，所以他的態度算是比較悠哉。他沉穩地問：

「好吧，你認爲殺了我的人是誰？」

「就是你自己，青葉遊奇。」

「噢……什麼？我自己？」

這出乎意料的答案，讓佑樹劇烈嗆咳。

加茂再度以左手抓住了腦袋。雖然棟方不管指名任何人，都會震驚全場……但怎麼偏偏指名了佑樹？

回想起來，佑樹確實常做出令周圍的人大吃一驚的舉動。最好的例子就是，他曾想爲童年玩伴報仇。幸好計畫半途受挫，才沒有惹出事情。

直到現在，他似乎依然沒有後悔當初的報仇舉動，而且他說過，他和椋田在本質上沒有什麼不同，就這層意義上而言，他確實很容易和椋田在想法上產生共鳴。

但加茂很清楚佑樹的性格。如今，椋田已和「殺人魔」沒有兩樣，佑樹絕對不會願意爲這種人提供協助。

……我應該可以相信你吧？

佑樹依然咳個不停，棟方並不理會，淡淡地說：

「思考如何進入密室下毒，根本沒有意義。在那樣的狀況下，根本沒有任何人能夠進入你的房間下毒。」

佑樹好不容易調勻呼吸，反駁道：

「只憑這個理由，就認定我是自殺，不嫌太武斷了嗎？如果我眞的是自殺，這手法未免太了無新意。」

棟方揚起眉毛，瞪著佑樹說道：

「加茂好歹會聽完我的推理再發言，看來你跟他不一樣？」

「那是因爲加茂哥的神經跟一般人不太一樣……總之，如果你咬定我自導自演，會有一點說不通。」

佑樹在椅子上挺直了腰桿。棟方露出狡獪的微笑，說道：

「你指的是毒藥的部分吧？」

「沒錯，打從解答階段開始，我就覺得很奇怪，你在推理中完全沒有提到毒藥，加茂哥進行反證的時候竟然也沒有提到毒藥。」

加茂不禁苦笑，佑樹果然相當敏銳。事實上，加茂刻意不提及毒藥的事，是因爲一旦把大家的思緒牽到這條線上，會讓自己承擔太大的風險。

佑樹接著說：

「根據椋田的說法，虛擬空間裡並沒有會使人死亡或昏厥的毒藥。」

「沒錯，唯一的例外是，扮演凶手的玩家和執行者，其中一人擁有一瓶毒藥，裡頭的藥劑是致死量的數千倍。」

「然而，實際的狀況卻是MICHI中毒昏厥，我也死於中毒。唯一的解釋，就是扮演凶手的玩家和執行者必定各自擁有毒藥，不是嗎？」

此時，棟方露出勝券在握的笑容。

「我剛剛刻意不提及毒藥，是因爲這與你的犯罪手法大有關聯……椋田所說的毒藥瓶裡的毒藥，只被使用在殺害MICHI的手法上。」

加茂聽到這句話，差點驚叫，幸好勉強克制住衝動。

轉頭望向佑樹，只見他也嚇傻了，半晌說不出話。大約過了十秒，佑樹才終於從驚愕中恢復理性，開口：

「……有什麼證據？」

「首先，椋田準備的毒藥劑量實在太多了。房間裡的杯子如果裝滿水，可以存檔五次，換句話說，如果是要把毒藥放進杯子裡，只要準備致死量的五倍劑量就夠了。」

「沒錯，根本沒必要準備超過致死量八千倍的毒藥。」

聽到佑樹的回應，棟方揚起嘴角。

「既然如此，這時應該要顛覆我們的前提。原本我們探討的都是『經口』下毒的情況……但若身爲凶手玩家的加茂使用了『經皮膚』的下毒方式呢？」

佑樹一聽，驚訝地瞪大了眼睛。

「你的意思是……他把毒藥塗在門把上？」

「你的反應很快。未知的虛擬分身徒手觸摸過倉庫的門把，手掌的皮膚吸收了毒藥。那毒藥是無色透明的液體，不管塗在哪裡，都看不出來。」

「……扮演凶手的玩家犯案之後，只要將門把及屍體手掌上的毒藥擦拭乾淨，就能湮滅證據？」

「沒錯，這個手法唯一的缺點，是中毒的效果問題。塗在門把上的毒藥，只有少量會沾在受害者的手指上。被吸收到體內的毒藥劑量，當然就更少了。」

佑樹沉默不語。棟方的口氣，彷彿在宣布自己已獲得勝利。

「這就是椋田必須準備大量毒藥的理由……這部分的推論，應該不會有錯。加茂，對吧？」

聽到這充滿挑釁意味的話，加茂暗忖著該不該出言反駁。

MICHI事件的反證已結束，現階段的當事者是棟方和佑樹，實在沒有必要冒著失言的風險，提出任何反駁……最後加茂做出這樣的判斷，決定保持緘默。

「很有意思的推論，但這沒有辦法說明我的虛擬分身爲何中毒而死。」

佑樹出聲回應。他語帶嘲諷，接著說：

「既然我沒有使用毒藥瓶，要怎麼自殺？沒有辦法解釋這一點，你的推論就無法成立。」

棟方嗤嗤一笑，說道：

「你雖然是中毒而死，但沒有使用毒藥。」

這句話一說出口，震驚了所有人。

「咦……我不明白你的意思。」

佑樹流露出的神色不是焦慮，而是困惑。他的表情看起來還游刃有餘，臉色卻越來越蒼白。

棟方不知對佑樹的反應做了什麼樣的解讀，臉上浮現充滿自信的微笑。

「並非只有毒藥才會讓人中毒。原本無害的東西，一旦攝取過量，還是有可能致人於死。最好的例子，就是急性酒精中毒。」

佑樹先是愣了一下，隨即反駁：

「但傀儡館裡並沒有酒，只有大量的礦泉水……不是嗎？」

佑樹的口氣突然變得缺乏自信。加茂輕輕點頭，讓佑樹知道他說的並沒有錯。

但另一方面，加茂也在心中深深嘆息。

……當初若不是佑樹萬念俱灰地主動放棄當偵探，現在也不會落得這樣的窘境。從佑樹的反應看來，他一定不知道廚房裡放了些什麼東西。

能不能反證成功，最重要的關鍵就在於掌握多少資訊和線索，以及有沒有辦法加以活用。

佑樹最大的問題就在於，他沒有投注心思在館內的調查上。

棟方毫不理會惴惴不安的加茂，自顧自地操控起3D螢幕，放大廚房的影像。

「你使用的不是酒，而是鹽。」

「……鹽？」

佑樹忍不住重複了棟方的話，接著又陷入一陣沉默。

3D影像裡，廚房櫃子上擺著各式各樣的調味料。各種約莫巴掌大小的瓶子和容器，內容物都剩下不多，其中鹽和味噌的殘餘量更是少得可憐。

「喝太多醬油會死人，這你應該聽過吧？鹽分攝取過量，會引發食鹽中毒，導致高鈉血症，嚴重者就會死亡。」

楝方說得確實沒錯。不論任何食物，一旦攝取過量，就會對人體造成危害，就算是經常食用的調味料也一樣。

佑樹趕緊反駁：

「但這些調味料的容器看起來都不大，就算喝下這種程度的鹽和味噌，也不見得一定會死。」

「不用再裝傻了。這個櫃子的底下放了醬油，而且是四百毫升的大瓶裝。」

佑樹一聽，再也說不出話來。如果楝方所言爲眞，把鹽、味噌及醬油全部合在一起，確實有可能超過致死量。

楝方毫不留情地繼續道：

「你把廚房裡的鹽、味噌及醬油，全部設法帶回房間裡。每一種容器裡頭都故意殘留一點，是爲了避免被人看出端倪……你將房門上鎖，然後透過語音通話系統，上演一場『在存檔時中毒而死』的戲碼。接著你一口氣喝下醬油，將鹽或味噌也以自來水化開之後喝下。這麼一來，你就攝取了超過致死量的鹽分。」

佑樹依然沉默不語。楝方如連珠炮般繼續道：

「沒有使用毒藥的毒殺事件……眞虧你想得出這種詭計。我們一直沒有發現這只是你的自導自演，每個人都像無頭蒼蠅一樣，想要揭穿根本不存在的密室殺人手法。」

加茂緊緊咬住了嘴唇。

……不，棟方的推理是錯的！

加茂對自己的記憶力很有信心，可以如此斷言。

昨晚一進入調查階段，加茂就確認過鹽和味噌的量。各種調味料的量，從那個時候到現在都不曾改變，可見佑樹並沒有在調查階段或犯案階段偷偷帶走調味料容器的內容物。

加茂在心中反覆確認著這一點，棟方卻依然說個不停。

「就算察覺你是自導自演，也會被椋田說的那些話誤導……聽了椋田那些話之後，當然會認定你是死於毒藥瓶裡的毒藥。除了我之外，沒有人猜想到你使用的是調味料。」

加茂聽著棟方的話，持續沉思。

……可惜，昨晚沒有確認醬油瓶裡的量。

這可說是加茂的疏失。即便如此，跟棟方比起來，加茂在這件事情上還是占有優勢，因爲加茂今天曾把醬油瓶拿起來細看。

那醬油並非一般的醬油，而是薄鹽醬油。如果要蓄意引發食鹽中毒，沒有理由在設定上採用薄鹽醬油。當然，以這個理由進行反證，證據力並不充分，但如今也只能堅持這一點。

然而，就在加茂打算開口幫佑樹反駁的時候，椋田搶先一步說：

〈哎呀，其他人可別亂來。只有遭到告發的人才能進行反證，其他人都不能開口。要是有人幫遊奇說話，遊奇和那個人都會以違規論處。〉

椋田這幾句話一說出口，加茂登時無計可施。想法再度遭椋田看穿，也讓加茂驚訝得說不出話來。

就在這時，佑樹忽然低喃：

「傀儡館有洗衣間，卻沒有洗衣精或衣物柔軟精。廚房沒有洗碗精，我的房間裡也沒有沐浴乳或洗髮精。」

棟方的眼神中流露出警戒之色。

「這算什麼反證？」

佑樹突然將視線從螢幕上移開，點點頭。

「……我想，你可能誤解了椋田的意思。」

「什麼？」

「椋田不是說過嗎？在這建築物內，虛擬分身能夠飲用的液體中，並不包含會使人死亡或昏厥的毒藥……但有例外。除了大量的飲用水之外，還設定了一瓶毒藥，交給某一個人。」

加茂也清楚地記得椋田說的這些話。棟方一發困惑，問道：

「那又怎樣？」

「椋田的說法……你不覺得聽起來像是有兩種毒藥嗎？第一種是飲用水，第二種是毒藥瓶。」

棟方哈哈大笑，應道：

「你在說什麼傻話？水怎麼可能會是毒藥？」

「那你就錯了，你沒聽過『水中毒』這句話嗎？水跟鹽一樣，攝取太多也會對人體造成危害。」

「胡說八道。」

「是真的，前陣子我查過，打算用來當小說的題材……水中毒的情況剛好和食鹽中毒相反，會引發低鈉血症。若是腎功能異常，導致水分無法排出體外，也會發生相同的症狀。」

「……這種荒唐的廢話，我沒興趣聽下去。」

棟方不屑地說道。佑樹不禁苦笑。

「我自己也覺得有點荒唐，但現在的重點，並不是『一般人對毒藥的定義』，而是『椋田對毒藥的定義』……從椋田那幾句話聽起來，她應該是認爲像水、食鹽這種大量攝取就會中毒的東西也算是毒藥。」

乍聽之下，佑樹的說法有些異想天開，其實不無道理。

椋田說過，虛擬分身只能喝液體，不能吃固體。虛擬空間內沒有各種清潔劑、沐浴乳或酒精飲料，或許正是爲了避免放置具有毒性的液體，或是可溶解於水中的有毒物質。

佑樹接著說：

「除了毒藥瓶和『大量的飲用水』之外，傀儡館內並沒有任何可達致死量的毒藥……這意味著鹽、味噌及醬油並不是被人用掉了，而是打從一開始就設定成只有一點點，以避免總量超過致死量。」

「別想靠話術扭曲事實！」

棟方激動地搖頭，一副泫然欲泣的表情。佑樹的臉也皺成一團，說道：

「遊戲剛開始的時候，調味料的量到底有多少，其實我不知道……你知道嗎？」

棟方垂下頭，沒有回答。佑樹轉頭面對螢幕，說道：

「我們兩個再討論下去，似乎沒有意義。由知道眞相的椋田做出最後的判決吧。」

擴音器傳出嘆息聲。

〈遊奇的推論並沒有錯。我指的毒藥，包含清潔劑和調味料。在館內，打從一開始就不存

在足以造成食鹽中毒的氯化鈉，也就是食鹽……棟方推理出的自殺方式不可能做得到。〉

棟方似乎早有覺悟，聽了椋田的說明之後，只是默默凝視著自己的雙手。佑樹也不發一語，雖然成功反證，臉上卻沒有一絲喜悅。

像是在嘲笑兩人，椋田接著說：

〈我本來期待這次的解答階段能夠一口氣幹掉三個人，沒想到遭指名的兩個人都成功反證，眞是太可惜了。〉

「我……非死不可嗎？」

棟方喃喃自語。

〈沒錯，你做出兩次錯誤的推理，已沒有活下去的價値。如今你存在的意義，只剩下將生命轉換爲殺人事件，成爲其他偵探的夢魘。〉

第八章　試玩會　第二天　第二波與調查階段③

二〇二四年十一月二十三日（六）一三：一五

〈現在，請大家返回主要的舞台，也就是虛擬空間內。回到各自的房間，連結RHAPSODY，進入虛擬空間後，到客廳集合……包含棟方在內，七人到齊之後，我會說明接下來的行程。〉

語音指示到此結束，但眾人都還坐在巨齒鯊莊的圓桌旁，彷彿連起身的力氣也沒有。外頭的風勢越來越強，窗外可看見一棵棵南洋樹木正劇烈搖晃著碩大的葉片。此時雖然還有陽光，但似乎馬上就要變天了。

面對巨大的沉默壓力，加茂鼓起勇氣開口：

「解散之前，要不要先討論接下來該如何保護棟方？」

棟方哼笑一聲，說道：

「我那可笑的推理，差點害死你和遊奇，現在你卻想要保護我……未免太好心了。」

「好心？」

另一人忽然提出質疑。轉頭一看，說話的人是不破。他面色嚴峻地看著加茂，說道：

「大家都很清楚，我們之中潛伏著一個執行者……這個執行者隨時都想要誤導我們，設法布置出容易作案的環境。要是我們胡亂採取行動，可能會讓棟方陷入更大的危險。」

此時，雙手一直交抱在胸前的乾山開口：

「不，我贊成加茂的提議。現在我們的當務之急，是保住棟方的性命。簡單來說，只要別讓我們之中的任何人有機會加害棟方就行了。我相信只要謹慎小心，就不會讓執行者有機可乘。」

東輕輕點頭附和：

「我有同感。第一步是確保楝方是第一個回到房間的人，其他人都沒有機會先進入楝方的房間，如何？」

楝方聳了聳肩，說道：

「……要是這種程度的對策就能保住我的性命，未免太簡單了。」

他說得輕佻，眼神中卻流露出強烈的覺悟與絕望。坐在旁邊的未知，輕輕拍了拍他的肩膀，說道：

「別急著自暴自棄，總之，盡人事、聽天命吧。」

眾人討論的結果，決定由加茂、佑樹和不破三人護送楝方回房間。

要是全部的人一起行動，反倒不方便互相監視，三人的人數最剛好。至於挑選這三人的理由，單純是因爲三人的房間與楝方在同一方向。

楝方以智慧型手表解開房門鎖，將房內大致看了一遍，轉頭對三人說道：

「你們可以不要皺著眉頭嗎？反正等等就會在虛擬空間裡見面。」

他雖然裝出一副若無其事的表情，聲音卻是有氣無力。不破似乎放心不下，再次提醒：

「不管發生什麼事，都不要離開房間。將房門上了鎖之後，也不要靠近門或窗戶。」

「你們放心，我並不打算坐以待斃。」

楝方想要關上門，忽然又停下了動作。他的臉上漾起微笑，說道：

「對了，加茂……有件事想要拜託你。」

「拜託我？」

「我死了沒什麼，但佛朗明哥讓我放心不下……如果你能活到最後，能不能麻煩你照顧佛朗明哥？」

加茂有些吃驚，旋即回答：

「……沒問題。」

棟方第一次露出發自內心的笑容。

「謝謝你。」

那靦腆的笑容，讓他看起來比實際年齡更加年輕。最後關上門之前，棟方說出了目前正在照顧那頭西伯利亞哈士奇的獸醫師姓名。

＊

時間一分一秒感覺過得異常緩慢。

此時，加茂置身在巨齒鯊莊的自己房間裡，也就是現實世界。坐在床邊的加茂，不知看了智慧型手表多少次。

下午三點六分。再過不到二十五分鐘，現實犯案階段就要結束了。

……但願什麼事都沒有發生。

巨齒鯊莊的家具及衛浴設備都有些老舊，應該是從很久以前就不曾更換。唯獨天花板上的嵌入燈是比較新的ＬＥＤ燈，應該是最近十年內才換上的設備。

嵌入燈的旁邊，有一台半球型的監視器。一般休憩中心不可能在客房裝設監視器，那肯定是椋田最近才刻意安裝，目的當然是爲了監視遊戲玩家。

加茂望向桌子。桌上擺著寶特瓶裝的咖啡。虛擬空間裡的容器皆是玻璃材質，光是看到寶特瓶容器，便讓加茂深深感覺自己回到了現實世界。

加茂拿起寶特瓶，憶起一個多小時前的事情。

將棟方送回房間之後，加茂就從現實世界前往虛擬空間。進入房間內的RHAPSODY，仰靠著黑柱，進行數據連結。在放下VR頭罩的面板前，加茂又朝窗外看了一眼。

遠方隱約可見的海洋，染上天空的陰霾色彩，看起來灰茫茫一片，但還沒有下雨。

一放下面板，加茂瞬間回到散發著淡淡燐光的儲存點。

……椋田說一回到虛擬空間，就要立刻前往客廳。

於是加茂走出房間，沿著走廊前進。

當加茂進入客廳時，除了FUWA之外，其他人都到了。大部分的人都坐在圓桌邊，似乎連開口說話的力氣也沒有了。有的低著頭，有的將臉埋在雙臂之間。

加茂看見MUNAKATA，這才放下了心中的大石。

「你沒有事，眞是太好了。」

MUNAKATA疲累至極地抬起頭，輕輕聳了聳肩。

「暫時還沒死。」

等待FUWA抵達的時間裡，凝重的沉默氛圍籠罩著整個空間。

原本在圓桌邊拄著臉頰的KENZAN，約莫是忍受不了沉默的氣氛，緩緩抬起頭。他目不轉睛地看著MUNAKATA，有些遲疑地問：

「有一點讓我不得不擔心……你眞的是棟方嗎？」

MUNAKATA一聽，不由得露出苦笑。

或許是因爲MUNAKATA沒有回答，原本趴在圓桌上的AZUMA和MICHI抬起頭，露出不安的表情。就連以右手拄著臉頰的YUKI，此時也轉頭朝MUNAKATA望去。

就在這時，語音通話系統傳出椋田的聲音。

〈你們的疑心病眞重。我把你們召集到虛擬空間，正是爲了讓你們確認棟方回到房間後平安無事……我向你們保證，你們眼前這個人是眞正的棟方。還沒有進入犯案階段，我不會做出偷跑的卑劣行徑。〉

椋田說過，玩家的虛擬分身外觀絕對不會改變，操縱分身的玩家也絕對不會互換。何況VR頭罩會進行生體虹膜辨識，這一點應該是可以相信椋田。

加茂故意不走近圓桌，一直站在靠近門廳的牆邊。這個位置比較容易掌握客廳內所有人的行動。

又過了一會，FUWA打開北側的門，走了進來。

FUWA爲自己的遲到向大家道歉，同時走向加茂正對面的牆邊。他背靠著牆壁，伸手撫摸著下巴。看來他的想法跟加茂一樣，想要挑一個視野良好的地點。

〈所有人都到齊了吧？從現在開始，到下午三點半爲止，是現實犯案階段……也就是偵探在現實世界裡遭到狩獵的時間。〉

加茂霎時背脊發涼。現實世界裡終於要出現犧牲者了……這與發生在虛擬空間裡的事情截然不同。

椋田興高采烈地說：

〈在現實犯案階段裡，各位只要不離開巨齒鯊莊的房間，要做什麼事情都可以。各位可以

利用這段時間來推理，也可以好好享用你們的午餐。〉

YUKI充滿戒心地問道：

「可以進入虛擬空間？」

〈沒錯，你們可以繼續在虛擬空間內調查MICHI事件和YUKI事件。但要注意一點，一旦進入虛擬空間，你們在現實世界的身體就會處於毫無防備的狀態。執行者要在現實犯案階段裡殺幾個人，完全由執行者自行拿捏判斷，你們要有心理準備。〉

YUKI一聽，不由得露出苦笑。

「實際上我們根本沒得選擇。想要確實保護自己，只能留在現實世界。」

接著，椋田正式宣布進入現實犯案階段。

首先從圓桌邊站起來的人，是MUNAKATA。

他那一貫的慵懶動作，完全反映在他的虛擬分身上。只見他轉了轉脖子，皺眉說道：

「看來精神上的打擊遠超過預期。」

他自嘲地說完，踩著沉穩的腳步離開客廳。那瘦削的背影，看起來是如此虛弱無助。

MUNAKATA離去之後，加茂等人也紛紛離開客廳，回到自己的房間。從房間的儲存點回到現實世界的瞬間，加茂整個人傻住了。

不知何時，外頭竟下起滂沱大雨。

由於ＶＲ頭罩具有消除雜音的機能，加茂一直沒有察覺現實世界中的雨聲。房間裡一片昏暗，簡直不像是白天……加茂感覺腳尖似乎踢飛了某樣東西，撿起來一看，才發現是一支簽字筆。

離開RHAPSODY後，望向窗外，可看見傾盆大雨正不斷沖刷著外頭的樹木。加茂拉起窗簾，打開電燈開關。就在那一瞬間，遠方傳來雷聲。

……當時是下午一點三十五分。

雷陣雨花了超過一個小時的時間，才通過戌乃島上空。

約在下午三點左右，雨勢逐漸變小。如今太陽終於重新探出頭。

加茂又瞥了一眼智慧型手表。

下午三點半……現實犯案階段終於結束。

在這段時間裡，加茂並沒有聽見任何巨大聲響，也沒有察覺任何可能與殺人事件有關的可疑現象。但巨齒鯊莊的隔音效果相當不錯，在確認棟方平安無事之前，還是不能放心。

加茂打開門，來到巨齒鯊莊的走廊上。因爲剛下過雨，空氣變得有些潮濕。

來到棟方的房門口一看，佑樹已在那裡。

他跟加茂一樣，身上還穿著ＶＲ控制服。加茂抵達的時候，佑樹正在敲門。門板發出數聲清脆的聲響，但房內沒有任何回應。

加茂忐忑不安，朝佑樹問道：

「你的房間就在隔壁吧？剛剛有沒有聽見什麼？」

「什麼聲音也沒有，我只聽見刺耳的雨聲……隔壁的房間要是有什麼特別大的聲音，我應該會聽見才對。」

此時，不破與東也趕到了。佑樹又敲一次門，這次多了幾分力道。

「棟方，你還好嗎？」

房內依然鴉雀無聲。

「看來只能破門了。」

說這句話的人，是從交誼廳的方向走過來的未知。緊接著，乾山也到了。

加茂與佑樹決定合力破門。

現實世界中要破門，與在虛擬空間中破門截然不同。傀儡館的門打從一開始就是以「會被人破門」為前提，但巨齒鯊莊的房間門板相當厚實。兩人朝門板又撞又踹，花了將近五分鐘，才破壞了鎖舌凹槽及門扣鎖。

一踏進房內，加茂忍不住閉上雙眼。

RHAPSODY的前方約一公尺處……倒著一個人。

那人呈現側躺的姿勢，腰部和膝蓋彎成九十度。臉部微微朝向地板，所以看不清楚五官。但從髮型及身高來判斷，應該是棟方沒有錯。

一把有著白色刀柄的刀子，就插在那瘦削的背上。

VR控制服的顏色大部分是黑色，不太容易看出棟方的背上流了多少血。唯一能夠清楚看見血的部位……是控制服背上的凹型結合器。那是用來連接RHAPSODY的結合器。刀子所插的位置在結合器的上方，較靠近後頸。

加茂避開地毯上的血窪，走向遺體，將棟方的臉部微微轉往側面。

那一對擁有長睫毛的眼眸依然睜著，卻失去了神采。少量的血不斷從形狀優美的雙唇之間溢出。刀子貫穿了他的身體，刀尖突出於前胸。

加茂一探遺體的頸部，早已沒了脈搏。體溫也開始下降，指尖變得有些冰冷。

東泫然欲泣地說：

「……怎麼會這樣？」

佑樹朝浴室看了一眼，沮喪地說：

「房間裡沒有躲人。」

巨齒鯊莊的門鎖結構與傀儡館頗爲相似。

從鎖舌的狀況來看，可以確定房門原本是鎖上了旋鈕鎖的狀態。而且依破門時的感覺，也可以確認門扣鎖同樣是扣上的狀態。

……這與YUKI在虛擬空間裡遭到殺害時的狀況如出一轍。不管是旋鈕鎖還是門扣鎖，都必須從房內才能上鎖。想要從門外將鎖鎖上，幾乎是不可能的事情。

加茂詳細檢查門板之後，說道：

「門板並無遭人動手腳的痕跡。」

不破先檢查床底下，接著望向床鋪後方的窗戶。此時窗簾是拉開的狀態。

「床底下無異狀，窗戶上了鎖，玻璃完全沒有受損，鎖頭也沒有被動過手腳的痕跡。」

乾山輕輕聳了聳肩，似乎想要掩飾心中的驚疑。

「傀儡館的客房門板上方有縫隙……但是巨齒鯊莊的門板上方完全沒有縫隙，連一條細線也穿不過去。」

「該不會……這棟建築物有祕密通道吧？」

不破說道。未知用力搖了搖頭。

「不可能。接到邀請的時候，我稍微查了一下，這裡只是單純供員工休閒度假的休憩中心，屬於巨齒鯊軟體公司所有。」

「就算現在是休憩中心，從前的主人也可能對建築物做過一些改造。」

不破不死心地說道。未知露出苦笑，回應：

「眞難得我們會有相同的想法。我原本也期待這建築物會有不為人知的歷史事蹟，但一查之下，根本什麼也沒有……大約二十五年前，巨齒鯊軟體公司買下這裡的空地，蓋了這棟休憩中心。」

就在這時，加茂發現米色地毯上有一樣東西。

嚴格來說，加茂一進入房間，就發現地毯上有一個小紅點，但是他以為那只是滴落在地毯上的血跡。直到從窗外射入的陽光讓那小紅點散發出金屬光澤，加茂才驚覺那不是血跡。

「……這是什麼？」

雖然房間內不算昏暗，加茂還是拜託佑樹打開電燈。LED嵌入燈從頭頂正上方照下來，將地毯上那小東西照得一清二楚。

那是一顆六角螺帽。

位置約距離遺體一公尺遠。未知湊向地毯，看了一眼後驚愕地說：

「難道是RHAPSODY上頭的零件掉下來了？」

不破與乾山立刻轉身檢查RHAPSODY。加茂將這件事交給兩人負責，自己則掏出手帕拾起那顆螺帽。

「直徑大約是兩公分……跟一般常見的螺帽比起來，這螺帽薄了一點，厚度大約是四公釐。」

加茂一邊說，一邊將那六角螺帽舉到眾人面前。原本應該是銀色的螺帽，因為沾上血，變成了紅色。

未知詫異地瞇起眼睛，說道：

「這螺帽發現的位置，周圍並沒有血跡。這麼說來，它原本應該是在地毯上有血跡的位置，只是後來被人移動了？移動這顆螺帽的人，可能是受害者自己，也可能是執行者。」

此時，乾山從RHAPSODY探出頭，對著眾人說：

「看起來沒有任何零件脫落。」

「當然也沒有任何毀損的跡象。」

說這句話的人是不破。

加茂一邊思索，一邊將螺帽放回原本的位置。接著，加茂將用來抓取螺帽的手帕舉到眾人面前，說道：

「你們看，螺帽上頭的血乾掉了。」

加茂的手帕沒有沾上任何血跡。

佑樹聽到這句話，轉身以指尖輕輕碰觸地毯上的血窪。血窪以棟方的遺體爲中心向外擴散，邊緣的部分已呈現深黑色，摸起來又乾又硬。

「……看來，這血已流出頗長一段時間。」

聽佑樹這麼說，加茂回想起剛剛觸摸遺體時的狀況，說道：

「這麼一提，我方才檢查脈搏的時候，棟方的體溫確實已開始下降，不像是剛剛斷氣的狀態。」

未知似乎不相信，親自觸摸遺體的臉部和領口內側，才苦笑著說：

「沒錯，包在衣服裡的部分還沒開始降溫，但露在外頭的部分已變涼。」

接著，眾人討論起棟方的死亡推定時間。

爲了調查冤獄事件，加茂研究過一些最基礎的法醫學觀念。其他五人都是小有名氣的業餘偵探，對死亡推定時間也有一定程度的瞭解。

一般狀況下，死亡時間的推測基準是「死後一至兩小時，露出衣服外的部分會明顯降溫」，「死後一至兩小時會開始出現屍斑，但要到二至三小時之後才能明顯看出」。巨齒鯊莊內部是二十四小時全棟空調的環境，基本上不會有太大的落差。

當然，一來無法測量精確的體溫，二來眾人畢竟不是驗屍的專家，因此在判斷上多少缺乏精準性。然而，從遺體開始出現屍斑、露出衣服外的部分變涼，以及血液逐漸凝結等現象進行綜合判斷……眾人做出「死亡至少超過一個小時」的判斷。

這意味著，棟方在下午兩點四十分之前就已遭到殺害。

佑樹看著棟方的遺體，低喃：

「他穿戴著VR頭罩和手套型控制器。」

正如佑樹所言，棟方穿戴著全套裝備，只不過VR頭罩的面板是抬升至額頭上的狀態。要讓面板上升或下降，必須以手指按壓按鈕後平移，不太可能是因倒地時的衝擊而誤觸按鈕。這代表棟方生前很可能是基於自由意志，拉起了VR頭罩的面板。

不破沉吟了一會，說道：

「VR頭罩雖然不重，但如果長時間不使用，照理來說應該會拿掉吧？既然頭罩是戴在頭上，只不過拉起了面板……這代表棟方很可能是待在虛擬空間的時候，或是剛離開虛擬空間的時候，遭到刺殺。」

遺體的手上戴著手套型控制器，也呼應了不破的推論。

接著，眾人將VR頭罩及手套型控制器從遺體身上脫下來仔細檢查。兩種配備看起來都沒有毀損。加茂湊向頭罩的面板，上頭出現這樣的訊息：

這是楝方先生專用的ＶＲ頭罩。非本人無法使用。

由此可確定這是楝方的頭罩，而且生體虹膜辨識機能也是開啓的狀態。RHAPSODY進行連結時會確認ＶＲ頭罩的識別碼，因此也不可能與其他房間的RHAPSODY對調。

加茂檢查手套型控制器時，裡頭竟滾出一支智慧型手表。

當然，手表上並沒有看到任何毒針。或許是手表判斷戴表者已死亡，所以自動解鎖，自手腕鬆脫。

就在眾人的調查告一段落的時候，不知何處傳來椋田的聲音，彷彿椋田早已等著這一刻。

〈看來你們已完成初步調查。〉

加茂轉頭一看，聲音來自天花板上的監視器附近。

〈我不打算補充說明任何事。在現實世界裡，我提供執行者什麼樣的道具？我想還是別說出來比較有趣。接下來將進入調查階段，所有人都可以自由往來於虛擬空間和現實世界，想調查什麼地方都沒問題。〉

眾人皆瞪著監視器，椋田以戲謔的口吻繼續道：

〈目前虛擬空間發生了兩起殺人事件，現實世界發生了一起……我勸你們加緊腳步，在出現新的犧牲者之前解開所有眞相。事件增加得越多，你們就離勝利越遠。〉

接下來，眾人花了將近一個小時查看楝方的房間。

房間內並沒有打鬥的痕跡。眾人將天花板、浴室裡的通風孔及排水溝都仔細檢查過，沒有發現任何異狀。

然而，加茂最在意的一點……是佑樹的態度。

自從宣布放棄當偵探之後，佑樹就一直對調查行動表現得相當消極。但當某個人面臨重大危險，或是想要確認某個人是否平安無事的時候，他又會表現出積極的態度。這種沒有辦法完全冷眼旁觀的性格，確實符合佑樹向來給加茂的印象。

之前佑樹因爲調查不夠確實，在進行反證時險象環生，加茂以爲有了這個教訓，接下來他應該會全心投入調查行動……沒想到此時佑樹依然是一副心不在焉的模樣。

……他到底有著什麼樣的心結？

就在加茂差點爲佑樹的事情分神時，東提出一個建議。

「所有人擠在一起進行調查，實在太沒有效率了。不如我們分成兩組，分頭調查現實世界和虛擬空間，並找適當的時機互相交換。」

聽到這個提議，不破明顯流露出遲疑之色。

「執行者就潛伏在我們之中，這種時候分開行動實在不是明智之舉。」

「當然會有一定的風險……但現在的調查方式沒有辦法提升效率。反正椋田似乎並不打算在犯案階段以外的時間對我們下手，只要確實遵守『在現實世界的三人務必一同行動』這個規則，應該不會有事。」

眾人聽了東的提議，經表決之後，決定採納。

抽籤的結果，由加茂、未知和乾山三人先調查虛擬空間，佑樹、不破和東三人先調查現實世界。

未知笑著說：

「現在快要下午五點了。我們約七點半，在巨齒鯊莊的交誼廳會合，交換調查地點，如何？」

＊

進入虛擬空間之後，加茂立刻前往客廳。

MICHI先到了，正在查看門廳。

「到頭來……我們還是不知道爲什麼會有手套掉在這個地方。」

兩人一同踏入門廳。就在這時，忽然有人轉動通往走廊的那扇門的門把。兩人轉頭一看，原來是KENZAN。他似乎是在走廊上聽見了MICHI的說話聲。

「我也一直掛心這一點。」

KENZAN也走進門廳，看著地板說道。MICHI點點頭，回應：

「那是右手的手套。加茂右手的手套已被割破……所以掉落在這裡的手套，原本必定是執行者的持有物。」

「但以遺留在現場的證據而言，未免太過顯眼了。」

「沒錯，那黑色手套是以伸縮性極強的材質製成，手腕處又有環帶，再怎麼甩動也不可能脫落。」

「……或許打從一開始就是刻意誤導。」

加茂也思考過這種可能性。

整個ＶＲ犯案階段裡，執行者足足有三個小時可以殺害YUKI。只要時間足夠，就算途中遺落手套，大可回頭撿拾。

……爲什麼會任憑手套掉在這裡？

MICHI突然像是老朋友一樣輕拍加茂和KENZAN的背，說道：

「你們兩個……接下來有什麼打算？」

「當然是分開行動。這裡不是現實世界，我們沒有必要一起行動。」

KENZAN縮了縮身子，彷彿想要避開MICHI的手掌。MICHI露出別有深意的微笑，說道：

「但加茂可是擔任凶手的角色，爲了避免事情變得複雜，我認爲還是應該三個人一起行動。」

「……我無所謂。」

加茂想也不想地說道。要是單獨行動，事後一定會有人懷疑他湮滅證據。

「好吧，我也不反對。」

MICHI一邊推著兩人的背，一邊往前邁步。

「既然如此，我們先去YUKI的房間看看吧！上一次的調查階段，我一直在查看倉庫，還沒有時間再看一次。」

三人到了YUKI房間之後，便以MICHI爲調查的主軸，加茂和KENZAN從旁協助，檢查有無漏看的部分。

花了大約三十分鐘，把整個房間又看了一遍，還是沒有什麼新的收穫。

可以查看的地方都看完了，差不多該移動到別處的時候，MICHI忽然從桌上取來一張面紙，當著加茂的面將手伸向牆壁上方的鐵網。

「妳在做什麼？」

「只是想要測試一下……啊，竟然搆不到。」

KENZAN看她跳來跳去，忍不住笑了出來。

「個人介紹裡的數字，果然是身高。」

「是啊，我是5.31，如果把英尺換算成公分，大約是一六二公分，剛好就是我的身高。」

加茂想起MUNAKATA也說過相同的話，於是提出一個當時沒有說出口的疑問。

「……我不太明白，爲什麼要用這種讓人不容易看懂的寫法？通常不是會合併使用英尺和英寸，例如五英尺八英寸嗎？」

MICHI對加茂的疑問充耳不聞，自顧自地搬來椅子，爬到椅子上，再度朝鐵網伸出手。

「就算VR控制服是高科技產物，總不可能以皮膚的觸感來呈現從空調吹出來的微風。因此，我想要以視覺的方式呈現出虛擬空間的風。」

MICHI舉起的面紙緩緩飄動，由此可證實有一股穩定的風不斷從鐵網吹出。

「我的手掌沒有任何感覺，但手腕附近變得有些溫暖，這應該是暖氣吧。」

加茂瞪大了眼睛，詫異地問：

「手掌沒有任何感覺？」

「因爲我們所戴的手套型控制器，是從前作《推理工廠》就開始使用的舊型控制器。」

MICHI一邊說，一邊以手掌用力拍打椅背。

「果然……穿著VR控制服的部位，能夠感受到精密度相當高的痛覺及冷熱溫度，但手套部分只有簡單的觸覺而已，再怎麼用力敲打，也不會感覺到疼痛。」

加茂完全無法接受這個說法。他記得非常清楚，先前虛擬分身的手指受傷時，感到又麻又痛。

加茂抱著滿心的懷疑，試著用力拍打桌角。但如同MICHI所說，絲毫感受不到痛。

……爲什麼會有這樣的矛盾？

KENZAN從剛剛就一臉無奈地看著加茂與MICHI，此時他似乎終於受不了，開口說道：

「不要把時間花在確認這種無聊的事情上好嗎……妳根本沒有必要爬到椅子上，只要靠刪去法，就能知道那是空調設備。」

「咦？」

MICHI差點從椅子上摔下來。KENZAN以智慧型手表開啓了選單頁面，接著說：

「你們看，地圖上寫得清清楚楚，傀儡館內各房間都有空調設備和排氣設備，空調設備具有調節溫度及進氣的機能。」

MICHI跳下椅子，一邊點開地圖，一邊嘟著嘴說：

「怎麼不早點跟我說……浴室裡的一定是排氣設備，所以這邊的一定是空調設備。」

正如她所言，浴室的牆壁上方有排氣設備。當然，排氣孔的鐵網也牢牢固定在牆壁上，這一點大家早已確認過。

KENZAN以成熟大人般的態度，聳聳肩說道：

「我以爲你們早就知道。」

MICHI在選單畫面上操作了一會，忽然又怪叫：

「這是怎麼回事？系統說我的識別碼沒有操控空調設備和排氣設備的權限。」

「我也一樣，看來偵探角色沒有這樣的權限。凶手角色和執行者或許有吧。」

KENZAN的推測並沒有錯。

扮演凶手的加茂，擁有兩項特別的控制權。

第一是逃走的時候，可以關閉館內的全部燈光。但這個權限只能使用在犯案階段。另一項權限，則是操控各房間的空調設備及排氣設備。這個權限可以使用在任何階段。換句話說，加茂可以在任何時候隨意提高或降低室溫。

加茂露出苦笑，對著KENZAN說道：

「就算能夠改變室溫，對於破解這個密室之謎也沒有任何幫助吧？」

「就算溫度高到跟三溫暖的烤箱一樣，或是低到冰點以下，也沒有辦法解釋這起密室殺人的手法。」

「何況溫度要是產生巨大變化，穿著VR控制服的佑樹應該也會感受到才對。」

「有道理……昨晚的VR犯案階段的後半段，我覺得有點冷……不過那應該是因爲進入深夜時分，現實世界的氣溫下降的影響……」

「啊！我有一個新發現！」

MICHI忽然看著天花板大喊。

「傀儡館的所有照明及空調設備都是都是裝設在牆壁上……但我不知道這跟案情有沒有關係。」

加茂與KENZAN對看一眼。

「經妳這麼一說，確實如此……現實世界的巨齒鯊莊，照明和空調都是在天花板上。」

「那才是正常的情況，傀儡館的設計有點奇怪。」

MICHI望向兩人，露出戲謔的微笑，接著說：

「這讓我想到，巨齒鯊莊和傀儡館還有很多地方不一樣。例如，現實世界的地圖，是以漢字來標記玩家的姓氏，虛擬空間裡的地圖卻是使用羅馬拼音。還有，牆壁的顏色和圓桌的顏色不同，空調裝置和電燈的位置也不一樣。」

「這只是爲了讓我們能夠瞬間分辨是在現實世界還是虛擬空間吧。」

KENZAN露出一副「妳在說什麼傻話」的表情。MICHI煞有其事地笑著說：

「不不不，我認爲這個差異，正是虛擬空間裡的犯案手法的關鍵線索。」

接著，三人前往了MUNAKATA的房間。

提議調查這個房間的人，是加茂。

「棟方可能是待在虛擬空間的時候遭到襲擊，我們確認一下他的虛擬分身現在是什麼狀態，或許有助於釐清他遭到執行者殺害時的狀況。」

沒想到，三人破門一看，MUNAKATA的虛擬分身只是坐在儲存點的沙發上。除了分身呈現暫停狀態之外，沒有任何異狀。

分身的右手維持著敬禮般的動作，約莫是在暫停的前一刻，棟方按下了VR頭罩上的按鈕。加茂試著拉動分身的手臂，但不管如何用力拉扯，就是動也不動。

KENZAN見狀，輕輕搖頭說道：

「看來，一旦進入暫停狀態，就再也沒有辦法移動。」

MICHI輕撫臉頰，說道：

「……看這個姿勢，棟方應該是自願回到儲存點，抬起了頭罩的面板。嗯……這麼說來，棟方待在現實世界時遭到襲擊的可能性比較高吧？」

她的分析確實合情合理。

然而，加茂非常在意分身的表情。暫停的前一刻，分身的表情似乎帶有強烈的驚訝與恐懼。

可惜在意歸在意，從分身的表情無法推導出任何線索。

一般人拿著照相機對著自己的臉孔連拍，也有可能偶然拍下古怪的表情。這分身的表情，可能只是剛好拍到特別古怪的瞬間，不見得能夠眞實反映當事人在那個當下的情緒。

最後，三人查看了倉庫。

「……我竟然得和殺死我的凶手一起查看現場，這是什麼情況？」

MICHI不停發著牢騷。KENZAN輕撫著頭髮，說道：

「不，這情況對我們有利。我們可以觀察加茂的神色，只要發現他在哪一點上支支吾吾，就可以針對那一點詳細追查下去。」

加茂跟在兩人的身後，不由得暗嘆了口氣。

殺死MICHI的人，就是加茂自己。因此，對加茂來說，查看倉庫沒有任何意義。唯一的好處，大概只是能夠得知MICHI與KENZAN的調查進展。

……該不該刻意誤導他們的調查方向呢？只要沒有任何一名偵探發現眞相，至少伶奈和雪菜能夠保住性命。

但如果MICHI與KENZAN因加茂的誤導，而在解答階段做出錯誤的推理……等於是加茂間接殺害了他們。

唯有犧牲他人的性命，才能在這場遊戲中獲得最後的勝利嗎？

加茂跟在兩人的身後，內心一直處於天人交戰的狀態。

倉庫裡除了西側之外，每一側都靠牆排列著相當高的開放式置物架，幾乎將牆壁完全擋住。KENZAN抬頭仰望那一整排的置物架，說道：

「這倉庫裡應該也有空調設備和排氣設備，你們有人確認過鐵網了嗎？」

此時，MICHI正在查看門板。她似乎沒有聽見KENZAN的提問，嘴裡不停咕噥著：

「門板的上下左右都沒有縫隙，設計得非常緊密……插銷鎖只在廚房那一側有握柄，沒有辦法從倉庫這一側上鎖……」

MICHI說的全都是無庸置疑的事實。KENZAN深深嘆了口氣，喊道：

「……未知？」

MICHI彷彿完全沒有聽見呼喚，只是專心地目測門板的厚度，嘴裡不停地碎碎念。

「大約五公分……以室內的門板來說，似乎厚了一點……」

「……請妳聽我說話好嗎？」

就在KENZAN有些不耐煩的時候，MICHI終於抬起頭，笑著說：

「你別氣，鐵網在上次調查的時候就確認過了。我記得是在那面牆壁的右邊角落和左邊角落。」

MICHI指著倉庫南側的牆壁。

南側靠牆也擺了一整排的置物架。所有的置物架都是接近黑紫色的胡桃木色，呈現出一種厚實感。

KENZAN抬頭仰望壁面，同時對MICHI說道：

「我不是懷疑妳，但我想親眼確認。」

「請。」

KENZAN首先走向南側牆壁的東側，也就是靠近客廳的位置。

他朝置物架的上方伸出手，卻發現身高不夠高。於是他在倉庫裡左顧右盼，似乎想要尋找梯子，但倉庫裡沒有那種東西。

最後，他選擇踩著置物架的層板往上爬。眼看那置物架可能會翻倒，加茂只好趕緊上前扶住。

KENZAN踩在第二層的層板上，手指才終於能夠碰到置物架頂板的深處。鐵網的位置比置物架頂板還高，他將手伸了過去，半晌之後，說道：

「嗯……不冷也不熱，看來這裡應該是排氣孔。」

接著他伸手摸索，抓住排氣孔上的鐵網後用力拉扯。那鐵網文風不動，顯然已被牢牢固定在牆上。

……接下來就危險了。

加茂不希望他們詳細查看的不是排氣孔，而是空調的出風孔。

接著，KENZAN走向門板正對面的置物架。以方位而言，相當於南側牆壁的西側。跟剛剛一樣，KENZAN在加茂的協助之下，將手伸到置物架頂板的上頭。

「咦，這裡怎麼有人偶？」

正如他所言，置物架的上頭放著古怪的人偶。MICHI像是忽然想起這件事，笑著說：

「是啊……那架子上黏著兩尊怪模怪樣的人偶。」

KENZAN沒理會她這句話，將手伸向放置在鐵網正前方的兩尊人偶。

那是兩尊小丑造型的人偶，分別穿著紫色與紅色的燕尾服，盤腿坐在置物架的頂板上。見KENZAN伸手朝人偶抓去，加茂緊張得全身僵硬。

那正是加茂在殺害MICHI的前一刻，所看見的兩尊小丑人偶。

昨晚，加茂將兩尊小丑人偶放回了疑似原本放置的地點。加茂猜想，這樣應該就能掩蓋兩尊小丑人偶這條線索。但有一個問題，就是兩尊小丑人偶的腿部及臀部位置染上了MICHI的鼻血。

……怎麼辦？他會不會發現小丑的身上有血？

加茂屏著呼吸，注視著KENZAN的一舉一動。只見KENZAN對小丑人偶視而不見，將手伸向鐵網，說道：

「嗯，手變暖和了，這裡是空調出風孔沒錯，鐵網也確實固定著。」

KENZAN將人偶放回原本的位置，爬下置物架。加茂見狀，這才暗自鬆了一口氣。

昨天晚上，加茂將小丑人偶放回空調出風孔前的置物架頂板上之前，下了一個賭注。

……人偶身上只有少數部位有血跡，看起來很明顯。但如果到處都有血跡，或許反而看起來沒那麼明顯。

加茂抱著這樣的想法，故意在人偶的雙手及上半身也沾上一些鮮血，才把人偶放回置物架上。

幸好倉庫裡擺的人偶都屬於恐怖、驚悚風格。

KENZAN雖然看見小丑人偶，但他應該以爲上頭的血跡只是紅色顏料……其實那些血跡已微微泛黑，並非一般顏料的顏色，幸好KENZAN沒有看出異狀。

事實上在下這個賭注時，加茂還犯了一個錯誤。

加茂沒有等人偶上的血跡完全乾掉，就把人偶放回置物架的頂板上。如果KENZAN仔細查看頂板，應該會發現上頭沾著血跡。

……幸好倉庫裡沒有梯子。

KENZAN是踩在層板上，身體處於勉強維持平衡的狀態。或許因爲這個緣故，他沒有花時間好好查看頂板。置物架的顏色是接近深咖啡色的胡桃木色，使得血跡看起來並不明顯，也是原因之一。

但這樣的幸運不見得能夠一直持續下去。這次勉強過關了，之後還是可能有人會發現頂板上的血跡。

加茂懷著極度憂鬱的心情，仰望著空調出風孔。

＊

倉庫內的調查行動，總共花了約一個小時……由於神經緊繃，回到現實世界的房間時，加茂已是身心俱疲。

剩下的時間，加茂決定好好休息。在這不到三十分鐘的時間裡，除了休息之外，加茂還補充水分，喝了一些營養果凍飲料。

接近晚上七點半，加茂來到巨齒鯊莊的走廊上。

原本加茂打算直接前往交誼廳，卻在半路上遇見佑樹。他正要以智慧型手表打開自己的房門。

「……你不去交誼廳？」

加茂一問，佑樹竟然嚇得跳起來。

「哇啊！加茂哥，你怎麼會在現實世界？」

佑樹察覺說話的人是加茂，似乎鬆了口氣，但看起來並沒有完全消除戒心。加茂露出苦笑，說道：

「快要晚上七點半了。」

佑樹看了一眼智慧型手表，臭著臉嘀咕道：

「還有五分鐘啦，我回房間喝個水，馬上就會去交誼廳。」

「其他兩人呢？」

「……應該在他們自己的房間吧。他們兩個剛剛爲了查看置物間的天花板上頭，鬧得不可開交。」

聽到這句話，加茂錯愕地瞪大眼睛。

「天花板上頭？」

「他們發現置物間有一個檢查孔，可以進入天花板上頭。從那裡可以通到棟方的房間……但檢查孔附近的建材老化得非常嚴重，他們想要爬到天花板上頭，卻發現一踩上去，建材就發出劈哩啪啦的聲響。」

聽了佑樹的說明，加茂沉吟道：

「那種地方通常只有管線維修師傅才會上去，一般人上去可能會有危險。天花板通常沒有辦法承受體重，就算是維修師傅也必須挑橫梁之類穩固的地方行走。一旦踏錯了位置，就有可能踩破天花板，從上頭摔下來。」

佑樹聳肩說道：

「不破後來也只是朝天花板上頭看了兩眼，並沒有爬上去……而且仔細想想，棟方房間的天花板並沒有任何孔洞或龜裂。既然是完全被隔開的空間，天花板上頭跟我的房間想必也沒什麼不同。他們查看天花板上頭，只是浪費時間而已，沒有任何意義。」

晚上七點半，六人平安聚集在交誼廳。

眾人討論之後，決定下一次的集合時間是晚上十點。兩組人馬互換調查地點，各自留在現實世界或前往虛擬空間。

留在現實世界的加茂等三人，首先造訪棟方的房間。

由於已入夜，房間裡一片漆黑，伸手不見五指。窗外雖然有滿天星辰，卻沒有月光。

加茂伸手摸索，打開了電燈開關。

巨齒鯊莊內採用的是亮度較低的柔和燈光，就算打開電燈，房間的角落還是有些昏暗……幸好，陳屍地點靠近天花板的嵌入燈，亮度還算足夠，並不會造成調查上的困擾。

乾山低頭看著棟方的遺體，說道：

「我一直在想一個問題……故意拿刀子刺自己的背，應該不是做不到的事情吧？」

加茂點頭應道：

「嗯，例如先把刀子固定在地板上，然後故意摔在刀子的上頭……如果眞的要這麼自殺，也不是做不到。」

「但我不認爲他是自殺。」未知說道：「從傷口的位置和深度來看，刀子一刺入體內，他大概就動不了。如果他是自殺，要怎麼消除自殺的布置痕跡？」

「有沒有可能是利用了以血凝結成的冰塊？將刀柄的尾端固定在冰塊上，當冰塊融化，血會跟從傷口流出來的血混合在一起，這麼一來就看不出刀子曾被固定住了。」乾山說道。

「應該不可能。」

「爲什麼？」

加茂指著插在屍體上的刀子。白色刀柄完全沒有沾上血。

「如果使用以血凝結成的冰塊來固定刀柄，刀柄上頭一定會沾滿血。」

「那……有沒有可能使用一般的冰塊，而不是血製成的冰塊？」

「使用冰塊當底座來固定刀子，基本上是不太可能做到的事情。冰塊非常滑溜，尤其是快要融化的冰塊更是如此。地毯沾濕之後也會變滑……綜合這兩點，要以冰塊來固定任何東西，應該都相當困難。」

未知連連點頭，接著說：

「而且如果要準備一大塊可當底座的冰塊，融化的時間也是一個問題。犯案階段只有兩個小時，這麼大的冰塊能不能完全融化，誰也說不準。」

乾山並不死心，又說：

「好吧，那六角螺帽也很可疑。有沒有可能使用的不是冰塊，而是那六角螺帽？例如，把刀子放在螺帽上，刀身就會固定住之類……」

未知沒有答話，只是搔著臉頰。半晌之後，她以僵硬的表情提議：

「……把刀子拔出來看看如何？」

乾山嚇得倒抽了一口氣，加茂卻不驚訝。其實，加茂的心裡也在盤算著這件事。

到目前為止，眾人不曾針對凶器進行詳細調查。

抽出屍體上的凶器，是嚴重破壞命案現場的行為……但眼前的局面根本不可能指望警方介入調查，比起保全現場，更重要的是多蒐集一些關於犯案手法的蛛絲馬跡。

加茂輕輕吸了一口氣，在棟方的遺旁邊蹲下。

「好，我來拔。」

兩人都沒有提出反對意見。

加茂靠近查看穿著ＶＲ控制服的遺體背部，發現那控制服吸飽了血，呈現膠結的狀態。控制服厚達三公分，使用的是類似泡棉的材質，原來具有很強的吸水性。

血的流向也可看出明顯的特徵。共有兩個流向，其一是流往身體的右側。由於遺體是呈現側躺的姿勢，身體的右側是靠近地面的那一側。另一個流向，則是從傷口流往凹型結合器所在的腰際附近。

……從這血液的流向看來，棟方遇刺的時候，很可能是站著或坐著。

加茂如此想著，伸手握住刀柄。

將刀子抽起時，加茂非常小心翼翼，避免傷口擴大。雖然有一種說不上來的黏滑感，但沒有費多大的力氣，就抽出了那把刀子。或許是已死亡一段時間，並沒有流出太多血。

加茂低頭望著手中的刀子。刀刃微微顫動，在ＬＥＤ燈光的照射下，閃爍著可怕的光芒。刀身的長度約十五公分，卻非常細，最寬的部位也只有三公分左右，刀尖沒有缺損。

「……非常輕。」

刀柄摸起來是橡膠材質，不過很輕，金屬刀身雖然薄，但顯然有一定的強度。

乾山臉色發白，還是朝加茂伸出了右手。

「既然是我說的，我會負起責任，試試看這把刀子與螺帽有沒有辦法組合起來。」

乾山接過刀子，將刀子與螺帽拿在手裡比來比去。大約過了五分鐘之後，他將六角螺帽扔了出去。

「不行，不管是刀柄還是刀刃，形狀都和螺帽對不起來……何況螺帽的厚度只有四公釐，就算組合在一起，也沒辦法將刀子豎立在地板上。」

三人決定先將刀子放在一旁，繼續在棟方的房間裡四處查看。

然而，不管是牆壁、地板或天花板，都沒有任何可疑之處。

天花板完全沒有縫隙。包含嵌入燈和空調在內，所有的設備都沒有異狀。

接著，三個人檢查房間裡是否有祕密通道。

「老實告訴你們，我最擅長尋找祕密通道……呃，或是祕密金庫。」

未知在這莫名其妙的事情上誇下了海口，於是三人在未知的領導下，確認走廊及房間內的各部位尺寸是否有誤差。最後，未知的結論是，牆壁裡沒有祕密通道，地板下也沒有祕密空間。

「以我多年的經驗，我可以拍胸脯保證，這房間裡沒有任何隱藏空間。」

聽未知說得煞有其事，乾山忽然嗤嗤笑了起來，說道：

「大家都說妳幹過違法勾當，看來不是空穴來風。」

「老實告訴你們，我不是自願改邪歸正，可別期待我會有什麼偵探的高尚美德……我會金盆洗手，其實是遭到六本木威脅。」

雖然不確定這句話有幾分眞實性，加茂還是問道：

「『遭到威脅』是什麼意思？」

「你別誤會，我可不是手法太粗糙，被六本木揪住狐狸尾巴。是因爲小白臉的事情，才被六本木威脅。」

「……小白臉？」

加茂與乾山不約而同地問道。

「就是一個跟我同居十年的男人。這個人好吃懶做，不管做什麼工作都會馬上被開除，偏偏又好賭成性，簡直是人渣。由於他的關係……我才會被六本木抓到把柄，只能怪我自己的命不好吧。」

乾山露出納悶的表情。

「……爲什麼妳要爲了一個人渣改變人生？」

未知霎時雙頰飛紅，羞赧地說：

「撇開完全沒有生活能力這一點不看，他的性格和長相都是我喜歡的類型。雖然他是個手上有多少錢就會花掉多少錢的人，但他的心地比我善良許多，這樣的矛盾性格也讓我覺得挺有意思……總之，我就是沒有辦法棄他於不顧。」

加茂並不打算深入追問未知跟她那個小白臉的關係。一來這是個人隱私，二來加茂覺得就算她說破了嘴，自己也不會明白她的心情。

此時未知突然深深嘆了口氣，臉上的笑容也轉爲苦笑。

「自從認識那個小白臉之後，我的人生就一直走霉運。一下子被六本木抓住把柄，一下子被椋田抓住人質……但如果可以的話，我好想再跟他見上一面。」

未知疲軟無力地坐在床邊。乾山與加茂對看一眼。

「事情解決之後，妳一定可以再見到他……我也好想再見到我的朋友。」乾山說道。

加茂不禁感到有些意外。乾山想要見的竟然是「朋友」，而不是「家人」。看來，他也有相當複雜的家庭問題。

就在乾山還想繼續說話的時候，監視器的方向傳來熟悉的聲音。

〈我終於等到了這句話。〉

加茂霎時感到背脊發涼。這是加茂第二次聽見椋田這麼說。

乾山也瞬間臉色蒼白，低喃：

「這句話聽起來不像是對我們說……難道是虛擬空間裡的某個人，決定要進入解答階段了？」

椋田發出了樂不可支的笑聲。

〈請各位戴上手套型控制器，到巨齒鯊莊的交誼廳集合，接下來將進入解答階段。〉

麥斯達．賀勒向讀者們的第一次挑戰

～The first challenge to the readers from Meister Hora～

恕我僭越，我想在此向各位讀者提出第一次的挑戰。

在這虛擬空間與現實世界的雙重「封閉空間」裡，包含虛擬分身和眞人在內，至今已有多名犧牲者。

虛擬分身的MICHI、YUKI，以及棟方本人，死亡現場都是「不可能犯罪」（註）的狀態。

可惜到目前爲止，整體事件的全貌還不可能徹底水落石出。

不管是從加茂冬馬的立場來看，還是從各位讀者的立場來看，目前掌握的線索還不足以解答現實世界中發生的殺人事件。

因此，現階段要請各位推理（並非單憑直覺猜測）的問題，僅包含虛擬空間中的以下三點。

①「MICHI事件」如何達成不可能犯罪？

②「YUKI事件」的眞凶是誰？

③「YUKI事件」如何達成不可能犯罪？

※「MICHI事件」的凶手已知是加茂冬馬，這一點無須推理。

解開眞相所需的線索，都已呈現在各位讀者的面前。只要妥善分析及組合這些線索，必定能夠挖掘出眞相。

爲了增加公平性，我在此向各位保證，自從「賜給名偵探甜美的死亡」遊戲開始之後，虛擬空間就進入與外界隔絕的狀態，這是百分之百的事實。

殺害YUKI的人，必定是這「封閉空間」中的七人之一。這個人的名字，就在本書最前面的登場人物介紹裡。而且這個人是單獨行動，並沒有獲得被害者或其他玩家的幫助。

此外，椋田以遊戲主辦者的身分所說的每一句話，都毫無虛假。

最後我向各位保證，這次的事件與時空旅行無關，也與不爲人知的神祕生物無關。

那麼，期待各位讀者的表現了。

註：指在表象和邏輯上都不可能發生的犯罪行爲。

第九章　試玩會　第二天　解答階段②

二〇二四年十一月二十三日（六）二〇：五五

〈解答者是不破紳一朗……你打算從哪一起事件開始推理？〉

巨齒鯊莊的交誼廳內，六個人圍著圓桌而坐。

解答階段依規定必須在現實世界進行，所以圓桌中央的螢幕上方投影出虛擬空間的3D影像。

不破的表情看起來比平常僵硬。

「那就從MICHI事件開始吧。」

〈沒問題，請你說出告發對象的全名。〉

這次的解答階段，同樣是由加茂所犯下的案件揭開序幕。

一如加茂及其他人的預期，不破以粗魯的口吻說道：

「我要告發的對象是加茂冬馬。他是殺害MICHI的凶手，理由跟棟方當初說的一樣。」

加茂有些自暴自棄地苦笑道：

「你要認定我是凶手，當然沒問題，但你還得說出犯案手法才行。」

「這起案子有兩個必須解釋的疑點。第一，凶手如何讓MICHI在進入倉庫後失去意識。第二，凶手如何以橡皮艇和置物架封住門口，讓現場成爲密室狀態。」

不破不愧是私家偵探，辦案的經驗比較豐富，解釋案情的用字遣詞比棟方有條理。

加茂沉默不語，不破接著說：

「乍看是兩件事，本質上卻是同一件事。只要解開其中一個疑點，另一個疑點自然也就迎刃而解。」

唯有看出眞相的人，才有可能說出這樣的話。

加茂只能盡力維持表情，無法阻止自己的臉上失去血色。不破瞇起雙眼，笑道：

「我先說讓虛擬分身失去意識的方法吧……說穿了其實沒什麼，只是單純的缺氧而已。」

「缺氧？」

出聲的是受害者未知。不破輕輕點頭，接著說：

「沒錯，加茂抽掉了倉庫裡的空氣，讓妳的虛擬分身陷入缺氧狀態。」

未知露出一副無法理解的表情。不破見她一張嘴開開闔闔，卻說不出話來，又略顯同情地解釋：

「我舉個例子，大型客機飛行在一萬公尺高空時，機外的氣壓只有〇・二五大氣壓。當人處在這麼低壓的環境裡，就會因缺氧而在極短的時間內昏迷。」

未知反射性地按住耳朵。

「虛擬分身的耳朵流血，也是這個緣故？」

「不管是耳朵流血或流鼻血，應該都是氣壓過低的關係。就算是在具有氣壓調整功能的機艙內，乘客也會感到耳朵疼痛，更何況是直接暴露在低壓環境裡？耳朵內的鼓膜恐怕會因氣壓驟降而破裂。」

「但爲什麼在昏厥之前，我會覺得很冷？」

「這就涉及專業知識……在一個熱能無法進出的隔絕空間裡，當氣壓下降導致空氣膨脹時，就會因絕熱膨脹原理使得溫度下降。在這次的事件裡，倉庫內的氣壓瞬間降至極度的低壓，所以室溫也會快速下降……當然，妳本人感受到的寒冷，只是ＶＲ控制服能夠模擬的程度而已。」

加茂聽了這犀利的見解，只能勉強維持鎮定，開口說道：

「倉庫確實有排氣設備……但你認爲光靠排氣設備排出空氣，就能讓氣壓下降到足以使人昏厥的程度？」

「要在不使用毒藥的前提下，讓虛擬分身昏厥，這是唯一的方法。最好的證據，就是倉庫門的特殊性。加茂，這你應該沒辦法否認吧？」

不破一邊說，一邊以3D螢幕投影出倉庫的門。

門上除了圓形門把之外，還有一根握柄。那是一種特殊的門鎖，可利用握柄切換「開」和「關」。

「像這樣的插銷鎖，通常兼具門把功能。例如，我定期報到的音樂教室，就是使用門把式插銷鎖……這種鎖通常會用在重視隔音的房間。既然有隔音效果，自然也代表這是一種密閉性很強的鎖。」

這番話說得加茂背上冷汗直流，卻想不出反駁的話，只好默不作聲。

未知沉吟一會，說道：

「仔細想想，傀儡館其他的室內門大多有縫隙，甚至還有讓貓通過的小洞，完全沒有氣密性可言。相較之下，倉庫的門不僅是鋼鐵材質，還使用插銷鎖，應該就是爲了讓倉庫內維持低壓狀態吧？」

……糟糕！糟糕！糟糕！

一旦偵探玩家說出眞相，凶手玩家接下來只能等死，完全沒有辦法自救。

明知只是無謂的抵抗，加茂仍拚命思考扭轉頹勢的策略。另一頭的不破，露出令人發毛的微笑。

「加茂先將受害者關進倉庫裡，接著操作智慧型手表，將排氣設備開啓至最大出力。大約五分鐘之後，倉庫內的氣壓就下降至足以令人昏厥的程度，MICHI就這麼失去了意識。」

不破這一番推理，說得有如行雲流水。

加茂聽在耳裡，幾乎萬念俱灰。

眞相被看穿了。如果可以的話，加茂好想直接承認。繼續嘴硬下去，也只會顯現出自己的窩囊……但一想到伶奈與雪菜，加茂說什麼也要壓抑這樣的衝動。

不破毫不留情地繼續道：

「MICHI一失去意識，你立刻將大量的空氣送入倉庫。」

明知是無謂的抵抗，加茂還是只能問：

「……怎麼做？」

「巨齒鯊莊的地圖上註記的是『換氣設備』，傀儡館的地圖上卻是『排氣設備』。我本來覺得很奇怪，怎麼會有『換氣』和『排氣』的用字差異，現在我明白了……傀儡館的排氣設備只負責排氣，空調設備則有『進氣』功能。」

東瞪大了眼睛，說道：

「你指的是把新鮮空氣送進室內的功能？如果有這個功能，確實就能讓下降的倉庫氣壓恢復原狀。」

不破淡淡一笑，應道：

「沒錯，加茂正是利用空調設備將大量的空氣送入倉庫，快速恢復倉庫內的氣壓。當氣壓上升至一定程度之後，你就走進倉庫裡，將MICHI勒死，並且將遺體拖到倉庫的深處……到目前爲止，我的推理應該沒錯吧？」

不破的推理沒有任何破綻，簡直像是親眼目睹加茂的犯案過程。

此時，加茂忽然苦笑。

……我到底在幹什麼？現在我應該做的事情，根本不是在雞蛋裡挑骨頭。就算不破完全說中我的手法，只要接下來他也能解開另外兩起事件的眞相，偵探陣營就贏得了這場遊戲的勝利，豈不是皆大歡喜嗎？

「你在笑什麼？」

加茂回過神來，發現不破的眼神中多了一絲怯意。加茂輕輕搖頭，說道：

「沒什麼，我只是覺得到目前爲止，完全沒有可以反駁之處。」

不知爲何，不破的表情又轉變爲輕蔑。他繼續道：

「接著我要說明將門堵住的方法……事實上，這也是利用倉庫的空調設備和排氣設備。」

此時，佑樹難得咄咄逼人地說：

「藉空調設備將倉庫的氣壓升高，確實可以利用氣壓差，讓門打不開……但這起事件顯然不是使用這樣的手法。」

「何以見得？」

「發現遺體之前，倉庫的門是可以打開數公釐的狀態，並非完全動彈不得。」

東立刻附和：

「沒錯，那時候我還想嘗試從縫隙觀察倉庫裡的狀況。」

「對吧？就算只是打開數公釐，也足以消除廚房和倉庫的氣壓差距，讓堵住門的力量消失。」

佑樹的主張確實沒有錯，不破卻同情地說：

「身爲推理作家的問題，就在於容易把事情想得太複雜。這個密室的手法其實相當單純……而且只有在虛擬空間裡才能辦到。」

加茂忍不住閉上雙眼。

……沒錯，當時倉庫和廚房並沒有氣壓差距。我將倉庫門封住的手法確實只有在虛擬空間裡才能辦到，而且相當單純。

加茂再度睜開眼睛時，只見不破在3D螢幕上點開了倉庫的俯瞰影像，接著說：

「加茂的做法，是只在橡皮艇內灌入八成左右的空氣。因爲沒有脹滿，只要稍微擠壓，就能塞進門後的空間。而且置物架距離門板有四十五公分，就算多了橡皮艇，還是能夠進出倉庫。」

不破的描述，正是加茂昨晚的做法。

置物架和門板之間多了未脹滿的橡皮艇，所以門板只能打開三十多公分。但這樣的寬度已足夠讓身材較瘦削的人通過，加茂正是以橫著走的方式，避開了門把，從倉庫回到廚房。

加茂已做好手法完全被看穿的心理準備，提出最後一個問題。

「如果橡皮艇沒有脹滿，佑樹和乾山在推門的時候，應該能夠推開更大的縫隙才對。但那扇門卻被人從倉庫的內側堵住了，這你要怎麼解釋？」

不破哼笑一聲，指著3D螢幕說：

「如同各位所見，空調設備就在倉庫門正對面的牆壁上。空調設備送出的強風，當然會撞在門板上。」

「……什麼？」

起先，加茂無法理解不破這麼說是什麼意思。逐漸理解之後，加茂不禁抱住了頭。

就在加茂驚愕得說不出話來的時候，乾山狐疑地問：

「呃……你的意思是，門板是因爲風壓的關係才打不開？」

「排除所有不合理的假設之後，剩下的就會是眞相。再怎麼匪夷所思，那也是唯一的答案。」

不破以食指指著加茂，彷彿在說什麼帥氣的經典台詞。

加茂忍不住發出呻吟。

不破那少根筋的邏輯思維，竟然成了最後的敗筆。他的推理逐漸步向完全錯誤的方向。這可說是最壞的情況。

一旦推理錯誤，不破只有死路一條。當然，椋田有可能像上次一樣，允許不破繼續推理下去，尋求敗部復活的機會，但這完全看椋田的心情。

另一方面，加茂卻有反證的義務。如果只是反證，那還沒什麼。最大的問題，在於不破已**揭穿了加茂犯案手法的八成**。

如果要進行反證，只能從剩下的兩成下手。但加茂沒有自信能夠在這麼小的範圍內成功反證。

何況就算反證成功了，這也代表加茂已沒有退路。

其他偵探只要稍微從另外一個角度思考，就能補足剩下的兩成，得到MICHI事件的完美眞相。

……現在我該怎麼辦才好？

正當加茂心亂如麻的時候，不破提筆在活頁紙上畫起了圖。那是當初棟方在解答之後，放在圓桌上的紙筆。

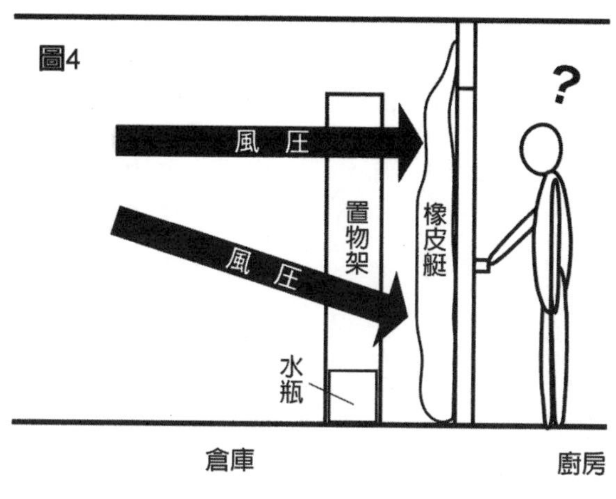

「倉庫裡的架子，都是沒有背板的開放式置物架，所以風壓能夠穿過置物架，直接施壓在橡皮艇上。加茂在置物架的下方放置礦泉水，是爲了增加置物架的重量，避免置物架因風壓而移動。」

未知凝視著圖面，忽然嘆了一口氣，欽佩地說：

「原來如此。沒有完全脹滿的橡皮艇，發揮了船帆的效果，在承受著風壓的情況下，將門堵死了（參照圖4）。」

不破放下簽字筆，大大點頭說道：

「我們嘗試撞門的時候，加茂偷偷關掉了空調設備的送風功能。門板失去風的阻力，瞬間完全打開，將橡皮艇往後推，撞上後面的置物架。他只要事先動一點的手腳，讓置物架倒地時將橡皮艇刺破，一切就神不知鬼不覺了。」

「橡皮艇一破，我們就不知道他事先灌入多少空氣。」

「以上就是MIICHI事件的眞相。」

不破目不轉睛地注視著加茂。他顯然對自己的推理非常有信心，沒有一絲一毫的懷疑。

加茂無奈地戴上雙手的手套型控制器。

「很可惜……這個推理是錯的。」

加茂一邊說，一邊操控3D螢幕，投射出門板正對面的倉庫深處的牆邊置物架。

「在空調設備前方置物架的頂板上，有兩尊人偶。」

加茂迅速移動手指，放大那兩尊穿著紫色和紅色燕尾服、滿身血跡的人偶。那正是當初令加茂傷透腦筋的兩尊小丑人偶。

除了不破以外，所有人都露出驚愕的表情。

然而，不破依然維持冷靜，開口問：

「那又怎樣？」

「傀儡館裡的人偶頗有重量，如果只是一般空調吹出來的微風，基本上不會被吹動。但如果是足以將門壓住的強風，情況就完全不同了。當空調吹出這麼強的風，放在置物架上的人偶必定會被吹落至地板。但眾人在倉庫裡發現MICHI的遺體時，人偶並沒有掉在地板上。」

這番言論等於是讓眾人聚焦在那兩尊沾滿血跡的小丑人偶上，對加茂來說風險相當高。但除此之外，加茂想不到其他反證的方法。

坐在旁邊的佑樹露出鬆了一口氣的表情，說道：

「太好了，這樣就證明門板並不是被風壓抵住了？」

然而，不破的微笑依然充滿自信。

「你這就叫聰明反被聰明誤……你以爲我沒有發現那兩尊小丑人偶嗎？不，你錯了，那兩尊人偶反而證明了你在犯案的過程中，曾使用空調設備。」

加茂那戴著手套型控制器的手掌頓時冒出大量汗水。佑樹不解地問：

「怎麼說？」

「各位請看，小丑人偶的身上沾滿血。乍看之下似乎只是顏料，但如果是顏料，未免太黑了。」

佑樹一聽，霎時倒抽了一口氣，說道：

「難道……這是眞正的血……？」

「未知提過，她倒下時的位置原本是在門後，也就是擺著小丑人偶的置物架的正前方……說到這裡，你們應該可以猜到發生了什麼事吧？」

聽了這段話，東接口道：

「凶手殺害MICHI的前一刻，爲了讓倉庫內的低壓恢復原狀，開啓了空調設備。他必須在缺氧的MICHI恢復意識之前，將MICHI勒死，因此必定是一口氣將大量的空氣灌入倉庫……此時從空調出風口吹出來的強風，會將人偶吹到地板上，是嗎？」

「沒錯。掉在地板上的人偶，沾到MICHI的鼻血。此時加茂採取的做法，是把更多的血沾在人偶身上，讓那些血看起來像是故意塗上去的顏料。」

加茂回想起犯案當下的情景，忍不住閉上眼睛。

當時一看見地板上的兩尊人偶，加茂整個人傻住了。

但片刻之後，加茂就明白了，是空調裝置的風，將人偶吹了下來。進行監修作業的時候，置物架的頂板上明明沒有這兩尊人偶。加茂滿心以爲場景設定一定和監修時一模一樣，沒有再次仔細確認，實在是自己的疏失。

……他們故意多放那兩尊人偶，顯然是爲了阻礙我的犯案行動。

加茂雖然想通了這一點，卻不知該如何處理這兩尊人偶。

放到別的置物架上？帶回自己的房間？還是，放回原本的位置？正常的情況下，將人偶帶回自己的房間，和其他人偶混在一起，似乎是最安全的做法……但MICHI失去意識之前，就站在置物架的前方，如果她深深記住了這兩尊小丑人偶的模樣，把人偶帶回自己房間反倒非常危險。

對記憶力相當有自信的加茂，試著想像立場對調的情況。沒錯，如果是自己，很可能早已記住兩尊小丑人偶的模樣。

經過短暫的評估與考量，加茂決定把小丑人偶放回原本的位置。

幸好小丑人偶的衣服是紫色和紅色，就算沾上了血跡，外觀給人的印象也幾乎沒有改變。畢竟不可能把每一尊人偶的服裝細節都記得一清二楚，就算人偶的外觀發生小小的變化，也幾乎不可能有人會發現。

……雖然未知完全不記得小丑人偶的事，但當初的選擇應該沒有錯吧？

加茂稍微恢復冷靜，繼續反駁：

「要怎麼解釋是你的自由……但發現遺體的當下，小丑人偶是在置物架上，而不是在地上，這是無法改變的事實。既然兩尊小丑人偶不在地上，表示你的推理是錯的。」

不破笑著說：

「你沒有發現出風口前面有人偶，就打開了空調設備，在我看來實在很蠢……但再怎麼蠢，也不至於連犯兩次相同的錯誤。經歷第一次的失敗之後，你把人偶改放在旁邊的置物架上，避免人偶再度被風吹落。」

「……什麼？」

加茂畢竟年紀不小了，不至於聽到「蠢」字就氣得失去理智。但要怎麼證明不破的荒唐推理並不正確，實在讓加茂傷透腦筋。

乾山雙手交抱在胸前，開口道：

「有沒有人記得我們發現遺體的時候，小丑人偶放在哪個位置？」

現場沒有人應聲。不破得意洋洋地說：

「後來加茂趁著查看倉庫時，又偷偷把人偶放回空調出風口前。倉庫裡雖然沒有梯子，但加茂的身高約有一百八十公分，把人偶放回頂板上並不困難。」

如果棟方還活著，就能證明加茂並沒有偷偷移動人偶。因爲棟方打從一開始就知道加茂是凶手，一直監視著加茂的一舉一動。但如今說這些也是無濟於事。

加茂再度閉上雙眼。

有沒有哪一個人的言行舉止……此時能夠幫助自己在反證上逆轉頹勢？

椋田那雀躍的聲音，迴盪在交誼廳內。

〈看來加茂的反證失敗了……〉

加茂倏然睜開雙眼，轉頭問未知：

「妳在倉庫裡的時候，說過一句『架子上黏著兩尊怪模怪樣的人偶』，那是什麼意思？」

未知突然聽見加茂的問題，雖然感到一頭霧水，還是馬上回答：

「噢，我要查看空調出風口的時候，發現那兩尊人偶不知爲何黏在置物架的頂板上。不過我稍微一用力，就剝下來了。」

得到預期中的答案，加茂微微揚起嘴角，朝著椋田說道：

「空調出風口前方置物架的頂板上，應該沾著血跡，請把那個部分單獨放大在3D螢幕上。」

椋田沉默不語，顯然相當不愉快，但她還是依照要求，在螢幕上投射出排除了人偶的置物架頂板。

由於置物架的顏色是頗深的胡桃木色，看起來不太明顯，但還是可分辨出頂板上除了薄薄的灰塵之外，還有兩尊人偶的臀部和腿部印在上頭的血跡。

加茂指著血跡說道：

「看來，你們沒有好好查過置物架的頂板？頂板上有血跡，代表人偶在剛沾上血的不久後，就被放回頂板上。這也證明了早在昨晚，人偶就在這裡。」

不破的臉皺成一團，冒出青筋。

「胡說八道！一定是你犯了愚蠢的錯誤，先把沾著血跡的人偶放回頂板上。後來你才想到這會讓人偶又被吹下來，所以等人偶上的血跡乾了之後，你馬上就把人偶放到隔壁的架子上。」

「不可能……根據未知的說法，她查看空調出風口的時候，兩尊人偶是黏在頂板上的狀態。這顯然是因為血與灰塵混合在一起，發揮了類似膠水的效果。這也證明直到血跡乾掉為止，人偶是一直放在頂板上的狀態，而且在未知查看空調出風口之前，完全沒人動過人偶。」

沒等血跡乾掉就把人偶放在頂板上，原本是加茂的一大疏失，沒想到這個疏失在進行反證時派上了用場。

「我明白了，一定是人偶被血牢牢黏住，所以沒有被空調的風吹走……」

不破激動地反駁，但他的論點已失去說服力。加茂嘆了一口氣，說道：

「未知說她稍微一用力，就把人偶剝下來了。這種程度的黏性，怎麼可能經得起你剛剛說的強風？」

不破再也說不出話來，只是垂著頭，緊緊咬住牙齒。

＊

〈不破，我同樣給你再推理一次的機會……你希望解答階段繼續進行嗎？〉

椋田又發出彷彿源自喉嚨深處的笑聲。顯然她並不滿意只有一名犧牲者。

不破似乎早猜到她會這麼說，立刻抬起頭說：

「我正在等著妳這句話。」

他的雙眼因情緒亢奮而微微泛紅。

又有一個人將要遭到告發……一想到這點，加茂便忐忑不安。現在的不破，恐怕很難再進行理性的推理。

〈請你選擇，要針對哪一起事件進行解答。〉

「發生在現實世界的事件。」

加茂原本以爲不破會選擇YUKI事件，因此感到有些意外。圍繞著圓桌而坐的眾人也紛紛挺直腰桿。

不破環顧眾人後，說道：

「我想要在棟方的房間裡，說明這起事件的眞相。」

不破率先走向棟方的房間。一踏入門內，他立刻憤憤不平地說：

「……是誰做了這麼過分的事？」

除了加茂以外的四人，都急著想要看一看房內到底發生什麼事。卻因爲不破擋在門口，眾人發生輕微的推擠。

加茂隱約猜到不破指的是什麼事，視線越過東和未知的頭頂，朝棟方的遺體看了一眼後，說道：

「是我把刀子拔了出來，這麼做是爲了仔細查看凶器。」

不破望著棟方背上的傷口，皺起眉頭。但他似乎並不打算爲這件事與加茂爭吵，只是轉頭對著眾人說道：

「經過我的詳細調查，這房間的狀態，是連一根頭髮也沒有辦法進入的完美密室。」

這一點是眾人的共同見解，沒有人提出反駁。接著，不破輕輕吸了一口氣，把每個字說得清清楚楚：

「如同我之前說的，這起殺人事件必定要有祕密通道才能成立。」

乾山立刻失望地說：

「你還在鑽牛角尖？剛剛我們也把房間裡查看了一遍，根本沒發現什麼祕密通道。」

不破嗤嗤笑了兩聲，再度轉頭對著加茂說：

「我們和棟方最後一次見面，是在虛擬空間的客廳。後來我們各自解散，回到自己的房間。那段時間裡，你做了什麼？」

加茂不明白他這麼問的意圖，仍老實回答：

「我立刻回到現實世界，後來就一直待在巨齒鯊莊的自己房間裡。」

「那段時間你是否曾聽到，巨齒鯊莊內部有什麼可疑的聲響？」

「我只記得雨聲很大，建築物裡倒是沒什麼聲音……你這個問題，應該問佑樹才對吧？巨齒鯊莊的隔音效果做得還不錯，我的房間距離這裡太遠了。」

佑樹正想開口，不破卻伸手將他擋下，然後指著加茂說：

「現在我可以肯定……加茂冬馬，你是執行者。」

「……什麼？」

加茂好不容易站在凶手玩家的立場成功反證，正在擔心誰會成為下一個遭到指名的對象……沒想到事態的發展再度出乎意料之外。

不破毫不留情地接著說：

「棟方生前一直認為你是凶手玩家，但我打從一開始就懷疑你是執行者。」

「為什麼？如果我是椋田的幫凶，怎麼可能淪落到受眾人圍剿的下場？」

加茂忍不住大喊。然而，不破絲毫不為所動，反駁道：

「正因你是狡猾的椋田幫凶，所以你早就知道門把上的陷阱。你大可故意被刀片割傷，讓大家以為你是凶手玩家。」

……一個著名的私家偵探，竟然做出這麼可笑的推理！

兩人互相瞪視了好一會，最後加茂嘆了一口氣，說道：

「好吧，請提出我是執行者的證據，否則我沒有辦法反證。」

「我真的很佩服你的厚臉皮。」

「……隨便你怎麼說。」

「未知和乾山或許不知道，從巨齒鯊莊的置物間可進入天花板上頭。棟方這起命案，天花板上頭的空間正是犯案的關鍵。」

加茂聽不破說得振振有詞，忍不住笑道：

「天花板上頭的空間能用來做什麼？」

「如何利用天花板上頭的空間犯案，我等一下會說明。現在最重要的一點……是置物間的檢查孔附近老化嚴重，任何人想要從檢查孔爬到天花板的上頭，建材都會因體重的關係而發出巨大聲響。」

加茂想起佑樹說過相同的話。

「那又怎樣？」

「你的房間和置物間只隔了一面牆。爬上檢查孔的聲音非常刺耳，就算外頭的雨聲再吵，或是建築物的隔音效果再好，從你的房間一定聽得見。」

加茂用力搖頭，說道：

「我根本沒有聽見那種聲音，這代表犯案階段根本沒有人進入天花板的上頭。」

「不，想要殺害棟方，唯一的方法就是利用天花板的上頭。既然你說沒聽見聲音，這代表你說謊，你正是進入天花板上頭的執行者。」

兩人的論點就像兩條平行線，完全沒有交集。

加茂陷入沉思，腦中不斷回想地圖和所有人的個資。

……總之，得先證明我沒有進入天花板的上頭才行。我的身高是5.87英尺，在所有人當中僅次於不破。接下來是佑樹，他的身高是5.81英尺……

加茂想試著用身高來反駁，但要把英尺轉換爲公分實在麻煩。如果個人介紹一覽表打從一開始就以公分爲單位，根本不必這麼麻煩……加茂想到這裡，突然發出驚呼。

那種感覺就像是脖子遭到電擊，連手指也微微顫動。

加茂不由自主地低喃：

「手套……毒藥瓶……」

過去所有意義不明的拼圖碎片，如今都嵌入適當的位置。覆蓋在眞相上頭的黑霧，緩緩散開……明明所有必要的線索都掌握在自己的手上，自己卻遲遲沒有想通。

加茂不禁暗自咒罵自己的愚鈍。

若不是把大部分的心思都花在隱蔽犯行上，應該在更早的階段就能釐清YUKI事件的眞相。

忽然間，加茂感覺有人抓住自己的左腕，嚇得整個人彈跳起來。

由於想得太認眞，加茂一時之間忘了置身何處。往左側一看，只見佑樹輕輕放開了自己的手腕。

「……你還好嗎？」

另一頭的不破卻冷冷地說：

「別想拿發生在虛擬空間的事件來轉移話題，你現在遭到告發的是現實世界中的事件。」

加茂看著面露微笑的不破，霎時感到背脊發涼，全身寒毛直豎。因爲根據自己的推理，殺死YUKI的人正是不破。

……原來他不是愚蠢，也不是少根筋。他就是執行者。

他剛剛做出那麼多荒腔走板的推理，想必是出自椋田的指示。

這些舉動可能有兩種目的。

第一，強迫發生解答階段和犯案階段，在實質上阻撓眾人的調查行動。第二，確實擊垮扮演凶手的加茂。

一旦加茂反證失敗，遊戲會再次進入現實犯案階段，加茂會遭到不破殺害。至於不破自己，也會因爲表面上推理失敗，必須自殺並且將現場布置成他殺的模樣。

……他們打算藉由這種惡意干擾的方式拖延時間，令眾人無法查出眞相，直到明天中午遊戲結束爲止……眞是卑劣的手段！

加茂氣得全身發抖，惡狠狠地瞪著不破。不破瞇起眼睛，說道：

「看來，你終於明白自己的立場了。」

「別再裝腔作勢了！其實你就是執行……」

加茂想要揭發一切，椋田卻迅速出言制止：

〈肅靜！現在是不破的解答階段，你唯一能做的事情只有提出反證。要是你說出不相關的話，我會強迫你退場。〉

言下之意，當然是如果加茂此時揭穿不破的身分，椋田將會發動毒針。

加茂雖然氣得咬牙切齒，也只能保持沉默。

……我實在是太晚察覺YUKI事件的眞相了。這次的反證要是沒有成功，我不僅沒有辦法存活，也沒有辦法把我掌握到的線索告訴大家。

不破對幾乎被逼上絕路的加茂聳了聳肩，說道：

「我可沒有時間陪你演這場鬧劇，差不多該進行推理了。」

絕大部分的玩家都沒有替雙方任何一邊說話，只是默默觀望兩人的言詞交鋒。唯獨佑樹提出質疑：

「天花板上頭的空間，和底下房間完全隔開，天花板沒有任何縫隙，執行者要怎麼藉由天花板上頭的空間殺害棟方？」

加茂也在等著不破說出他的推理。

倘若不破眞的是執行者，此時他絕對不會坦白說出殺害棟方的眞正手法。他接下來要說出口的，必定是經過巧妙包裝，乍聽之下會讓人以爲是眞相的虛僞推理。

只見不破裝模作樣地指著遺體正上方的照明燈光，說道：

「加茂利用了嵌入燈。」

「什麼？」

佑樹仰望天花板，露出了一頭霧水的表情。裝設在天花板上的ＬＥＤ嵌入燈看起來沒有任何異狀。

不破突然笑了起來，彷彿很滿意自己的話帶來的效果。

「嵌入燈的結構相當簡單，只要在天花板上開一個圓形的孔，從下方將照明燈具嵌入，最後以彈簧片固定就行了。與一般天花板燈具的最大差異，就在於嵌入燈必須要在天花板上挖一個洞。」

……原來如此，他故意賣弄一般人不知道的知識。

這也是相當卑鄙的做法。加茂對照明器具的理解並不深，打從一開始就處於不利的立場。

加茂譏諷道：

「你對照明器具很熟？」

「只是剛好而已。爲了調查某一起案子，不得不涉獵相關知識。」

不破故意說得謙虛，反而更令加茂惱怒。

「……不破說的是眞的。」

此時，乾山開口道。他撥著劉海，接著說：

「去年我家才換過廚房的嵌入燈，那時候我確實看到天花板上有一個洞。聽說有不少ＬＥＤ嵌入燈壞掉時不是換燈泡，而是把整個燈座換掉。這代表要拆掉燈座並不困難吧？」

不破露出心滿意足的微笑。

「沒錯，加茂正是利用這個特徵。他從天花板的上頭，拆掉了嵌入燈。不過，雖然拆掉了燈，卻沒有辦法把整個燈座拉到天花板的上方。」

乾山立即代替他說出理由：

「因爲嵌入燈的燈座框架比洞還要大，對吧？我們從下方看的時候，不會看到天花板的洞，正是因爲燈座把整個洞蓋住了。」

「沒錯，因此他拆掉嵌入燈之後，只能以電線讓嵌入燈垂吊在天花板的下方。這麼一來，天花板上就會出現一個洞……如果你們不相信，我可以去拿梯子，實際把嵌入燈拆下來讓你們看。」

見不破一副信心十足的表情，加茂猜想關於嵌入燈的部分，恐怕他說的是實情，因此避免針對嵌入燈提出反駁。

「不不不，你這個推論完全不合道理。要是有人在天花板上走來走去，還拆除嵌入燈，棟方怎麼可能沒有聽見聲音？」

「只要獲得椋田的幫助，就有可能做到。」

「什麼意思？」

「例如，當椋田告訴棟方『我可以給你活命的機會，我們到虛擬空間談吧』，棟方一定會心動。明知可能是陷阱，但只要有一%的生存希望，任何人都會想要把握，這是人之常情。」

一旦進入虛擬空間，身體就處於毫無防備的狀態。加茂不太相信棟方會傻傻地相信椋田。但若椋田以各種話術向棟方威脅利誘，最後他同意的可能性並不爲零。既然沒辦法證明「絕對不可能」，以此作爲反證的理由實在太薄弱。

加茂迫於無奈，只好換了一個問題。

「如果要從天花板的上頭動手殺害棟方，必須將棟方引誘至嵌入燈的下方，還必須讓他背對著天花板。否則，刀子不可能插在他的背上……這個部分你要怎麼解釋？」

「你趁著棟方進入虛擬空間的時候，從天花板的洞拋下六角螺帽。棟方回到現實世界，發現地毯上的螺帽，於是彎下腰，想撿起來查看。你就趁著這個時候，從天花板的洞擲出刀子。」

聽了不破的說明，加茂尋思著該如何反駁。

……爲什麼六角螺帽上頭有血？不行，要是不破回答「爲了讓螺帽在地毯上更加顯眼，所以你事先在螺帽上沾了血」，自己將沒有辦法針對這個說法提出反證。

……爲什麼要使用那麼輕的刀子？如果殺害棟方的手法，是從天花板上擲下刀子，照理來說，應該會使用更厚重、粗大的刀子。不行，這也過於薄弱，沒辦法單憑這一點證明對方的推理有錯。

不破向加茂露出勝券在握的微笑。

「棟方突然遭刀子刺中背部，想必會驚慌失措。於是，他搖搖晃晃地往前走了幾步，才屈膝倒下。因此，遺體並沒有在嵌入燈的正下方。」

加茂輕輕吸一口氣，整理好思緒，準備對不破提出犀利的質疑。

「先前我們在虛擬空間裡最後一次與棟方說話，接著大家回到現實世界……那時候，應該是下午一點三十五分左右吧？」

不破默不作聲，眼中流露警戒之色。佑樹代替他回答：

「沒錯，差不多是那個時間。」

「當時外頭下著傾盆大雨，足足下了一個小時以上。過了下午三點，雨勢才逐漸轉小。」

照理來說，大多數的人都不會記得確切的時刻，但沒有人提出反駁，於是加茂繼續道：

「每個人一回到現實世界，拉起ＶＲ頭罩的面板之後……想必都先做了一件事。」

佑樹露出牙齒輕輕笑了。

「我先打開電燈，因爲那時候房間裡非常暗，簡直不像白天。」

「可是……我們破門進入這個房間的時候，是關燈的狀態。我記得很清楚，爲了查看地毯上的六角螺帽，我還特別請佑樹打開電燈。」

不破恨恨地瞪著加茂，說道：

「棟方可能是在雨停之後才被你殺害。那時候天氣恢復晴朗，房間也變得明亮，不再需要開燈。」

「不，根據屍斑出現的狀況，以及體溫的下降速度，棟方在下午兩點四十分之前就已遭到殺害。當時雨勢還沒有變小。」

不破一時啞口無言。加茂低頭俯視著地毯上的六角螺帽，接著說：

「根據剛剛的推論，棟方在遭到殺害的前一刻，還待在虛擬空間裡。當時因爲下大雨，房間裡一片漆黑。他剛拉開ＶＲ頭罩的面板，眼睛一定無法適應黑暗，幾乎什麼也看不見。在那樣的狀況下，絕對不可能察覺地上有一顆小小的螺帽。」

事實上，加茂也曾因爲類似的情況，踢飛了一支簽字筆，可見當時房間裡有多昏暗。

加茂瞇著眼睛，繼續道：

「棟方生前既然沒有打開電燈，自然也不可能發現六角螺帽。沒有在嵌入燈底下彎腰的理由，從天花板上拋擲刀子殺死棟方的推論，當然也無法成立。」

「……沒這個道理！」

不破的額頭上不知何時冒出碩大的汗珠，加茂毫不留情地追擊：

「你的推理從頭到尾都十分荒唐可笑，幾乎把我害慘了。若不是那場雷陣雨，我根本無法反證成功。」

「住口！」

不破一邊大吼，一邊以右手奮力捶打牆壁。壁面竟出現凹痕，同時不破那比一般人大一倍的拳頭迸出不少鮮血。

「我知道你就是執行者！我絕對不會讓你就這麼逃了……」

不破惡狠狠地瞪著加茂，不停劇烈喘氣，拳頭微微顫動，渾身散發著殺氣。

面對眼前的暴力，加茂沒有絲毫畏懼。

理由並不是此時不破臉色蒼白，彷彿隨時都會激動到昏厥……而是因為不破瞪著加茂的眼神雖然充滿恨意與強烈的敵意，眼底卻是毫不虛偽的率眞性情。

鮮血不斷自不破的拳頭滴落，染紅了地毯。

加茂隱約聽見棕田的聲音。但那聲音落在意識之外，彷彿遠在天邊。

〈不破用掉了唯一一次繼續解答的機會，因此這次只有不破一人敗北……雖然不太甘願，但我必須承認，加茂連續兩次反證成功。〉

「不，反證還沒有結束。」

加茂幾乎是下意識地說出這句話。

不破當然也渴望解答階段能夠持續進行下去。聽見加茂這麼說，他喜出望外，同時也驚訝得彷彿失了魂。連棕田都難以掩飾心中的驚疑，說起話來變得有些結結巴巴。

〈你還想……說什麼？〉

加茂心裡很清楚，自己做了一個非常危險的決定。但另一方面，加茂也相信這是最好的決定。

加茂抬頭仰望監視器，說道：

「既然不破懷疑我是執行者，在我證明自己不是執行者之前，反證並不會結束。」

椋田沉默數秒之後，一如往常發出來自喉嚨深處的笑聲。

〈好吧，但如果反證失敗，你會賠上性命。〉

＊

「妳曾提過……給了執行者和扮演凶手的玩家各一雙黑色手套，對吧？」

眾人回到交誼廳之後，加茂向椋田問道。

〈沒錯，他們的虛擬分身的口袋裡，各有一雙犯案用手套。〉

加茂戴上手套型控制器，在圓桌上投影出虛擬空間的客廳，並且放大南側的電燈開關。

……開關上垂直排列著三根指印。這三根從拇指到中指的指印，必定是某人以右手碰觸開關時印上去的。

「午夜十二點五十分的時候，圓桌上還沒有人偶……由此可知，開關上的指印屬於執行者所有，當時執行者在圓桌上放置人偶，偶然間留下了指印。」

接著，加茂說明不久前跟佑樹和東討論後，得到的一些結論。

開關上的黑色髒污是石墨粉，那是佑樹在午夜十二點五十分沾上去的。三根手指的痕跡，可看出犯案用手套特有的防滑紋路形狀。手套只在手掌部位有防滑加工處理，可見那三根手指的痕跡必定是右手的黑色手套印上去的……

不破聽了這些說明，臉色絲毫沒有改變。

「從這些線索，只能看出指印印上去的時間，除此之外什麼也不知道吧？那指印太模糊，無法看出任何特徵，當然也無法鎖定印上去的人是誰。」

圍著圓桌而坐的剩下四人都不發一語，對兩人的交談完全採取旁觀的態度，彷彿認爲發出任何聲音都是一種干擾……

加茂輕輕點頭，說道：

「開關的尺寸長約十公分，寬約四公分。大多數的人把手掌壓在上面，都會留下這樣的痕跡……但手掌特別大的人例外。」

不破一聽，更是露出丈二金剛摸不著頭腦的表情。他低頭望向以手帕包紮止血的手掌。由於他的身材特別高大，手掌也比別人大了一倍。

……不破的手指太粗大，把手掌壓在寬度只有四公分的開關上，不會留下那麼多指印。由此可知，不破雖然是殺害YUKI的凶手，卻不是執行者。

仔細回想，椋田曾說執行者只有一人，卻不曾明說凶手玩家也只有一人。

她故意不說清楚，其實是爲了掩飾「凶手玩家有兩人」的事實……換句話說，不破也是凶手玩家，跟加茂一樣。

執行者是加茂和不破以外的某人。

「你證明我不是執行者，有什麼意義？你到底在打什麼鬼主意？」

不破低喃。他的語氣充滿困惑。事實上，他也是受到椋田的誤導，才會以爲加茂是執行者。

加茂看見不破捶打牆壁，發現不破的拳頭遠大於常人，才驚覺自己做出錯誤的判斷。

……我竟然會疏忽這麼明顯的線索，眞是太丟臉了。

不過，這也是沒有辦法的事，畢竟在進入解答階段之後，狀況發生了多次變化。加茂是在十五分鐘前，才想通「YUKI事件的眞相」，還沒有時間好好評估其推論與各項證據之間是否有矛盾之處。

加茂與不破一度互相憎恨與仇視，滿腦子只想要將對方擊垮，差點就要兩敗俱傷。

如果解答階段就這麼結束，不破絕對不會再相信加茂說的任何一句話。而且他還可能會建議其他人否決加茂的所有提議，就算賭上性命也要妨礙加茂的一切舉動。

如此一來，事態就會陷入泥沼，再也沒有辦法挽回。

因此，加茂決定冒著風險，證明自己「不是執行者」。

只要能夠在接下來的解答階段裡，讓不破明白執行者另有其人，就能夠在犯案階段中獲得不破的全面協助……或許這將成爲扭轉局面最重要的一步棋。

加茂還想繼續說下去，椋田突然嚴峻地警告：

〈加茂，你要是再說出與反證無關的話，將視爲違反規則。〉

顯然椋田也察覺加茂已得知眞相，又及時牽制了加茂的發言。

加茂搖頭說道：

「這不是與反證無關的話。那三根指印是不是我所留下，可說是非常關鍵的線索……我的虛擬分身從食指到無名指都有刀傷，這一點大家想必都知道。」

不破聳了聳肩，「這個不用你說，我們都很清楚。」

「假設我的確中了棟方布置的陷阱，這意味著棟方撿到的手套碎片，就是我的右手手套遭割破時留下的。被割得破爛的手套，能夠在電燈開關上留下那麼明顯的手指痕跡，連防滑紋路也能看得那麼清楚嗎？」

不破一邊思索，一邊說道：

「不可能。而且如果執行者只有一雙黑色手套，也不可能使用另一雙手套按下開關……但那只是順序的問題吧？從沾上石墨粉的時間來判斷，你是在午夜十二點五十分之後觸摸了電燈開關。由此可知，你的手指受傷一定是在那之後……」

不破說到一半，便沒再說下去，視線在空中左右飄移，顯然已發現自己話中的矛盾。

加茂輕輕一笑，接著說：

「沒錯，看來你也想到了。楝方在客廳撿到黑色手套的碎片，也是在十二點五十分。這代表我在那個時間之前，手指就受傷了。這麼一來，我當然沒有辦法在十二點五十分之後，才在電燈開關上留下指印痕跡。」

不破並不放棄，繼續質疑道：

「或許那碎片是你故意放的，只是干擾判斷的一種障眼法。」

加茂操縱３Ｄ螢幕，投影出自己的房間桌面。圍著圓桌而坐的眾人一看見桌上的東西，全都倒抽了一口氣。

「……犯案用手套！」

加茂對著瞠目結舌的不破，微微歪著頭說道：

「你們爲什麼這麼驚訝？這是我今天早上在走廊撿到的東西。沒有提早把這件事告訴你們，是我的疏失，但這可沒有違反規定。」

這當然只是藉口而已。

放在桌上的手套，就是加茂實際使用過的犯案用黑色手套的其中一隻。這隻右手用的手套，不僅手指部位遭刀片割裂，還沾著不少虛擬分身的血。

加茂指著手套，說道：

「棟方撿到的碎片，就是這隻手套上頭缺損的部分。只要形狀完全一致，就能證明觸發棟方陷阱的人並不是執行者，對吧？」

不破趴在圓桌上，不停喃喃自語。

加茂只是靜靜地等著。

按下電燈開關的人並非不破，這一點不破自己應該最清楚。不管是從手掌的大小，還是從不破在虛擬空間的犯案手法……都可以證明他不可能留下那樣的指印痕跡。

既然加茂已證明自己並非按下電燈開關的人，剩下的答案只有一個。

那就是在虛擬空間裡，總共有三雙犯案用的手套……第三雙手套的持有人便是執行者。

加茂的心中沒有絲毫不安。或許是加茂見識過不破到目前爲止的推理能力，相信他最後一定能夠得到這個結論。

一時之間，沒有人打破沉默，連椋田也不例外。

不破抬起頭，彷彿終於從漫長的惡夢中清醒過來。一看見加茂，他的表情再度扭曲，顯得相當痛苦。

「啊啊……我又鑄下大錯。我的推理完全想岔了……對不起……對不起……」

此時，椋田嘲諷道：

〈跟二十六年前相比，你眞的一點也沒變，只會說出一些荒唐可笑的推理，不管害死多少人都不會放在心上。〉

不破竟露出驚懼的表情，但驚懼的對象似乎不是椋田，而是他自己。

半晌之後，不破臉色慘白地點頭：

「這是事實沒錯……但我現在終於看清眞相了。」

〈你現在看清眞相也沒用了。你的解答階段已結束。〉

椋田絲毫不留情面，不破露出悲傷的微笑。

「我承認是我輸了。如果我終究會死在執行者的手裡，我坦然接受命運的安排。以這樣的方式結束一生，或許是我罪有應得。」

〈眞難得你會有這樣的覺悟，今天的你是吃錯了什麼藥？〉

「但在解答階段結束之前……我想以解答者的身分提出兩個疑問。」

聽到不破這麼說，加茂著實吃了一驚，但不敢隨便開口，只能對不破投以疑惑的目光。不破的神情沉穩而平和，他淡淡地說：

「這或許是我最後能夠幫上的一點忙了。」

接下來沉默了將近三十秒，椋田才回應：

〈說吧，你要問什麼？〉

「第一個問題非常簡單。妳說過執行者只有一人……那凶手玩家呢？」

不破故意問得拐彎抹角，避免被視爲招供。

〈呵呵，你要問的就是這個……？其實這也不算是什麼祕密，凶手玩家共有兩人。〉

椋田話一說出口，現場登時引起一陣騷動。

不過，這並不是加茂和不破以外的四人太過遲鈍的緣故。加茂與不破在解答階段暗中交換的訊息，凶手以外的玩家很難百分之百理解。

另一方面，加茂再度感到背脊發涼。

因爲加茂完全沒有預料到，椋田會輕易承認凶手玩家有兩人。她實在太過滿不在乎，彷彿毫不介意局勢對她或執行者不利。

〈另一個問題是什麼？〉

聽到椋田這麼問，不破忽然浮現倦容，彷彿嘗盡了苦澀。

「在提問之前，我想說明二十六年前，我跟妳父親之間到底發生過什麼事……這應該是最後的機會了，我想所有人都有必要知道。」

椋田沒有答話，不破自顧自地說了下去。

「我在二十五歲左右進入徵信社工作，後來獨立開業，至今已過三十個年頭，我還是做著相同的工作。這段期間裡，我接觸過數不清的案件，雖然解決了不少……但或許犯錯的次數一樣多。」

「犯錯？」

乾山狐疑地問，不破輕輕點頭。

「你還年輕，或許沒嘗過矛盾的滋味。過去我一直認爲自己的推理絕對不會有錯，然而推理到底正不正確，到頭來沒有人能做出裁決……畢竟天底下沒有人是無所不知的。」

「但證據若指向特定的凶手或手法，應該沒有懷疑的餘地吧？」

「誰能保證你對證據的解釋不會出錯？何況，所謂的證物，或許只是各種因緣巧合的產物，實際上與案情沒有任何關係。此外，也有可能是眞正的凶手預測出我們這些『偵探』的推理，刻意安排下的重重陷阱或是『虛假證物』，你要如何排除這種可能性？」

聽了不破這番話，乾山眼神中流露出明顯的不耐煩，反問：

「那如果是凶手招供的情況呢？證據充足加上凶手招供，應該就絕對不會有錯了吧？」

「你如何斷定不是僞證？而且人的記憶相當不可靠，就算自認沒有說謊，也有可能只是誤以爲自己是凶手，大腦在不知不覺中修改了記憶。」

「……要是把這些都考慮進去，嫌犯就列不完了。」

乾山似乎已不想與不破認眞交談，語帶揶揄：

「因爲嫌犯可能是外星人，或者是擁有超能力！不論任何事情，都沒有任何人能夠保證『百分之百不會發生』。」

加茂笑了出來，對乾山說道：

「姑且不論這極端的心態是否正確……剛剛不破提出的問題，其實並非只會發生在業餘偵探身上。只要是負責偵辦案件的人，不管是警察、檢察官，還是業餘偵探，都有可能做出錯誤的推理……有時這些錯誤的推理還會導致法院做出錯誤的判決。」

加茂經常撰寫以冤獄事件爲主題的文章，非常清楚其中的可怕之處。

不破露出悲傷的微笑。

「自從投入這一行，我就非常清楚誤判的可怕。因此，案子每次到了收尾的階段，我必定會與警察密切合作，盡可能避免犯下重大過錯。」

不破望向遠方，一臉無奈地接著說：

「希望在這三十年之間，我提出的推理都是正確無誤的……但事實證明，我曾做出錯誤的推理，而且事後才發現。其中一個案子，奪走了椋田耀司的性命。」

上次不破提到，椋田耀司是椋田千景的父親。

「我結識耀司，是在二十九年前。當時我是個不到三十歲的年輕小伙子，原本住在一間破爛公寓裡，後來付不出房租，被趕了出來，只能流落街頭。」

＊

「耀司的年紀比我大十歲，他經常到我當時上班的徵信社旁邊的餐廳吃飯……每次去吃午餐，我都會坐在吧檯，他常常坐在我的旁邊，所以偶爾會閒聊幾句。

那一天我眞的無處可去，向他發了一點牢騷，沒想到他竟然對我說……

『不如你來我家住吧。出外靠朋友，有困難就是要互相幫助。』

後來我才知道，耀司剛繼承了一棟雙層公寓。他把二樓的一戶以幾乎免費的價格租給我。

當時我的薪水是採獎金制，收入逐漸穩定之後，我請他比照一般行情調高房租。他一直不肯收……但我心裡過意不去，還是堅持要他收下。

那棟公寓距離車站很遠，而且是在汽車開進不去的狹窄巷內，所以剩下的三戶一直租不出去。

然而，耀司並不打算拆了公寓、把土地賣掉，因爲那棟公寓有許多他跟祖父之間的回憶。爲了向他報恩，後來雖然手頭比較寬裕，我還是一直住在那裡。

如今回想起來，當時的每一個決定，似乎都帶著我走上錯誤的道路……

耀司的妻子很早就過世了。他平日在不動產公司工作，和兩個孩子同住。

第一次見到那兩個孩子……如果我沒記錯的話，似乎是在搬進公寓前，到耀司家道謝那天。那是一對姊弟，姊姊好像是十歲，弟弟大概八歲吧。

很可惜，我不記得那對姊弟的名字。不過，我想那姊姊應該就是椋田千景吧。

姊姊千景完全不向我打招呼，害怕得東逃西竄。弟弟則似乎想要保護姊姊，從頭到尾一直瞪著我。

後來我到耀司家作客好幾次，那對姊弟還是不肯靠近我。

我可以感受到……那對姊弟的感情很好。但兩人沒有任何相似之處，這一點讓我感到很不可思議。

後來有一天，耀司跟我提到孩子們的事情。

那時候我才知道，姊姊千景其實是耀司的親戚的女兒，後來成爲耀司的養女。

一起凶殺案……奪走了千景的父母，也奪走了她的幸福人生。

在遇見我的三年之前，千景原本住在東京都內，和雙親一起生活。然而就在某一天，附近發生一起凶殺案。死者是一對夫妻，家裡除了兩人之外，沒有其他的家人。

警方在調查之後，研判應該是一起強盜殺人案，然而現場的屋內有一些不尋常的疑點。

當時六本木至道剛從警視廳退休，當起業餘偵探。沒錯，就是你們都見過的那個六本木。

他也開始調查這一起夫妻命案。

當然，那並不是正式的調查行動，六本木也沒有受到警方委託。他似乎只是想要藉由調查這起案子，快速打響自己的知名度。

詳細的案情我並不清楚……我只知道六本木似乎發現，遭到殺害的丈夫是千景母親的外遇對象。他懷疑是兩人的姦情被千景的父親發現，千景的父親一怒之下衝進對方家裡，不僅殺害了那一家的丈夫，接著又殺害了目擊犯案過程的妻子。

六本木直接找上千景的父母，質問兩人是否確有此事。

當然，六本木的懷疑沒有任何依據。假如有證據能夠證明這些事，警方早就採取行動了。

六本木在缺乏證據的情況下，找上當事人，逼迫自白，可說完全是利益薰心的舉動。

人言可畏，消息馬上傳開。街頭巷尾流傳著兩對夫妻的外遇關係，以及千景父親就是凶手的謠言。事實上也有可能是六本木刻意放出消息。

千景的父母不堪其擾，分別決定自殺。

巧合的是，兩人在同一天決定自殺，遺書裡都寫著希望家人原諒自己的軟弱之類的字句，父親將千景託付給母親照顧，母親也將千景託付給父親照顧。

唉……想起來就令人鼻酸。丈夫不知道妻子要自殺，妻子也不知道丈夫要自殺，兩人就這麼死了。

成爲孤兒的千景，是個相當聰慧的孩子。她雖然年紀還小，卻也知道害死父母的人，是個姓六本木的偵探。

六本木奪走千景的父母，幸好千景住進耀司的家之後，再度過起和平的日子。耀司眞的是個心地善良的人，千景和他住在一起的那幾年，一定過得非常幸福。

可惜，後來又出現一個令她的生活不得安寧的偵探，那就是我。

千景對我感到畏懼，也是理所當然的事情。我眞的很同情她……不，我如果眞的同情她，最明智的做法應該是盡快離開耀司的身邊。

大約在結識耀司的三年之後，我進入最春風得意的時期。

因爲我成功破解了一樁幾乎變成懸案的連環殺人案。我找出警方沒有發現的受害者共同特徵，迅速鎖定凶手的身分。

這起案子讓我獲得重要客戶的信任，來自各方的工作委託也源源不絕，於是我考慮要獨立開業。

沒錯，那時候的我，忙著追求功名。在這層意義上，我與六本木沒什麼不同。

就在那一天……我在餐廳裡和耀司聊天，聊到一半時，我忽然想起出門前忘了關浴室的水龍頭……這樣的疏失，我幾乎從來不曾發生過。

我非常緊張，把這件事告訴耀司，他笑著對我說……

『你今天有很多工作要忙吧？沒關係，我回去幫你關水……我今天要跑業務，地點剛好在公寓附近，而且我今天恰巧把公寓的萬能鑰匙帶在身上。』

他還對我開玩笑，說要是房間淹水或是熱水器壞掉，得支付維修費用……但我知道以他的個性，不管屋子變成什麼狀況，他絕對不會要我賠償，頂多告訴我『等你以後賺大錢再說』。

如此心地善良的人，竟然就這麼死在我的住處。

殺害耀司的人，是某個被我認定爲連環殺人案凶手的母親。

那一次……我的推理也是完全錯誤。

我所認定的關聯性不夠嚴謹，線索也不夠充分。被我當成凶手的那個男人，其實與連環殺人案毫無關係。

由於證據不足，警方沒有逮捕他，但將他列爲重要參考證人，多次要求他到案說明。這件事情被新聞媒體大肆報導，整個社會都把他當成眞正的凶手。

不久之後，開始有人騷擾那男人的住處。除了當面辱罵之外，還有人打惡作劇電話及塗鴉……類似的情況越來越嚴重，到後來甚至有人朝著他家扔擲石塊。

耀司遇襲的那天早上，就有那麼一顆石塊，砸中了那男人的頭。男人摔倒在地上，頭部又不巧撞擊地面……居然就這麼死了。

男人的母親事後供稱，她抱著逐漸冰冷的兒子遺體，心裡想著『一定要殺掉那個偵探報仇』。

俗話說禍不單行，或許就是這麼回事吧。

忘記關浴室水龍頭，這種情況幾百次也不會發生一次。那唯一的一次，偏偏就發生在那一天。如果我在餐廳裡沒有想到忘記關水龍頭……如果我堅持不讓耀司代替我回去關水龍頭……後來的事情都不會發生。

男人的母親埋伏在公寓附近，當耀司使用萬能鑰匙開門進屋時，她拿著刀子衝上前，將耀司亂刀刺死。

母親立刻察覺殺錯了人，但她並沒有離開，繼續在屋裡等我回來。

當天晚上，我一回到公寓，先看到耀司倒在門口，接著就看見那位母親拿著刀子朝我衝過來。那一瞬間，我明白了一切。

我鑄下大錯，的確死不足惜……但耀司是無辜的。原本我應該盡全力保護他才對，沒想到他遭到殺害，我卻苟活下來。那位母親刺傷我的肩膀，我一點也不覺得疼痛。她又刺了我的腰際，我只感覺那彷彿是發生在遠方的事情，一切都無所謂了……

聽說，後來是附近鄰居聽見聲響，幫忙報警，我才保住性命。

在醫院醒來時，我忍不住哭了，因爲至少我還活著。原本以爲生無可戀，但到頭來我依然捨不得放棄自己的生命。

我休養好幾個月，等我出院時，耀司家早已人去樓空，兩個孩子也不在了。

當時耀司的喪禮早就結束。我後來輾轉得知，兩個孩子都被親戚收養。不過，我並沒有調查他們搬去哪裡。

我選擇了最卑劣的做法。

我不知道該怎麼向那對姊弟道歉，所以我選擇逃避。

我不想再思考這件往事。爲了拋開可怕的記憶，我不斷追查新的案件。至少在調查案件的過程中，我不必思考其他事情……就這樣，我把一切掩埋在記憶的深處。

對千景來說，我是第二個奪走她的家人的偵探。

我害死了那對姊弟的父親，毀了他們的人生。椋田安排這麼可怕的殺人計畫，這筆帳也得算在我的頭上。」

*

不破的雙手放在圓桌上，十指交握，語帶自嘲：

「接到椋田的邀請，決定前來參加這場活動的時候，我根本沒有想過椋田與耀司之間的關係……光從這一點就可以看出我的本性。」

擴音器傳出充滿譏諷之意的輕嘆。

〈不破，你好像把自己看得太重要了。你和六本木確實讓我目睹了業餘偵探是如何危害世人……但那充其量只是一個契機而已。〉

「連我……也只是契機？」

不破愣住了。椋田繼續譏笑道：

〈後來我又遇見形形色色的業餘偵探，見識到他們的所作所爲，可說是一個比一個惡毒。不僅推理荒腔走板，有些甚至還會收賄，刻意捏造證據……那幾個收賄的傢伙，連來到這裡的資格都沒有，我已讓他們先走一步。〉

椋田接著又嘲笑道：

〈殺了幾個業餘偵探之後，我發現一個一個來太慢了，所以把你們全部召集到這座巨齒鯊莊。〉

佑樹帶著迷惘的眼神問道：

「爲了更有效率地把我們……把業餘偵探解決掉？」

〈這麼好的機會並不常有，我當然要追求最大的效益。〉

交誼廳又籠罩在沉默之中。過了一會，不破再度開口：

「我的第二個問題是……妳到底是誰？」

從擴音器傳出的聲音轉爲詫異。

〈我不明白你這個問題的意思。我當然是椋田……在這個節骨眼上，還問這種問題？〉

「我最後一次見到椋田千景，是在來到這裡的船上。到了巨齒鯊莊之後，我就再也沒有在現實世界中看過她了！」

聽到不破這句話，加茂回想起在船上看見的景象。

……我看見椋田與十文字一直在交談，看起來很親密的樣子。那是我最後一次看見她。

接著，不破又厲聲說道：

「自從被囚禁在巨齒鯊莊之後，我們只見過椋田千景的虛擬分身。後來她又找一些藉口，只以聲音和我們對話……爲什麼要這麼做？這只會有一個理由。妳根本不是椋田千景。」

〈呵呵，你的意思是，我其實是另一個人，只是借用椋田千景的聲音，以及有著她的外貌的虛擬分身？眞有意思，那你倒是說說看，我是誰？〉

「我剛剛才驚覺一件事……在巨齒鯊軟體公司的職員當中，有一個人長得跟耀司很像。」

〈那個人是誰？〉

從擴音器傳出的聲音一點也不慌張，反而有些樂在其中。

「遊戲總監十文字海斗。」

〈……〉

「十文字除了是遊戲總監之外，也是有名的插畫家。聽說遊戲開發人員大多使用本名，但插畫家就不見得了。大多數插畫家習慣使用筆名，就算換了新工作，或許也會持續使用。」

〈所以呢？你想表達什麼？〉

「十文字只是筆名而已，你眞正的姓氏是椋田……你是耀司的兒子，椋田千景的弟弟。」

突然間，南側傳來敲打玻璃的聲音。

加茂轉頭望去，差點發出驚呼。十文字就站在落地窗外，隔著玻璃對著眾人笑嘻嘻地揮手。

〈嗨……我來打個招呼。在活動前的各種說明會上，我跟各位見過好幾次面。搭第一班船前來島上的人，應該也在船上見到了我。〉

在交誼廳燈光的照射下，可看出十文字戴著耳麥組。眾人除了聽見隔著玻璃傳來的十文字說話聲之外，同時也聽見室內擴音器傳出椋田千景的聲音。

兩種嗓音交疊在一起，聽起來簡直像是妖魔鬼怪的說話聲。

他露出宛如泰迪熊般和藹可親的笑容。

〈不破的推測完全正確，十文字海斗只是筆名，戶籍上的名字是椋田海斗……我是椋田千景的弟弟。〉

回想起來，當初和十文字一起進行監修作業時，他的表情就跟現在一樣開朗天眞。眼前的景象讓加茂不禁感到頭皮發麻、胸中作嘔。就連揭穿真相的不破，見到十文字的瞬間也嚇傻了。

仔細想想，在前往戌乃島的船上，椋田和十文字看起來相當熟稔、親密，與其說是工作夥伴，確實更像是姊弟。

海斗看見眾人的反應，皺眉說道：

〈我看你們提到這個話題，所以出來打個招呼……是不是嚇到你們了？〉

加茂勉強擠出聲音：

「真正的椋田千景在哪裡？她沒事吧？」

落地窗外的海斗，不悅地瞇著眼睛，說道：

〈針對復仇的方式，我跟姊姊確實有一點意見不合，但我怎麼可能傷害她？她可是活得好好的。〉

他一邊說，一邊將手伸向加茂等人看不見的位置，做出拉扯的動作。只見他將一張輪椅拉到身邊。

在屋外燈光的映照下，可清楚看出輪椅上坐著一個女人。女人的身上綁著浴巾，嘴裡塞著毛巾，美麗的杏眸閃著淚光。

「椋田千景！」

加茂忍不住站了起來。海斗以食指指著左腕，示意「如果輕舉妄動，將會發動毒針」。

加茂站著不敢亂動，只能瞪著玻璃外。

……那副恐懼的模樣不像是裝出來的。看來，這場死亡遊戲的主謀真的是椋田海斗，椋田千景只是遭到利用而已！

海斗在輪椅的前方屈膝蹲下，眼中流露一抹悲傷，以指尖輕撫著輪椅的椅背。

〈姊姊，妳的人生被這些業餘偵探搞得一團亂，我做這些事全是爲了妳……爲什麼妳一點也不諒解？若不是妳拚命掙扎，我也不會對妳做這麼粗魯的事。〉

說完這句話之後，椋田海斗放開輪椅，走向落地窗。

〈姊姊眞的是一個才華洋溢的人。當年父親過世之後，我完全喪失了人生的方向，是姊姊指引我走上插畫家之路。姊姊在二十多歲的時候，就被拔擢爲遊戲製作人，後來她連續製作出好幾款百萬銷售的遊戲，這些全是姊姊個人的實力……如果她是光，我就像是陰影。〉

椋田海斗露出以姊姊爲榮的表情，接著說：

〈如今椋田千景已是巨齒鯊軟體公司的執行董事，更是業界裡首屈一指的遊戲開發者……如果不是靠著姊姊那響亮的名聲，我根本不可能實現自己的計畫。〉

他對姊姊的崇拜幾乎到了盲目的程度，卻又毫不猶豫地利用姊姊的名聲執行自己的復仇計畫。

這個男人……絕對不是正常人。

〈當然也不能忘了千景姊姊在行前會議上那一席話……若沒有那段令人熱血沸騰的話，要把你們八個人騙到這裡來，恐怕沒有那麼容易。〉

加茂不由得全身微微顫抖，還是咬緊牙關，瞪著在落地窗外笑得開懷的椋田海斗，說道：

「如果你利用姊姊的名字，只是爲了把我們騙來……你把我們囚禁在巨齒鯊莊之後，應該沒有必要繼續僞裝成姊姊，不是嗎？」

出乎意料，椋田海斗露出錯愕的神情。

〈爲什麼你會這麼說？〉

椋田海斗的表情忽然又轉變為憐憫。

〈由於業餘偵探的關係，姊姊失去了一個母親和兩個父親，天底下還有比業餘偵探更加罪孽深重的身分嗎……？就連姊姊的丈夫會送命，到頭來也算是業餘偵探的錯。〉

未知顫聲問道：

「椋田千景的丈夫……也是因業餘偵探而送命？」

〈呵呵，姊姊是全天下最有資格執行這場復仇計畫的人，要以姊姊的名義進行才有意義。〉

「你是個瘋子……」不破喃喃說道。

加茂以為椋田海斗聽到這句話會怒不可遏，沒想到那宛如泰迪熊的臉上，只露出淡淡的笑意。

〈聽到你這麼說，我就放心了。要是你們裝出一副非常理解我姊姊的態度，反而會讓我作嘔。〉

他說到這裡，從口袋中掏出智慧型手機，邊看邊說：

〈超過預定的時間，我宣布第二次的解答階段結束……不破馬上就會化身為讓你們想破了頭也解不開的奇案。〉

第十章　試玩會　第二天　第三波

二〇二四年十一月二十三日（六）二三：〇五

〈現在請各位回到虛擬空間，在虛擬空間內確認不破平安回到房間之後，馬上就要進入犯案階段。〉

這與棟方被判定敗北，之後遭到殺害的程序完全相同。

……乖乖聽話只會讓相同的悲劇再度上演。

於是，加茂大喊：

「別當我們是笨蛋！你故意要我們戴上VR頭罩，是要讓我們沒有辦法察覺房間內的異狀，你們才好偷襲！」

落地窗外的椋田海斗笑道：

〈你們自己決定吧。〉

「……什麼？」

〈如果你們想要省略在虛擬空間集合這個步驟，那也無所謂……我和執行者並不在乎。〉

椋田那雙重交疊的嗓音，顯得自信滿滿。

這令加茂極度不安。不管如何抵抗，彷彿都在對方的算計之中。

椋田興高采烈地繼續道：

〈好，那麼就從各位回到巨齒鯊莊的房間開始，正式進入犯案階段……姊姊，我們也回去吧？〉

最後這句話變成了輕聲細語，椋田恭敬地推著輪椅。不一會，兩人的身影消失在草坪的左側。

椋田的真實嗓音完全消失，交誼廳裡只聽得見經過變造的女人嗓音。

〈……等等我會告訴各位這次犯案階段的詳細規定。〉

這句話一說完，交誼廳陷入沉默，再也沒有人開口。

「我有一件事要拜託你們。」

不破打破了沉默。

他的聲音依舊開朗樂觀，環顧眾人時卻是皺著臉，彷彿隨時會號啕大哭。

「你要拜託我們什麼事？」

乾山惴惴不安地問。

「絕對不要嘗試挽救我的性命……你們應該都明白，是我製造出椋田那個怪物，我得負責結束這一切。」

東的眼中含著淚水，大聲說道：

「那怎麼行！你這麼努力，應該也是爲了保護某個人吧？」

「被當成人質的妻子……」

「既然如此，你一定要活著回去才行。你上次不是說過嗎……爲了阿渡，我們一定要互相幫助，合力度過眼前的難關。」

東說到後來，聲音越來越細。不破面露微笑，說道：

「爲了妳兒子，我更應該這麼做。」

未知也難得以嚴肅的口吻說道：

「這是錯誤的想法。在這個時候放棄希望，只會讓那個戀姊變態稱心如意而已。」

「……放棄希望？」

不破忽然如此呢喃，雙眸綻放出堅定的神采。

「椋田海斗似乎打算以巧妙的手法將我殺死，製造出令你們難以看穿的謎團……那或許對你們會是一種挑戰，但我也不會讓椋田和執行者高枕無憂。」

聽了不破這句話，佑樹陰鬱地說：

「在正常的情況下，犯案的次數越多，對犯案者越不利。執行者殺害棟方，確實達成了完全犯罪，但下一次的犯案，若執行者犯下致命錯誤，局勢馬上就會逆轉。如果要把希望放在這一點上，前提是……」

佑樹說到這裡，沒有再說下去。加茂接口道：

「沒錯，我們不能採用這樣的策略，也不會對不破見死不救。」

乾山也用力點頭，「身爲一名偵探，絕不能眼睜睜看著任何人犧牲。」

不破微笑著說：「但這個遊戲是照著椋田的想法設計出來的，我們都被他事先制定的規則束縛，就算你們想要救我，恐怕也無能爲力……不管我們怎麼做，都在椋田的設想範圍之內。」

包含加茂在內，所有人都垂首不語。這畢竟是不爭的事實。

此時，不破忽然面露苦笑，「仔細想想，或許我打從一開始就沒資格當偵探。」

未知慌忙說道：「如果連你也沒資格當偵探，那我怎麼辦？從前我不知道幹了多少違法的勾當，現在雖然表面上已金盆洗手，其實仍遊走在法律邊緣……」

未知最後支支吾吾，沒有把話說完，但大家都知道她的言下之意。

然而，不破似乎並沒有受到任何影響，他接著說：

「二十六年前，耀司遭到殺害的那一天，我就應該一起死了。我雖然苟活下來，卻也決定把我的一生奉獻在調查案件上，這是我身爲偵探的信念……但在椋田的眼裡，那只不過是自私與僞善的產物。」

「沒那回事！你沒有做錯任何事！」

東含著淚水說道。不等她說完，不破已起身：

「到了這個地步，有沒有做錯已不重要。既然沒有辦法活著查明眞相，至少讓我在死後成爲引導你們發現眞相的線索。」

佑樹沒有說話，只是一直低著頭。未知看著不破，眼神中帶著絕望與憐憫。東與乾山似乎還想說服不破，但受到不破的雙眼流露出的覺悟所震懾，兩人都沒有開口。

加茂輕輕吸了一口氣，問道：

「……你打算怎麼做？」

不破以充滿霸氣的口吻回答：

「我會把自己關在巨齒鯊莊的房間裡……椋田，不管你用什麼樣的花言巧語，我都不會上當。不管發生什麼事，我都不會踏出房間一步，任何人要是膽敢入侵我的房間，我絕不手下留情。我會阻止執行者繼續犯案，就算是同歸於盡也在所不惜……我相信我的犧牲，能夠提高你們的生存機率。」

「不破……」

乾山喊了不破的名字，卻不知該說什麼才好。不破接著道：

「好了，與其把時間浪費在我的身上，不如用這些時間好好思考命案的眞相……這是我最後的心願。」

＊

加茂躺在床上，凝視著奶油色的壁紙。

從壁紙的顏色，可看出此時置身在巨齒鯊莊的房間內，也就是現實世界。智慧型手表的時間，顯示爲晚上十一點半。雖然椋田並沒有宣布正式進入犯案階段，但對決想必已悄悄開始。

不知何處傳來尖銳的電子音，聽起來像是聽力檢查的聲音。加茂左右查看，發現聲音來自於VR頭罩。

這或許是某種陷阱。加茂提高警覺，小心翼翼地拿起頭罩。

〈這個聲音只有你跟我聽得見……你不必戴上頭罩，只要把頭罩拿到耳邊就行了。〉

頭罩的耳機傳出椋田的聲音。那聲音非常細微，只能勉強聽見。加茂心想應該沒有危險，於是拿起頭罩湊在耳邊。

「你還是打算使用你姊姊的聲音？」

加茂的聲音透過頭罩內的麥克風，傳到椋田的耳裡。椋田發出宛如挑逗著鼓膜的笑聲。

〈這場復仇，必須以椋田千景的名義進行。〉

加茂在床邊坐下。

「你愛用什麼聲音，就用什麼聲音吧。接下來是現實犯案階段，你私下聯絡我做什麼？」

〈在進入犯案階段之前，你必須爲你的言行付出代價……因爲你招供了。〉

「哪個部分？」

供。

加茂並非刻意裝傻。

到目前為止，加茂曾多次冒著風險做出暗示，因此他是真的不知道哪個部分被椋田視為招供。

〈當然是你將自己的犯案用手套作為證據，展示在眾人面前。那做法實在太過露骨，基本上就跟招供沒有兩樣。〉

「我說那是撿來的，怎麼能算是招供？」加茂滿不在乎地說道。

倘若椋田眞的認定那樣的行為是招供，當初在解答階段的時候，他應該早就殺了加茂。他沒有這麼做，心中必定有著某種盤算。

果不其然，椋田深深嘆了一口氣，說道：

〈我就知道你會這麼說……然而，是否認定為招供，重要的是聽的人有何感想。當初包含不破在內，所有人聽到你那些話，心裡都清楚「你招供了」。〉

「頂多只是接近黑色的灰色地帶而已。」

〈沒錯，因為不是明目張膽地招供，我並沒有立刻殺死你和人質……但你還是必須付出代價。那個代價就是你必須接受一場賭注。〉

加茂略微思索後，說道：

「賭注？我贏了，招供的嫌疑就一筆勾銷；我輸了，就認定為招供？」

〈沒錯。〉

「我沒有拒絕的權利，對吧？」

〈當然沒有。現在請你針對「YUKI事件」說出你的推理。如果你說中眞相，這場賭注就算你贏了。〉

加茂沒有預料到對方會提出這個要求，一時有些遲疑。椋田發出鈴鐺般的笑聲。

〈老實告訴你吧……你的推理進展讓我有些放心不下，甚至可說是有些提心吊膽。〉

「但你的聲音聽起來很開心。」

〈呵呵，所以我想先確認一下，你到底知道多少。當然，只要你的推理稍有錯誤，我絕對不會手下留情。〉

這麼做一方面可以打探加茂的虛實，另一方面只要逮到機會，還可以直接取加茂的性命。何況，就算沒有成功殺死加茂，在賭注結束之前，加茂沒有辦法把心思放在棟方事件的推理上。不僅可以剝奪加茂的時間，還可以磨耗加茂的精力和體力。

不管椋田的意圖爲何，畢竟他是遊戲的主辦者，加茂根本無法違逆他的要求。

「既然如此，我們馬上開始吧。」

〈想死也不必急於一時……在進入正題之前，能談一談「MICHI事件」嗎？〉

椋田嘴上這麼問，卻沒有等加茂回答，便繼續道：

〈你殺害MICHI的手法已被不破看穿八成，此時你的立場岌岌可危吧？〉

加茂不禁露出苦笑。

昨晚，加茂將虛擬分身MICHI關進倉庫裡。

接著，加茂利用排氣設備抽掉倉庫內的空氣，使氣壓快速下降，讓MICHI昏厥。進入倉庫行凶之後，加茂離開倉庫，利用空調設備和排氣設備製造出密室。

到此爲止的眞相，已完全被不破看穿。

椋田惋惜地說：

〈我本來期待他會說出全部的眞相，可惜我忘了他是不破……最後他竟然說出風壓那種鑽

牛角尖的結論！〉

加茂輕輕點頭，說道：

「發現遺體的時候，倉庫與廚房之間並沒有氣壓差……而且客廳的門有貓洞，房間的門上方有縫隙，由此可知，整棟傀儡館除了倉庫之外，全是沒有氣密性的空間。換句話說，不僅倉庫跟廚房沒有氣壓差，跟客廳、北棟及南棟也沒有氣壓差。」

〈到頭來，不破還是沒有辦法排除先入爲主的觀念。〉

其實有很多線索都指向唯一的眞相。

雖然有排氣設備，但要降低氣壓並不是一件容易的事，爲什麼在倉庫可以輕易做到？

眾人在上午八點左右進入虛擬空間之後，爲什麼有一段時間感到身體沉重？

在YUKI的房間裡，爲什麼濡濕地毯的水會乾得那麼快？

加茂忽然露出複雜的微笑。

「對了……當你提到『傀儡館的外頭是虛無空間』時，可眞讓我嚇出了一身冷汗。」

〈我只是實話實說而已。傀儡館的外頭是名副其實的虛無空間……也就是等同於外太空的眞空狀態。〉

就這層意義來說，傀儡館宛如一座太空站。降低氣壓是輕而易舉的事情，反倒是維持生命機能並不容易。

傀儡館的空調設備具有進氣機能，也是因爲這個緣故。整棟建築物處在如此特殊的環境中，當然必須定期對內供應新鮮的空氣。

椋田接著又說：

〈離開倉庫之後，你利用傀儡館各房間的排氣設備，慢慢將館內的空氣抽掉。花了數小

時，慢慢讓整棟建築物內部的氣壓降至約〇．七大氣壓……約相當於富士山山頂的大氣壓，對吧？〉

如果把塑膠袋包裝的洋芋片帶到高山上，會發現塑膠袋整個脹大，那正是因爲外圍的大氣壓下降的關係。

「沒錯，在一大氣壓的狀態下只灌了百分之八十五空氣的橡皮艇，當周圍的氣壓開始下降，就會自行膨脹至百分之百。」

讓倉庫變成密室的手法，就是如此單純。

加茂所做的事情，只是降低了整棟傀儡館內的氣壓。這個簡單的動作，就可以讓置物架和橡皮艇將倉庫的門堵住。

〈當他們撞開倉庫的門，置物架倒下時，會將橡皮艇割破。這麼一來，就算氣壓恢復原狀，大家也無法得知橡皮艇內原本灌了多少空氣。因此，接下來只要再利用空調設備，讓館內的氣壓慢慢上升就行了。〉

當然，置物架倒下時會不會將橡皮艇割破，還得看撞門時的力道大小，橡皮艇不見得會破。但就算橡皮艇沒破，加茂也會主動提議檢查橡皮艇內部是否被人動過手腳，慫恿大家在氣壓恢復之前將橡皮艇割破。

此外，椋田並沒有提及一點……改變氣壓的時候，爲了避免眾人察覺，還得盡可能不讓室溫隨著氣壓發生變化。因此，加茂必須同時利用空調設備的調溫機能，花上好幾個小時，在不改變室溫的前提下慢慢改變氣壓。

此時，椋田忽然重重嘆了一口氣。

〈那些偵探眞的都是飯桶。從重新登入虛擬空間之後，到氣壓恢復正常爲止……明明所有

人都感到身體沉重，卻沒有一個人在意這件事。〉

眾人當時感到身體沉重，是因爲虛擬分身罹患了高山症。

當虛擬分身處於低氣壓的環境裡，ＶＲ控制服和RHAPSODY會盡可能模擬出高山症的症狀，因此玩家會感覺到耳鳴、動作不靈活、身體沉重等等。

〈YUKI房間地毯上的水乾得那麼快，一點也不正常。我實在想不通，爲什麼沒有人發現眞相？〉

在標高極高、氣壓極低的地點，水的沸點會低於一百度……相反地，只要使用壓力鍋讓氣壓增加，水的沸點也會跟著提升，如此一來就可以對食材進行高溫調理。

由於加茂降低了傀儡館內的氣壓，造成水的沸點降低，所以濡濕的地毯和衣服乾得特別快，這是加茂並沒有預期到的副作用。

加茂皺眉說道：

「我可沒心情聽你繼續發牢騷。差不多該進入『YUKI事件』的推理了吧？」

〈好吧，那麼請你先說出凶手是誰？〉

「要知道凶手是誰，關鍵就是掉落在門廳的黑色手套。」

加茂低頭俯視自己的雙手。

〈……噢？〉

「那隻黑色手套破損得非常嚴重，由此可知，在ＶＲ犯案階段裡，手套的持有人必定是戴著手套犯案。」

〈但也不見得是用在殺害YUKI的過程中吧？〉

這一點確實必須考慮進去。

「單是移動客廳的人偶，不太可能讓手套受損到那種程度……所以，若不是用在殺害YUKI及移動人偶，就是只用在殺害YUKI。但不論是哪種情況，手套的持有人必定是殺害YUKI的凶手。」

〈原來如此。〉

加茂頓了一下，接著說：

「每次犯案都必須用到手套，照理來說，凶手絕對不想失去它……在這個前提之下，我們首先必須思考一個問題，那就是凶手爲什麼要將手套脫掉？只要戴著手套回房間，絕對不會有手套掉落的風險。」

〈你自己被割傷的時候，不也急忙脫下手套？〉

椋田發出調侃的笑聲，加茂皺眉說道：

「因爲有脫手套的經驗，我可以肯定，手套絕對不會自然從手上脫落。那雙手套使用的是具有伸縮性的材質，完全服貼雙手，手腕處還有環帶固定。這代表殺害YUKI的凶手在回房間之前，因爲某種理由，無論如何必須把手套脫掉。」

〈呵呵，這是第一條線索？〉

加茂抬高了VR頭罩，繼續道：

「單靠這條線索，還沒有辦法鎖定凶手的身分，因此必須思考第二條線索……手套掉落之後，凶手爲什麼沒有把手套撿回去？」

〈或許只是沒有發現手套掉了。〉

加茂聳聳肩，說道：

「這可能性不大吧？如今聚集在巨齒鯊莊的人，都是擁有敏銳觀察力的業餘偵探……你的那個共犯，當然也不例外。」

〈這我不否認。〉

「假設凶手拿著脫下來的手套回到房間，在房間裡冷靜下來之後，一定會發現手套少了一隻。大家都是觀察入微的人，不會粗心到沒發現手套不見了。」

〈……也有可能凶手以爲把兩隻手套都放進口袋裡，但其中一隻掉了，不是嗎？〉

「這也不合理。在虛擬空間中，我們要拿出口袋裡的東西，或是將東西放進口袋裡，畫面上都會出現道具的名稱，要先確認過才能執行動作。」

〈沒錯，這是爲了避免要拿「凶手面罩」，卻把其他的道具也一起拿出來。〉

加茂點點頭，接著說：

「當凶手要把手套放進口袋時，只要看了道具名稱，一定會發現手套少一隻……因爲道具名稱會變成『犯案用手套（左手）』。」

之前佑樹提過，當他把手套放進口袋時，顯示的道具名稱是「犯案用手套（右手）」。

〈……原來如此，業餘偵探絕對不會忽視這個名稱上的差異。〉

「沒錯，這代表殺害YUKI的凶手明知手套少了一隻，卻礙於某種理由，沒有辦法回去撿手套。」

椋田哼笑一聲，說道：

〈這就是你的第二條線索？凶手不管是在哪個時間點察覺手套弄丟了，回去找手套也只要花數分鐘的時間。凶手卻連這數分鐘的時間也沒有，你認爲這很奇怪？〉

「確實很奇怪，不是嗎？就算在ＶＲ犯案階段沒有時間回收，凶手還能利用第二天的早上。早上第一個進入客廳的是我……但那時候已是上午八點多。凶手只要一到八點立刻走出房間，就能在遇到我之前，回收掉在門廳的手套。就算來不及，至少凶手也會爲了尋找手套，比我早一步出現在客廳或門廳附近。但凶手並沒有這麼做，這個理由就是最大的關鍵。」

〈所有人之中，到了早上也沒有辦法回收手套的人，只有遊奇吧？自從虛擬分身遭毒死之後，他就被強制登出，直到早上遺體被人發現，才能夠回到虛擬空間。〉

椋田故意酸了一酸。加茂搖搖頭，應道：

「我剛剛說過，手套是在殺害YUKI的過程中嚴重破損。如果這起案子從頭到尾都是受害者佑樹自導自演，沒有任何動作會讓他的手套變成那樣。所以，遺落手套的人絕對不是佑樹。」

〈但其他人都不符合第二條線索吧？〉

「不，有一個人同時符合第一條和第二條線索……那就是不破紳一朗。」

椋田沉默片刻，嘆了一口氣。

〈請你說明看看，他爲什麼符合條件？〉

「就像你剛剛說的，殺害YUKI的凶手只要有數分鐘的時間，就能將掉落的手套撿回去。甚至如果是在門廳裡就察覺手套掉落，只要十秒就能取回手套。爲什麼凶手連這麼短的時間也擠不出來？爲什麼隔天早上也沒有辦法將手套取回？我只想得到一個理由。」

〈什麼理由？〉

加茂有氣無力地露出微笑。

「殺害YUKI的凶手在回到房間的路上相當焦急，很擔心被人看見。因爲情況實在太急迫，這個人只能趕緊將面罩及手套取下來塞進口袋裡，接著馬上與我們會合。」

這指的當然是第二天的早上，眾人聚集在客廳的時候。當時FUWA是最晚抵達客廳的人。

〈你的意思是……不破並沒有在ＶＲ犯案階段內完成他的犯行，而是到了早上才結束？〉

「在這個遊戲裡，扮演凶手的玩家不見得要在限制時間內回到自己的房間。以我自己爲例，殺害MICHI之後，我回到房間時已過半夜十二點，但沒有被視爲違規。我猜只要在限制時間內做到不可能犯罪，就算是達成任務，回到房間的時間並不會被追究。」

椋田沉默不語，並沒有回答這個問題。加茂輕輕吸了一口氣後，接著說：

「我記得好像是乾山吧？今天早上，包含不破在內的三人一直沒有出現，乾山有些擔心，於是提議眾人到三人的房間看一看。他選擇前往FUWA的房間……」

回想當時的情況，就在眾人爲了確認不破等人的安危，準備採取具體的行動時，不破突然進入客廳。那個時間點實在不自然，簡直像是聽見大家在談論自己，才趕緊進入客廳，與其他人進入客廳的情況完全不同。

實際上，多半是不破在那個時候才剛結束犯行，想要從門廳回到自己的房間，卻聽見乾山在客廳內說的話。

乾山提議眾人前往不破等三人的房間查看……不破一時嚇得手忙腳亂。

「一旦有人到不破的房間查看，就會發現不破不在房間裡。更重要的一點是，不破基於某種理由，不能讓人知道他在門廳。」

〈呵呵，不難想像不破手足無措的模樣，對吧？他一定是慌慌張張地脫下犯案用手套及面罩，塞進口袋。〉

加茂深深頷首，說道：

「這就符合了第一條線索。接著，在乾山開門進入北棟之前，不破趕緊先從門廳進入走廊，再從走廊打開通往客廳的門。雖然他裝出一副剛從房間走出來的模樣，其實當時的情況可說是千鈞一髮，所以儘管他發現手套掉在門廳，卻沒有辦法回頭撿拾。」

椋田又發出彷彿來自喉嚨深處的笑聲。

〈是啊，而且跟眾人會合之後，一直是處於互相監視的狀態，所以他也找不到機會溜回門廳。〉

「這就符合了殺害YUKI的凶手的第二條線索。」

沉默半晌，椋田再度開口：

〈好吧，我明白你認定殺害YUKI的凶手是不破紳一朗的理由了。那麼，他使用什麼手法？〉

「首先我注意到的第一點，是你使用了不同的稱呼方式。」

〈……噢？〉

「在二十二日的場景，你大多稱虛擬空間內的建築物為『傀儡館』，但到了二十三日的場景，你不再使用『傀儡館』這個稱呼，而是使用『這棟建築物』或『館內』之類模糊的說法。不破採取的殺人手法，從這個稱呼上的變化就可看出端倪。」

椋田默不作聲，並沒有表示對或錯。加茂接著說：

「當我們登出後再度登入，名義上是進入二十三日的場景……正確來說，應該稱為我們第二天進入的建築物吧……那根本不是傀儡館，而是另一棟非常相似的建築物。」

椋田雖然沒有否認，卻故意裝傻，並不直接承認。

〈就算你說的是對的，這對YUKI事件的行凶手法有什麼幫助？不破神不知鬼不覺地毒殺YUKI，是在二十二日的場景內。既然是在同一棟建築物內發生的事，要第二棟建築物做什

麼？〉

「我接下來會說明理由……為了方便理解，我就把二十二日的場景稱為『傀儡館』，把二十三日的場景稱為『模型屋』吧。」

〈呵呵，這個命名方式真耐人尋味。〉

加茂深深嘆了一口氣，接著說：

「我發現建築物其實有兩棟的契機，是遊戲參加者的個人資料。我的身高是一七九公分，一覽表上標示的數字是5.87。原本我以為那是把公分換算成英尺，但一來沒有寫單位，二來英尺通常會和英寸一起使用，例如我的身高應該會寫成五英尺八英寸。」

〈沒錯，歐美通常會這麼寫。〉

「英寸是英尺的十二分之一，放置在傀儡館客廳的模型屋也是十二分之一的模型。」

〈模型屋將一英尺縮小為一英寸並不奇怪，十二分之一是很常見的比例尺。〉

加茂凝視著漆黑的天花板，說道：

「但我們可以做出這樣的假設……二十二日的場景是傀儡館，二十三日的場景卻是放置在傀儡館客廳的那座十二分之一尺寸的模型屋。」

〈真是異想天開的推理。〉

VR頭罩的耳機傳來細微的口哨聲，加茂也不禁苦笑。

「我自己也這麼覺得……但以不破的性格，他確實很有可能會想到這樣的手法。」

不破雖然外表看起來很嚴肅，但往往少根筋，不受限於一般人的常識。光聽他作夢的內容，就知道他的腦袋裡有個童話世界。

〈這一點我不否認，但你是基於什麼理由，才得到這樣的結論？〉

「個人資料裡的數字沒有寫單位，首先引起了我的疑心……沒有單位的原因，或許是第一天和第二天的身高單位並不相同。當我想通這一點之後，我登時明白，除了傀儡館之外，還有一座模型屋。」

〈原來如此，第一天你在傀儡館內，身高是5.87英尺；第二天你在模型屋內，身高是5.87英寸？〉

「一般正常的遊戲，沒有人會想到，途中身高竟會突然改變……但實際的情況是，到了遊戲的第二天，我們的身高被縮小至十二分之一。」

椋田的聲音顯得更加樂不可支。

〈好吧，那不破要如何下毒呢？〉

「首先，過了午夜十二點之後，不破前往客廳，放下模型屋的屋頂，並且關掉客廳的電燈。」

回程時，不破應該打開了客廳北側的門。但因爲加茂先中了門上的陷阱，此時門把上已沒有刀片，所以不破的手指沒有受傷。

〈他爲什麼要做這種事？〉

「模型屋是二十三日的遊戲場景，假如天花板及屋頂是抬升的狀態，大家只要抬頭一看，就會發現自己並非置身在傀儡館內。」

〈關掉電燈也是基於類似的理由？〉

「沒錯，傀儡館的外頭什麼也沒有，模型屋卻是放在傀儡館的客廳……假如開著電燈，隔天我們在模型屋內，就會看見窗外有著巨大尺寸的客廳景象。」

椋田發出悅耳的笑聲。

〈原來如此，只要把傀儡館的客廳電燈關掉，模型屋周圍就會一片漆黑，就算並非空無一物，也不容易被發現。〉

擺放模型屋的矮桌是深色材質，傀儡館的壁紙也都是深灰色，只要關掉客廳電燈，從模型屋的窗戶看出去就是一片漆黑。

接著，加茂想起原本放在矮桌上的那張寫著希臘神祇的便條紙。

「昨晚，矮桌上原本放著一張神祕的便條紙，這張便條紙後來也被不破丟進桌子底下的垃圾桶。」

〈爲什麼他要這麼做？〉

「便條紙上寫著什麼並不重要，重要的是那張便條紙放在模型屋的附近……要是有人站在模型屋的窗邊往外看，可能會看見巨大的便條紙。」

爲了避免發生這種狀況，所以不破將便條紙揉成一團，丟進垃圾桶。

加茂喘了一口氣，繼續道：

「不破一回到房間，立刻登出遊戲，並且重新登入。當時已過午夜十二點，算是二十三日，所以他進入了二十三日的場景。」

〈就是你剛剛說的十二分之一的世界……模型屋裡？〉

「沒錯，虛擬分身FUWA也成了約十六公分高的小人。」

重新登入後，進入模型屋的縮小版FUWA，離開自己的房間，前往門廳。

加茂想像著當時的狀況，接著說：

「他走出模型屋的大門，來到傀儡館的矮桌上，接著從矮桌移動到客廳的地板上……因爲身體是縮小尺寸，當時的矮桌對他來說約有四公尺高。他要從矮桌下降至地板，必須使用你提供的犯案用繩索。我猜他大概是把繩索綁在牆邊桌角的釘子上吧。」

〈當時傀儡館的客廳應該是一片漆黑吧？〉

「『凶手面罩』有夜視功能，所以不會有任何問題。跟開著電燈比起來，頂多只是眼前的景象模糊了一點。」

椋田沒有反駁，於是加茂繼續道：

「到了地板上之後，縮小版FUWA從傀儡館的客廳移動到南棟。」

客廳的門上有貓洞，縮小版分身不必開門就能輕易進入南棟的走廊。

原本加茂以為貓洞是開發人員依照自己的要求所設置，後來才發現不破在犯案時也必須用到。

「午夜十二點五十分左右，縮小版FUWA在走廊上故意發出一些聲音。趁著YUKI開門到房間外查看的時候，FUWA溜進他的房間……縮小版FUWA只有十六公分高，沒有人料想得到遊戲裡會有這樣的小人，所以幾乎不可能注意到他的存在。」

FUWA只要緊貼著門邊的牆壁，趁著佑樹望向別處時移動，應該就能安全進入房間。

〈FUWA進入YUKI的房間，趁著YUKI前往走廊及客廳查看的時候，將毒藥瓶裡的毒藥倒入杯子？〉

「放置杯子的台座只到腳踝的高度，縮小版FUWA應該爬得上去……你曾提過，毒藥的劑量是致死量的八千六百四十倍以上，對吧？」

〈我只說過一次而已，你的記憶力眞好。〉

「杯子裡的水是用來存檔，滿滿一杯水可喝五次。如果把毒藥全部倒進杯子，每一次喝水會喝到五分之一的毒藥，也就是致死量的一千七百二十八倍以上，這個數字恰恰是十二的三次方。」

ＶＲ頭罩的耳機傳來拍手聲。

〈沒錯，你答對了。當時我所說的致死量，是縮小版分身的致死量。但第一天的YUKI，是在十二倍比例尺的世界裡。要殺害一個巨人尺寸的分身，需要十二倍乘上十二倍乘上十二倍的毒藥……當然，這只是單純用體重比例計算出的劑量，在遊戲內並不考慮其他的特殊要素。〉

加茂眺著眼睛繼續道：

「縮小版FUWA下了毒之後，多半是躲在房間角落那堆人偶裡吧。YUKI回到房內，完全沒有察覺房間遭縮小版FUWA入侵。接近凌晨三點，YUKI喝下有毒的水。」

〈縮小版分身確實有利於入侵房間，但要離開密室，卻相當不利吧？他碰不到房間門把，力氣又太小，幾乎什麼都做不了……房間門板的上方確實有五公釐的縫隙，但那麼窄的縫隙，就算是縮小版的分身也鑽不出去。〉

椋田的主張完全正確。若從縮小版FUWA的立場來看，門板的縫隙只有五公釐的十二倍，也就是六公分。

〈在這樣的情況下，縮小版FUWA要怎麼離開YUKI的房間？〉

「接近凌晨三點時，你要求所有人登出遊戲再重新登入。在那個時間點能夠進行重新登入的人，全都轉移到二十三日的場景，也就是模型屋裡。」

當時椋田曾公開保證，所有人再次登入時，建築物將維持「二十三日凌晨三點存檔時的傀儡館內狀況」。

這句話並無虛假。模型屋的內部狀況，完全複製了同一時刻傀儡館的內部狀況。

模型屋內所有的道具、家具、建材，乃至於遺體，與傀儡館內的配置完全相同，唯一的差別只有尺寸差了十二倍。因此，當眾人重新登入時，沒有發現任何異狀，一直以爲第二天的場景與第一天的場景是相同的建築物。

絕大多數的電子遊戲，重新登入遊戲時都會載入事先存檔的資料，因此就連加茂也沒有預料到這個慣例會遭人利用。

加茂輕輕嘆了一口氣，接著說：

「就這樣，所有人都移動到模型屋內，只剩下縮小版FUWA還在傀儡館。整棟傀儡館裡沒有其他人，他不管做什麼都不用擔心被人發現。」

〈或許吧。〉

「……不久前，我們曾以人偶手中的大劍，將橡皮艇割開。由此可證明，傀儡館內人偶手中的刀劍，跟眞正的刀劍一樣鋒利。縮小版FUWA大概是使用了人偶手中的斧頭之類的武器，在YUKI房間的門板上劈出一個洞。」

房間的門板都是木製材質。第二天加茂等人嘗試破門，撞了兩下門板就彎曲了。既然門板材質在設定上是低強度的木材，縮小版FUWA只要多花一些時間，在門板上開一個洞應該不是難事。

此時，棕田忽然笑了出來。加茂皺起眉頭，心裡很清楚他在笑什麼。

「可惜……破門的過程並沒有原本預期的那麼簡單。」

〈呵呵，何以見得？〉

「爲了製造出殺害MICHI的密室，我讓整棟傀儡館的氣壓降至會引發高山症的程度。」

加茂花了好幾個小時，慢慢抽掉傀儡館內的空氣。氣壓降至最低的時間，約莫在凌晨三點之後……不破剛好受到最大的影響。

〈沒錯，RHAPSODY判斷縮小版FUWA罹患高山症，於是模擬出各種高山症的症狀，阻礙他的行動。將門劈開的過程，比監修作業時困難好幾倍。〉

椋田說得輕描淡寫，但他肯定早就知道會有這樣的結果，還是讓不破繼續執行他的犯罪計畫。加茂氣得緊握雙拳，指甲幾乎扎出血來。

「若依照本來的計畫，不破應該會輕鬆回到模型屋內的自己房間。但因為高山症的關係，他耗費大量的時間在破壞那巨大的門板上，導致回程的時間大幅延誤。我猜測……到了上午八點左右，他才正要攀爬上傀儡館客廳內的矮桌。」

今天早上不破出現在模型屋客廳的時間，比加茂晚了將近十分鐘。

當時他的呼吸粗重……想來應該是剛以繩索攀爬上巨大矮桌，耗盡體力的關係。

最後，加茂的腦海浮現掉落在門廳的那隻犯案用手套。

手套上的防滑材質嚴重磨損，正是因為不破拉著繩索爬上相當於四公尺高的巨大矮桌。手套上有木屑是因為不破劈開了門板，至於黑色纖維則來自於那條黑色繩索。

加茂接著說：

「不破好不容易回到模型屋內，扣上門閂，才剛鬆了口氣，卻又聽見客廳裡的眾人決定要前往他的房間查看。」

〈當時他一定急得像熱鍋上的螞蟻吧？〉

「……他迫不得已，只好直接進入客廳，與我們會合。由於太匆忙，一隻手套掉在門廳，一直沒有機會回去撿拾。」

〈因為跟你們會合之後，你們這些業餘偵探就開始互相監視了。但不破為什麼不能讓別人

知道他去過門廳？〉

「不破害怕有人猜到他是從玄關大門進入館內，這會提高『YUKI事件』的殺人手法遭到看穿的風險。」

殺害YUKI的手法，關鍵就在於必須讓其他人認定「虛擬空間內的玄關大門無法開啓，外頭空無一物，連地面也沒有」。因此，不破無論如何都得避免讓人產生「或許能夠走出建築物外」的懷疑。

最後，他卻將犯案用手套遺落在門廳，留下破解的線索。

＊

〈果然……你已猜出YUKI事件的眞相。〉

椋田的口吻中摻雜著錯愕與佩服。

「我是在剛剛的解答階段途中想通的……後來又花了一些時間，才想到電燈開關上的三根指痕絕對不是不破所留下，得出他也不是執行者的結論。」

接下來約有一分鐘的時間，椋田完全沒有答話。

就在加茂以爲通話結束的時候，椋田才又開口：

〈你確實相當擅長推理及解謎，但你還是沒有辦法在這個遊戲中存活下去。〉

「到了這個地步，還在說那種了無新意的威脅台詞？」

椋田發出悅耳的笑聲。

〈反正你就快死了，在你死之前，我想問你一個問題……爲什麼你會成爲業餘偵探？〉

加茂沒有想到椋田會這麼問，先是愣了一下，接著將ＶＲ頭罩換到另一手，說道：

「我從來不認爲自己是業餘偵探，也從來不曾想要當一名偵探。」

〈遊奇和未知也說過類似的話。〉

加茂輕嘆一口氣，笑著說：

「聚集在這裡的八個人……確實都曾破解一些奇案或懸案。若是虛構故事裡的偵探，或許會有一些偵探界共通的價值觀，但現實中的情況並非如此。」

〈你的意思是，有些人會特別重視偵探身分和破解奇案的成就，但也有像你這種不當一回事的人？〉

「在這裡的每個人，破解案件的過程和目的都不相同。」

〈若是這樣，請告訴我，爲什麼你會執著於調查從前的案子？〉

加茂毫不遲疑地回答：

「我的工作是採訪那些聲稱自己受到冤枉的人，把他們的故事寫成文章。所以我會盡可能排除先入爲主的觀念，重新審視這些人的案子。如果這些受刑人眞的有遭到冤枉的可能性，我希望能夠代替他們發聲。」

〈你並不是公家機關的人，爲什麼要做這種事……？〉

「這件事如果沒有人做，那些受冤枉者的聲音將永遠沒有被聽見的機會。所以我選擇聆聽他們的聲音，僅僅如此。至於這是不是偵探的行爲，我向來不放在心上。」

椋田聽到這裡，不知爲何勃然大怒。

〈少騙人了！果眞如此，爲什麼不管身處多麼不利的狀況，不管被人認定爲凶手多少次……你都能勇敢面對眼前的困境？一個並未抱持身爲偵探的信念，不認爲破解懸案有任何意

義的人，絕對做不到這一點！〉

從前麥斯達．賀勒也說過，加茂很擅長破解各種匪夷所思的棘手案件。但擅長歸擅長，並不代表加茂認爲這是一件有意義的事情。

「你以我的家人來威脅我，讓我不得不做這些事，現在卻質疑我爲什麼做得到？」

〈你的意思是……你做這些事的動機，只是希望保護家人，希望活著與家人團聚，以及希望不要再犧牲任何人？〉

加茂刻意不回答這個問題。椋田發出彷彿來自喉嚨深處的笑聲。

〈就算是這樣，你跟不破和六本木他們還是沒有什麼不同！你們總以爲自己比旁人優秀，只要自己出馬，一定能夠拯救一些人、減少一些犧牲者。這種不知天高地厚的盲信，會爲這個世間造成危害！〉

「我做的事情沒有那麼了不起。」

〈哈，有什麼不同？〉

「當你覺得只要自己伸出援手，就可以拯救某個人的性命時，你會視若無睹嗎？很抱歉，現在的我做不到這一點。」

〈現在的你……？〉

椋田的語氣轉爲錯愕。

加茂是脫口而出，因此自己也感到有些迷茫。

不過在內心的深處，加茂可以肯定……若是十多年前的自己，不管看見他人再怎麼痛苦，都能鐵著心腸認定跟自己毫無關係。

加茂露出苦澀的微笑。

……因爲那個時候的我，信仰弱肉強食的價值觀。

直到遇見伶奈。

伶奈從小就是溫室裡的花朵，或許是這個緣故，她太過仁慈，不懂得懷疑他人。就連對當時因個性粗暴而沒有人願意接近的加茂，也在結識的瞬間便給予完全的信任。

加茂結識伶奈的第一個感想，是不敢相信天底下有這種人。

因此，剛開始加茂一直試著嚇唬她，想要讓她明白，不懂得懷疑他人是一件相當危險的事。但過了許久……伶奈依舊是伶奈，反倒是加茂受到影響，產生變化。

伶奈名副其實地徹底改變了加茂的命運……如今，她已成爲加茂無論如何都必須守護的人。

椋田不耐煩地說：

〈你如何能夠肯定，對方希望得到你的幫助？或許因爲你的能力不足，反而會把對方害死。又或許你救了對方，卻會導致另一個人將來墜入不幸的深淵。即使如此，你還是想要伸出援手，只爲了自我滿足？〉

「你才是眞正不知天高地厚的人。」

〈……〉

「我們不是神，沒有辦法預見未來。再怎麼優秀的人，也做不到這一點。所以我們只能不斷摸索，即使會讓自己陷入地獄深淵，我們也只能自己決定要走哪一條路。」

對加茂來說，這就是活在當下的意義。

「所以，今後我還是會繼續『伸出援手』。如果你打算在未來嘲笑我的決定，我不會阻止你。」

椋田深深嘆了一口氣。

〈看來，你跟我果然是水火不容。〉

椋田的聲音不知爲何顯得相當疲累。但下一秒，他又語帶嘲諷：

〈你想要在這場遊戲裡獲得勝利，想要盡可能拯救其他人的性命？如果這就是你的生存價值，那很好……但首先你必須在下一次的ＶＲ犯案階段存活下來。〉

加茂忍不住蹙眉，說道：

「原來如此，這就是你心中的盤算。」

〈老實告訴你，執行者正忙著爲下一次的現實犯案階段做準備。所以這一次的ＶＲ犯案階段，犯案者只有你一個人。你本來就預定要在試玩會上犯案兩次，第一次殺害MICHI成功，第二次的目標是……〉

「殺害FUWA。」

按照原本的計畫，第二起殺人事件的犧牲者是不破。

〈不行，他已成爲執行者的目標，你必須變更目標。〉

「什麼……？」

這意料之外的要求，讓加茂忍不住從床上站了起來。

原本加茂設想的殺人計畫，在執行上有兩個必要的條件，第一是受害者的房間必須在加茂房間的隔壁，第二則是受害者的身高必須很高。換句話說，這個計畫只適用於殺害FUWA，不能套用在其他人身上。

聽椋田的語氣，彷彿以凌虐加茂爲樂。

〈之前我就說過……虛擬空間內的殺人事件，最大的特色就在於受害者會以鬼魂的方式復活，所以扮演兇手的角色就算是對受害者也不能露出馬腳。靠著這樣的機制設定，才能提高遊

戲的難度。如果你殺害FUWA之後，現實世界的不破也被殺掉，不就本末倒置了嗎？〉

加茂咬緊牙關，說道：

「不用找這些冠冕堂皇的藉口，看來你是眞的打算要取我的性命了。」

ＶＲ頭罩傳出椋田哈哈大笑的聲音。

〈我很高興你有這樣的理解能力。不過，這次你可以任意選擇目標，就算是變成鬼魂的MICHI或YUKI也沒關係。如果你願意，也可以自殺之後僞裝成殺人事件……現在是午夜十二點二十五分，向眾人說明細節大概要花五分鐘，ＶＲ犯案階段就訂在凌晨兩點半結束。〉

加茂看了一眼手表，錯愕地說：

「只有兩個小時？」

〈雖然你看穿了YUKI事件的眞相，但也只是白費力氣。接下來的兩個小時內，你必須挑選一個新的目標，構思並完成一次全新的不可能犯罪……如果你做得到，就試試看吧。〉

這句話幾乎等於是椋田的勝利宣言。

＊

椋田透過擴音器，向巨齒鯊莊內的所有人宣布，正式進入ＶＲ犯案階段。

規則和昨晚的ＶＲ犯案階段幾乎完全相同。

原則上，所有的玩家必須在虛擬空間的房間內待命……但椋田追加一條規則，那就是不破並不會成爲這次的ＶＲ犯案階段的目標，唯獨他不用進入虛擬空間。

一等說明結束，加茂便進入虛擬空間。

雖然知道此時自己置身在模型屋內，但眼前的景象與第一天的傀儡館完全相同，實在很難相信現在看到的是十二分之一的世界。

加茂做了好幾次深呼吸，接著查看右手的傷勢。

雖然傷痕仍清晰可見，但已不再流血。或許是遭銳利刀刃割傷的傷口，比較容易癒合的關係吧。

加茂從儲存點起身之後，朝什麼都沒有的空中問道：

「確認兩件事情。」

加茂與椋田之間再度開啓私密通話。

〈說吧。〉椋田的語氣顯得相當得意。

「第三天的場景，該不會變成模型屋裡的客廳桌上的模型屋吧？」

椋田噗哧一笑，回答：

〈二十四日的場景，同樣是在模型屋內。所有分身的身高，第一天是以英尺表示，第二天是以英寸表示……天底下可沒有哪一種單位是英寸的十二分之一。〉

椋田的這個回答，在加茂的預料範圍內。於是，加茂提出第二個問題：

「你剛剛說過『如果你殺害FUWA之後，現實世界的不破也被殺掉』……意思是ＶＲ犯案階段結束之後，將會進入現實犯案階段？」

〈按照預定計畫，確實如此。〉

「請你說清楚一點……在ＶＲ犯案階段結束之前，不破不會有事，是嗎？」

〈只有在犯案階段，才會發生殺人事件，這是遊戲裡不變的原則。我向你保證，這次跟之前一樣，現實世界的不破，不會在ＶＲ犯案階段期間遭受攻擊。〉

椋田似乎百分之百確信加茂很快就會沒命，語氣中甚至帶著一點勝利者的憐憫之情。加茂一聽，登時露出微笑。

「太好了……如果是這樣，犯案時間只要一小時就夠了。」

〈什麼……？〉

椋田發出宛如敗軍之將的哀號，語氣與剛剛截然不同。

加茂不再理會他，右手戴上調查用的白手套，接著又拿起桌上的犯案用黑手套，戴在白手套的上頭。黑手套的手指部分當然還是碎裂的狀態。

接著，加茂從左側口袋掏出另一隻犯案用黑手套以及「凶手面罩」，同樣穿戴起來。

加茂來到走廊上，走向門廳。一路上，椋田在加茂的耳畔不斷追問，令加茂感到有些不耐煩。

〈你到底打算做什麼……〉

進入門廳之後，加茂才回答這個問題。

「凶手玩家有兩人，這代表不是只有我事先準備好犯罪計畫。」

加茂以左手拉開門閂，打開玄關大門。椋田啞聲說道：

〈難道……這不可能，你怎會知道不破的另一個犯罪計畫？〉

「算是看穿YUKI事件的副產物吧。」

玄關大門的外頭，是一片漆黑的世界。雖然知道模型屋的外頭是巨人尺寸的傀儡館客廳，但因爲伸手不見五指，要跨出門外實在需要相當大的勇氣。

加茂咬著牙跨了出去，反手將門關上，接著說：

「爲了殺害YUKI，不破竟然要求你們安排大小兩棟建築物，眞是異想天開的機關。該怎麼說呢……不破那個人外表看起來相當嚴肅，但腦袋裡的結構好像跟常人不太一樣。」

眼睛逐漸適應黑暗，然而光靠虛擬分身的肉眼，還是什麼也看不見。

於是，加茂開啓「凶手面罩」的夜視機能。眼前瞬間出現了黑白景色。

爲了測試夜視機能，加茂試著低頭望向自己的身體。影像並不算非常清晰，只能看得見手腳的輪廓，無法分辨出外套和長褲的範圍。不過，能夠明確分辨出矮桌的邊緣及模型屋的外牆，在黑暗中移動應該是完全不成問題。

加茂沿著外牆往前走，接著說：

「站在凶手的立場來看，搞出這麼誇張的機關，只用一次未免太可惜了，對吧？依照不破的性格，他的第二起犯罪計畫，一定也會用到這個機關。」

加茂走到巨大遙控器的前方，停下腳步。

第一天晚上，加茂就知道傀儡館的矮桌上放著小型遙控器。

如今加茂的虛擬分身縮小至十二分之一，所以眼前的遙控器足足有八十公分。只要按下按鈕，懸吊在傀儡館客廳天花板下方的鋼琴線就會被捲上去……模型屋的屋頂會跟著抬升。

加茂俯視著遙控器，揚起嘴角。

「爲了能夠在犯案時順利逃走，我們凶手玩家能夠暫時關掉館內的所有燈光，對吧？」

椋田沒有答話，但耳機彼端傳來紊亂的呼吸聲。

「而且這座模型屋的天花板及屋頂部分，能夠以遙控器自由上下操控……所有的條件都已具備，該怎麼做就相當明顯了。」

椋田低聲咕噥：

〈……當初實在應該早點將你幹掉。〉

第十一章　試玩會　第三天　調查階段④

二〇二四年十一月二十四日（日）〇八：〇〇

加茂走向巨齒鯊莊的走廊。

跟昨天一樣，調查階段是從早上八點開始。但距離遊戲結束的時間，只剩下四個小時。今天中午之前，如果沒有辦法釐清所有案件的眞相，椋田就會像捏死螞蟻一樣，輕而易舉地殺死所有人。

當然，加茂的推理並非完全沒有進展。

如今加茂已完全看穿不破的犯案手法，只要再查出執行者的犯案手法就行了……接下來將是一場與時間賽跑的競賽。

加茂走出房間，立刻敲了敲不破的房門。

接著加茂大聲呼喚不破，但房內沒有任何回應。除了不破之外的五人，都陸續來到房門前。

乾山臭著一張臉，看起來心情相當差。理由很簡單，因爲加茂勒死了他的虛擬分身KENZAN。

加茂在虛擬空間內完成犯案，是在凌晨一點十分。

到了凌晨兩點半，椋田宣布進入現實犯案階段。到了五點半，又宣布現實犯案階段結束。接著就跟第一天一樣，椋田要求眾人登出再重新登入，其後到早上八點爲止是休息時間。

重新登入的時候，椋田保證「絕對不會趁著大家登出時，做出改變建築物狀況或者湮滅犯罪線索及證據的卑劣行爲」。既然二十四日的場景是模型屋……這次應該可以相信他才對。

最後一天的調查階段，椋田允許所有人隨意往來巨齒鯊莊和模型屋，調查任何一個地點……但大家決定聚集在現實世界，理由當然是爲了確認不破的安危。

「把門踹破吧。」

加茂轉頭望向佑樹，頓時吃了一驚。

今天早上的佑樹，看起來臉色比過去更差。而且那似乎不是單純的疲勞……是悲愴與無奈。

「……你還好嗎？」

加茂問道。佑樹卻以關心的口吻反問：

「我才想問你這個問題。你看起來很累，是不是完全沒有睡覺？」

加茂確實一整晚沒有闔眼。但佑樹的狀況看起來比加茂複雜許多，絕對不是一句睡眠不足就能解釋。

加茂想起五年前，在佑樹前往幽世島之前，他曾因加茂所寫的文章，來向加茂詢問詳情。當時佑樹已決心爲童年玩伴復仇，卻擔心自己的計畫遭加茂看穿，一直顯得有些畏畏縮縮。不知爲何，現在佑樹的神情竟然與當年有幾分相似……他的目光中同時流露出決心與畏懼。

但加茂並沒有追問，因爲此時最重要的事，是確認不破的安危。

加茂不再開口，與佑樹合力將門踹開。這一次感覺相當輕鬆，與前一次踹開棟方房間的門時完全不同。

加茂馬上就明白了理由。因爲房門的門扣鎖和旋鈕鎖都沒有鎖上，卡住門板的只有自動鎖的鎖舌。

更令人意外的是，不破並不在房間裡，房內也沒有打鬥的痕跡。

VR頭罩和手套型控制器都擺在桌上。活頁紙上寫了一些字，看起來似乎與案件的推理有關，但因爲字跡太過潦草，看不懂寫了什麼。

眾人一同在室內到處查看，加茂拿起ＶＲ頭罩，以自己的眼睛對著面板。面板上出現熟悉的文字。

這是不破先生專用的ＶＲ頭罩。非本人無法使用。

未知從浴室走出來後，苦笑著說：

「不破消失了，這不算是什麼密室事件吧……除了自動鎖之外，房間的門鎖都沒有鎖上，看來他應該是自己開門走出去。」

聽到這句話，東皺眉說道：

「但不破說過，他絕對不會離開房間。我相信不管椋田用什麼花言巧語，不破都不會輕易上當……椋田到底使用什麼手段，將不破帶出房間？」

這正是最大的疑點。

昨晚不破宣稱要堅守在房間裡，不惜與執行者同歸於盡。依他的性格，應該是相當認眞才對。

佑樹轉身走向走廊，同時說道：

「或許執行者知道某種入侵房門的方法，因此突然發動偷襲，令不破動彈不得，再將他帶出去。」

這假設也不太合理。加茂的雙手交抱在胸前，開口說道：

「不破的身高將近一百九十公分，再加上體格壯碩，體重絕對不輕。執行者要移動他的身體，並沒有那麼容易。」

「的確，一個人能夠獨立搬運的重量有限，不破的體重恐怕有九十公斤，即使是身高不算矮的我或加茂哥，恐怕也沒有辦法搬運太長的距離。」

加茂接著詢問所有人，從昨晚到今天早上是否曾聽見巨齒鯊莊內傳出巨大聲響。所有人都表示不曾聽見，這或許是巨齒鯊莊的隔音效果頗佳的關係。

而後，所有人走向棟方的房間。

房間內的狀況和昨晚毫無不同，遺體和凶器都沒有被人動過的跡象，當然不破也不在這個房間裡。

接著，眾人又查看棟方房間正對面的空房。

這是加茂第一次查看這個房間。由於房內沒有RHAPSODY，看起來相當寬敞。除此之外與其他房間並無不同，裡頭當然是空無一人。

最後，眾人在隔壁的遊戲室發現不破的身影。

遊戲室並沒有上鎖，輕輕轉動門把，門便應聲而開。不破就橫躺在房內深處靠近北側的牆架前。

任何人都能一眼看出他已斷氣。

不破的頭部及右肩倚靠著牆架，整個人癱倒在地上，胸口插著一把有著白色刀柄的刀子。刀子正好插在心窩，顯然已貫穿心臟。

VR控制服雖然有著類似泡棉的厚實材質，還是沒有辦法將溢出的血全部吸收，整張地毯全是血。

周圍散落著不少原本應該放在牆架上的遊戲軟體，不破就躺在那些遊戲軟體的上頭。從狀況研判，不破應該是被人從正面刺中胸口，接著又被人從側面往架子的方向推出去。

現場沒有一個人發出驚愕的叫聲。

這幾乎是可預期的結果。大家只是低頭俯視著遺體……臉上帶著悲痛的神情。

未知蹲下去探了不破的脈搏，接著低聲說：

「……跟昨天棟方的遺體比起來，體溫下降更多，看來至少斷氣數小時了。」

現實犯案階段始於凌晨兩點半。在椋田沒有說謊的前提下，不破遇襲一定是在二點半之後。但椋田是否眞的沒有說謊，頗値得懷疑。

於是，眾人再度嘗試推測死亡時間。

不破的身體就連包覆著衣服的部分也明顯降溫，而且屍斑相當明顯。但死後僵硬的狀況還沒有擴散到下肢關節，手指及腳趾也都還沒有硬化。

一般而言，「死後四至五小時，受衣物包覆的部分會明顯降溫」，而且「下顎等關節會在死後二至三小時出現僵硬的狀況。這個僵硬狀況會從上肢關節逐漸擴散至下肢關節。約在六至八小時，全身的所有關節都會處於僵硬狀態」。

從屍體的降溫和僵硬的狀況來研判……不破應該已死亡三至五個小時。

加茂在心中迅速計算。

「現在剛過八點十五分，所以推測死亡時間是在凌晨三點十五分至五點十五分之間。」

現實犯案階段的時間，是凌晨兩點半到五點半。由此幾乎可推斷執行者是在現實犯案階段殺害不破。

加茂等人繼續對遺體進行更進一步的調查。

或許是凶手相同的關係……不破的死法與棟方有不少共通點。

首先，不破的身上也穿著VR控制服。他似乎一直沒有把控制服脫下來。

接著，加茂又查看不破左腕上的智慧型手表。

這次智慧型手表也自行鬆脫，跟棟方那時候一樣。這似乎是因爲手表監測到戴表者死亡，自動解開了鎖。當然，手腕上並沒有遭毒針刺中的傷痕。

同一時間，乾山查看了刺入遺體胸口的尖刀。那刀子有著橡膠材質的白色刀柄，從形狀來看，應該與殺死棟方的刀子是同一產品。

乾山皺著臉說道：

「執行者到底……藏了幾把刀子？」

殺害不破的刀子，與殺害棟方的刀子當然不是同一把。剛剛大家才確認過，殺害棟方的刀子還擺在棟方的房間裡。搞不好……執行者準備的刀子數量，足以殺死所有人。

然而，有一點讓眾人感到不解，那就是屍體的手臂上完全沒有防禦造成的傷痕。

……不破曾誇口要與執行者「同歸於盡」，怎會在遇害前完全沒有反抗？

當然，執行者有可能趁不破鬆懈時突擊，或是先將不破迷昏，再搬運到這個地方殺害。

加茂再度環顧整間遊戲室。

室內的擺設相當簡單，只有折疊桌、折疊椅及設置在牆上的牆架。桌子和椅子都是折疊的狀態，倚靠著南側的牆壁。

除了南側牆壁以外的三面牆壁，都設置了牆架。

東側的牆架上擺著歷代家用主機，以及一台大型壁掛式電視機。北側和西側的牆架上則擺滿從古至今的各種遊戲軟體，當然是以巨齒鯊軟體公司開發的遊戲爲主。

北側牆架上的一些遊戲軟體散落在地面上，其中包含日文版、中文版、英文版等各種不同語區版本的遊戲。據推測應該是不破的身體側面撞上牆架，導致遊戲軟體散落一地。

佑樹環顧室內，詫異地說：

「明明是遊戲室，卻連一張坐起來舒服的椅子都沒有，這不太對勁吧？居然只有摺疊椅，看來根本不想讓人好好享受遊戲。」

這房間確實看起來空蕩蕩，除了壁架之外幾乎沒有什麼像樣的家具。加茂輕輕點頭，說道：

「不管是交誼廳還是這裡，家具的數量都相當少……或許是因為要囚禁我們，用不到的東西都被椋田派人搬走了吧。」

接著，眾人把遊戲室徹底查看了一遍，卻找不到能夠辨識出執行者身分的任何線索。

此時……已接近上午九點。

距離遊戲結束沒剩多少時間了，乾山焦躁地說：

「大家要不要到虛擬空間看一看？光是調查現實世界，似乎不太妥當。畢竟虛擬空間也發生了殺人事件……我的分身已死在房間裡。」

這個提案確實有道理，於是眾人決定進入虛擬空間。

殺害KENZAN的凶手……當然是加茂。

因此，調查KENZAN遇害的眞相，對加茂來說沒有任何意義。但要查出執行者的身分，虛擬空間內的調查行動也是必要的環節。

因爲執行者所做的事情，並非只有在現實世界殺害棟方和不破而已。執行者還在虛擬空間裡將人偶移動到圓桌上，以及觸摸了電燈開關，將第三雙黑色手套的指痕留在開關上。

加茂的心裡一直有個想法。

……就算在現實世界裡查不出執行者的身分，只要在虛擬空間裡將三根指痕之類的線索組合搭配起來，一定可以揪出執行者的狐狸尾巴。

*

進入虛擬空間後，眾人先在KENZAN的房門口集合。

然而，只有四人來到房門口，不見KENZAN的蹤影。

這就跟昨天YUKI遭到殺害的情況一樣……當分身是在自己的房間內遭到殺害，為了強調這是無法以常理解釋的密室殺人事件，在第三者看見遺體之前，鬼魂無法獲得解放。

一如往例，加茂與YUKI合力破壞上了鎖的門板。

KENZAN的房間裡非常凌亂。各種不同顏色的人偶，散落在床上及地板上。KENZAN本人倒在床邊，舌頭露出嘴外，脖子似乎已骨折。

MICHI低頭看著KENZAN，咕噥道：

「跟我一樣是被勒死的。」

由於現實世界已死了兩個人，此時回頭調查虛擬空間內的殺人事件，眾人不再大驚小怪，彷彿只是在處理一件事務性的工作。何況，眾人都知道現實世界的乾山平安無事，更是完全不把這件事放在心上。

但在視覺上，眼前那具遺體的慘狀，幾乎與現實世界中的遺體沒有任何差別。眾人看見這樣的景象，卻依然表現出滿不在乎的態度……加茂實在不認為這是一種良性的「習以為常」。

YUKI走上前，以右手探了KENZAN的脈搏。

經由第三者確認乾山涼平的虛擬分身死亡……解放KENZAN的鬼魂。

眼前出現這麼一排文字，同時室內的儲存點出現一道人影，那正是KENZAN。他從沙發上站起來，對著眾人說道：

「終於可以登入了……」

此時，KENZAN的頭上多了一圈天使光環，跟MICHI和YUKI一樣。

變成鬼魂的KENZAN，看著自己的遺體那嘴角流著口水、下半身失禁的慘狀，忍不住皺起眉頭。但他或許是想到時間不多了，立刻聳了聳肩，說道：

「總之……我先說明遭到殺害時的狀況吧。」

MICHI恢復原本嬉皮笑臉的態度，開口問：

「進入VR犯案階段不久，不是就停電了嗎？凶手是趁那個時候把你殺了？」

「沒錯，我是在黑暗中遭到攻擊。」

那場停電當然是加茂動的手腳。加茂利用凶手的權限，關掉模型屋內的所有燈光。

MICHI低頭看著智慧型手表，說道：

「這手表的燈光太弱了，沒辦法照亮周圍，那時候我什麼也看不見，只好乖乖待在自己的房間裡。我記得那場停電持續了二十分鐘左右吧？」

AZUMA或許是回想起當時的狀況，身體微微顫抖，應道：

「停電的時候，我好像聽見打鬥的聲音……那時候我還以爲自己要被殺了，眞的是嚇死我了。原來那是從KENZAN的房間傳出的聲音？」

KENZAN輕輕點頭，回答：

「應該是吧。停電的時候，我原本也是乖乖待在床上……不知過了幾分鐘，我忽然感覺到一陣衝擊，有人壓在我的身上，勒住我的脖子。當我恢復冷靜的時候，已遭強制登出。」

YUKI一臉驚疑地問：

「停電時凶手突然出現在房間裡？按常理來想，這應該是不可能發生的事情吧？」

KENZAN露出憤恨不已的表情，望著遭撞破的門板說道：

「我只是老實說出事情的經過而已……你們也看見了，我把旋鈕鎖及門扣鎖都鎖上，凶手應該沒有辦法輕易入侵……為什麼會這樣，其實我自己也是一頭霧水。」

正如他所說，門擋鎖是在破門時遭到破壞，兩種鎖舌皆是伸出的狀態，可見原本都上了鎖。

加茂看著KENZAN一副摸不著頭緒的表情，暗自苦笑。

為了這次的試玩會，加茂自認構思出讓偵探玩家意想不到的犯罪詭計。但不管是從正面的角度來看，還是從負面的角度來看，不破想出的詭計都更加天馬行空且荒誕不經，加茂遠遠不及。

殺害KENZAN的手法如下。

首先，加茂關閉整棟模型屋的燈光。扮演凶手的加茂，在黑暗中可說是如魚得水。偵探玩家在黑暗中什麼也看不見，凶手玩家的「凶手面罩」卻具有夜視機能。

接著，加茂利用巨大遙控器，抬升模型屋的屋頂及天花板。

由於身體變小，遙控器上的巨大按鈕感覺變得很緊，但只要用力踩踏，操作遙控器不成問題。於是，垂吊在傀儡館天花板下方的鋼琴線，便吊起了模型屋的屋頂及天花板。

大約有十秒的時間，模型屋處於沒有屋頂及天花板的狀態。

在屋頂及天花板上升至足夠的高度後，加茂從建築物的外側靠近KENZAN的房間。當初以正常的身高在傀儡館內觀察模型屋的時候，加茂便得知模型屋的外牆是由凹凸相當明顯的磚塊所砌成。

……只要像攀岩一樣，抓著磚塊往上爬，要翻過外牆應該不難吧？

加茂的預測並沒有錯。所幸加茂的運動神經比一般人好一點，要爬上相當於三公尺高的外牆，不算太吃力。

加茂爬上外牆之後，算準時機，跳到KENZAN房間的床上。

KENZAN在黑暗中突然遭到攻擊，完全沒有反抗的能力，就這麼被加茂徒手勒死。這與其說是推理小說的殺人詭計，其實更像是刺客電影裡的暗殺行動……但畢竟時間緊迫，加茂沒有其他選擇。

KENZAN低頭看著自己的遺體，扶著額頭說道：

「遭到襲擊的前一刻，我好像聽見某種摩擦的聲音，但我可以肯定房門並沒有被人打開……我以為絕對不會有事，沒想到突然被人勒住脖子。」

MICHI從地板上撿起一尊身穿中國旗袍的人偶，沉吟道：

「房間裡亂成這樣，應該是有什麼理由吧？」

加茂故意把房間裡弄得一團亂，是為了避免被人發現自己拿掉了棚架上的人偶。

那棚架固定於牆壁上，層板採交錯設計，當加茂要從房間爬出牆外的時候，必須攀爬棚架才能到達牆壁的頂端。如果棚架上放著人偶，不僅會造成攀爬時的阻礙，還有可能不小心把棚架踩壞。

……話說回來，原來這房間裡的人偶有著如此鮮豔的顏色。

KENZAN房間內的人偶都有著中華風格的造型，但涵蓋的時代相當廣泛，有些看起來像是三國演義裡的人物，有些卻綁著辮子頭，看起來像是清朝人。除了正常的人物之外，甚至還有殭屍。

由於「凶手面罩」的夜視功能只能看見不鮮明的黑白影像，無法分辨人偶的顏色及細部裝飾，加茂現在才知道這個房間裡擺放的都是中華風格的人偶。

YUKI一直凝視著固定在牆壁上的棚架，視線由下逐漸向上移動到天花板附近。

那視線的動線正好與加茂離開房間時的路徑相同，不知是偶然，還是他真的發現了什麼。

……就算是佑樹，也不可能這麼快看出眞相吧。畢竟架子上並沒有明顯的血跡。

殺害KENZAN的過程中，最令加茂感到不安的一點，就是右手的傷勢。

加茂的虛擬分身的右手手指曾遭刀片劃傷。因此攀登牆壁的時候，手指的傷口很可能又會裂開。血跡沾在外牆上當然不會有任何問題，但在KENZAN的房間裡，必須盡可能避免留下血跡。

加茂採取的做法，是先戴上調查用的白手套，再戴上犯案用的黑手套……所幸傷口裂開的狀況並沒有想像中那麼嚴重。就算稍微流了一點血，也會被白手套吸收。

加茂爬上棚架，翻到建築物外頭之後，就踩踏巨大遙控器的按鈕，讓模型屋的屋頂及天花板下降至原本的位置……最後解除停電狀態，犯案的步驟就全部結束了。

前後只花了約二十分鐘。雖然是臨時採用不破的計畫，但過程算是相當順利。

即使如此，眾人似乎早已知道殺害KENZAN的是誰。加茂發現所有人都看著自己，眼神中流露出「你到底變了什麼戲法」的疑惑。

「……爲什麼你們都用那種『你是凶手』的表情看著我？」

加茂問道。AZUMA有些尷尬地說：

「因爲凶手玩家要是犯案失敗，就會遭判定敗北。既然虛擬世界裡的KENZAN被殺了，你卻平安無事……唯一的理由不就是你成功犯案了？」

AZUMA嘴上這麼說，表情卻帶著迷惘，似乎不知該追究加茂的罪責，還是對加茂手下留情。

加茂輕輕嘆了一口氣。

……既然所有人都起了疑心，繼續假裝調查KENZAN的案子似乎也沒有什麼意義。

「我有一個提議。不如我們分成兩組，一組留在這裡繼續調查KENZAN的案子，另一組則調查其他地方，如何？」

MICHI一聽，詫異地說：

「分成兩組？這意思是一組三個人，另一組兩個人？」

「要是我單獨行動，肯定會有人懷疑我湮滅證據。」

「問題是，我們現在才正要開始認眞調查KENZAN的案子。除了你以外，恐怕不會有人想放棄這起案子，直接調查其他地方。」

MICHI這句話說出眾人的心聲。此時，YUKI卻主動表示：

「既然如此，不如由我跟他一組吧。」

MICHI一時傻住了，AZUMA卻犀利指出：

「我想起來了，YUKI，昨天你也說過奇怪的話……你說對調查殺人事件沒有興趣，我原本以爲你只是在譏諷棟方。」

YUKI面露微笑，應道：

「那是我千眞萬確的心情……對了，我得先聲明，我不是什麼『安樂椅偵探』。」

之前AZUMA提到她哥哥時，YUKI一副心不在焉的樣子，原來他把AZUMA說的話聽得一清二楚。AZUMA頓時勃然大怒。

「這可是攸關大家性命的事情，你爲什麼要放棄調查？」

AZUMA當偵探是爲了繼承兄長的遺志。在她的眼裡，YUKI的態度自然令人難以原諒。

YUKI低頭看著地板，說道：

「……我不會妨礙你們的調查行動。」

「你這是相當不負責任的心態！你身爲偵探，竟然連徹底追查眞相的決心也沒有嗎？」

AZUMA氣得眼眶泛淚，YUKI卻只是拚命搖頭。

此時MICHI似乎想起什麼，低聲說道：

「啊！對案件是否水落石出漠不關心，從頭到尾都抱持遊戲心態投入調查行動……我聽過有一個偵探，正是這樣的風格！」

MICHI這句話打斷了兩人的交談。AZUMA一時愕然，不再開口。YUKI難得露出輕蔑的眼神，看著MICHI說道：

「……妳在說什麼啊？」

「你爲什麼不使用本名，而是使用筆名？我猜你當作家也只是玩玩而已吧？龍泉佑樹……」

YUKI聽MICHI叫出他的本名，霎時臉色發白。MICHI見了他的反應，更是得意洋洋，接著說：

「我果然猜得沒錯，你就是幽世島事件的偵探！名字的發音相同（註），我竟然沒有發現……上次我說沒聽過你這個人，現在我收回這句話……龍泉佑樹可是豪門龍泉家一族的成員，現代數一數二的享樂偵探！大家都說你這號人物絕對不是省油的燈！」

MICHI再度發揮狗仔精神。YUKI一臉苦澀地說：

「興趣、享樂……？我不曾以那種輕浮的心態看待殺人事件。」

YUKI說得非常小聲，但話中隱含的萬般無奈，足以讓所有人沉默不語。YUKI一邊步向走廊，一邊說道：

「時間不多了……加茂哥，我們走吧。」

＊

加茂稱不上與佑樹有深厚的交情。

但加茂聽伶奈提過，佑樹最討厭被人說他的所作所爲是「遊戲」或「享樂」。正因不願再聽見那種話，他極度厭惡不愁吃穿的生活。聽說他一上大學就離家獨居，不希望由他人決定自己未來該走的路。

加茂知道佑樹在作家這份工作上投注相當大的心力，也知道佑樹當年安排幽世島復仇計畫，以及後來調查神祕殺人事件的眞相，都抱持極大的決心。

在走廊上，加茂對YUKI說：

「抱歉，因爲我提議要分頭行動，讓你不開心了。」

「咦，你還在介意剛剛的事？」

加茂愣了一下，沒想到YUKI如此豁達，忍不住笑了出來。

「有一點。」

「從以前到現在，我聽過無數次那種話，早就習慣了……大概只有被編輯這麼譏諷的時候，才會比較受傷吧。不過，這也不能怪編輯，畢竟是我寫出的作品，讓他有這種感覺。」

YUKI嘴上這麼說，但加茂感覺得出，他還是有些在意MICHI的話。

加茂忍受不了沉重的氣氛，決定岔開話題。

「總之……我們先從附近的公共空間開始查看吧。」

加茂首先前往門廳。

他轉頭朝背後的走廊瞥了一眼。KENZAN的房間不斷傳出三人大聲討論線索的聲音。

加茂轉開門把，進入門廳。

玄關大門的門閂是確實扣上的狀態。大致上看起來，這裡找不到任何與案情有關的線索。

當初在VR犯案階段時，加茂正是經由玄關大門離開模型屋。

原本加茂的心中有些不安，擔心自己在這裡留下某些粗心大意的線索，跟遭到殺害的不破一樣。

所幸，目前看起來只是杞人之憂。

YUKI站在走廊上，探頭朝門廳看了一眼，喃喃低語：

「其實我有點意外。」

「意外？你指的是什麼事？」

註：「遊奇」與「佑樹」在日文中的發音相同。

「我沒想到你會決定先查看門廳。雖然先前犯案用手套是掉落在這裡，但照常理來說，這裡的重要性應該不高才對。」

雖然YUKI一副「只是偶然想到」的表情，但依然犀利地戳中疑點。加茂嘆了一口氣，說道：

「別說那種聽起來有弦外之音的話，接下來我們去客廳看看吧。」

此時，YUKI揚起嘴角，說道：

「這次的案子，最關鍵的線索是電燈開關上的指痕吧。還有……咦？」

兩人一踏進客廳，YUKI立刻狐疑地停下腳步。加茂也立刻察覺YUKI出現這個反應的理由。

客廳中央的圓桌上，只擺著象徵MICHI事件與YUKI事件的人偶，並沒有增加其他人偶。

YUKI低頭看著圓桌，一臉惋惜地說：

「雖說現實世界的殺人事件與虛擬空間無關，但我原本期待這裡會出現象徵KENZAN死因的人偶……不，其實我眞正期待的是，執行者在這裡留下新的證據。」

「前天晚上，執行者爲了在這裡放置人偶，犯下在開關上留下三根指痕的疏失，想必這讓執行者得到了教訓。」

聽了加茂的話，YUKI輕輕點頭說：

「或許是吧。既然有重蹈覆轍的風險，不如乾脆別移動人偶了。」

事實上，執行者擺放「象徵性的人偶」，是因爲這麼做對榤田陣營有利。「象徵性的人偶」強調有個知道MICHI事件與YUKI事件眞相的人物，在虛擬空間裡暗中來去。既然能知道這兩起事件的眞相，當然就是執行者。

之前加茂正是上了那兩尊「象徵性的人偶」的當。既然執行者擺出那兩尊「象徵性的人偶」，加茂滿心以爲殺害YUKI的人物必定也是執行者。

相較之下，這次的VR犯案階段只發生一起事件，而且凶手是加茂自己。在這樣的狀況下，就算讓大家誤以爲「KENZAN是遭執行者殺害」也沒有任何意義。與其冒著留下證據的風險擺放人偶，不如乾脆放棄擺放「象徵性的人偶」這個做法。

兩人在圓桌邊沒有發現任何新的線索，繼續朝著客廳的南側前進。

靠著門口左手邊牆面的架子上，雜亂地擺放著數十尊人偶。

這些人偶似乎沒有統一的主題，奇幻風格、日本風格、機械改造人風格……各種不同風格的人偶擺得東倒西歪。

加茂輕撫著下巴，說道：

「看來，客廳的人偶全擺在這個架子上了。」

或許是客廳有著不少門窗的關係，除了南側的牆壁之外，並沒有擺放架子。和房間內的擺設比起來，客廳看起來清爽整齊許多。

YUKI拿起一尊身穿綠色服裝的妖精人偶，眼神中帶著幾分哀戚。那人偶的長相與MUNAKATA有幾分相似。

他將人偶放回架上，說道：

「回想起來，在第一天的VR調查階段時……棟方一直在查看這個架上的人偶。」

加茂聽見YUKI這麼說，也回想起第一天的情況。

「對，我也記得。那時候我想要先到廚房去看一看，馬上就離開客廳了……你還記得那個時候架上的人偶有什麼特別之處嗎？」

「唔……我的記憶力不像加茂哥這麼好……但我依稀記得圓桌上那尊國王人偶，原本是放在這座架子上。因為臉跟我長得有點像，所以留下了印象。」

「你說的是手裡拿著酒杯，象徵YUKI死亡的人偶？」

加茂說著，視線在圓桌上遊移。

雖然加茂並不記得國王人偶原本放在哪裡，但記得五官貌似MICHI的燕尾服人偶，原本也是放在這座架子上。

於是，加茂輕輕點頭，說道：

「執行者應該是從這個架子上挑了兩尊人偶，放在圓桌上吧。」

「而且我還記得……棟方在查看這座架子的時候，神情有些不耐煩，動作也有點粗魯。」

「他自己也說過討厭身體的勞動。」

「或許是這個緣故，他有些隨便……就算人偶掉在地上，或是人偶手中的道具脫落，他也完全不在意。」

加茂也還記得，當時MUNAKATA離開客廳之前，曾把這座架子搞得一團亂。

後來MUNAKATA只把掉在地上的人偶塞回架上，沒有理會脫落的道具。一旁的YUKI看不下去，幫忙把道具撿起，隨手放回架上。

加茂苦笑著說：

「不過，那個時候傀儡館內還沒有發生殺人事件，所以他也沒有保存現場狀態的義務。」

加茂一邊說，一邊轉頭望向門口右側的模型屋。

這座放置在模型屋內的模型屋，大小只有傀儡館原尺寸的一百四十四分之一。加茂看著超精細的模型，不禁有些感慨。

另一頭的YUKI則凝視著電燈開關。

「最重要的線索，果然還是這三根指痕。」

「現階段，這是執行者在非刻意的情況下，唯一留下的線索。」

椋田身爲遊戲主辦者，能夠掌握所有人在虛擬空間和現實世界的所有行動。執行者在犯案時，能夠接收來自椋田的指示，因此在行動上比加茂和不破更有利……所幸椋田沒注意到開關上有石墨粉，才讓執行者的指痕留在上頭，這幾乎可說是奇蹟。

開關上的三根指痕依然清晰，沒有遭到觸摸而變得模糊，或指痕重疊。雖然只是小小的痕跡，卻是揭穿執行者身分的重要線索。

加茂低頭看了一眼手表。

此時已接近上午十點……「賜給名偵探甜美的死亡」的遊戲時間所剩無幾。由於說明推論也需要時間，接下來將是最後一次的解答階段，不可能再來一輪了。

加茂輕輕吸了一口氣，說道：

「……我看穿眞相了。」

麥斯達．賀勒向讀者們的第二次挑戰

～The second challenge to the readers from Meister Hora～

恕我僭越，我想在此向各位讀者提出第二次的挑戰。

在這虛擬空間與現實世界的雙重「封閉空間」裡，發生在虛擬空間的MICHI事件、YUKI事件和KENZAN事件皆已眞相大白。

現階段只剩下發生在現實世界的棟方事件和不破事件。

因此，要請各位推理（並非僅憑直覺猜測）的問題，包含以下三點。

①殺害棟方和不破的執行者是誰？

②「棟方事件」如何達成不完美犯罪？

③「不破事件」使用何種行凶手法？

解開眞相所需的線索，都已呈現在各位讀者的面前。只要妥善分析及組合這些線索，必定能夠找出執行者的身分。

爲了加強公平性，請容我再次向各位保證……自從「賜給名偵探甜美的死亡」遊戲開始之後，傀儡館與巨齒鯊莊就進入與外界隔絕的狀態，這是百分之百的事實。

執行者必定是這「封閉空間」中的七人之一。這個人的名字，就在本書最前面的登場人物介紹裡。而且這個人是單獨行動，並沒有獲得被害者或其他玩家的幫助。

此外，椋田以遊戲主辦者的身分所說的每一句話，都毫無虛假。

最後我向各位保證，這次的事件與時空旅行無關，也與不爲人知的神祕生物無關。

那麼，期待各位讀者的表現了。

第十二章　試玩會　第三天　解答階段③

二〇二四年十一月二十四日（日）一〇：〇〇

〈這次的解答者是加茂冬馬。你想從哪一起事件開始推理？〉

包含加茂在內的五人全聚集在現實世界的交誼廳，圍繞著白木圓桌而坐。

對於發生在虛擬空間內的幾起命案，加茂已完全掌握犯案手法。

……由我自己下手的MICHI事件和KENZAN事件，不須回答就符合勝利條件。此時還是保險一點，先從椋田親口證實「已猜出眞相」的事件起頭吧。

「YUKI事件。」

加茂低頭看著3D螢幕說道。擴音器傳出椋田的回應。

〈請你說出告發對象的全名。〉

「我要告發不破紳一朗，他是凶手玩家。」

加茂接下來的推理，與昨天深夜對椋田說的完全相同。

犯案用手套掉落在玄關附近，可證明二十三日的早晨不破並不在自己的房間裡，而是從門廳經由走廊進入客廳。

至於不破使用的密室詭計，則是利用大小相差十二倍的傀儡館和模型屋兩棟建築物……二十三日重新登入之後，所有人的虛擬分身都被縮小至十二分之一，以符合模型屋的大小。不破讓自己的分身比其他人早一步縮小至十二分之一，便能輕易潛入YUKI的房間內下毒，不被任何人發現。

不過，加茂並沒有提及高山症的部分。

傀儡館的氣壓下降，是加茂殺害MICHI的詭計的一部分。爲了避免被視爲招供，這個部分還是別提及爲妙。

加茂接著說明：

「不破回到門廳的時候，發現我們都聚集在客廳。他聽到我們正要去查看房間，作出沒有時間回房間的判斷。在無計可施的情況下，他只好直接進入客廳與我們會合。匆忙之中，一隻手套掉落在門廳……以上就是YUKI事件的眞相。」

聚集在圓桌邊的四人都是第一次聽到這個眞相，但加茂早已向椋田說明過。

椋田聽完加茂的推理，不帶絲毫感情地說：

〈受到告發的不破已死，所以直接省略反證的步驟……恭喜你，加茂。你查出了YUKI事件的眞相。〉

到目前爲止，都在加茂的預料中。接下來的推理，才是眞正的關鍵。

果不其然，椋田立即挑釁地問：

〈接著你想推理哪一起事件？〉

「……棟方遭到殺害的事件。」

〈呵呵，這次的對手是執行者嗎？那麼，請你說出告發對象的全名。〉

「目前有困難。」

〈有困難？〉

「光是破解棟方事件，無法鎖定執行者的身分。必須搭配不破事件的眞相，才能讓執行者的身分水落石出。」

坐在一旁的未知，半帶著揶揄、半帶著懊惱說道：

「眞會吊人胃口，看來你是那種一定要到最後關頭，才願意說出眞凶的偵探？」

圍著圓桌而坐的其他三人也都是類似的神情。加茂承受著「快說出眞凶是誰」的壓力，嘆了一口氣，說道：

「我沒有那個意思……只是殺害棟方的手法具有極高的泛用性，我們之中的任何人都能辦到，而且相同的手法能夠用來殺害我們之中的任何一個人。」

聽到這裡，東錯愕地瞪大眼睛。

「有這麼方便好用的手法？」

「沒錯，這可說是相當難對付的殺人手法。因爲就算看穿了手法，也不知道下手的是誰。」

加茂停頓了一下，看著自己在圓桌上交握的十指，接著說：

「我們都很清楚……在『賜給名偵探甜美的死亡』這個遊戲裡，執行者沒有辦法自行決定接下來的目標。」

執行者的目標有可能是「推理失敗的解答者」、「手法遭看穿的凶手玩家」，或是「反證失敗的遭告發者」。

不管是椋田還是執行者，都無法事先猜到誰會做出什麼推理或反證。

東略微思索後，頷首道：

「原來如此，因爲無法預測『目標對象的優先順序』，執行者必須事先準備可用來殺害任何人的詭計。」

此時，椋田打斷了眾人的交談。

〈我不想浪費時間聽你扯這些藉口……你倒是說說看，執行者是如何殺害把自己鎖在房間裡的棟方？〉

加茂戴上手套型控制器，操控圓桌中央的３Ｄ螢幕，啓動傀儡館的地圖。

「雖然是傀儡館的地圖，但模型屋的地圖也一模一樣，而這張……」

加茂接著掏出一張從房間取來的紙，攤開放在圓桌上。

「……是巨齒鯊莊的地圖。你們比較虛擬空間的地圖與現實世界的地圖，有沒有發現什麼共通處？」

東與佑樹幾乎同時發出驚呼。他們似乎已猜到加茂想要說什麼。

乾山依然一頭霧水，開口說道：

「共通處嗎……？房間的家具配置幾乎相同……還有，巨齒鯊莊的交誼廳和傀儡館的客廳，正中央都擺著一張大圓桌，仔細想想確實有些古怪。」

乾山雖然沒有說出答案，但這番描述已接近問題的核心。

加茂指著巨齒鯊莊的地圖，從自己的房間移動到交誼廳，同時說道：

「以我的房間爲例，巨齒鯊莊的『房間與交誼廳』，和傀儡館的『房間與客廳』，在相對位置上是完全相同的。不僅如此，路線和距離也完全相同……都是在進入走廊後左轉，行至走廊的盡頭。」

乾山瞪大了眼睛比較兩張地圖，驚愕地說：

「……其他人的房間也一樣嗎？」

「沒錯。」

加茂接著又以「棟方的房間與交誼廳」和「MUNAKATA的房間與客廳」爲例，說明現實世界的「房間與交誼廳」和虛擬空間的「房間與客廳」，在格局上不管是相對位置還是動線，可說是完全相同（參照圖5）。

「這樣的設計，絕對不會是偶然。」

佑樹的臉色微微泛白，東也用力點頭附和：

「雖然巨齒鯊莊是早已存在的建築物，但傀儡館的格局和房間配置都是由椋田決定。他故意這麼設計，肯定是爲了配合執行者的殺人詭計。」

未知懊惱地噘起嘴：

「確實讓人有點驚訝，但這與殺害棟方的手法有什麼關係？」

加茂起身說道：

「要詳細說明這個密室詭計……最好是在棟方的房間裡。」

＊

「這個手法的另一個關鍵，就是這個東西。」

加茂一走進棟方的房間裡，便指著距離遺體約一公尺遠的地面說道。乾山掏出手帕，並隔著手帕拾起那個物體，一邊仔細凝視，一邊說道：

「這顆六角螺帽？」

螺帽的直徑約兩公分，厚約四公釐，上頭的血已變成黑色。

加茂回想發現屍體時的狀況，接著說：

「這顆六角螺帽，當初是掉在地毯上沒有血跡的位置，對吧？」

「嗯，那時候我們還推測，這顆螺帽原本是在有血跡的位置，後來被人移動了。」

加茂走到棟方的遺體旁邊蹲下，指著VR控制服的背部說道：

「大家請看，控制服的背部是厚度約三公分的類泡棉材質。這種材質具有強力的吸水性，

圖5

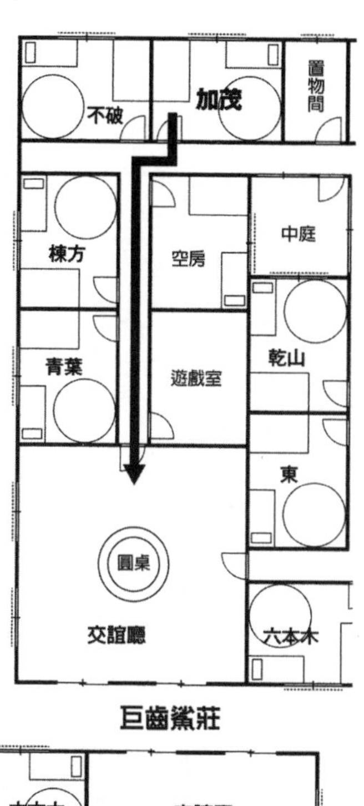
不破
加茂
置物間
棟方
空房
中庭
青葉
遊戲室
乾山
東
圓桌
交誼廳
六本木

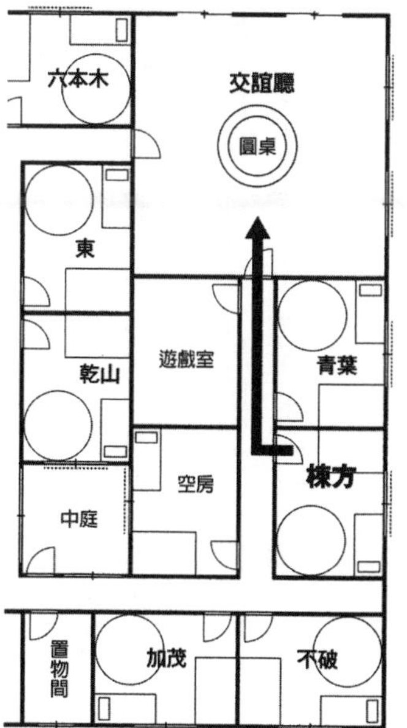
巨齒鯊莊
六本木
交誼廳
圓桌
東
遊戲室
青葉
乾山
空房
棟方
中庭
置物間
加茂
不破

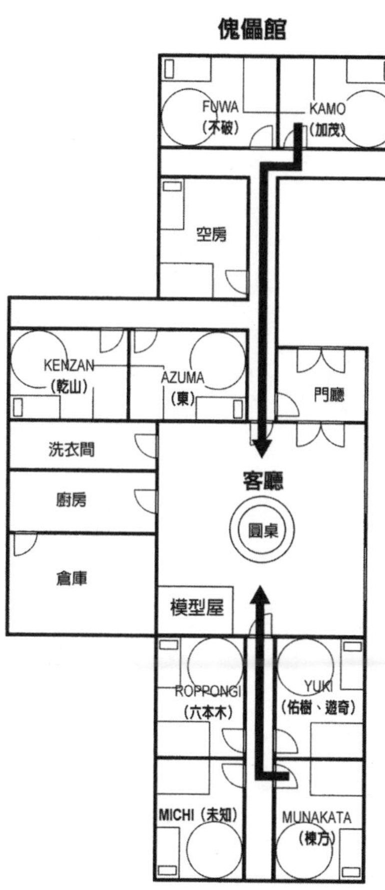
傀儡館
FUWA
(不破)
KAMO
(加茂)
空房
KENZAN
(乾山)
AZUMA
(東)
門廳
洗衣間
客廳
廚房
圓桌
倉庫
模型屋
ROPPONGI
(六本木)
YUKI
(佑樹、遊奇)
MICHI (未知)
MUNAKATA
(棟方)

現在因爲吸了很多血，呈凝結狀態。從傷口流出的血，可看出往兩個方向流動，其中一個方向是身體的右側，也就是棟方倒下時，靠近地面的那一側。」

東伸手觸摸類泡棉材質部分，驚愕地說：

「另一個流動方向，是從傷口往腰際！這表示棟方被刺中的時候，很可能是站著或坐著？」

「沒錯，另一個重點……則是RHAPSODY的連結器，就在流往腰際的血流路徑上。」

加茂指向控制服背部的金屬凹槽部位。那正是控制服上的凹型連結器，上頭沾滿泛黑的血。東一聽，霎時臉色大變。

「這麼說來，執行者難道是……」

東說到一半，沒有再說下去。佑樹接口道：

「ＶＲ控制服上的凹型連結器的直徑約兩公分，六角螺帽的直徑也是約兩公分，大小完全相同。RHAPSODY上的凸型連結器與ＶＲ控制服上的凹型連結器，是以磁吸方式固定。」

在眾人的注視下，乾山拿著六角螺帽走向棟方的遺體，將螺帽湊向ＶＲ控制服上的連結器。

六角螺帽就這麼被吸入深約兩公分的連接器凹槽內，沒有發出半點聲響。這顯然是因爲螺帽的材質是鐵，受到連接器的磁力所吸引。

未知突然像是想通了一切，顫抖著說：

「這可以說明很多事情……包含螺帽上頭沾著血的理由，以及……」

加茂從遺體旁邊站了起來，點點頭說道：

「沒錯，螺帽上有血，正是因爲它原本被塞進ＶＲ控制服上的連結器凹槽裡。血從傷口流往腰際時，流進了凹槽內，因此螺帽也沾到血。」

接著，加茂望向螺帽掉落處的地毯，繼續道：

「棟方遭到刺殺，倒在地上時，螺帽因震動而彈出凹槽。這就是爲什麼當我們發現螺帽時，它是掉落在地毯上沒有血跡的位置。」

乾山聽到這裡，露出了無法理解的表情，皺眉說道：

「但連結器裡被塞進這樣的異物，要怎麼與RHAPSODY連結？」

加茂輕輕一笑，回答：

「沒錯，椋田與執行者的目的，就是要讓控制服與RHAPSODY無法順利連結。」

「咦？」

乾山愣住了。加茂接著說明：

「RHAPSODY的功用，其實在於限制玩家的動作範圍，讓玩家能夠在安全的前提下做出各種想做的動作。至於以高效能的感應器偵測玩家的動作並反映在遊戲中，那是由ＶＲ控制服負責。」

這次輪到東露出納悶的表情。

「可是……玩家在沒有連結RHAPSODY的情況下，能夠操控遊戲裡的虛擬分身嗎？」

「答案當然是肯定的，這一點已得到證明。」

說這句話的不是加茂，而是佑樹。東驚訝地睜大了雙眼。

「咦？」

「六本木遭毒針殺害的那一瞬間，他的虛擬分身不是進入暫停狀態，維持以右手按著太陽穴的姿勢嗎？但當他遭到殺害後，我們都回到虛擬世界時，他的分身卻變成在現實世界接受急救時的姿勢。」

加茂跟著補充：

「沒錯，六本木的分身改變姿勢，是因爲不破在進行急救的時候，誤觸了放下頭罩面板的開關。」

面板放下的瞬間，會對玩家進行生體虹膜辨識。約莫是當時六本木還處於命危狀態，並沒有完全斷氣，所以辨識系統沒有出現異常反應。

「VR頭罩判定玩家回到了虛擬空間，於是解除分身的暫停狀態。那個時候六本木根本沒坐在RHAPSODY裡，分身卻擺出與現實中的六本木完全相同的姿勢……」

佑樹在旁邊連連點頭，接著說：

「由此可知，就算只有VR控制服，也能操控遊戲內的虛擬分身。」

此時，加茂環視四人，開口說明：

「這個殺人手法的關鍵，就在於『解除裝置』……執行者是靠著切斷RHAPSODY與VR控制服的連結，才實現這起不可能犯罪。」

一時之間，現場沒有人開口說話。

不過，並不是因爲過於震驚，而是正在各自咀嚼及揣摩著加茂的話中深意。

「……問題是，執行者是在什麼時候，將六角螺帽塞進棟方的背後凹槽中？」未知問道。

「就在昨天中午，第一次解答階段的過程中。當時我們所有人都在現實世界裡，執行者趁著棟方全神貫注地進行推理的時候，將螺帽塞進他的控制服連結器凹槽內。」

未知皺眉問道：

「說起來容易，實際上沒有這麼簡單吧？棟方應該也會隨時提高警覺，不會隨便讓人靠近自己的背後。」

「並沒有那麼難，只要把握一些機會就行了。」

「例如什麼樣的機會？」

「交誼廳圓桌中央的3D螢幕剛啓動時，大家不是爭先恐後地湊過去看嗎？當時，除了我以外的所有人都互相推擠、踩來踩去，亂成一團。」

加茂想起當時的鬧劇，露出複雜的笑容。未知苦澀地說：

「我想起來了，確實發生過那樣的狀況。」

「那麼多人擠在一起，就算有人把一樣小東西放在棟方的背上，棟方多半也不會察覺。」

此時，佑樹露出不解的神情，說道：

「這好像有點說不通吧？3D螢幕剛啓動的時候，棟方還沒有開始說明他的推理，執行者不確定他是否會失敗，怎麼就把他當成目標了？」

「這一點也不奇怪……解答者從頭到尾都沒出錯的機率本來就不高，執行者必定是打從一開始就猜測解答者會失敗。」

「原來如此。」

佑樹露出恍然大悟的表情。加茂接著說：

「所以，六角螺帽是在昨天的解答階段被塞進棟方的背後，大家應該都能接受這個前提吧？接著請大家回想一下，昨天下午一點半左右，進入現實犯案階段之前……椋田不是要求所有人進入虛擬空間，到客廳集合嗎？」

乾山露出充滿厭惡的神色，苦笑道：

「當時椋田的理由是『爲了讓我們確認棟方回到房間後平安無事』……原來他眞正的目的

是要掩飾執行者的殺人詭計？」

加茂沒有答話，默默走向棟方房間內的RHAPSODY。此時裝置似乎處於休眠狀態，完全沒有反應。

加茂轉身背對RHAPSODY，繼續道：

「棟方回到現實世界的房間後，便依照指示進入虛擬空間，準備前往客廳。他雖然坐進RHAPSODY，但因爲六角螺帽卡在連結器上，當他進入虛擬空間時，ＶＲ控制服與RHAPSODY依然是分離的狀態。」

東立刻說道：

「他沒有發現自己的裝置並未正確連結？」

「沒錯，進入虛擬空間之後，ＶＲ頭罩的面板就覆蓋在棟方的眼前，所以他不會發現自己的身體已離開RHAPSODY……當他在虛擬空間內走動時，其實他的肉體也在現實世界的巨齒鯊莊內走動。」

加茂一邊說，一邊走向房門，遠離了RHAPSODY。

「傀儡館和模型屋內的房間，所有的內部裝潢及家具的擺設都跟巨齒鯊莊完全相同。因此，當棟方打開了虛擬空間內的房門鎖，其實也打開了現實世界裡的房門鎖。接著他拉開房門，來到走廊上，就像這樣……」

棟方房間的門板已被踹破，此時只剩下門框。加茂做出打開門扣鎖及旋鈕鎖，接著轉動門把的動作。

東皺著眉頭，咕噥道：

「棟方自己走出現實世界的房間，但他完全沒有發現……而執行者就在房間外等著他？」

加茂點點頭，步入走廊，沿著現實世界的走廊前往交誼廳。其他四人神情恍惚地跟在後頭，宛如遭吹笛手的笛音迷惑心智的孩童。

「就像我剛剛說的……巨齒鯊莊『從房間到交誼廳的路線』，與模型屋『從房間到客廳的路線』完全相同。因此，當棟方的虛擬分身走向虛擬空間的客廳，他的肉體也會走向現實世界的交誼廳。」

加茂一邊說，一邊打開交誼廳的門，走到中央的圓桌邊，坐了下來。過了一會，未知也在圓桌邊的凳子坐下。此時，她或許是想起第一天腳撞上凳子的回憶，苦笑道：

「啊……我明白了，圓桌的凳子固定在地板上，是爲了避免虛擬空間與現實世界的圓桌和凳子出現位置上的誤差。」

但這種切斷RHAPSODY的狀態，並非完全沒有問題。

「雖然模型屋與巨齒鯊莊在門、家具及裝潢上大致相同，還是有一些不同處。例如，當棟方想要前往北棟時，就會露出破綻……因爲虛擬空間裡有一扇通往北棟的門，在現實世界裡卻只有牆壁。」

東聽到這裡，瞇起眼睛說：

「難怪椋田當時下令，要我們從虛擬空間的房間直接前往客廳。這麼做可避免棟方到處亂走，察覺RHAPSODY已切斷連結的事實。」

此時，乾山神情疲憊地問：

「……問題是，執行者到底是以什麼方式殺死棟方？」

加茂凝視著圓桌中央的3D螢幕，回答：

「當然是在交誼廳裡，以尖刀刺入棟方的背部。」

「那時候所有人都在虛擬空間裡操縱著自己的分身，怎麼可能有空跑到現實世界的交誼廳下毒手……啊！難道是……」

乾山似乎自己想通了，口氣從疑問變成了驚呼。加茂用力點頭，說道：

「沒錯，執行者也是斷開RHAPSODY的狀態。跟棟方一樣，分身在虛擬空間的客廳裡，肉體在現實世界的交誼廳內。」

圍著圓桌而坐的所有人都驚訝得合不攏嘴。

不管是從誰的房間出發，巨齒鯊莊「從房間到交誼廳的路線」與模型屋「從房間到客廳的路線」完全相同……正因建築物有著如此奇特的相似性，才能創造出這樣的狀況。

加茂接著說明：

「那個時候，所有人都聚集在虛擬空間的客廳。但在現實世界，只有斷開了RHAPSODY的棟方和執行者兩人進入交誼廳。執行者的手上，當然拿著殺人用的尖刀。」

進入交誼廳後，執行者應該會非常小心謹慎，避免自己的身體與棟方發生碰撞。一旦發生碰撞，棟方可能會察覺並未連結RHAPSODY的事實。

加茂緩緩做出按下面板抬升開關的動作，接著站了起來，走到佑樹的背後，假裝拿著尖刀微微刺在佑樹的背上。

「執行者見時機成熟，偷偷抬升自己的VR頭罩面板，以肉眼確認棟方在現實世界交誼廳內的位置，走到他的背後，將尖刀插在他的背上……但只插入前端的部分，並不刺到底。」

當時棟方戴著VR頭罩，執行者對他來說就像是透明人一樣。雖然有實體，眼睛卻看不見，因此棟方根本無法反抗。

加茂回想著當時虛擬空間內的狀況，接著說：

「那個時候幾乎所有人的分身都坐在圓桌邊，有的拄著臉頰，有的將臉埋在手臂裡。我和不破雖然沒有坐下，但也是站在牆邊，並未到處走動。因此，雖然抬升面板會讓分身進入暫停狀態，但不管是誰做出這個舉動，都不會被其他人發現。」

突然被迫扮演起遭刺殺角色的佑樹，困擾地苦笑道：

「VR控制服的背部是厚達三公分的類泡棉材質，執行者就是把尖刀插在那個材質上？」

加茂凝視著佑樹的背部，輕輕點頭：

「執行者故意使用非常輕的刀子，就是爲了避免讓受害者察覺有一把刀子插在自己的背上。」

不過，背上插著一把刀子，多少仍會感到不對勁。所以，當棟方站起來時，曾轉動脖子左右張望，還皺起眉頭。

……或許當時刀子的前端已稍微刺入了他的背部。

棟方的VR控制服上，明顯殘留著從傷口流向腰際的血痕。以出血量來看，很可能在交誼廳時就微微滲血，只是被控制服的類泡棉材質吸收了。

或許棟方當時感覺到背上隱隱作痛，但他作夢也不會想到自己的背上插著一把刀子吧。

加茂從圓桌邊站了起來，再度走向棟方的房間，並示意大家跟隨自己。

「結束在客廳的談話後，棟方操控虛擬分身，從客廳走回房間。這麼一來，他在現實世界的肉體當然也從交誼廳回到房間。」

加茂在棟方的房門口，做出以智慧型手表開鎖的動作，接著走進房間。

不管是虛擬空間還是現實世界，都是以智慧型手表作爲房門鎖的鑰匙。換句話說，相同的動作可同時打開虛擬空間和現實世界的房門。

加茂進入房內，做出鎖上門扣鎖及旋鈕鎖的動作，接著走向房間深處，背對RHAPSODY，繼續道：

「楝方回到虛擬空間的房間後，就將房門上了鎖。這麼一來，現實世界的楝方房間也會成爲完美的密室狀態……接著楝方爲了回到現實世界，必定會坐在儲存點的沙發上……」

此時東已臉色慘白，吞吞吐吐地說：

「一旦他這麼做……」

「沒錯，正是這個舉動奪走了楝方的性命。當分身在虛擬空間坐上沙發，現實世界的肉體就會剛好坐進RHAPSODY內。」

加茂一邊說，一邊在RHAPSODY的中央坐下，將背部靠在彎曲的粗大黑柱上。這個動作讓所有人都明白了他想要表達的意思。看見這一幕，眾人頓時臉色慘白。

加茂轉頭面對眾人，接著說：

「刀子原本只是淺淺地刺在楝方的背上，但當他往黑柱的彎曲部分猛然一坐，刀柄受到強力推擠，刀尖便貫穿背部的類泡棉材質，深入他的體內。」

刀柄爲橡膠材質，正是爲了避免在撞擊黑柱時滑動，如此才能確實奪走目標的性命。刀刃非常細，也是爲了以最小的施力，讓刀刃深入受害者的體內。

加茂雙眉緊蹙，接著道：

「刀子刺入體內的那一瞬間，楝方以爲遭受執行者攻擊，趕緊按下按鈕，抬升VR頭罩的面板。他完全不曉得發生什麼事，勉強起身走了幾步，終於力竭倒地。」

加茂做出按下按鈕的動作，同時從RHAPSODY的黑柱上起身，轉頭凝視距離數步遠的楝方遺體。

眾人沉默了大約十秒，未知喃喃說道：

「尖刀深入體內的瞬間，應該流了不少血……或許是被類泡棉材質吸收了，所以RHAPSODY內部才沒有明顯的血跡吧？」

加茂沒有回答未知這個問題，抬頭望向天花板附近的監視器，說道：

「……我的推理是否正確？」

椋田回應：

〈我拒絕回答，既然你沒有說出告發的對象，在告發對象的反證結束之前，我不會證實你的推理是否正確。〉

「你的意思是，我可以繼續推理，直到鎖定執行者身分？」

〈當然！〉

於是，加茂轉身走回交誼廳。在這一次的解答階段裡，加茂已三度進入交誼廳。

加茂回到圓桌邊坐下，戴上手套型控制器。

「接下來的重點，就是虛擬空間裡的三根指痕。在不破的解答階段裡，我們已證實這些指痕的主人並非不破，也不是『另一名兇手玩家』。」

加茂一面說，一面在3D螢幕上放大電燈開關。石墨粉上的三根指痕依然清晰，並沒有因他人的觸摸而變得模糊或指痕重疊。

加茂看著那畫面，淡淡地說：

「根據佑樹和棟方的證詞，傀儡館客廳的電燈在二十三日午夜十二點五十分就被關掉了。後來執行者基於某種理由，觸摸了電燈開關，留下痕跡。但到了隔天早上，客廳的電燈開關依舊是關閉的狀態……這裡有一個疑點，那就是爲什麼電燈開關上只有觸摸一次的痕跡？」

「只有一次？不可能……」

乾山如此呢喃。加茂指著３Ｄ螢幕上的影像說道：

「請看這開關上的指痕，並沒有變得模糊或指痕重疊。如果先摸了一次，把電燈打開，接著又摸了一次，把電燈關掉，照理來說，上頭的指痕不會如此清晰。」

未知的臉上帶著一抹笑意，開口應道：

「或許只是在同一次觸摸裡按壓了兩次。」

「就算是手指不小心碰到電燈開關，照理來說還是會先稍微縮回手，才察覺電燈開了，趕緊將電燈關掉。這樣的情況，兩次的指痕仍會有微妙的位置差異。」

「唔……有道理。」

「開關只觸摸一次，只會有一種可能……事實上，電燈開關在南北兩側各有一個，執行者一定是將這兩個開關各按了一次。」

東聽到這裡，露出納悶的表情，問道：

「正常的情況下，不是只會使用靠近自己那一棟的開關嗎？怎麼會兩邊的開關都使用？」

「只要思考執行者做了什麼事，這個問題的答案便呼之欲出。首先，椋田說過，執行者也擁有附帶夜視功能的『凶手面罩』。照理來說，執行者在黑暗中也能來去自如。既然如此，爲什麼執行者要特地打開客廳的電燈？」

加茂一邊說，一邊在３Ｄ螢幕上放大客廳南側的架子。上頭凌亂地擺放著數十尊人偶。

加茂凝視著影像，露出淡淡的微笑。

「不知各位是否記得……在第一天的ＶＲ調查階段裡，棟方粗魯地弄亂這架上的人偶。」

未知點點頭，說道：

「這我也親眼看見了，那時候有幾尊人偶和小道具掉到地板上。」

「這意味著，架上人偶的擺放位置跟原先完全不一樣了……在這樣的狀態下，執行者有辦法靠『凶手面罩』的夜視功能，在黑暗中找出自己想要的人偶嗎？」

加茂殺害KENZAN時，曾經實際使用夜視功能，所以非常清楚這一點。

「凶手面罩」的夜視功能只能看見模糊的景象，無法分辨房內人偶身上的細部裝飾。執行者使用夜視功能時，必定也是相同的情況。

此時，佑樹也附和：

「嗯，應該無法分辨吧。夜視功能通常只能看見黑白影像，而且不會非常清晰，辨識度和景象的明亮度無法相提並論。」

加茂點點頭，接著說：

「執行者打開電燈，很可能是為了找出象徵MICHI事件和YUKI事件的人偶……當時的情況，應該是執行者先走到位於客廳南側的架子前，才發現架上的人偶被亂動過。」照理來說，椋田應該要事先提醒才對，可見在這種小細節上，椋田與執行者並沒有配合得很好。

加茂接著說：

「執行者迫於無奈，只好放棄使用夜視功能，就近打開了南側的電燈開關。就是在這個時候，留下三根指痕。接著，執行者在架上找出自己要的人偶，放在圓桌上之後，按下北側的電燈開關，關掉電燈。這代表什麼意義？代表執行者是住在北棟房間的人……不是東，就是乾山。」

聽到這裡，東與乾山都僵住了。未知則是沒有嫌疑，顯得有些開心。她開口說道：

「如果是住在南棟房間的人，回房間之前應該會按下南側的電燈開關，對吧？」

除了東和乾山之外，加茂與和不破的房間也在北棟。但前一次的解答階段，已證實不破與「另一名凶手玩家」並非執行者。

加茂因爲手指受傷的關係，早已是眾人默認的「另一名凶手玩家」。所以，沒有人提出「加茂也有可能是執行者」的質疑。

加茂接著說：

「接下來，要進一步確定執行者的身分，就必須解開執行者殺害不破的手法……或許有些人已猜出來，執行者殺害不破，也是利用『斷開RHAPSODY』這一招。」

佑樹聽到這裡，一臉僵硬地說道：

「原來如此……只要從這個方向去想，不破事件的各種疑點都能獲得合理的解釋。」

「沒錯，只要讓不破處在『斷開RHAPSODY』的狀態，就可以在不破自己也沒有察覺的情況下，將不破引誘至房間外……而且因爲不破戴著VR頭罩，看不見現實世界裡的執行者，在尖刀刺入胸口之前，不破甚至不會知道自己馬上就會遭到殺害。」

因爲不知道敵人就在眼前，不破的雙手當然不會有防禦造成的傷口。

加茂接著說明：

「執行者這次的手法，應該也是趁著不破的解答階段，在不破的背後塞入六角螺帽……最有可能下手的時間點，是在推理的過程中，前往棟方房間的時候。那時候大家也在門口附近發生輕微的推擠。」

「我想起來了，那時候是不破質疑爲什麼有人拔出遺體身上的刀子。」

未知說道。加茂點點頭，繼續道：

「……但不破的情況，和棟方遭殺害時的情況不同，這次椋田省略所有人在虛擬空間的客廳集合的步驟。因此，不破回到巨齒鯊莊的房間後，應該還是一直待在現實世界。而且椋田特別允許他在接下來的VR犯案階段，還是可以待在現實世界，不必進入虛擬空間。」

在那段期間裡，加茂忙著向椋田說明自己的推理，以及在虛擬空間中殺害KENZAN。

「到了凌晨兩點半，VR犯案階段結束，進入現實犯案階段。不破的推定死亡時間，是凌晨三點十五分至凌晨五點十五分之間。他應該就是在這段時間裡，進入了虛擬空間。」

乾山露出不以爲然的表情，冷冰冰地說：

「一旦進入虛擬空間，現實世界的身體就會處在毫無防備的狀態下，我不認爲不破會做出這麼冒險的舉動。」

「我也不知道椋田對他說了什麼花言巧語。或許是以『告知執行者身分』爲誘餌，要求他進入虛擬空間……若是椋田要求不破離開現實世界的房間，不破一定不會答應，但如果是要求他離開虛擬空間的房間，或許不破不會拒絕。」

加茂嘴上這麼說，心中卻抱持著一絲懷疑。

……在現實犯案階段，或許除了我之外，不破也發現執行者是使用「斷開RHAPSODY」的手法殺害棟方。

這當然只是加茂的想像，沒有辦法加以證實。

但不破曾誇下豪語，要在死後「成爲引導眾人發現眞相的線索」。正因爲懷著這樣的念頭，明知有陷阱，他還是進入了虛擬空間……以自己的性命爲代價，留下揭發眞相的線索。

眞的是這樣嗎？隨著不破過世，這個問題的答案也石沉大海，加茂只能如此想像。

加茂輕輕嘆了一口氣，繼續道：

「總之，椋田向不破提出的要求，應該是要他進入虛擬空間之後，移動到模型屋的外頭。因爲在『斷開RHAPSODY』的狀態下，當現實世界的不破移動到遊戲室，虛擬空間裡的分身則是會移動到門廳。」

比較現實世界與虛擬空間的地圖，可知從不破的房間前往現實世界的遊戲室，與前往虛擬空間的門廳，路徑完全一致。

「不破依照指示，從模型屋的玄關大門走出建築物。這個動作反映在現實世界裡，所以不破的肉體走到遊戲室的北端……就在這裡，不破遭到執行者攻擊。」

此時，所有人的表情皆轉爲沉痛。加茂環顧眾人，接著說：

「這次執行者攻擊不破，不須進入虛擬空間。因此，我猜測執行者這次並未戴上VR頭罩，而是直接埋伏在遊戲室內。不破看不見現實世界的執行者，毫無抵抗能力。執行者將刀子刺入不破的胸口，接著將不破推往房間的北側牆壁。」

東露出難以置信的表情，喃喃低語：

「執行者把刀子插在不破的胸口，應該就已取了他的性命，爲什麼還要把他推出去？」

「這麼做當然有理由。『斷開RHAPSODY』的殺人手法雖然高明，但有個嚴重的問題……就是受害者的肉體與分身會互相呼應。」

東錯愕地瞪大了眼睛。

「你的意思是，受害者在現實世界被殺死，分身也會在虛擬空間裡擺出相同的死亡姿勢？」

「沒錯，執行者不希望讓大家發覺，現實世界的殺人事件與虛擬空間有關，因此虛擬空間裡的分身是很麻煩的燙手山芋。」

未知聽到這裡，雙手交抱在胸前，咕噥道：

「這麼說來……在楝方事件裡，楝方遭受致命傷，是在現實世界的RHAPSODY內……所以虛擬空間裡的分身，也是在儲存點的沙發上。」

「楝方的分身在儲存點進入暫停狀態，並沒有什麼可疑之處，因此在楝方事件裡，分身沒有造成任何麻煩……但在不破事件裡，執行者無論如何不能讓大家看到不破的分身。」

未知仔細比對兩張地圖，揚起嘴角，說道：

「……所以執行者把分身拋出模型屋外？」

「沒錯，現實世界的遊戲室北側，相當於虛擬空間的玄關大門外頭。執行者將不破的身體往北側推出，相當於在虛擬空間裡，將分身推至建築物外。要讓分身從模型屋內消失，這應該是最簡單的方法。」

要處理死亡玩家的分身，其實相當不容易。

首先，斷氣的遺體不見得能夠通過頭罩的生體虹膜辨識。如果在頭罩的判定下，死亡玩家的分身進入暫停狀態，就算是執行者也沒有辦法加以移動。分身的暫停位置，很可能會成爲暴露殺人手法的關鍵線索。

加茂抬起頭，對著空中提出要求：

「椋田，我需要模型屋的玄關大門外頭的影像。」

一陣沉默之後，圓桌中央突然出現一片漆黑的影像。

接著影像逐漸變得鮮明，似乎有人在調整影像的明亮度。影像中可看見不破的分身FUWA癱倒在大門外，周圍什麼也沒有，上半身的姿勢卻像是倚靠著一座隱形棚架。那姿勢與在遊戲室內遭到殺害的不破完全相同。

圍繞著圓桌而坐的四人，看見眼前的影像，反應不盡相同。有的倒抽了一口氣，有的臉色大變……這影像足以證明加茂的推理無誤，加茂卻一點也不開心。

加茂只是淡淡地說：

「執行者殺害不破之後，取走六角螺帽，並且脫掉不破身上的VR頭罩及手套型控制器。這麼做的目的，當然是爲了掩飾不破曾進入虛擬空間。」

不破手腕上的智慧型手表，在不破死亡時便已鬆脫，執行者可輕易取得。

「執行者利用不破的智慧型手表，解開他房門的門鎖，把VR頭罩與手套型控制器放回房間裡。」

加茂說到這裡，停頓了一下，環顧坐在圓桌邊的眾人。

看來至少有兩人已猜出了執行者的身分。其中一人是佑樹，另一人則是兩名執行者嫌犯之一……他們各自以驚疑和畏懼的眼神凝視著某人。

爲了完成自己的工作，加茂再度開口：

「除了我剛剛說的那些事情之外，執行者在虛擬空間裡至少還做了兩件事。第一，在不破進入虛擬空間之前，先到模型屋的玄關大門，把門閂拿掉，將門完全打開。」

未知詫異地問：

「爲什麼要做這種事？」

「根據椋田的說法，玩家不管在現實世界做出什麼動作，虛擬分身一旦撞上牆壁或門板，一定會停下來。如果沒有先把玄關大門打開，當執行者將不破的身體推出去時，不破的分身很可能會撞在門上，留在模型屋內。」

「……原來如此，另一件事呢？」

未知提問的時候，眼中逐漸燃起怒火。她多半也猜到執行者的身分了。

「殺害不破之後，爲了湮滅虛擬空間內的一切證據，執行者將模型屋的玄關大門重新關上，扣上門閂。這裡有一個重點……今天早上，我和佑樹到處查看的時候，玄關大門的門閂已是扣上的狀態。換句話說，執行者必定是在進入現實犯案階段之後，到我們前往查看之前的這段期間裡，前往玄關大門，將門閂扣上。只有能夠做到這件事的人，才有可能是執行者。」

乾山聽到這裡，忽然笑了出來：

「那我就放心了……因爲我有完美的不在場證明。」

「沒錯，乾山在進入現實犯案階段之前，虛擬分身就遭到殺害，被迫登出遊戲。直到今天早上，乾山才能以鬼魂的身分重新進入虛擬空間。後來我們分成兩組，我跟佑樹前往查看門廳，在那之前乾山完全沒有單獨行動的機會，當然也沒有辦法偷偷將玄關大門關上，並扣上門閂。」

加茂稍微停頓了一下，目不轉睛地看著東，說道：

「這代表……執行者是妳。」

東全身一顫，一臉驚恐地張開了口。她似乎想要說話，卻又立刻垂下頭，彷彿有萬般無奈。

此時，擴音器傳出刻意壓低的嗓音：

〈你昨晚特意選擇KENZAN作爲第二個目標……正是爲了讓他擁有不在場證明？〉

椋田的聲音頗爲激動，甚至有些沙啞，完全不同於以往的氣定神閒。加茂將視線從東的身上移開，泰然自若地說：

「我不知道你在說什麼。」

椋田充滿怨氣地繼續道：

〈昨晚你就知道現實世界的殺人事件與虛擬空間有關……而且在某種程度上，已鎖定執行者的身分？〉

加茂沉默不語。此時要是說錯一句話，很有可能會被視爲招供。不過，椋田的質疑基本上並沒有錯。

昨天在進入不破的解答階段之前，加茂就隱約猜到「斷開RHAPSODY」的行凶手法。但後來不管再怎麼推敲，都無法確定執行者到底是東，還是乾山，這讓加茂感到相當焦躁。

……一定要在遊戲結束之前，突破這個瓶頸才行。

後來，加茂得知現實犯案階段之前，會先進行VR犯案階段，於是下了一場賭注。加茂殺害乾山的分身KENZAN，藉此讓乾山擁有虛擬空間內的不在場證明。

事實上，對當時的加茂來說，下手的對象可以選擇AZUMA，也可以選擇KENZAN。最後加茂選擇KENZAN下手，是因爲不破事先設想的殺人手法，用來殺害KENZAN比較適合。不破的手法是利用抬升屋頂及天花板來入侵密室，因此目標的房間至少必須有一面牆緊鄰外牆，否則執行的難度會大增。

椋田繼續咒罵道：

〈你故意殺死KENZAN，讓KENZAN有一段時間無法進入虛擬空間……目的就是要觀察我和執行者的行動會如何改變，以及對執行者殺死不破的計畫會造成什麼影響……我說對了吧？〉

加茂瞇起眼睛，笑道：

「如果我是殺死KENZAN的凶手，或許我會打這個主意吧。」

站在執行者的心理層面來思考，當殺人手法是一個大陣仗的機關時，執行者應該會想要事先設想好數套不同的應用版本。殺害不破時當然也不例外，在執行者的計畫裡，「斷開RHAPSODY」的殺人手法必定有好幾套不同的版本，加茂就是賭在這一點上。

加茂接著說：

「對於殺死KENZAN的凶手來說，這是一場賭注。對椋田及執行者來說，這也是一個相當困難的抉擇……應該繼續使用與虛擬空間有關的殺人手法，還是應該換成另一套與虛擬空間完全無關的殺人手法？」

椋田咬牙切齒地說：

〈你的意思是，我和執行者做出了錯誤的抉擇？〉

「當初如果你們選擇換成另一套與虛擬空間完全無關的殺人手法，或許現在的局勢會截然不同……我們根本無法確認乾山在虛擬空間內的不在場證明，是否對你們的犯案計畫造成影響。」

這麼一來，加茂自然也就無法鎖定執行者的身分。

「話雖如此，但殺死KENZAN的凶手下這樣的賭注，並不是毫無把握。電燈開關上的三根指痕，是減少可疑對象的重要線索，但椋田和執行者很可能沒有想到這一點。」

直到這一刻，東才開口說話：

「你的意思是……椋田和執行者可能過於看輕這個線索，因而做出『就算乾山有了虛擬空間內的不在場證明，可疑對象也還有好幾個，執行者的身分不會那麼容易被鎖定』的判斷？」

「沒錯，我就是這個意思。」

東閉上雙眼，以眾人幾乎聽不見的微弱聲音說：

「這個時候我應該要進行反證……但我做不到。你的推理讓人完全沒有辦法反駁。」

〈別再說了！〉

椋田的聲音既焦躁又慌亂，東卻似乎連椋田的話也聽不見。她含著滿眶的淚水說道：

「看來是時候結束這一切了……加茂，你認爲東柚葉就是執行者……你要告發我？」

加茂輕輕搖頭，說道：

「不，我要告發的人是……椋田千景。」

第十三章　試玩會　第三天　解答階段④

二〇二四年十一月二十四日（日）一〇：五五

「你要告發的人……不是我？」

東整個人嚇傻了，圍繞著圓桌的其他三人也驚訝得忘了呼吸。

〈什麼……意思……？〉

擴音器傳出的聲音再度變成雙聲交疊，椋田海斗出現在交誼廳的落地窗外。不管是男人的嗓音，還是經過變造的女人嗓音，都劇烈顫抖著。

未知一臉茫然地說：

「我不懂……難道椋田海斗以輪椅推著他姊姊出現在我們面前，只是在演戲？」

「沒錯，雖然椋田海斗沒有說過一句謊話，卻以刻意誤導的方式，讓我們以爲『椋田海斗才是幕後黑手，椋田千景也是受害者』。」

椋田海斗瞪著加茂，眼神中充滿殺意。但他一句話也沒有說，反而讓加茂感到背脊發涼。

未知接著問：

「但你剛剛得出『只有東才能犯下那些罪行』的結論……難道你現在要告訴我們，棟方和不破都是被椋田千景從巨齒鯊莊之外，以遠端操控的方法殺死了？」

未知的臉上流露出各種複雜的情緒，顯然有諸多揣測盤旋在她的腦海。勝利明明就在眼前，爲什麼加茂會說出這樣的話？難道他只是開了一個惡劣的玩笑？抑或……其實一切都是假的，加茂才是眞正的執行者？

加茂將視線移回東的臉上，開口道：

「有一件事情，我一直感到十分疑惑。」

東承受著加茂的視線，彷彿正在努力不讓加茂看穿自己的心思。

「……什麼事？」

「我心中的這個疑惑，是關於一個錯誤的訊息。我們剛抵達戌乃島的時候，我問過巨齒鯊軟體公司的工作人員，後來到了巨齒鯊莊的餐廳，我又問了另一名工作人員同樣的問題……他們的回答都是『還有兩名參加者尚未抵達』。」

聽了加茂這句話，乾山連連點頭：

「其實我也一直感到很納悶。參加者明明有八個人，在K港集合時只到了五個人，後來進了餐廳，一樣只有五個人。」

明明只有五個人，那兩名工作人員的口氣聽起來卻像是「有六個人抵達島上」。

加茂也深深點了點頭，接著說：

「起初，我以爲是有人搭其他的船，比我們早一步來到島上，後來我才察覺事實並非如此。椋田海斗……你昨晚出現在我們面前時，曾稱呼你、我和不破等人搭乘的船爲『第一班船』。這表示那是第一艘載著參加者來到島上的船，沒有任何一艘船比我們搭乘的那艘船更早。」

椋田海斗依然保持緘默。加茂繼續道：

「……此外，大家在自我介紹的時候，未知提過她是和棟方一起搭船來到島上。後來在調查YUKI事件的時候，棟方則說過他和東一起搭船前來，從那時候兩人就合不來。」

未知看著加茂的眼神依然帶著戒心，但她還是立刻證實了加茂這句話。

「沒錯，我、棟方和東搭乘同一艘船，也就是『第二班船』。當時船上的參加者有三人，巨齒鯊軟體公司的工作人員說『還有兩名參加者尚未抵達』，應該是算錯了吧。」

加茂噗哧一笑，說道：

「不，錯的不是工作人員，而是我們……實際上第一班船的參加者有六人，第二班船的參加者只有兩人。」

乾山立即反駁：

「這不可能吧？當初我們搭乘的第一班船，總共只有七名乘客。」

「沒錯，除了我、佑樹、乾山、六本木和不破這五人之外，還有十文字和椋田製作人。」

「十文字就是椋田海斗，我們跟他在事前的說明會上就見過了，他確實是巨齒鯊軟體公司的遊戲總監。工作人員總不可能把他當成遊戲的參加者吧？」

加茂輕輕點頭，說道：

「沒錯，所以只剩下一種可能。那個有著一雙杏眼的女人，我們都以爲她是椋田千景，其實她是第一班船上的第六名參加者……她才是眞正的東柚葉。」

佑樹先是瞪大了眼睛，接著露出苦笑：

「若是這樣……第二班船上的參加者只有未知和棟方。至於我們以爲是東柚葉的女人，其實是椋田千景？」

「沒錯，在建築物外頭扮演遊戲主辦者的是她的弟弟海斗，而在建築物內執行殺人計畫的執行者，是姊姊千景本人。這就是整件事情的眞相。」

未知望向身旁那個自稱姓東的女人，驚惶失措地大喊：

「什麼？可是……我們在行前會議上，不是都跟椋田千景本人交談過嗎？」

此時，海斗露出淡淡的微笑，說道：

〈我曾說過，當時跟你們交談的人確實是我姊姊沒錯。身爲遊戲主辦者，我說出來的話絕

對沒有半句虛假。〉

眼前這個自稱姓東的女人，不僅臉型圓潤、體態豐腴，而且給人一種柔和的印象。那眼角微微下垂的眼型，與那個有雙杏眸的女人截然不同。

加茂搖搖頭，說道：

「你說的沒錯，跟我們在行前會議上交談的女人，確實是椋田千景。但大家別忘了，行前會議的開會地點，都是虛擬空間。」

當初在行前會議上，加茂對千景說過一句「我忘了準備名片」。

然而，事實上加茂總是隨身攜帶名片，絕對不可能把名片忘了。例如，這次的試玩會，加茂遭工作人員沒收的隨身物品，除了錢包和智慧型手機之外，還包含「成爲自由撰稿人之後，工作期間必定帶在身上的名片盒」。

當時加茂對千景說「我忘了準備名片」，其實是「我忘了準備能夠在虛擬空間內交換的電子名片」的意思。

另外，加茂在與千景交談的過程中，曾感到口渴，現場卻沒有飲料可喝。這也證明了兩人是透過遠端登入的方式，在虛擬空間內交談。

否則，如果加茂眞的親自造訪巨齒鯊軟體公司的辦公大樓，工作人員不可能不提供茶水。

加茂接著又說：

「行前會議是透過虛擬分身進行交談，我沒有見過椋田千景本人，也不曾聽過她眞正的聲音。會議結束之後，所有的說明都是由十文字負責，我根本沒有機會見到她……我想其他人的情況，應該也跟我一樣吧？」

現場沒有人出聲反駁。光是從每個人臉上的表情，加茂就能肯定自己的猜測並沒有錯。

此時，乾山語帶自嘲，疲憊地說：

「沒想到我們竟然會被這種老掉牙的手法給騙了，眞是臉上無光。當初我在船上看見『有一雙杏眸的女人』時，滿心以為椋田千景的長相跟她的虛擬分身一模一樣。誰能料想得到，那個跟十文字親密交談的女人，竟然不是椋田千景？」

佑樹也輕輕點頭附和：

「在那個時間點，我們不可能知道那個女人其實也是參加者之一。後來……不破看穿十文字的身分時，他利用輪椅演了那齣戲，再度把我們騙得團團轉。」

椋田海斗將「有一雙杏眸」的東柚葉綁在輪椅上，推到眾人的面前，成功加深眾人的刻板印象。當時就連加茂，也以爲被綁在輪椅上的女人眞的是椋田千景。

加茂轉頭面向自稱姓東的女人，說道：

「東柚葉也是受害者之一……我要告發的對象是妳，椋田千景。」

*

女人轉頭面對落地窗外的椋田海斗，深深嘆了一口氣。

「眞是太可惜了……竟然在最後功虧一簣。」

海斗似乎還無法接受詭計遭揭穿的事實，嘴裡不停咕噥：

〈「斷開RHAPSODY」的殺人手法被看穿，東柚葉遭到告發，這些本來就在我們的預料中……我以為只要他們沒有正確說出告發對象的姓名，姊姊還是能獲得最後的勝利……沒想到……〉

千景對弟弟投以憐憫的視線，接著說：

「這幾個人交給我來處理……你就依照預定計畫，離開戍乃島吧。」

海斗的臉上浮現半是困惑、半是孩子般倔強的神色。

〈可是……〉

「不用擔心，我等等就會到船上與你會合。」

千景看著海斗消失在落地窗外，這才轉頭面對加茂，說道：

「輸了就是輸了，我不想爲自己找任何藉口。但我眞的沒有想到，我底下的工作人員對你說過那樣的話，讓你掌握了發現眞相的關鍵線索……看來要讓手下完全依照我的心意做事，眞不容易。」

加茂低頭看了一眼手表。此時剛過早上十一點十分，距離遊戲結束還有不少時間。

「所以……我的推理沒有錯？」

千景無奈地點頭：

「沒有錯，這場遊戲是我們輸了。除了你自己犯下的罪行之外，你說出了所有案件的眞相，也揭穿了凶手和執行者的身分……你們已獲得自由。」

加茂頓時鬆了口氣，一股從來不曾體會過的疲勞感湧上心頭。這是加茂有生以來第一次感覺到如此疲憊。

扮演凶手的加茂，不僅兩度在虛擬空間裡完成犯罪，三次推翻其他偵探說出的推理，最後還揭穿了三起事件的眞相。

不管是在現實世界，還是在虛構世界，恐怕沒有一個偵探曾在短短兩天裡，承受如此可怕的疲勞轟炸。這段惡夢般的時間，終於畫下句點。

加茂深深吸了一口氣，說道：

「立刻釋放……」

他原本要說的是「我們和所有人質」。

「你們不是說過嗎？」

沒想到加茂的話，卻被佑樹突如其來的發言打斷。佑樹接著說：

「……只要在這場遊戲中獲得勝利，就可以實現任何願望。」

起先，加茂完全無法理解佑樹到底在說什麼。

但下一秒，加茂驟然想起椋田曾模仿《Battle Without Honor》海報上的宣傳標題，說出這樣的話。那既瘋狂又偏執的綠髮魔女畫像，浮現在加茂的腦海。

加茂頓時一頭霧水。

「……佑樹？」

佑樹的雙眸竟然流露出強烈的決心，與當年決意在幽世島上復仇時如出一轍。

更令加茂吃驚的是，聽到佑樹這句話，千景登時臉色慘白。那驚懼的表情，甚至遠遠超越聽到加茂說出眞相時的表情。

佑樹低頭看了一眼智慧型手表，接著說：

「沒有時間了，得快點才行。」

「……你在說什麼？」

千景反問。此時她已恢復冷靜。

「打從聽到『賜給名偵探甜美的死亡』這個遊戲的規則時，我就一直想不透……妳舉辦這個遊戲的目的到底是什麼？這兩天我都在爲此煩惱，根本沒有心思推理那些殺人事件的手法。」

聽到佑樹這麼說，乾山皺起眉頭：

「這有什麼好煩惱的？因爲業餘偵探的關係，椋田千景失去親生父母和養父，所以她對業餘偵探恨之入骨。而我們八個人，就是業餘偵探的代表人物。」

未知也深深點頭，附和：

「根據她自己的說法……她希望我們挑戰失敗，無法在限制時間內查出眞相。這樣一來，我們就會懊惱自己的無能，最後含恨而死。」

佑樹搖搖頭，說道：

「在現實世界裡，我從來沒有聽過類似的案例，只能舉虛構的作品來當例子……以『死亡遊戲』爲主題的作品，到後來常常會讓人搞不清楚主辦者爲什麼要舉辦這樣的遊戲，不是嗎？」

千景發出如鈴鐺般的笑聲。

「這一點確實沒有錯。虛構的作品通常會將『死亡遊戲』描述成娛樂觀眾用的表演，讓主辦者從中獲取利益……但以遊戲開發者的立場來看，『死亡遊戲』的投入成本往往過高，實在不太可能讓主辦者獲取龐大利潤。」

佑樹並沒有對千景表現出敵意，只是淡淡地接著說：

「還有一些作品，則是描述『主辦者想要藉由舉辦死亡遊戲，找出眞正的仇人』……但不論理由是什麼，總是讓讀者或觀眾不禁覺得『明明還有更好的方法』。」

千景聳了聳肩，說道：

「這些理由都不適用於我。」

「沒錯，妳的理由是憎恨業餘偵探，所以設法引誘許多業餘偵探，想要藉由死亡遊戲將我們一口氣殺光……但還是有許多不合理之處。」

一旁的加茂也無法保持沉默，開口問：

「例如有什麼不合理之處？」

「椋田千景若對業餘偵探恨之入骨，怎麼會主導開發以業餘偵探爲主角的《推理工廠》系列遊戲？而且內容的精細度遠遠超越其他遊戲，玩家能眞正享受到本格推理帶來的快感，深受全世界玩家喜愛。」

千景再度笑了出來。

「看來你的腦筋也不太好。開發以名偵探爲主題的遊戲，確實讓我作嘔……但我總需要一個理由，來吸引你們這些自詡爲名偵探的笨蛋上鉤。我身爲一個遊戲開發者，只是製作出能夠讓我達到目的的遊戲。」

「妳的理由眞的只是如此而已嗎？」

佑樹反問。千景的表情再度變得僵硬，沒有答話。佑樹接著說：

「如果是我要復仇，就算採取死亡遊戲的形式，我也絕對不會讓目標對象有絲毫生存的機會……如果不是以死亡遊戲的形式來實現復仇心願，我只會欺騙復仇對象『只要贏得遊戲就能存活』，但不論遊戲結果如何，我絕對不會讓對方活下去。」

「眞是可怕的想法。聽你的口氣，簡直像是你也動過復仇的念頭……」

千景的臉上竟流露欣喜之色，但旋即轉爲嚴肅。

「我們說過很多次，站在遊戲主辦者的立場，我們說的話絕對不會有半分虛假。只要你們現在提出要求，我可以立刻解除你們的智慧型手表，並且解放所有人質……雖然這違背我復仇的心願，但也是沒有辦法的事。」

佑樹聽了這些話，表情依然凝重。

「好吧，就算我們姑且相信妳的承諾……我還是不明白。照理來說，妳應該對業餘偵探恨得咬牙切齒。如果只是要舉辦一次死亡遊戲，何必製作出兩套吹捧業餘偵探的遊戲？假如妳的目的只是要以試玩會的名義吸引我們上鉤，在前作《推理工廠》上市前就能做了。」

這確實是個盲點，加茂也對此心生疑惑。

……這麼說也有道理。既然是巨齒鯊軟體公司這種名聲響亮的大型遊戲公司出品，前作應該就有充分的號召力，吸引業餘偵探參加活動。

千景輕輕搖頭，說道：

「那你就錯了，我能夠掌握龐大的預算舉辦《推理工廠2》的大規模試玩會，是因為前作的販賣及下載量超過六千萬套。正因長期以來的經營，我才能夠實現以RHAPSODY為關鍵道具的殺人計畫。」

即使遭受譏諷與取笑，佑樹也絲毫沒有慌亂之色。

「以結果來看，確實是這樣沒錯。但妳身為遊戲開發者，應該相當清楚，任何一家遊戲公司都希望做出空前絕後的賣座遊戲，但真正成功的例子並不多。許多遊戲的開發團隊在初期投入龐大的資源，想要製作出一整個系列的超級大作，後來卻因為賣得不好，根本沒有辦法推出續作。」

「這的確是事實。」

「就算妳自認是相當有能力的製作人，但在這個動盪的時代，沒有人能夠預測接下來會發生什麼狀況。最好的例子就是COVID-19的大流行。妳把復仇的希望放在根本不知道會不會實現的續作試玩會上，風險未免太高。」

「或許吧。」

「妳絕對不是一個沒有經過深思熟慮就採取行動的人。必定有某種理由，迫使妳拖到現在才展開復仇行動。」

「這就任憑你想像了。」

千景喃喃說道。佑樹提出一個犀利的質問：

「……其實妳的目的並沒有那麼單純。爲了達成妳眞正的目的，必須先讓前作《推理工廠》滲透至全世界。這就是妳的理由，沒錯吧？」

千景發出悅耳的笑聲。

「眞是荒唐的推論。讓一套遊戲滲透至全世界，對我有什麼好處？」

「在妳的預定計畫裡，『賜給名偵探甜美的死亡』的遊戲結束時間是今天中午……另一場令全世界的玩家引頸期盼的盛大活動，剛好就要在今天中午揭開序幕。」

佑樹的話一出口，加茂頓時感到一股寒意竄上背脊。

「……『至尊名偵探』競速破關活動？」

加茂低聲咕噥。佑樹用力點頭，說道：

「沒錯，就在我們的遊戲時間結束的那一刻，前作《推理工廠》將會向全世界公開新劇本……這時間上的一致性絕非巧合。」

此時，未知也沉吟道：

「我想起來了，那是一場比賽誰是最強偵探的活動。最快破關新劇本的玩家，能夠得到豪華獎品。」

乾山一邊撩撥劉海，一邊開口：

「但『賜給名偵探甜美的死亡』與『至尊名偵探』這兩個活動，應該沒什麼關聯性吧？我們使用的遊戲程式是《推理工廠2》，『至尊名偵探』卻是前作的活動。」

佑樹連連頷首，開口說道：

「沒錯，我原本也想不透，這兩款遊戲到底有什麼交集……我想了一整天，到了今天早上，我終於想通一件事。」

「什麼事？」

乾山半信半疑地問。

「最大的關鍵，還是在於《推理工廠》的驚人銷售套數，以及超級豪華的活動獎品……這個遊戲既然賣出六千萬套，表示遊戲人口曾多達數千萬人。雖然遊戲從上市到現在，過了不算短的時間，可能有很多玩家不再玩這個遊戲，但這次的活動提供相當豪華的獎品，相信能夠吸引許多玩家回流。」

佑樹說到這裡，稍微停頓了一下，繼續以嚴肅的口吻說：

「這款遊戲的玩家裡，必定有一些狂熱分子，或是對自己的推理能力特別有自信的人……他們都在引頸期盼著『至尊名偵探』活動的新劇本，到了日本時間的今天中午十二點，他們必定會同時上線遊玩。」

加茂心中大驚，忍不住低喃：

「你的意思是……難道……」

「沒錯，《推理工廠》這個遊戲，以及『至尊名偵探』這個活動，其實都是爲了吸引全世界『具有某種特質的人』上鉤的陷阱。」

佑樹雖然沒有明言，但加茂很清楚那是什麼特質。

「那些想要藉由競速破關活動展現自己的優秀推理能力，獲取豪華獎品的玩家……在椋田千景的眼裡，他們都是業餘偵探，或是有可能成爲業餘偵探的人？」

加茂的聲音微微顫抖。

那是多麼瘋狂的想法。

椋田千景和海斗的復仇對象，從六本木、不破這些特定的業餘偵探，擴大至全世界的業餘偵探。這樣的念頭，只能以喪心病狂來形容。

在漫長的歲月裡，這對姊弟仇視的對象甚至擴大到「愛好解謎、具有偵探資質」的所有人類。

佑樹的臉色變得比剛剛更加慘白，他繼續道：

「他們眞正的目的，絕對不是殺死我們八人這麼簡單……把我們囚禁在巨齒鯊莊內，其實只是計畫的一小部分而已。」

千景依然保持緘默。未知凝視著千景，說道：

「這應該只是杞人憂天吧？即使他們眞的仇視所有具備偵探素質的人類……但參加活動的玩家人口就算沒有一千萬，至少也有數百萬人，椋田千景不過是遊戲開發者，要怎麼危害這些人？」

「不，正因她是遊戲開發者，才做得到。」

千景一聽，登時瞇起雙眼，露出一副很感興趣的神情。

「眞有意思，你倒是說說看。」

「老實說，我倒寧願這只是我的胡思亂想……玩《推理工廠》的時候，雖然能夠使用其他廠牌的VR頭罩，但只能使用巨齒鯊軟體公司生產的手套型控制器……這意味著遊戲軟體賣出多少套，大致上就有多少組巨齒鯊的手套型控制器在世界上流通。」

佑樹說到這裡，低頭望著圓桌。

圓桌上擺著他的手套型控制器。加茂看著上頭的巨齒鯊標誌，不由得全身一震。

「難道……椋田千景必須等到續作問世之後才能執行復仇計畫，主要的原因正是在於這手套型控制器？」

「不久前，手套型控制器的轉賣風氣，不是一度引發社會問題嗎？不管是遊戲主機還是周邊設備，剛上市的時候往往會發生供不應求的現象。我猜測椋田千景的復仇計畫……必須等到所有玩家都擁有這個手套型控制器之後，才能付諸行動。」

乾山以驚恐的眼神看著手套型控制器，說道：

「難道……這控制器跟智慧型手表一樣，內部藏有『死亡陷阱』？」

佑樹輕輕點頭，說道：

「沒錯，椋田千景不僅是《推理工廠》的製作人，還是巨齒鯊軟體公司的執行董事。在公司研發及生產控制器的階段，她要動手腳應該不難。例如，她可以藏入一個『死亡陷阱』，只有在控制器從巨齒鯊軟體公司的伺服器接收到某種訊息後，才會發動。」

千景的弟弟海斗是遊戲總監，只要公司裡有這樣的協助者，想要神不知鬼不覺地在控制器內部搞鬼確實不是不可能……但加茂以右手捏著自己的額頭，搖搖頭，說道：

「聽起來有些不切實際。」

「為什麼？」

「如果控制器裡暗藏的機關太過明顯，在產品檢查或出口至其他國家的時候，很有可能會被檢查出來。而且手套型控制器的購買者中，有些人可能會基於好玩而拆解控制器或加以改造。如果控制器裡藏有毒針，應該早就被人發現了。」

佑樹似乎早已猜到有人會提出這樣的反駁，有氣無力地露出微笑。

「關於這一點，我原本也相當疑惑，但後來我想到，如果是利用電流的簡單機關，或許反而不容易被人發現。」

加茂一聽，驚訝地瞪大眼睛。

「對了……你上次好像說過，巨齒鯊牌的控制器有電量耗損太快的問題，而且手套部分的透氣性設計得不太好？」

在連接著充電器的狀態下使用，漏電時的危險性當然會大增。當手掌因手套透氣性太差而流汗，導電的風險也會大幅提高。

佑樹凝視著自己的雙手，接著說：

「一般來說，身體只要產生電流的入口和出口，就很容易觸電。而且當心臟在電流的通過路徑上，就算只是微弱的電流，也有致命的風險。」

主要的原因，在於心臟脈搏是受電流訊號所控制。當太強的電流通過心臟，就有可能引發心律不整，嚴重者會導致心跳停止。

佑樹的臉色蒼白得有如鬼魂。

「一般家庭用插座的電壓只有一百伏特，一般的觸電意外不見得會送命……但如果電流是從這一手的控制器流向另一手的控制器，危險程度就完全不同了。或者，是電流在進入手掌之後，經過臀部及腿部，從地面流出，情況也一樣危險。因爲這兩種情況，電流都會通過心臟這個最大的要害。」

佑樹這一番話，加茂聽得心驚膽跳。

一旦觸電，身體會開始抽搐，沒有辦法自行脫下手套型控制器。如果在觸電的情況下，任由電流長時間通過心臟……不難想像會造成什麼可怕的結果。

此時又傳來一陣悅耳的笑聲。

「呵呵，沒想到連這個計畫也被你們看穿了。」

加茂心中一震，轉頭望向千景的雙眸。就在那一瞬間，一股強烈的恐懼感竄過加茂的背脊。加茂結結巴巴地問：

「這麼說來，佑樹的猜測都是眞的……」

「沒錯，只是殺了幾個業餘偵探，沒有辦法改變這個世界。我想要做的事情，是找出所有具備偵探素質的人，讓他們從這個世界上消失。至於你們這八個罪孽最深重的傢伙，我要讓你們一輩子都活在地獄之中。」

她以右手摀著眼睛，發出狂笑。

「哈哈哈……你們在『賜給名偵探甜美的死亡』這場遊戲裡是輸是贏，其實我一點也不在乎。看著你們因爲無能而送命當然很好，但就算你們眞的擁有優秀的推理能力，在遊戲中存活下來，也未嘗不是一件好事。多了你們這些見證者，能夠讓我的復仇更加完美。」

千景這番話有如銳利的尖刀，刺在眾人的心口。加茂發現自己若不緊咬牙關，上下兩排牙齒會不斷發出輕微碰撞聲。

相較之下，佑樹至少在表面上依然維持著冷靜。

「打從一開始，我就感到不解。在『賜給名偵探甜美的死亡』這場遊戲中獲勝的獎賞，並不是釋放我們和所有人質，而是『實現我們所有的願望』……爲什麼要用這種拐彎抹角的說法？」

「因爲我要你們親口說出『希望妳釋放我們及所有人質』。」

事實上，加茂差一點就說出這句話。

如果佑樹沒有出聲阻止，加茂說出這句話，椋田姊弟多半眞的會釋放所有業餘偵探及人質，但是……

千景的臉上帶著笑意，雙眸卻含著淚水。

「當你們正在爲終於贏得勝利感到高興的時候……將會有數百萬人因手套型控制器的『死亡陷阱』而觸電送命。在你們度過短暫的歡慶時光之後，你們遲早會知道眞相。在這個世界上，只有你們有機會阻止慘劇發生……但你們實在太過無能，竟然錯失了最寶貴的機會。」

千景停頓一下，大大吁了一口氣，接著說：

「在你們得知自己沒有保護好數百萬條人命的那個瞬間，你們的心中必定會充滿絕望與罪惡感。啊啊，好想看見你們那個時候的表情。我眞正的目的，就是讓你們墜入生不如死的活地獄之中。」

此時似乎連佑樹也沒有辦法再保持表面上的冷靜。他惡狠狠地瞪著千景，說道：

「我們還沒有喪失最後的機會……現在我們還能夠解除手套型控制器的『死亡陷阱』，阻止妳的大屠殺計畫。」

千景聽到佑樹這句話，雖然維持著以右手摀住眼睛的姿勢，整個人卻僵住了。

到了這個地步，加茂很清楚自己應該說什麼話。於是，加茂深吸一口氣，開口說道：

「既然妳能夠實現我們所有願望……我要求妳停止發動手套型控制器的『死亡陷阱』，釋放我們及所有人質，並且解開我們手上的智慧型手表。」

*

千景發出鈴鐺般的竊笑聲。

「你們以為我會蠢到遵守這種約定嗎？」

聽到這句話，所有人都倒抽了一口氣。千景慢條斯理地戴上手套型控制器，接著說：

「我只實現你們的一個願望……你們必須苟活下去，成為我的見證人。」

她伸出手指，對著3D螢幕迅速做了幾個動作。下一秒，加茂感覺到左腕的重量減輕，同時似乎有什麼東西墜落在地板上。

「所有參加者及人質的智慧型手表都已解鎖。你們放心吧，我不會再做出危害人質的事情。」

加茂下意識地拾起智慧型手表，看了一眼。

十一點四十分……距離名為「至尊名偵探」的大屠殺計畫執行時間，只剩下二十分鐘。

雖然情況危急，但此時的局勢已發生一些變化。

眾人被囚禁在巨齒鯊莊內，並不是遭受堅固的門板或閘門阻斷出口，而是因為手上的智慧型手表暗藏「死亡陷阱」。

如今既然這個威脅消失，眾人沒有必要繼續逗留在建築物內。

佑樹迅速從僵硬的狀態下回過神來，走向交誼廳的落地窗。加茂趕緊想要將他喊住，但還沒有開口，佑樹已轉頭說道：

「依照便條紙上的指示，找回我們的東西就行了吧？」

加茂並沒有交給佑樹什麼便條紙，但心裡確實是這樣的想法。於是加茂鬆了口氣，點頭說道：

「沒有錯，找回我們的手機，聯絡警察和巨齒鯊軟體公司，要求他們立刻停止遊戲活動。」

乾山此時也走向落地窗，朝外頭看了一眼。

「從這裡可以前往其他建築物。」

「我們快走吧。」

乾山與佑樹同時走了出去。未知雖然慢了一步，也趕緊跟著走出落地窗。

交誼廳內，只剩下千景和加茂依然逗留在圓桌邊。千景微微歪著頭問道：

「遊戲結束了，你不走嗎？」

「只剩下二十分鐘，就算這時候打電話，也太遲了。不管我們再怎麼說明製作人椋田和遊戲總監十文字企圖發動大屠殺計畫，也只會被警察和巨齒鯊軟體公司的人當成惡作劇電話。」

千景嘆了一口氣，說道：

「你嘴上雖然這麼說，但我看你的表情，似乎還沒有放棄希望。」

「這就是我留在這裡的理由⋯⋯如今只有妳能夠阻止這場大屠殺計畫。」

「你是認真的嗎？難不成你想對我曉以大義？」

千景露出輕蔑的神情，加茂卻岔開話題。

「我想問妳一個問題⋯⋯這個手套型控制器沒有模擬痛覺的能力，對吧？」

加茂曾在虛擬空間裡用力敲打桌子，手套部分完全感覺不到疼痛。千景旋即點頭說道：

「是啊，沒錯。」

「但在虛擬世界裡，手指被割傷的時候，我卻感覺又麻又痛。照理來說，手套型控制器沒有辦法模擬出那樣的感覺……所以我猜想，當時應該是妳故意以最小功率啓動了控制器裡的『死亡陷阱』，對嗎？」

千景輕輕聳肩，說道：

「我爲什麼要做那種事？那麼做只會帶來風險，對我們沒有任何好處。」

可以肯定的是，當時椋田姊弟並沒有殺害加茂的意圖。因爲觸電只有極短暫的時間，加茂只感覺手指一陣痠麻。

千景接著說：

「手套型控制器中的『死亡陷阱』，是我們最後的希望。要是我故意以最小功率對你發動『死亡陷阱』，不是等於給了你發現眞相的線索？」

加茂目不轉睛地凝視著千景的雙眸。

「這就是妳的目的。那電流就像是妳心中的吶喊……希望我能夠阻止妳。」

千景噗哧一笑，說道：

「擔任遊戲主辦者的不是我，是我的弟弟。我可不知道海斗是基於什麼用意，做出那種行爲。」

「妳說謊。」

「……咦？」

千景的雙唇微微顫動。

「以遊戲主辦者的身分向我們下達指示的人，確實絕大部分都是妳弟弟海斗。但在VR犯案階段與我交談的人，以及昨天晚上私下聯絡我，要求我說出推理進度的人，都是妳本人，不是妳弟弟。

「你有什麼根據……？」

「我的根據就是妳的笑聲。那是一種奇妙又悅耳的聲音，妳的弟弟發不出那種聲音。」

自從在行前會議上聽見千景的笑聲之後，加茂就將那笑聲牢牢記在心中。那聲音洋溢著歡欣，卻又宛如鈴鐺般清脆響亮。

千景露出寂寥的笑容。

「扮演東柚葉的時候，我一直很小心謹慎，不發出那種笑聲……但在ＶＲ犯案階段裡，我似乎有些輕忽大意了。」

一陣沉默之後，千景憤恨不已地說：

「明知我給了你暗示，到頭來你還是沒有察覺我們眞正的目的，我對你太失望了！」

「沒錯，我實在是太沒用了……但至少在一切都來不及之前，我察覺妳的吶喊。所以現下我站在這裡，想要阻止妳。」

「你沒有辦法阻止我。」

加茂與千景互相瞪視。

「其實妳心裡很清楚，妳想要殺死的那些人，根本與業餘偵探無關，只是一群熱愛妳所製作的遊戲的玩家……爲什麼妳要做這種事？」

千景以手套型控制器拄著臉頰，說道：

「我們來聊些往事吧。」

「往事？」

千景輕輕點頭，說道：

「六本木害死我的親生父母，不破害死我的養父，這些你都知道了。這兩個人確實造就了現在的我和海斗。但除了這兩人之外，還有兩個業餘偵探，對我來說有特別的意義。」

「……其中一個是東柚葉吧？」

加茂這麼猜測，其實並沒有明確的根據。

只是因爲在來到戌乃島的船上，東柚葉與椋田海斗曾親密交談。正因那兩人的互動實在太過親密，加茂等人才會誤以爲兩人是姊弟……既然海斗與東柚葉不是姊弟，這兩人必定有著某種特殊的關係，才能如此親密地說話。

沒想到，千景搖了搖頭。

「不，你錯了……東柚葉只是我一手打造出來的虛假偵探。」

加茂一聽，不禁皺起了眉頭。

「她在醫院工作，有個兒子什麼的……這些都是假的？」

「我不是那個意思。東柚葉的個人資料，除了改成我的身高之外，其他都是眞的。她確實有個叫阿渡的兒子，而且有個哥哥是相當有名的業餘偵探。如同未知所說，東柚葉的哥哥東香介在五年前遭到殺害。」

加茂聽到這裡，迅速在心中拼湊起各種可怕的推測。

「根據未知的說法，東柚葉姊妹只要出門旅行，一定會遇上凶殺案，可說是全世界最倒楣的偵探。此外，妳也對我說過，東柚葉的姊姊，眞正的身分是哥哥東香介的妻子，也就是東柚葉的嫂嫂……妳還說，東柚葉能夠以偵探的身分勇敢面對殺人事件，多虧有嫂嫂成爲她的心靈支柱。」

如果這些話都是眞的，東柚葉卻是千景一手打造出來的虛假偵探，意味著東柚葉只是一個傀儡，在她的身邊擔任華生角色的嫂嫂才是操控一切的人物。

換句話說……

千景像剛剛一樣以右手摀住雙眼，笑道：

「你的反應很快。沒有錯，我曾是東香介的妻子，東柚葉的嫂嫂。」

「果然……」

對東柚葉而言，椋田海斗是嫂嫂的弟弟。海斗正是利用這層親戚關係，拉近與東柚葉的距離。知道這一點之後，就會明白兩人在船上的互動看起來像親姊弟，也是理所當然的事情。

千景接著說：

「雖然我在工作上還是使用『椋田千景』這個名字，但在戶籍上，我已從了夫姓，所以是東千景。我弟弟稱我爲『東』，也不算說謊。」

雖然依照日本的法律，夫妻一定要同姓，但有許多已婚婦女在職場上還是使用舊姓。尤其是像椋田千景這種已打響知名度的遊戲開發者，更是沒有理由因結婚而改變稱呼。

千景興高采烈地繼續道：

「椋田這個姓氏太過罕見，容易引人注目。所以要採取祕密行動的時候，我就會使用東這個姓氏。」

加茂凝視著眼前的女人，感受到一股寒意。

海斗提過，千景的丈夫會送命，也是業餘偵探的錯。當初聽到這句話的時候，加茂以爲千景除了失去親生父母和養父之外，還因業餘偵探錯誤的行動而失去丈夫。

現在看來，事實並非如此。

千景將手從眼睛上移開，啞聲接著說：

「年輕的時候，我下過一個賭注……或許是太年輕，我的心裡還有迷惘，不曉得該不該復仇。」

「什麼樣的賭注？」

「我現在的做法，是盡可能一口氣除去所有的害蟲，對吧？但那個時候我的做法完全相反……我將一切賭在一個人身上。在眾多知名的業餘偵探當中，我挑選了一個能力和人格似乎都最優秀的人物。」

「那就是東柚葉的丈夫，東香介？」

這意料之外的往事，讓加茂有些困惑。

「沒錯，我刻意接近東香介，觀察他的言行舉止，想要知道他是個怎樣的人……我告訴自己，如果香介能夠讓我打從心底認定『這個人是有存在價值的偵探』，就是他贏了，我會徹底拋開復仇的想法。」

千景的聲音開始微微顫抖。

「觀察了一陣子之後……雖然很不甘心，但我必須承認，東香介是個非常完美的人。不僅心地善良，而且擁有過人的推理能力。唯一的缺點，大概就是太老實了。最後我不顧海斗的強烈反對……與香介結婚。明明只是下注的對象，卻讓我獻上自己的一切。說起來，我實在很傻，但我沒想到香介會對我認眞……」

千景說這些話的時候，帶著恍惚與陶醉的神情。

加茂凝視著千景，開口問：

「既然如此，東香介爲什麼會送命……妳又爲什麼會繼續執行復仇計畫？」

「這都是……他的錯。」

此時千景已泣不成聲，不再帶有半點虛假。

「因爲他太優秀了……婚後不久，他就發現我做過的事情。遇見東香介之前，我殺過好幾個以業餘偵探自居的傢伙。香介竟然靠著殘存的一點線索，看穿我所有的罪行。」

加茂聽到這裡，皺起眉，憤怒地說：

「難道……妳爲了逃避罪責，殺人滅口？」

「不，如果他把我交給警察，或是說服我自首，我都不會有任何怨言。然而……他卻做了一件身爲偵探絕對不能做的事情。」

「……他選擇睜一隻眼閉一隻眼？」

加茂驚愕地瞪大眼睛。千景深深點頭，說道：

「他當著我的面，燒掉所有證據。而且他還捏造一些新的證據，證明那些人都是死於意外事故。最後他告訴我……」

……這樣就不用擔心了，不會再有人對妳不利。但妳能不能答應我，別再做這種事情？

千景描述當時東香介的眼神異常平靜，彷彿早已看透一切。

她咯咯笑了起來，笑聲中卻夾雜些許啞音。

「那一瞬間，我在心中作出結論。東香介終究跟那些把我害慘的偵探沒什麼不同，他會爲了自己的利益而扭曲案情和眞相。」

「不，他不是那種人。」

加茂忍不住反駁。

「他當然是那種人。否則，他怎麼能夠毫無罪惡感地捏造證據？我猜他平常就一直在做這種事，只是因爲他的手法太巧妙，我察覺不出來。」

「妳眞的這麼認爲嗎？」

「當然。」

雖然無法證實，但加茂總覺得那恐怕是東香介第一次，也是最後一次做出隱蔽犯罪的行徑。

得知自己最愛的人犯下殺人罪行，東香介的心中想必歷經一番天人交戰。他完全掌握千景過去所犯之罪，卻心生遲疑，終究沒有加以告發。然而……加茂無法對東香介做出任何批判。

從千景的眼神看來，她其實也很清楚，丈夫在湮滅自己的犯罪證據之前，一直是個清白的人……但她只能選擇如此欺騙自己。

千景接著說：

「後來我和海斗共同策畫，將我丈夫殺了。在我刺死他的當下，他完全沒有反抗，彷彿早已知道會有這樣的結果。我們把罪責誣賴在一個自以爲是業餘偵探的小惡棍身上……我利用東柚葉想要爲兄長復仇的心情，暗中誤導她，讓她說出錯誤的推理，成功使那個小惡棍遭到逮捕。」

就在這時，乾山從開啓的落地窗外走了進來。

剛剛兩人的對話，乾山聽見多少？從那受到劉海遮蔽的眼神，加茂難以判斷他此時的想法。只見他淡淡地說：

「電話線都被切斷了，但我們成功找回遭到沒收的手機和飾品。椋田並沒有說謊，我們的隨身物品都放在一個能夠阻斷任何傳輸方式的盒子裡……目前遊奇和未知正分頭聯絡警察及巨齒鯊軟體公司，向他們說明詳情。」

乾山說話的時候，雙手一直放在制服口袋裡。那袋口露出智慧型手機的邊角，以及銀色的細鍊狀飾品。

「……太好了。」

加茂深深嘆了一口氣，拿起手表看了一眼。時間只剩下五分鐘。

千景聳了聳肩，說道：

「你們不用再掙扎了，絕對不可能來得及……」

接著，她凝視著加茂：

「後來東柚葉完全把自己當成了一個業餘偵探。她對我和海斗暗中策畫的凶殺案沒有絲毫懷疑，我總是故意布置各種線索讓她發現，最後讓她誤以爲自己成功揭發了眞相。」

東柚葉想必相當景仰有著名偵探美譽的哥哥。正因如此，她墜入千景的陷阱而不自知。

千景笑得肩膀亂晃。

「東柚葉眞心相信她的身邊經常發生凶殺案，是因爲她註定要當偵探。哈哈哈，天底下怎麼可能有這種蠢事？」

「……那也不見得。」

龍泉家一族到目前爲止已經歷三場匪夷所思的慘案。這是否只是一場偶然，連加茂也不知道答案。

千景微露詫異之色，旋即說道：

「總之，東柚葉就是這麼一個單純的女人，完全沒有察覺我們偷偷讓她頂替椋田千景的身分。若不是她如此天眞，海斗要將她與其他參加者隔開，想必會更加棘手。」

千景的表情逐漸轉爲陰鬱，她接著低喃：

「我唯一無法忍受的事情，就是她的面貌與香介太相似……我一看見她，便感覺自己正在踐踏與香介的美好回憶。」

時間只剩下不到三分鐘。

加茂將智慧型手表放回圓桌上，開口問：

「妳的往事說完了？」

千景露出如夢初醒的表情，輕輕點了點頭。她將雙手的手套型控制器交握，接著問道：

「最後我想問你一個問題……如果你最愛之人犯了罪，你能夠毫不猶豫地加以揭發嗎？」

「我不知道……恐怕做不到吧。」

加茂坦率說出心中的想法。

當初東香介應該公開妻子的罪行，這是無庸置疑的結論。

但若加茂遇上相同的狀況，加茂沒有自信能夠毫不猶豫地將伶奈或雪菜交給警察。或許自己會嘗試摸索其他的解決方法，就像當年的東香介一樣。

千景的表情扭曲，既像是在哭，又像是在笑。

「看來你也很傻。像這種時候，你應該說謊才對。此時如果你對我說一句『身爲一名偵探，我必須盡到自己的職責』……或許你就能夠迎接截然不同的未來。」

「妳想聽我說這種謊？」

「……不想。」

千景將手伸向３Ｄ螢幕，迅速做了幾個動作。

加茂與乾山只能在一旁靜靜看著。她的操作速度實在太快，每個畫面都是一閃即逝，根本看不出她在做什麼。

距離十二點只剩下三十秒……

千景閉上雙眼，開口說道：

「這樣你們滿意了吧？我中止手套型控制器的資料更新行程，並且把更新檔刪除了。『死亡陷阱』不可能再發動……我實現了你們所有的願望。」

這是加茂第一次看到千景露出如此疲憊、如此絕望的眼神。

「我們眞的能夠相信妳嗎？」

她慢條斯理地站起來，一邊脫掉手套型控制器，一邊說道：

「……我剛剛說過，還有兩個業餘偵探，對我來說有著特別的意義。其中一個就是東香介。」

「我明白了，那另一個是誰？」

加茂雖然隱約猜到答案，還是如此問道。

「是你。」

「……」

「你看起來好像並不驚訝？呵呵，想來這也很正常，畢竟你看穿了我大部分的詭計……但我說你特別，這並不是主要的原因。」

她低頭看著自己的左腕。

直到剛剛爲止，她一直戴著手套型控制器。所以直到現在加茂才察覺，她手腕上的智慧型手表並沒有脫落。她凝視著手表，接著說：

「我原本打算讓六本木和不破擔任凶手。因爲凶手角色的難度特別高，死亡的風險也較高……但暗中調查八名參加者的背景經歷之後，我發現你與香介有一點像。呵呵，這很不可思議，不是嗎？我從來沒有見過你，而且你的外貌與香介並不相似，但不知爲何，我在你身上聞到相同的氣息。」

加茂帶著極度複雜的心情問道：

「所以……妳決定改由我擔任凶手？」

「沒錯，事實上還有一個理由，那就是以六本木的能力，根本無法扮演好凶手。後來的結果證明我的直覺並沒有錯。」

千景凝視著加茂的身後，彷彿那裡站著一個人。接著，她恍惚地說：

「看見你的瞬間，我彷彿看見香介回來阻止我了……當初是我親手殺了香介，照理來說，我要殺你應該不會有任何遲疑。但……我好幾次置你於死地，內心深處卻又希望你能活下來。」

最後她露出自嘲般的微笑。

「或許我眞的暗自期盼你能阻止我。如果我能早一點見到你……如果我們不是以這種最糟糕的方式邂逅……或許我們能有完全不一樣的未來。」

加茂沒有回應這句話，甚至不知道此時自己是什麼表情。但千景凝睇著加茂的哀戚眼神，已深深烙印在加茂的腦海。

「差不多該向你道別了……加……」

千景話還沒有說完，已癱倒在圓桌上。

加茂慌忙將她攙起，卻發現她的身體不斷抽搐。

咚的一聲輕響，千景的智慧型手表滑落在地板上。她的左腕多了針孔狀的微小傷痕。

加茂這才明白，她在操控３Ｄ螢幕的時候，爲自己的智慧型手表加入限時發動毒針的設定。

她的嘴角不斷吐出泡沫，呼吸完全停止，脈搏也越來越微弱。

加茂和乾山的急救沒有發揮任何效果……椋田千景就這麼撒手人寰。

終章

二〇二四年十一月二十四日（日）二二：〇五

「當初你說要放棄推理……其實都是假的？」

面對加茂的質問，龍泉佑樹只想拔腿逃走。

佑樹轉頭往背後瞥了一眼，只看得見一大片漆黑的瀨戶內海，但隱約可聽見剛剛載著眾人靠岸的接駁船離岸的聲音。

在計程車抵達之前，佑樹不可能逃離K港，只好放棄逃離的念頭，回答：

「是啊，我知道我們的對話一定會遭椋田竊聽，所以我那麼說，其實是想要偷偷向你提議『分工合作』……你負責調查『賜給名偵探甜美的死亡』內發生的事件，我則暗中查探椋田的眞正目的。」

「老實告訴你，我根本沒有搞懂你的意思。」

加茂難得用了埋怨的口氣，佑樹苦笑著說：

「我猜也是。當時我一說完，就猜到你一定搞不懂我想幹什麼。不過我知道，一旦我放棄推理，你被逼急了，一定會發揮百分之百的實力，所以我認爲這樣或許也不錯。」

加茂重重嘆了一口氣。

「我眞的不知道你在想什麼。」

整座港口籠罩在夜色之中，白天可看到瀨戶內海上的一座座島嶼，到了晚上放眼望去卻只能看見一幢幢黑影。

在加茂嘗試說服千景的期間，佑樹與未知先是忙著聯絡警察及巨齒鯊軟體公司，接著又忙著救出遭囚禁在隔壁建築物的（眞正的）東柚葉及巨齒鯊軟體公司的員工，因此沒有見到椋田千景的最後一面。

不過，兩人倒是意外地見到了另外一人的最後一面。

拯救人質的過程中，不知何處傳來「砰」的清脆聲響。兩人走到屋外查看，最後在巨齒鯊莊旁、碼頭邊的一艘汽艇裡，發現一個倒在血泊中的男人。

椋田海斗。

他或許一直待在島上等著姊姊，也或許曾一度逃走，最後還是回到島上。只見他的口中不斷溢出鮮血，胸口附近也紅了一大片。他的身邊竟有一把不知從何處取得的手槍。

佑樹看見那槍上也沾著血，立刻明白發生什麼事。

海斗多半是想要吞槍自殺吧。或許是反作用力造成手滑，沒有當場斃命。佑樹和未知趕到時，他還留有最後一口氣。

海斗以左手握著智慧型手機，不停對著空無一物的半空低喃。

「姊姊……爲什麼……姊姊……爲什麼……」

根據佑樹的推測，海斗大概是以智慧型手機查出手套型控制器的「死亡陷阱」沒有啓動，旋即猜到是千景在最後關頭中止更新。

……他認爲遭到姊姊背叛，所以選擇了自戕？

佑樹低頭看著不斷抽搐的海斗，心中充滿感慨。

下午兩點左右，岡山縣警本部的員警抵達了戌乃島。

根據社群網站上的消息，不僅「至尊名偵探」活動沒有如期開始，連《推理工廠》遊戲本身也出現異常狀況無法遊玩，這件事在全世界的玩家之間掀起一陣憤怒與批判的聲浪。

當然，這也是逼不得已的決定。

雖然椋田千景暗藏在手套型控制器中的「死亡陷阱」沒有發動，但這款手套型控制器有著危及玩家生命安全的重大瑕疵，卻是不爭的事實。在不久後的將來，巨齒鯊軟體公司大概會下令大規模回收這款產品吧。

這起事件或許會害巨齒鯊軟體公司倒閉……千景策畫的惡行雖然沒有成功，畢竟太過駭人聽聞。

到了晚上八點半，警方才完成初步調查，允許眾人離開戌乃島。

不過，眾人並沒有獲得回東京的許可，明天還是得繼續待在岡山縣，隨時配合警方的後續調查行動。警方安排眾人住進岡山縣K市的民宿。佑樹等人著實鬆了一口氣，至少不必在警署待一晚。

包含佑樹和加茂在內的四人，此時都已回到K港，等待計程車前來迎接。返回K港的接駁船上，除了四人之外，還有一名女警隨行，但那女警一下船，就騎著機車先回警署去了。

夜色越來越濃，佑樹甚至無法分辨站在身旁的加茂臉上的表情。

「……如果我一直到遊戲結束，都沒有辦法看穿犯罪詭計，你會怎麼做？」

「我從來沒有想過這個問題，因爲我知道你一定會成功。」

「你這小子……」

「遊戲的過程中，我發現的每一條線索，你都比我更早發現。只不過……要推敲椋田千景的想法、找出她眞正的目的，或許我比你拿手。」

佑樹是眞心這麼覺得，這並不是什麼譏諷之語。

長久以來，佑樹一直不喜歡與加茂相處，正是因爲加茂的直覺實在太敏銳。如果眞有所謂的偵探才能，佑樹明白自己必定遠遜於加茂。

但要推測一心一意想復仇的椋田千景，會作出什麼決定，佑樹相信自己還是略勝一籌。因爲佑樹曾跟椋田千景一樣，滿腦子只想殺掉三個人，爲枉死的童年玩伴復仇。

佑樹接著說：

「得知加茂哥是扮演凶手的時候，我一度考慮改變分工合作的做法。因爲我覺得凶手角色的負擔實在太大，光是要保護自己就已焦頭爛額，根本沒辦法好好推理……直到我看見你完美反證，才放下心，相信你一定做得到。」

「別說得好像很輕鬆，這兩天的事情至少害我的壽命縮短了好幾年。」

加茂精疲力竭地說道。佑樹望向黑茫茫的瀨戶內海。

「對了……到頭來，我還是沒有聽加茂哥說明MICHI事件和KENZAN事件的手法。」

佑樹說道。加茂望著遠方的朦朧夜景，嘴裡咕噥：

「我現在沒有力氣說明。」

佑樹露出戲謔的笑容，說道：

「雖然我說要分工合作，但對於這兩起事件，我也有自己的一番推理……MICHI事件利用的是傀儡館外的眞空環境，KENZAN事件則是利用巨大的遙控器，我說對了嗎？」

加茂只是朝佑樹瞥了一眼，什麼話也沒說。佑樹不禁有些失望，說道：

「加茂哥，你好歹給我一點反應。」

「別說這些了，佑樹，我有句話想問你。你上次說……你覺得你跟椋田千景是同一類人，那是眞話嗎？」

「假的。」

佑樹想也不想地回答，加茂不禁苦笑。

「噢……原來是假的。」

「嚴格來說，大概有三成是眞的吧……不過，就算我與椋田姊弟有幾分相似，那又怎樣？我走的是我自己選擇的道路，不可能走到跟他們相同的終點。」

加茂露出放下心中大石的表情，嘆了一口氣。

「原來如此，這樣的回答很符合你的風格。」

說完這句話，加茂望著港邊的道路，沒再開口。

不過，此時兩人之間的氣氛，並不像當初前往戌乃島時那麼尷尬。畢竟加茂保持緘默，似乎只是因爲沒有力氣說話，而非與佑樹有什麼心結。

兩人就這麼沉默了五分鐘左右，一輛計程車在路邊停下。在昏暗的路燈下，一對母女走下計程車。

女孩看起來斯文穩重，反倒是母親興奮地朝著港口用力揮手。佑樹一看見那對母女的身影及動作，立刻便明白她們的身分。

……伶奈與雪菜趕來了。

加茂也朝著道路揮起手……雪菜似乎按捺不住，跑過來撲在加茂的身上。加茂抱起女兒，不停安慰著低聲哭泣的伶奈。

佑樹微笑看著一家三人的重逢。

過了一會，又來了兩輛空計程車……那大概就是未知叫來的計程車吧。

「我要是不趕快回家，小白臉恐怕會餓死。」站在不遠處的未知對著乾山如此抱怨。佑樹不禁心想，這種話似乎不適合對一個高中生說。何況，未知回到家，多半會發現小白臉拿她的錢出去花天酒地，揮霍得一毛也不剩吧。

此時，佑樹的智慧型手機接到三雲傳來的簡訊……她沒有前來港口，而是直接前往民宿，此時已抵達。

佑樹原本告訴三雲，不必特地趕到岡山。但到了傍晚，佑樹正在接受警察問話時，竟接到她已搭上新幹線的簡訊。

……我也快到民宿去吧。

入夜之後颳起的陣陣山風，令站在港邊的佑樹冷得直打哆嗦。

「抱歉，能耽誤你一點時間嗎……？」

就在佑樹正要舉步走向計程車的時候，乾山突然走過來說道。

他的雙手插在制服口袋裡，看起來也是一副很冷的模樣。口袋的邊緣露出一條銀色的細鍊。

乾山看著佑樹的雙眼，不知想到什麼，忽然以一副老成的口吻說道：

「對了，我的父母不會來接我，因爲他們都在外國出差。他們應該已接到我被捲入殺人事件的消息，但完全沒有跟我聯絡……不過我習慣了。」

看來，乾山與父母的關係似乎不是很好。

「反正我們要住同一間民宿，不如到車上談吧。」

佑樹說道。沒想到，乾山一口否決了這個提議。

「沒有這個必要，因爲想跟你說話的人不是我。」

「……咦？」

就在這時，佑樹的智慧型手機響起了鈴聲。

這突如其來的鈴聲，讓佑樹嚇了一跳。手忙腳亂時，乾山已轉身離去，朝正要坐進計程車的未知大聲呼喚，似乎是想跟她搭同一輛計程車前往民宿。

那是一通隱藏號碼的來電，佑樹慌忙按下通話鍵。

「喂？」

〈你好，龍泉佑樹先生。〉

佑樹聽見那毫無抑揚頓挫的男人嗓音，心中一驚，趕緊走向空無一人的碼頭。

「我的手機早就設定拒接隱藏號碼，你是怎麼打進來的？」

〈噢，我對你的智慧型手機動了一點手腳。〉

對方說得若無其事。在這個世界上，佑樹只知道一個人可以瞬間操控他人的手機。他不禁笑了出來。

「幸會，麥斯達．賀勒。沒想到我有機會與你對話……但你是不是找錯人了？加茂哥還沒有上車，不如我把電話轉給他？」

賀勒從前曾與加茂合作，因此佑樹認為賀勒想要找的人不是自己，而是加茂。

加茂一家人才剛要上計程車而已。此時過去叫他，應該還來得及。

〈不，沒有必要。〉

「你找我有什麼事？」

賀勒明確地說道。於是，佑樹嚴肅地問：

〈我想要徵詢你的看法……在你看來，加茂是否知道了？〉

佑樹將手機換至左手，回答：

「這個嘛……如果你指的是『有人把沙漏項鍊帶到戌乃島』，我想他一定早就知道了。」

佑樹回想起在虛擬空間的客廳裡，那張便條紙上的內容。

ArteMis Hero（阿提米絲英雄）

Ares hinted Pen（阿瑞斯暗示了筆）

乍看之下似乎提及希臘神話的神祇，但詞句毫無意義，文法也不正確。

「我們在虛擬空間裡的一張便條紙上，發現兩行故意寫給我們看的文字……當時我們的一舉一動都受到椋田姊弟監視，沒有辦法自由交換資訊。所以我猜測寫了那兩行字的人，故意使用變位字謎（anagram）。」

第一行的大寫字母位置很詭異，分別是「M」和「H」，佑樹馬上猜出這一行字母可以變位成「Meister Hora」（麥斯達・賀勒）。

成功猜出第一行的答案後，佑樹心中的第一個念頭，是懷疑寫下這變位字謎的人是加茂。但佑樹詢問加茂，加茂卻表示便條紙上的文字並非由他所寫。

……如果不是加茂哥，誰會留下這樣的訊息？

佑樹雖然有些心裡發毛，還是繼續思考第二行的答案。破解第二行的變位字謎，佑樹花了較多的時間。

佑樹試著思考與賀勒有關的英文單字，於是發現第二行隱藏著「Pendant」（墜飾項鍊）這個單字。解出這個單字之後，再將剩下的字母調換順序，便得到「Pendant is here」（項鍊在這裡）這個答案。

解出答案的當下，佑樹驚愕不已。

「因爲那變位字謎，我才得知除了我與加茂哥之外，還有其他人認識賀勒，而且那個人很可能將沙漏墜飾項鍊帶到戍乃島。」

佑樹確認加茂也破解了變位字謎的答案，是在椋田千景解除眾人的智慧型手表的不久後。重獲自由的佑樹，在離開巨齒鯊莊之前，朝著加茂問了一句：「依照便條紙上的指示，找回我們的東西就行了吧？」

如果加茂沒有成功破解變位字謎，應該會說出「我沒有交給你什麼便條紙」之類的回應。但加茂不僅沒有這麼說，還露出放心的表情。

此時，佑樹輕輕嘆了一口氣，說道：

「找回被沒收的私人物品之前，我一直不知道是誰留下那些訊息。直到看見乾山的私人物品中有一條沙漏項鍊，我才恍然大悟。」

賀勒以低沉的聲音說：

〈原來發生了這樣的事情……當時我還沒有聽乾山說明整起事件的來龍去脈。〉

「事實上，我那時候也有好多話想要問乾山，但沒有機會。當時我們急著中止『死亡陷阱』的資料更新，而且除了要聯絡警察之外，我還得協助救出人質。」

後來警察趕到戍乃島，眾人的身邊一直有警察跟著，因此佑樹同樣找不到機會向乾山詢問麥斯達．賀勒的事。

佑樹喘了口氣，再度開口問道：

「……你是被乾山帶到戍乃島上？」

〈是的，我拜託乾山成為我的持有者。〉

賀勒這句話讓佑樹感覺到有些不對勁，但賀勒滔滔不絕地說著，而且口氣充滿無奈，佑樹找不到機會發問。

〈……但到頭來，我完全沒有幫上忙。我明明來到島上，卻完全不知道巨齒鯊莊發生的事情。直到今天中午爲止，我一直處於睡眠狀態。〉

「那也是沒辦法的事。我們一到島上，所有的隨身物品都被強行沒收了。」

〈是啊，連我這條沙漏項鍊也不例外。〉

當初佑樹曾經抗議，不願交出三雲送的手表。那時候除了佑樹之外，還有人大喊「爲什麼連飾品也要收走」。如今回想起來，那應該就是乾山吧。

〈剛到島上的時候，我完全沒料到椋田千景正在策畫那麼可怕的事。所以，被迫和乾山分開，我也覺得沒什麼大不了。當時我心想，就算我被放在另一個地方，只要保有通訊機能，我的駭客能力就不會受到影響。〉

賀勒萬萬沒想到，竟然被放進能夠阻斷任何傳輸方式的特殊盒子裡……賀勒無法與外界取得聯繫，幾乎所有能力都派不上用場。

賀勒悶悶不樂地說：

〈保管眾人隨身物品的那個房間裡一個人也沒有，外頭的喧鬧聲也傳不進來。因此，當我發現沒有辦法收發電波的時候，還天眞地以爲乾山過兩天就會把我取回去，並告訴我遇上什麼有趣的事情……如果知道外頭發生什麼事，至少我會積極嘗試各種跨越時代與位置的通訊方式。〉

賀勒沮喪的口吻，完全就是一個活生生的人，遠遠超越佑樹的想像。佑樹暗自感到驚奇，開口說道：

「其實我們也一樣，太過掉以輕心，才會傻傻地喝下安眠藥，被囚禁在巨齒鯊莊裡。」

接下來是一陣沉默。

佑樹轉頭望向道路，計程車不知何時已駛離，加茂一家人也不見蹤影。他們大概是搭計程車先到民宿去了吧。刺骨的寒風，讓佑樹的手指逐漸失去知覺。

由於太久沒有聲音，佑樹不禁懷疑通話是不是中斷了。就在這時，賀勒終於又開口。

〈……不過我還是不明白，加茂爲什麼要做那種事？〉

佑樹其實有些摸不著頭緒。

「什麼事？」

〈既然加茂打從一開始就知道沙漏項鍊在戍乃島上，當他得知我已恢復通訊能力後，根本不必繼續說服椋田千景。以我的駭客能力，要中斷資料更新、破壞椋田千景的計畫，可說是易如反掌。〉

「嗯……」

〈乾山取回沙漏項鍊後，先向我說明事情的來龍去脈，接著就回到交誼廳，告訴加茂「成功找回遭到沒收的飾品」。〉

當時佑樹並沒有在巨齒鯊莊內，並不曉得兩人的對話，只能皺起雙眉，點頭說道：

「原來如此，如果是這樣，加茂哥一定知道你的駭客能力恢復了。」

〈事實上，聽完來龍去脈的一分鐘之後，我已阻擋那個會釀成大禍的資料更新程序。因此，就算椋田千景沒有停止資料更新，「死亡陷阱」的悲劇也不會發生……當然，表面上看起來，大家會以爲是程式瑕疵及設備故障，才躲過一劫。〉

佑樹低頭看著碼頭邊的混凝土消波塊，說道：

「你的意思是……椋田千景以爲是她停止資料更新，實際上並非如此？」

〈我也不清楚，爲什麼加茂沒有向我確認阻撓資料更新的進展，只是不斷與椋田千景交

談？〉

佑樹瞇起眼睛，回答：

「……你想知道這個問題的答案，應該先說出你刻意隱瞞的事情。」

賀勒沒有答話。佑樹轉頭望向偶有汽車通過的道路，接著說：

「你剛剛提到，你『拜託乾山成爲你的持有者』，這代表你接近乾山必定有明確的目的。」

〈這一點我承認。因爲我對《推理工廠2》的試玩會很感興趣，才會找上乾山……事實上，這是他第二次成爲我的持有者。而且不瞞你說，當年是加茂親自將沙漏項鍊交到他的手上。〉

佑樹一聽，驚訝地瞪大眼睛。

「什麼？當年從加茂哥的手中接過沙漏的孩子，就是乾山？」

〈沒錯，乾山因爲家庭因素，變更了姓氏。而且經過六年的成長，他的外貌有了相當大的變化。光看外表和聲音，加茂不太可能察覺乾山就是當年那個孩子。〉

佑樹輕撫著頭髮說道：

「以加茂哥的能力，或許早就發現了……不過這件事一點也不重要，重要的是你爲什麼瞞著加茂哥，偷偷潛入試玩會？在前往戍乃島的船上，乾山也完全沒有提到你的事。」

〈我要他暫時保密。〉

「爲什麼？」

〈……有些事情，你還是別知道比較好。〉

佑樹揚起嘴角。

「我才不會被這種話嚇到。」

〈……看來你比加茂更難應付。〉

「只能怪你找錯對象了。」

然而，賀勒還是沒有主動說出隱瞞的事情。佑樹只好繼續問：

「聽說你曾和加茂哥一起改變過去？」

〈是的。〉

「我還聽說如果你們沒有改變過去，我和伶奈都會早夭，加茂哥會跟別的女人結婚生子，是嗎？我加茂哥和伶奈那麼恩愛，實在很難想像曾經有過那樣的未來……不過這還不是重點，重點是當年我聽到這些話的時候，心裡產生一個疑問……那個原本應該會跟加茂哥結婚的女人，現在在哪裡？」

佑樹輕輕吸了一口氣，接著說：

「接下來我的推測如果錯了，請你不要在意，就當是一個推理小說家在胡思亂想吧……雖然我是一個不太相信命運的人，但我猜想你想要潛入試玩會的理由，應該是因爲椋田千景正是加茂哥的另一個『眞命天女』吧？」

〈……爲何如此推測？〉

「照理來說，椋田千景應該對自己的計畫有非常強烈的執著，最後她卻接納了才剛認識不久的加茂哥的建議，取消那可怕的資料更新……加茂哥原本是她憎恨的對象，她卻對加茂哥寄予極大的信賴，甚至將加茂哥與她親手殺害的丈夫相提並論。」

賀勒低聲說道：

〈沒錯，她臨死前的那段時間，我也在現場。〉

「你不認爲這很奇怪嗎？雖然大家都說愛情與仇恨是一體兩面的事情，但她的心情變化未免太極端……所以我才猜想，或許這兩個人有著相當特別的關係，只是我們不知道，或許連他們自己也不知道。正是因爲那特別的關係帶來的影響，兩人才會產生讓我們旁觀者完全無法理解的激烈感情變化。」

佑樹滔滔不絕地說完，賀勒嘆了一口氣，投降認輸：

〈看來我再隱瞞也沒用了。你猜得沒錯，如果過去沒有被改變，椋田千景將會與加茂結婚。但這場婚姻很快就會出現問題，以結果而言，將會爲兩人帶來更多的不幸。〉

雖然早已猜到是這麼回事，但聽賀勒親口說出來，還是相當震驚。佑樹一時啞口無言，賀勒接著又說：

〈不過我必須強調，我潛入試玩會並不是早猜到會出事。對於椋田千景這個女人的本性，我也是一無所知。〉

此時，佑樹提出質疑：

「憑你的能力，應該可以駭入椋田千景的電腦或手機，事先察覺她的計畫，不是嗎？」

〈我查過公司的郵件伺服器，沒有發現任何可疑之處……所以，我滿心以爲椋田眞的企畫了一場試玩會，與犯罪無關。查完公司的郵件之後，我沒有進一步追查她的私人通訊紀錄，因爲我當時不覺得有必要那麼做。〉

「如果你眞的認爲那只是一場單純的試玩會，怎麼會拜託乾山將你帶到戍乃島上？」

〈因爲在我們改變了過去之後，這是加茂與椋田千景以全新的關係首次產生交集，我想要見證他們兩人的邂逅。〉

賀勒的話中充滿苦澀。佑樹一聽，心情登時變得相當複雜。

「你擔心椋田千景的出現，會毀掉加茂哥與伶奈的關係？」

〈不，『現在』的加茂與伶奈有著十分緊密的關係，椋田千景的出現不會對兩人的關係產生負面影響。我只是認爲，未來既然改變了，加茂與椋田千景的全新邂逅應該也能擺脫不幸……沒想到……〉

賀勒的聲音越來越細微，最後遭浪頭打在消波塊上的聲音掩蓋。佑樹閉上雙眼，嘆了口氣，說道：

「……到頭來，就算改變了過去，我們還是沒有辦法完全擺脫改變前的影響。」

〈改變前的影響？〉

「加茂哥雖然改變了過去，但他還是遇見椋田千景。『龍泉家的詛咒』應該已消失，但我們還是不斷遭遇不尋常的悲慘事件。」

賀勒錯愕地說：

〈不可能會有那種影響，一切只是偶然。〉

「是嗎？我總覺得當過去遭到改變，這個世界必定會產生一股想要恢復原狀的『反彈』力量。」

佑樹的內心深處，其實希望賀勒斬釘截鐵地否定這種推測。那只是單純的幻想，只是一種想要從偶然的排列中找出規則性的愚蠢行爲。佑樹多麼希望賀勒能夠說出這種話。

但賀勒只是有氣無力地說：

〈抱歉，我不知道這個問題的答案。我不清楚你們的遭遇是否與反彈力量有關。〉

「……好吧。」

〈不過在我看來，椋田千景或許眞的受到改變前的過去所影響。她在斷氣之前，說了一句

「如果我能夠早一點見到你，如果我們不是以這種最糟糕的方式邂逅，或許我們能有完全不一樣的未來」……那口氣彷彿知道兩個人的未來不應該是這樣。〉

佑樹先是瞪大了眼睛，接著又沮喪地皺起眉頭。

「這樣的結局，實在太悲哀了。」

……不知經過了多久的沉默。

就在雙手幾乎因冰冷而失去知覺的時候，佑樹又抬頭說：

「或許……加茂哥也隱約察覺椋田千景與自己的關係。如同她對加茂哥抱持著特別的感情，當加茂哥面對她的時候，心中或許也有特別的感受。」

〈或許吧。〉

佑樹將手機夾在脖子下，一邊搓揉著雙手，一邊說道：

「只要這麼想，就不難理解加茂哥爲什麼不肯放棄說服椋田千景。畢竟兩人如果是以不同的方式邂逅，千景將成爲加茂哥心中最重要的人……加茂哥一定會打從心底期盼她主動中止計畫。」

倘若計畫是遭賀勒以第三者的身分強制終結，千景的心中必定會留下遺恨。加茂不希望以這樣的方式結束一切，才會不肯放棄說服千景。

賀勒不安地繼續道：

〈如果加茂知道了這一切……他能夠忍受椋田千景從自己的生命中消失嗎？〉

此時，佑樹察覺一輛計程車在港口附近的路旁停了下來。緊接著，伶奈與雪菜從車窗裡探出頭，佑樹驚訝得瞪大眼睛。

伶奈揮舞右手，對著佑樹大喊。

佑樹站在碼頭旁，只隱約聽見她好像喊著「抱歉，沒注意到你還沒上車」。過了一會，加茂也從副駕駛座探頭出來，說了一句話。風聲和海浪聲完全掩蓋了他的聲音。

……路都開到一半了，他們一家人還特地折返回來載我？

佑樹看著那一家三人和樂融融的景象，下意識地連連點頭，說道：

「我相信一定沒問題的，加茂哥的身邊有伶奈和雪菜陪伴……更何況，我也會盡量幫忙，未來不管遇上多大的『反彈』力量，我們一定都能夠克服。」

〈我也這麼相信。〉

佑樹不確定賀勒是否能看見加茂一家三口，但明顯感覺到賀勒的口氣中多了一絲希望。

於是，佑樹一邊朝著三人揮手，一邊說道：

「再見，賀勒。」

〈後會有期。〉

確認通話結束，佑樹揚起嘴角，朝著三人搭乘的計程車邁開大步。

（全文完）

解說

超越遊戲的「遊戲」

文／寵物先生

（本文涉及關鍵情節，未讀正文者請慎入）

自從網際網路於九〇年代走入商業化以來，人類社會便開啓了另一扇門。大量應用將人們的日常行爲，以更爲便利的形式呈現於「網路」這個載體上，從最初的資訊與知識分享，以及互傳訊息、連線遊戲，到現今的電子商務、金融交易與社群網站，甚至未來可能興起的元宇宙等，Internet這個詞彙，早已成爲我們生活的一部分。

對於網路內部、以電子訊號構成的空間，與網路外部、由大自然元素構成的世界，過去會以「虛擬」（virtual）與「現實」（real）稱之，然而這樣的稱呼在網際網路早已成爲「現實」一環的現在，未免有些不合時宜。因此人們有了更精確的說法，將泛指於網路媒介的一切行爲稱作「線上」（online），脫離網路之外的行爲稱作「線下」（offline）。

線上與線下之間，以網際網路作爲境界線。過去曾有段時期，人們擔憂這條境界線是模糊的，如果虛擬空間的體驗逐漸侵蝕現實，人類能否區別兩者？這兩種生活，最終是否會合而爲一？如此概念也體現在文學、影視、遊戲創作上，「虛擬」與「現實」在結局交相混雜，角色無法認清兩者差異，類似的作品所在多有。

然而這樣的擔憂或許多餘，近幾年COVID-19的全球肆虐雖擴大了線上生活，人們藉由視訊、社群服務聯繫彼此，以及利用網路商城、外送平台的機會大增，但疫情趨緩之後，人們對實體聚會、戶外活動的渴望一次性爆發出來。這證明「境界線」或許會飄移，但終究會達到平衡，線上無法完全取代線下。

當人們逐漸習慣網路生活，反映在故事創作上，便是線上與線下的共存，兩者涇渭分明卻又互相影響，角色在其中穿梭自如，儘管線上世界如此逼眞且具有沉浸感，也不會虛、實不分。就如同你現在閱讀的這部《賜給名偵探甜美的死亡》一樣。

形成境界線的遊戲空間作

《賜給名偵探甜美的死亡》作者方丈貴惠是京都大學推理小說研究會出身，與「新本格」開創者綾辻行人、法月綸太郎等人是相差二十幾年的學長學妹關係。她的出道作《時空旅人的沙漏》開啓「龍泉家一族」系列，承續《孤島的來訪者》，本書是第三部作品。

前作《孤島的來訪者》中，作者便已提及「特殊設定推理」（特殊設定ミステリ）的概念，即故事裡加入與現實世界相異的規則，進而改變推理邏輯與詭計機關的創作。由於不需受現實的既有框架束縛，只要能建構出一整套封閉且邏輯自洽的設定體系，呈現出的手法便具備新穎性。

不過劇情若非從一開始就建立在某個奇幻/科幻舞台上，而是從現實世界出發的話，此類故事就會有個難處：在角色準備從「現實」進入「超現實」的情境，會有段意識的拉扯，產生諸如「怎麼可能有這種事，我不相信」、「難道不能用現今的科學知識解釋嗎」這類正常人會有的想法，視特殊設定悖離現實的程度，有時還得花費相當篇幅去描寫角色的心境轉換。以作者前兩部作品爲例，便是在主角意識到「時空穿越」與「未知的神祕生物」存在當下，要如何說服旁人接受。

到了本作，作者用了個很巧妙的方式迴避這個部分——電子遊戲《推理工廠2》。

《賜給名偵探甜美的死亡》舞台建立在兩個封閉空間：一是戌乃島的休憩中心「巨齒鯊莊」，二是中心架設於內部網路的虛擬實境場域「傀儡館」，角色們憑藉VR控制服、手套控制器與VR頭罩，以及球型裝置RHAPSODY進入虛擬實境。傀儡館內的世界，雖大致遵循現實世界的物理定律，卻也加入「凶手」與「執行者」的特殊能力與道具，以及「欲回到現實世界，需在房間內喝水存檔」諸如此類的奇妙規則。

這些規則並不會因爲與現實迥異而讓舞台顯得突兀，因爲電子遊戲正符合人類現今線上／線下共存的生活特性，VR裝置即是那條境界線，遊戲內不管加入什麼設定，都屬於設計者的趣味，角色們只是在「玩」，無需花篇幅適應，便可自然地接受。無論是線上的傀儡館，還是線下的巨齒鯊莊，兩者在「情境上」皆是現實的。

當然，將特殊規則立基於遊戲空間的好處，並非僅是解決情境轉換的問題而已，作者還利用這樣的舞台，展現優秀的解謎創作才華。

本格推理的百寶箱

自江戶川亂步於一九二三年發表〈兩分銅幣〉以來，日本本格推理的發展已邁入百年，期間除了承繼歐美古典推理，自身也發展出形形色色的題材與詭計套路，將數種模式應用至同一作品中，往往是作家們豐富筆下故事解謎趣味的手段。《賜給名偵探甜美的死亡》同樣用了這個做法，搭配前述的遊戲舞台，使謎團設計更爲出色。

詭計之首「密室」自不待言，發生在傀儡館的三起虛擬命案，與巨齒鯊莊的第一起眞實命案均屬此類，四起命案乍看之下出入口都被封死，外人無法進出行凶，是典型的「不可能犯罪」。最後眞相揭露的犯罪手法，不是與遊戲內的設定有關，就是與VR的特性本身有關，就連巨齒鯊莊的最後一起命案也是如此（只是未構成不可能犯罪要素）。其中幾起命案的詭計，更是致敬了社團前輩開創的「館推理」模式，「館推理」作品經常以怪奇建築物爲舞台，凶手的犯案手法與「館」的奇特結構、或附於建築物的大型機關有關，往往蘊含誇張的奇想設計，作者利用電子遊戲的設定，塑造出現實中無法達成的建築結構，堪稱絕妙。

作者所使用另一個與遊戲有關的故事型態，便是書中屢次提到的「死亡遊戲」（デスゲーム）。此類作品經常將筆下角色置於一強制性參加的遊戲舞台，且遊戲規則必定含有危及玩家（或其親友）性命的條款，除玩家間的鬥智外，角色賭上性命的緊張感與本該輕鬆以對的遊戲氣氛所造成的反差，都是此類故事的看點，知名作品有高見廣春的小說《大逃殺》與遊戲軟體《槍彈辯駁》系列，近期則有韓劇《魷魚遊戲》。儘管本作的遊戲規則是「陣營的勝利屬於成員全體」，但不論推理失敗或成功，都可能導致自己或他人的死亡，這種「不是你死就是我亡」的弱肉強食主義，正是死亡遊戲的醍醐味。

故事中同名的VR遊戲「賜給名偵探甜美的死亡」更是符合某種類推理的遊戲典型——此類遊戲在台灣被稱爲「狼人殺」，日本稱爲「汝は人狼なりや？」。狼人殺起源於俄羅斯的團體遊戲「殺手」與法國紙牌遊戲「米勒山谷狼人」，會將玩家分爲「村民」與「狼人」兩大陣營，狼人可在遊戲的黑夜階段殺害村民，而村民不知狼人是哪些人，只能在白天階段投票處決「可能是狼人」的玩家，疫情期間掀起熱潮的手機遊戲《Among Us》亦屬此類。之後該類遊戲衍伸出許多變體，玩家開始具備遊戲角色的個別能力，陣營也不僅限於兩個，但「陣營間對峙」與「資訊不對稱」兩點是共通的。「賜給名偵探甜美的死亡」將參與者分為偵探與執行者陣營，可說是偵探遊戲版的「狼人殺」，其中允許「偵探被凶手殺害（虛擬）後繼續參與解謎」的規則，更是構成另一種故事套路「幽靈偵探」（偵探＝被害者）的趣味。

不可能犯罪、館推理、死亡遊戲、狼人殺、幽靈偵探……這些體現本格推理「遊戲性」的元素，藉遊戲內的特殊設定與謎團、劇情相結合，真可說是如魚得水、如虎添翼。

工整與美學兼具的敘事

最後來聊聊故事架構，本作依循本格推理的創作準則，書中散見大量的謎團與線索，規模較大的謎團共有四組：

①傀儡館隱藏的特殊結構
②傀儡館的三起虛擬命案（凶手與手法）
③巨齒鯊莊的兩起現實命案（凶手與手法）
④幕後黑手身分，與舉辦死亡遊戲的眞正目的

其中②③屬於顯性謎團，①④則是隱性謎團，在麥斯達・賀勒兩次向讀者的挑戰時，提出的問題看似只有②與③，解開眞相之後，讀者才會驚覺原來①與④也是謎團的一部分。而有趣的是，謎團①的主要關鍵是傀儡館內部的模型屋，而④的目標場域，則是戍乃島外的現實社會，空間上形成①模型屋→②傀儡館→③巨齒鯊莊→④戍乃島外，如此由內而外、類似俄羅斯娃娃的套疊架構，解謎順序也是由內而外，有種「敘事呼應空間」的美感。

而在結尾的安排上，劇情將少年乾山的經歷，與首部作《時空旅人的沙漏》的末段作連

結，形成兩作遙相呼應的構圖，並讓讀者在爲幕後黑手與加茂冬馬之間「最後的對話」餘韻低迴之際，一併揭露兩人間的「祕密關聯」，讓讀者對「龍泉家一族」系列的後續發展，以及「奇蹟沙漏」日後還能有什麼樣的發揮，感到萬分期待。不得不感慨作者方丈貴惠不僅長於本格推理的設計巧思，在故事美學上，亦有足以觸動心靈的寫作功力，在一眾本格推理作家中，實爲優秀且突出的存在。

京大推研的創作血脈，果然不容小覷啊！

作者簡介

寵物先生

本名王建閔，台灣推理作家協會會員。以《虛擬街頭漂流記》獲第一屆島田莊司推理小說獎首獎，另著有長篇《追捕銅鑼衛門：謀殺在雲端》、《S.T.E.P.》（與陳浩基合著）、《鎮山：罪之眼》等書，近期作品則有短篇〈紫色的等待〉（收錄於《故事的那時此刻》）。

E FICTION 53／賜給名偵探甜美的死亡

原著書名／名探偵に甘美なる死を
作　者／方丈貴惠
原出版者／東京創元社
翻　譯／李彥樺
責任編輯／陳盈竹
業務．行銷／陳紫晴．徐慧芬
編輯總監／劉麗真
總 經 理／陳逸瑛
榮譽社長／詹宏志
發 行 人／涂玉雲
出 版 社／獨步文化
城邦文化事業股份有限公司
104台北市中山區民生東路二段141號5樓
電話：(02) 2500-7696　傳真：(02) 2500-1967
發　行／英屬蓋曼群島商家庭傳媒股份有限公司
城邦分公司
104台北市中山區民生東路二段141號2樓
網址／www.cite.com.tw
讀者服務專線／(02) 2500-7718；2500-7719
服務時間／週一至週五：09：30～12：00　13：30～17：00
24小時傳真服務／(02) 2500-1900；2500-1991
讀者服務信箱 E-mail／service@readingclub.com.tw
劃撥帳號／19863813
戶名／書虫股份有限公司
香港發行所／城邦（香港）出版集團有限公司
香港灣仔駱克道193號號1樓東超商業中心
電話／(852) 2508-6231　傳真／(852) 2578-9337
E-mail／hkcite@biznetvigator.com
馬新發行所／城邦（馬新）出版集團
Cite (M) Sdn Bhd
41, Jalan Radin Anum, Bandar Baru Sri Petaling,
57000 Kuala Lumpur, Malaysia.
Tel: (603) 90578822
Fax:(603) 90576622
email:cite@cite.com.my
封面插圖／廖珮蓉
封面設計／高偉哲
排　版／游淑萍
印　刷／中原造像股份有限公司
● 2023年3月初版
售價499元

版權所有．翻印必究 ISBN 9786267226278（平裝）
ISBN 9786267226285（EPUB）

國家圖書館出版品預行編目資料

賜給名偵探甜美的死亡／方丈貴惠著；李彥樺譯. –初版. – 台北市：獨步文化，城邦文化出版：家庭傳媒城邦分公司發行，2023.03
面；公分. --（E fiction ; 53）
譯自：名探偵に甘美なる死を
ISBN 9786267226278（平裝）
ISBN 9786267226285（EPUB）

861.57　　111021205

廣 告 回 函
北區郵政管理登記證
台北廣字第000791號
郵資已付，免貼郵票

104台北市民生東路二段 141 號 2 樓

英屬蓋曼群島商家庭傳媒股份有限公司

城邦分公司

請沿虛線對摺，謝謝！

書號：1UR053	**書名**：賜給名偵探甜美的死亡	**編碼**：

請於此處用膠水黏貼

讀者回函卡

謝謝您購買我們出版的書籍！

請費心填寫此回函卡，我們將不定期寄上城邦集團最新的出版訊息。

姓名：________________ 性別：□男 □女

生日：西元________年________月________日

地址：________________________________

聯絡電話：________________ 傳真：________________

E-mail：________________________________

學歷：□1.小學 □2.國中 □3.高中 □4.大專 □5.研究所以上

職業：□1.學生 □2.軍公教 □3.服務 □4.金融 □5.製造 □6.資訊

□7.傳播 □8.自由業 □9.農漁牧 □10.家管 □11.退休

□12.其他________________________________

您從何種方式得知本書消息？

□1.書店 □2.網路 □3.報紙 □4.雜誌 □5.廣播 □6.電視

□7.親友推薦 □8.其他________________

您通常以何種方式購書？

□1.書店 □2.網路 □3.傳真訂購 □4.郵局劃撥 □5.其他

您喜歡閱讀哪些類別的書籍？

□1.財經商業 □2.自然科學 □3.歷史 □4.法律 □5.文學

□6.休閒旅遊 □7.小說 □8.人物傳記 □9.生活、勵志 □10.其他

對我們的建議：________________________________

____

____

為提供訂購、行銷、客戶管理或其他合於營業登記項目或章程所定業務需要之目的，家庭傳媒集團（即英屬蓋曼群島商家庭傳媒股份有限公司城邦分公司、城邦文化事業股份有限公司、書虫股份有限公司、墨刻出版股份有限公司、城邦原創股份有限公司），於本集團之營運期間及地區內，將以mail、傳真、電話、簡訊、郵寄或其他公告方式利用您提供之資料（資料類別：C001、C002、C003、C011等）。利用對象除本集團外，亦可能包括相關服務的協力機構。如您有依個資法第三條或其他需服務之處，得洽詢本公司服務信箱cite_apexpress@cite.com.tw請求協助。相關資料不提供亦不影響您的權益。

□我已詳讀權利義務之相關條款，並同意遵守。

請於此處用膠水黏貼